ALINA FALKNER

TÖDLICHER STOLZ

Kriminalroman

BASTEI LÜBBE
TASCHENBUCH

BASTEI LÜBBE TASCHENBUCH
Band 17096

1. Auflage: Dezember 2014

Dieser Titel ist auch als E-Book erschienen

MIX
Papier aus verantwortungsvollen Quellen
FSC® C014496
FSC
www.fsc.org

Originalausgabe

Lektorat/Textredaktion: Sabine Biskup
Titelillustration: © Trevillion Images/Amy Weiss;
© shutterstock/wolfman57; © shutterstock/Vladyslav Danilin
Umschlaggestaltung: Kirstin Osenau
Satz: two-up, Düsseldorf
Gesetzt aus der Arno
Druck und Verarbeitung: GGP Media GmbH, Pößneck
Printed in Germany
ISBN 978-3-404-17096-8

Sie finden uns im Internet unter
www.luebbe.de
Bitte beachten Sie auch: www.lesejury.de

Frucht

BASTEI
LÜBBE
TASCHENBUCH

Titel in der Regel auch als E-Book erhältlich

Über die Autorin

Alina Falkner, geboren 1983 in Essen, hat Kulturwissenschaften studiert und diverse Romanhefte in verschiedenen Genres publiziert. Außerdem hat sie für Radio und Fernsehen geschrieben. Nachdem sie ein Happy End nach dem anderen zu Papier gebracht hatte, wollte sie mehr als zarte Küsse. Deshalb recherchierte sie über Polizeiarbeit und schrieb ihr Krimidebüt *Tödlicher Stolz*. Falkner lebt und arbeitet in Berlin.

Prolog

Die Nadeln stechen zu. Immer wieder schnellen sie auf und nieder, bohren sich durch die Oberhaut bis in die Lederhaut. Der Schmerz wird stärker, Blut quillt aus den kleinen Wunden. Es müssen inzwischen hunderte Nadelstiche sein, hunderte winzige Verletzungen, und es werden noch mehr.

Er atmet scharf ein, spürt Schweißperlen auf seiner Stirn und ballt die Hände zu Fäusten. Er kann das hier aushalten, er will, er *muss*. Er gibt sich ganz dem Schmerz hin, während die Nadeln erbarmungslos weiterarbeiten.

Das Blut mischt sich mit der Tinte. Eine Hand im Gummihandschuh wischt routiniert über die mikroskopisch kleinen Stiche, verschmiert das Rot und das Anthrazit und zieht die wunde Haut wieder straff. Der Schmerz pulsiert durch seinen gesamten Körper. Es ist ein teuflisches Brennen – und doch ein Genuss.

Aus hundert Wunden werden tausend, und aus ihnen werden harte graue Linien, die niemand mehr verwischen kann. Sie laufen spitz aufeinander zu und stellen nicht weniger dar als ein Bild für den Anfang der Ewigkeit: den Tod.

Kapitel 1 **Kirschgarten**

Samstag, 1. September

Essen.

Der Einsatz der Pistole ist in der Regel ein Nicht-Schießen. Theresia Pfeffer schiebt das volle Magazin in ihre Waffe und seufzt. Im Nicht-Schießen war sie nie so gut, im Schießen ist sie besser. Eine der Besten, bei aller Bescheidenheit. Mit einem leisen Klicken fährt der Sicherungsstift im Griff der Pistole hervor, das Magazin sitzt. Pfeffer zieht den Verschluss zurück, und die Walther P99 Q schnalzt. Double-Action-Only – mit diesem Abzugssystem ist die Waffe immer schussbereit und kein manuelles Spannen mehr nötig. Auch sie selbst ist immer schussbereit, aber das wird wohl kaum eine Rolle spielen.

Double-Action-Only, doch keine Action für Pfeffer.

Sie schiebt die Waffe ins Holster. Ihre Hand bleibt für eine Sekunde auf dem Griff liegen, dann schließt sie den Druckknopf und hängt sich Pfefferspray, Funkgerät und Handschellen an das Koppel.

In der Waffenkammer ist sie nun fertig. Sie geht zurück in die Damenumkleide, wo ihre Mütze noch im oberen Fach des Spindes liegt. Pfeffer nimmt sie und knallt die Metalltür des Schließfaches zu. Einige Kolleginnen erschrecken und drehen den Kopf.

»Tschuldigung.« Pfeffer lächelt sie an und hebt die Schultern, als sei das Türknallen ein Versehen gewesen und kein Ausdruck ihrer Abneigung gegen die Polizeimütze und die Uniform im Allgemeinen.

Die Sohlen ihrer schweren Schuhe quietschen auf dem Linoleumboden, als sie sich umdreht und die Umkleide verlässt.

»Vorbildlich!«, wird sie auf dem Gang von Jonas Frick begrüßt. »Der erste Tag, Frühschicht und schon so pünktlich. Du kannst es wohl kaum erwarten aufzusitzen?«

»Aufsitzen?«

Er lacht und schlägt ihr auf die Schulter. »Na, in den Streifenwagen zu steigen und durch unsere feine Stadt zu patrouillieren.«

Pfeffer hält ihre Mütze in der Hand und ringt sich ein Lächeln ab. Frick ist ab heute ihr Partner, er meint es gut – und findet sich dabei ein bisschen zu witzig. Alles in allem ist aber nichts gegen ihn einzuwenden. Er ist zufrieden mit seiner Position, was wohl ein Grund dafür ist, weshalb er mit Anfang dreißig noch Streife fährt. Ein anderer Grund ist wahrscheinlich sein leichter Bauchansatz. Aber wer ist Pfeffer, darüber zu urteilen? Was auch immer das Huhn und was das Ei von Jonas Fricks stagnierender Karriere war, geht sie nichts an. Also nickt sie und zwinkert ihm schmunzelnd zu. »Na, klar. Sitzen wir auf.«

Kalte Morgenluft schlägt ihr entgegen, als sie die Essener Hauptwache verlässt. Seit heute ist sie eine der hier eingeteilten fünfundneunzig Schutzpolizisten und bahnt sich einen Weg durch den Fuhrpark silberblauer Kombis mit dem Kennzeichen NRW.

Der Sitz im Streifenwagen ist noch warm vom Kollegen der Nachtschicht. Das Funkgerät steht auf Status eins, und am Horizont erhebt sich die Sonne langsam über die Häuser der Essener Innenstadt. Pfeffer setzt ihre Sonnenbrille auf, während Frick den Wagen startet. Warum war es eigentlich klar, dass er fährt?

Pfeffer weiß es nicht, aber eines Tages will sie am Steuer sitzen. Sie schnallt sich an.

Frick lacht und sieht zu ihr rüber. »Als wir die neuen Waffen bekommen haben, mussten die alle Autos umrüsten.«

»Ja, die neuen Holster sind größer und waren nicht mit den

Sicherheitsgurten der Passats kompatibel.« Sie schaut hinunter auf den Lederklotz an ihrem Gürtel, der vor allem nicht mit ihren Träumen kompatibel ist. So sehr sie ihre Waffe auch liebt, sie mag es nicht, sie für alle sichtbar herumzutragen. Häufig denkt Pfeffer jetzt schon über Outfits nach, unter denen sie später den Leibriemen verstecken wird. In einem solchen wird sie ihre Waffe nämlich tragen, sobald sie zivil ermittelt. Sie gibt sich zwei Jahre, maximal drei. Die Hundertschaft will sie auslassen.

»Aber du trägst ja eh links.«

»Bitte?«

Er deutet vage in Richtung ihres Koppels. »Du bist Linkshänderin«, sagt er vergnügt und fährt aus der Parklücke. »Da wäre das mit dem Anschnallen kein Problem. Wenn du fährst, ist das Gurtschloss ja rechts von dir.«

Pfeffer nickt und richtet sich ihren Rückspiegel ein. Zwei Jahre Streifendienst sind Minimum, für alle, unter allen Umständen.

»Mein erster Tag war auch ein Samstag«, erzählt Frick jetzt. »Allerdings hab ich damals noch grün getragen. Das war 'ne Uniform, sag ich dir! Wenn du mal im Schlamm gelandet bist, brauchtest du die Hose einfach nur abzuklopfen und sie war sauber. Aber dieser Gore-Tex-Mist ...« Er sieht kurz an sich herunter. »Außerdem spannt die Hose am Bauch.« Er zwinkert Pfeffer zu.

Sie mustert ihn durch die dunklen Gläser ihrer Sonnenbrille. Dünne blonde Haare lugen unter Fricks Polizeimütze hervor.

»Wo hast du eigentlich dein Abschlusspraktikum gemacht?«, fragt er, als er auf die Hauptstraße fährt.

»KK Dreizehn.«

»BTMs«, sagt Frick und macht eine wegwerfende Handbewegung. »Nein. Das wär nichts für mich.«

Betäubungsmittel waren auch nichts für mich, denkt Pfeffer. Denn das wahre Verbrechen ist nun mal der Mord, und ihn aufzuklären, *das* ist die Königsklasse.

Pfeffer will zu den Besten gehören. Sie will die Straßen etwas sicherer machen. Und an ihrer Ungeduld arbeitet sie bereits. Deshalb lächelt sie freundlich weiter. »In meinem dritten Praktikum war ich kurz im KK Elf in Mülheim«, erzählt sie.

Er schüttelt leicht den Kopf, ohne die Augen von der Straße zu nehmen. »Mord und Totschlag. Das wär auch nichts für mich.«

»Verstehe«, sagt Pfeffer und kann sich ein Grinsen nicht verkneifen. »Wäre überhaupt eins der Kriminalkommissariate was für dich?«

Frick lacht kurz auf, sein Bauch bebt dabei ein wenig. »Nee! Eigentlich nicht.« Er wirft ihr einen Seitenblick zu. »Setz dich nicht so unter Druck, hörst du? Als junger Polizist will man allem gewachsen und immer perfekt sein. Aber du bist auch nur ein Mensch, der mal vergessen wird, seine Dienstmütze zu tragen, der überfordert sein wird oder einen schlechten Tag hat – oder Angst.«

Pfeffer lächelt so aufrichtig, wie es ihr möglich ist. Sie kann Frick schlecht ins Gesicht sagen, dass sie den Streifendienst bloß als Übergangsphase sieht. Sogar ihr Onkel stimmt ihr in der Sache zu – aber von dem will Pfeffer schon gar nicht sprechen. Sie will im Dienst eine gute Figur machen, ohne ihre Verwandtschaft zu Karl Illner, dem Polizeipräsidenten, zu bemühen.

Obwohl sie vom Charakter her sehr nach ihrem Onkel kommt. Diese Verwandtschaft sei nicht zu leugnen, sagt Pfeffers Mutter immer. Und dass ihre Tochter all seine guten Eigenschaften habe: Illners Klugheit, den Spürsinn und den Ehrgeiz. Sicher werde Pfeffer einmal eine mindestens ebenso steile Karriere machen wie der Polizeipräsident, heißt es dann. Und ihre Mutter behauptet auch, dass Pfeffer eigentlich nichts von ihrem Vater habe. Aber vielleicht sagt sie das nur, um ihre Tochter und sich selbst zu beruhigen, dies lässt zumindest der hoffnungsvolle Unterton vermuten, mit dem sie dann spricht. Denn es wäre wirklich besser, wenn Pfeffer nicht nach ihrem Vater kommt.

»Versuch einfach, Ruhe auszustrahlen und für die Menschen um dich herum da zu sein«, spricht Frick weiter.

Die Polizei – dein Freund und Helfer, denkt Pfeffer und nickt. Langsam friert ihr vom ständigen Lächeln das Gesicht ein. »Klar, das werde ich. Ich weiß, in einem Kommissariat zu arbeiten, Spuren zu finden und ihnen zu folgen, das alles ist noch weit weg.« Es tut ein bisschen weh, das so laut auszusprechen.

»Eben. Erst mal wirst du allein dem hier folgen«, Frick tippt mit dem Finger auf das Funkgerät, das leise knistert, »dafür musst du keine Spuren suchen. Hier werden dir Adressen durchgegeben.«

Und zwar analog. Pfeffer schielt zu dem Funkgerät, das schon seit Jahren auf digital umgestellt werden soll. Noch so ein Argument gegen den Streifendienst.

Die Arbeit bei der Schutzpolizei ist eine rückständige. Beim FBI in den USA würde man sich über solch unzeitgemäße und überholte Technik tagelang kaputtlachen. Selbst das BKA in Wiesbaden, das auf höchstem Niveau Methoden zur Bekämpfung und Verfolgung von Verbrechen erforscht, steht in großer Diskrepanz zu der Realität im Streifenwagen – der analogen, leise knisternden Realität.

Sie sieht zu Frick und lächelt freundlich. »Die blaue Uniform steht dir besser.« Das ist nicht gelogen, Blau steht den meisten Menschen besser als eine grünbraune Lederjacke über einem senffarbenen Rollkragenpullover.

Sie durchfahren gerade die Nebenstraßen der Essener Fußgängerzone. Es ist ruhig, die Geschäfte haben noch nicht geöffnet, die Fenster sind dunkel oder vergittert und die Bürgersteige verwaist. Hier und da überquert ein müder Bürger die Straße.

»Ist 'ne gute Stadt«, sagt Frick und setzt den Blinker. Er biegt in eine noch kleinere Nebenstraße ab.

Pfeffer verkneift sich ein Stöhnen. Hoffentlich gibt sich das

Ruhrpott-Sheriff-Gehabe mit der Zeit. Frick und sie müssen schließlich eine ganze Weile miteinander auskommen.

»Hast du Essen je verlassen?«, fragt sie. »Nicht für einen Urlaub, natürlich. Ich meine, ob du mal woanders gewohnt hast.«

Er schüttelt den Kopf. »Alle meine Freunde sind hier. Und meine Familie.«

Meine auch, denkt Pfeffer. Sie will trotzdem weg. Ihr Leben ist kein Ruhrpott-Regionalkrimi. Sie will viele Orte sehen, viele Freunde finden. Und noch mehr Fälle lösen.

Frick bremst ab und hält vor einem kleinen Café. »Koffeinhaltiges Heißgetränk gefällig? Ich lad dich ein. Zur Feier deines ersten Tages.« Er steigt aus, geht ums Auto herum und beugt sich durch das geöffnete Fenster noch einmal zu ihr. »Wenn du Glück hast, passiert heut ja noch was Aufregendes. Ich hab das so im Gefühl.«

»Was Aufregendes?«

Frick grinst. »Ein Diebstahl oder so. Der erste Tag verdient mehr als einen VU oder Nachbarschaftsstreit. Einen guten Kaffee zum Beispiel.« Er zwinkert ihr zu. »Das ist ein Anfang.«

Pfeffer schluckt und sieht ihm nach. Diebstahl, Nachbarschaftsstreit, Verkehrsunfall. Ihr Leben ist kein Regionalkrimi, es ist viel schlimmer. Ihr Leben ist Toto & Harry.

Das ist natürlich keine schöne Erkenntnis, aber ein Kaffee im Streifenwagen kann es nicht schlimmer machen. Frick steht im Café und bestellt, dann dreht er sich zu ihr um und winkt. Er ist wirklich zufrieden, denkt Pfeffer und beneidet ihn fast darum. Wahrscheinlich hätte sie es schlimmer treffen können als mit ihm.

Da knistert plötzlich das Funkgerät und zerreißt die morgendliche Stille. Erschrocken blickt Pfeffer auf das schwarze Gerät im Armaturenbrett.

»Gruga elf, neunundzwanzig bitte kommen«, sagt Olli, den sie vorhin kennengelernt hat und der über Funk etwas anders klingt.

Sie zieht das Mikro aus dem Clip. »Hier elf, neunundzwanzig.«

Es rauscht und knackt. »Pfeffer, ihr habt eine frische Leiche in der Logenstraße, Ecke Salzmarkt.« Eine Pause, dann knistert es wieder. »Pfeffer? Eine frische Leiche mitten auf dem Bürgersteig, die Melderin hat von Mord gesprochen, fahrt da doch mal schnell hin. Hörst du mich?«

Sie starrt ungläubig auf das Mikro. Das kann nicht sein, das wäre zu schön, um wahr zu sein.

Es rauscht wieder. »Pfeffer!«, sagt Olli diesmal eindringlich.

Sie blinzelt wie erwachend. »Einhundertsieben«, sagt sie tonlos. »Verdacht auf Einhundertzehn.«

»Was?«

Pfeffer ignoriert die Nachfrage. Das Mikro noch vorm Mund blickt sie zu Frick, der zwei Kaffeebecher auf einem Tablett vor sich her balanciert. »Logenstraße, Ecke Salzmarkt. Verstanden. Wir fahren da jetzt hin«, gibt sie sachlich durch und klemmt das Mikro zurück ans Funkgerät, an dem jetzt statt der Eins die Drei aufleuchtet. Olli hat ihren Status von der Wache aus umgestellt. Sie sind jetzt offiziell auf dem Weg zum Einsatzort.

»Frick!« Sie brüllt es fast. »Wir haben eine Leiche.«

»Scheiße!«

»Ja, Scheiße.« Was ein Fluch sein soll, klingt bei ihr ein wenig zu fröhlich. »Soll ich fahren?«

Frick lässt seine Fracht auf den nächsten Cafétisch fallen und stürmt um den Streifenwagen herum.

»Nein.« Nach wenigen Handgriffen zuckt das Blaulicht über die Häuserwände. »Wo müssen wir hin?«

»Logenstraße, Ecke Salzmarkt.«

Pfeffers Herz beschleunigt sich, Erregung und Vorfreude lassen ihre Wangen erröten, sie kann es spüren. Ebenso wie die Blicke der wenigen Passanten und derjenigen, die sich aus den Fenstern lehnen. Es ist ein gutes Gefühl, so an ihnen vorbeizurauschen, als würden sie auf einer Blaulichtwelle durch die Innenstadt surfen.

Das Licht allein genügt, das Martinshorn brauchen sie nicht einzuschalten, denn die Straßen sind noch frei. Die Reifen des Streifenwagens quietschen in jeder Kurve. Eins muss Pfeffer dem gemütlichen Frick lassen: Er legt ein ordentliches Tempo in der Dreißigerzone vor. Keine drei Minuten später geht er in die Eisen und hält vor einem Tabakgeschäft.

Eine junge Frau, vielleicht etwas älter als Pfeffer, lehnt am Schaufenster des Geschäfts, presst ihre Tasche vor den Bauch und starrt vor sich auf den Boden. Sie ist leichenblass. Pfeffer setzt ihre Sonnenbrille ab, steigt aus und schlägt die Autotür hinter sich zu. Tatort absperren, Melder beruhigen, Daten aufnehmen, hämmert es in ihrem Kopf.

Sie muss noch einige parkende Wagen passieren, bis sie selbst das Opfer sehen kann. Zeugen befragen, Opfer beatmen, Notarzt rufen … Das Opfer ist so lange am Leben, bis der Arzt kommt und das Gegenteil bestätigt.

Nein, beatmen wäre hier vergebene Liebesmüh, denkt Pfeffer schließlich, als sie das Geschäft erreicht und auf dem Bürgersteig stehenbleibt. Den muss niemand mehr beatmen.

»So viel Blut«, wimmert die Melderin und krallt die Finger in ihren Jutebeutel.

»Oh ja«, bestätigt Pfeffer. »Sehr viel.« Sie schluckt und stemmt die Hände in die Hüften. »Und eine Polizeiuniform.«

»Scheiße«, sagt Frick und zieht das Funkgerät aus seinem Gürtel. »Olli, ist der Notarzt schon unterwegs? Gut, dann schick die K-Wache und die Spurensicherung her.« Er zögert kurz und spricht etwas leiser. »Es ist ein Kollege.«

Es knistert. »Was?«

»Ja, das Opfer ist uniformiert. Es ist ein Kollege.«

»Nein, ist es nicht«, murmelt Pfeffer und schüttelt den Kopf. Sie geht einen Schritt näher an den Toten heran, bis die Spitzen ihrer schweren Schuhe fast das Blut berühren. Es ist großflächig um die Leiche auf den Asphalt geschmiert, als hätte eine Dreijährige mit Fingerfarben den Körperumriss nachgemalt. Pfeffer beugt sich vor. Die Kehle des jungen Mannes wurde aufgeschlitzt, die Wunde klafft, und um sie herum ist alles durchtränkt von schwarzrotem Blut – der Kragen der Uniform, die Schulterklappen, die Haarspitzen.

Aber Pfeffer sieht es trotzdem. Mit gerunzelter Stirn beugt sie sich tiefer.

»Hey!«, ruft Frick. »Nichts verändern!«

Sie richtet sich wieder auf und wirft ihm einen finsteren Blick zu. »Mach ich nicht, was glaubst du denn? Aber das hier ist kein Kollege.«

»Wovon redest du? Die Uniform ist echt, das seh ich doch.«

Sie zeigt auf die Schulterklappen. »Ja, aber die sind leer, keine Schultersterne. Das ist kein Polizeikommissar, das ist ein Anwärter.«

»Wie bitte?«

»Kein PK, ein KA. Kommissaranwärter.«

Frick sieht sie fassungslos an und schaut dann zur Leiche. »Na und?«

»Das heißt, er war noch kein Kollege.«

»Doch, natürlich war er das!«, erwidert Frick mit fester Stimme.

»So viel Blut«, jammert die Melderin da erneut.

Pfeffer fährt zu ihr herum. Die junge Frau starrt noch immer unbewegt auf die Leiche, ihre Fingerknöchel treten weiß hervor, ihre Kiefer mahlen. Frick eilt zu ihr hinüber.

»Anstatt dich über leere Schulterklappen zu ereifern, hättest du besser die Melderin beruhigen und befragen sollen!«, beschwert er sich und legt der blonden Frau sanft eine Hand auf die Schulter. »Kommen Sie.« Dann dreht er sich noch mal um. »Sperr wenigstens den Tatort ab!«

Es gibt keinen Grund, sie anzufahren, denkt Pfeffer. Sie hat nichts falsch gemacht, Frick hätte nur genauer hinsehen müssen. Ihr ist immerhin nicht entgangen, dass das Opfer neben dem Schnitt durch die Kehle noch eine Schussverletzung in der Brust aufweist. Das hätte Frick auch durchgeben müssen.

Zudem ist es in ihren Augen ein großer Unterschied, ob man ein KA oder PK ist. Sie selbst ist seit wenigen Wochen Letzteres, mit Bachelor-Abschluss, verzierter Schulterklappe und eigener Waffe. Das duale Studium und die Polizeischule hat sie endgültig hinter sich gelassen. Sie hat jetzt keine Kommilitonen mehr, sondern Kollegen.

Pfeffer dreht sich auf dem Absatz um und geht zurück zum Wagen. Im Kofferraum des Passats ist alles ordentlich sortiert und sofort greifbar. Sie lässt den Blick über Atemschutzmasken, die Haltekelle, den Unfallkoffer streifen und greift schließlich nach den Pointern, der Dose Markierungsspray und klemmt sich noch zwei Rollen Absperrband unter den Arm. Sie sieht kurz zur Digitalkamera und seufzt. Nein, die Spurensicherung wird gleich alles abfotografieren.

Mit einem Knall wirft sie die Kofferraumklappe zu und erschrickt sich selbst ein wenig. Sie atmet tief durch und ermahnt sich, ein Profi zu sein. Frick ist sicher nur aus der Haut gefahren, weil er gestresst ist, deshalb ist es jetzt doppelt so wichtig, dass sie ruhig bleibt. Das hier ist schließlich erst der Anfang. Sie wird in ihrer Laufbahn noch viel Schlimmeres sehen und einen kühlen Kopf bewahren müssen.

Zurück bei der Leiche stellt sie die Pointer ab und schüttelt das Markierungsspray. Zum ersten Mal nimmt sie das Gesicht des Opfers wirklich wahr. Es ist wächsern, ein farbloser Kontrast im Gegensatz zu dem blutigen Geschmiere drum herum: Sein Blick ist gebrochen, die Pupillen sind verrutscht, und man kann zu viel vom weißen Augapfel sehen. Unter seiner Dienstmütze klebt braunes Haar an seiner Stirn.

Pfeffer mustert dieses verzerrte Gesicht und schüttelt weiterhin die Dose, sodass die kleine Metallkugel darin klappert – dann realisiert sie es, hält inne und lässt die Hand sinken.

»Christian?«

Facebook. ***Police Academy.*** **Live-Chat.**

Bambi Zamba	Na, du Bankräuberin?
Hannah Born	Ha, ha.
Bambi Zamba	Irgendwelche Verbrechen auf dem Plan für heute?
Hannah Born	Höchstens deren Verfolgung. Ich mach doch seit dieser Woche Praktikum in Mainz. Streife fahren, Spätdienst.
Bambi Zamba	Stimmt, hast du gesagt.
Hannah Born	Und gepostet.
Bambi Zamba	Irgendwie bin ich vergesslich, seit du mir eine Waffe in die Schläfe gebohrt und geschrien hast: »Das Geld hier rein, du Fotze!«
Hannah Born	Das war ein Rollenspiel.
Bambi Zamba	Das war gut.
Hannah Born	:-)
Bambi Zamba	Im Ernst, echt beeindruckend.
Hannah Born	Ja, dabei will ich eine gute Polizistin und keine gute Verbrecherin sein. Ich bin doch Kommissaranwärterin. Seufz.
Bambi Zamba	Als Rollenspiel-Streifenbeamtin warst du auch gut.
Hannah Born	Das sagt ihr alle nur, weil ich euch als Täterin so eine Angst eingejagt habe ;-)
Bambi Zamba	»Ich kann dich erschießen oder dir den Lauf meiner Waffe in den Arsch rammen, du Schwanzlutscher!

	Mach jetzt die Kameras vom Überwachungssystem aus!« :-)
Hannah Born	Kirschgarten!
Bambi Zamba	Du denkst, unser Rollenspiel-Codewort entlässt dich aus diesem Chat?
Hannah Born	Und aus deiner Bewunderung. Ja.
Bambi Zamba	Nee, das musst du schon aushalten.
Hannah Born	Du übertreibst. Du warst auch toll.
Bambi Zamba	Ich habe zweimal »Kirschgarten« gesagt.
Hannah Born	Das nächste Mal sagst du's nur noch einmal, und dann gar nicht mehr.
Bambi Zamba	Schön wär's.
Hannah Born	Und wenn wir nach meinem Praktikum wieder Rollenspiele am Ausbildungszentrum machen und du Täterin bist, zahlst du mir alles heim ;-)
Bambi Zamba	Ich weiß nicht ...
Hannah Born	Doch, trau dich! Ich komme nicht mal in die Nähe vom »Kirschgarten«, weil ihr alle so lieb und vorsichtig seid. Da bekommt man Langeweile und keine Angst.
Bambi Zamba	Du willst, dass man dir Angst einjagt?
Hannah Born	Ja, bitte :-)

Essen.

»Ist das Ihr Ernst, Ortwein?«, hallt es durchs Auto.

Kriminalhauptkommissar Ludwig Ortwein seufzt und zieht den Zündschlüssel ab. Er nimmt sein Handy aus der Freisprechanlage, klemmt es sich ans Ohr und fingert eine Schachtel Zigaretten aus seiner Lederjacke.

»Gestern kurz vor Feierabend musste ich erfahren, dass Sie

den zweiten ungelösten Fall zu den Akten gegeben haben! Ist das wahr?«, fragt Polizeipräsident Karl Illner, als hätte er die Fakten nicht schwarz auf weiß vor sich liegen gehabt. »Der zweite Fall in *einer* Woche?«

Ortwein blickt zu der weißen Sichtschutzwand wenige Meter vor seinem Wagen, zu den Journalisten und dem polizeilichen Pressesprecher und zündet sich eine Zigarette an. Er inhaliert tief. »Beide Fälle waren Sackgassen. Ich kann nicht länger Ressourcen darauf verschwenden, Herr Illner.«

»Sackgassen? Da stellt sich mir natürlich die Frage, wer die Ermittlungen in diese Sackgassen hineingeführt hat?«

Ortwein presst die Lippen aufeinander und legt die Stirn in tiefe Falten. Er trommelt mit den Fingern aufs Lenkrad und räuspert sich. »Können wir dieses Gespräch vielleicht auf Montag verschieben? Ich bin jetzt am Tatort.«

»Meinetwegen«, grummelt Illner, dann wird seine Stimme leise und klingt drohend. »Seit Jahren halte ich meine schützende Hand über Sie und Ihr komplettes KK Elf. Ich glaube, dass die Ermittler nichts für die Umstände können und dass jeder mal schlechte Phasen hat, aber auch mein Glaube hat Grenzen. Ich kann Ihre miserable Aufklärungsstatistik nicht länger dulden.«

Ortwein beißt sich auf die Zunge und verkneift sich eine schnippische Erwiderung.

»Sie sorgen jetzt dafür, dass der Tatort, an dem Sie sich gerade befinden, keine Sackgasse sein wird! Sonst muss ich Sie versetzen, Ortwein.«

»Versetzen?«

»Irgendwohin, wo keine Leben auf dem Spiel stehen«, schnauzt der Polizeipräsident. »Kein anderes Kommissariat darf solche Zahlen vorlegen, wie Sie es tun. Und bei Ihnen ist das jetzt auch vorbei. Wegen Ihnen laufen Mörder frei rum!«

»Das ist eine starke Vereinfachung der Tatsachen«, presst Ortwein hervor. Er öffnet das Fenster einen Spalt, wirft den Zigarettenstummel raus und greift wieder nach der Schachtel.

»Ich hoffe, der Mord an Ihrem neuen Tatort ist ein Kinderspiel. Das hoffe ich für Sie.«

Ortwein runzelt die Stirn. »Sie wissen gar nicht, was hier vorgefunden wurde?«

»Ich habe Wochenende, Ortwein. Ich sitze auf meinem Rasenmäher und warte, bis Sie mir versichern, dass Sie endlich mal alles im Griff haben!«

»Hab ich«, erwidert er, klemmt sich eine Zigarette zwischen die Lippen und zündet sie an.

»Wir sprechen uns am Montag!«

»Ja, bis dann.« Ortwein drückt das Gespräch weg, steckt das Handy in die Innentasche seiner Jacke und zieht an der Zigarette.

Versetzen?

Was für ein Arschloch. Nicht dass Ortwein hier gerne arbeiten würde, aber woanders als im Kriminalkommissariat Elf würde er noch weniger gern arbeiten.

Aus dem Augenwinkel sieht er eine kleine blaue Vespa heranbrausen. Sie trägt schwer an ihrem Fahrer. Ortwein legt den Kopf schief, raucht und fragt sich, ob die Reifen theoretisch platzen könnten. Sie werden auf der Straße plattgedrückt und hüpfen scheinbar erleichtert in die Höhe, als der Fahrer absteigt.

Gerichtsmediziner Doktor Harald Filond öffnet das Sitzpolster, holt die Arzttasche aus dem Stauraum und legt seinen blank polierten Vespahelm hinein, bevor er sich mit federnden Schritten und leicht wiegenden, massigen Hüften zum Sichtschutz aufmacht.

»Was zur Hölle …?«, ertönt da eine weibliche Stimme.

Ortwein dreht den Kopf zum Seitenfenster. Doro Kelling hat eine Hand auf das Dach des Opels gelegt und beugt sich zu ihm hinunter.

»Es ist Samstag, Ortwein.«

»Hab ich mitbekommen«, antwortet er, öffnet die Autotür und steigt aus dem Wagen.

»Deine Arbeit beginnt am Montag, und zwar dann, wenn du meinen Bericht auf deinem Schreibtisch hast.«

Ortwein schnaubt. »Schreibtisch. Meine Arbeit macht man nicht am Schreibtisch.«

Doro stellt sich ihm in den Weg und stemmt die Hände in die Hüften. Sie ist Anfang dreißig, nicht dick, aber kräftig und dominant genug, um ihn zum Stehenbleiben zu zwingen. »Ich hasse den Kriminaldauerdienst. Ich hasse es, abends und am Wochenende arbeiten zu müssen, wenn euer gemütlicher Beamtenarbeitstag vorbei ist. Ich will auch um fünf Uhr nachmittags nach Hause gehen und an Samstagen ausschlafen«, sagt sie scharf. »Aber das kann ich nicht! Ich arbeite in der K-Wache. Und das Einzige, was ich noch mehr hasse als das, sind Typen wie du, die meine Arbeit für überflüssig halten!«

»Hier geht es nicht um dich«, erwidert Ortwein ungerührt. »Hier geht es um einen Mord.«

Doro lacht verächtlich. »Ja, und um deine Aufklärungsstatistik.«

»Ich will jetzt die Leiche sehen.«

»Nein.«

»Mach dich nicht lächerlich.«

»Das ist mein Tatort. Du bist erst Montag dran. Ich tauch ja auch nicht einfach im KK Elf auf und will in deiner Mordkommission mitmachen.«

»Dafür müsste ich dich erst berufen – oder wenigstens zulassen.«

Sie grinst und verschränkt die Arme vor der Brust. »Und da du so viele super Leute an der Hand hast, die jeden Fall binnen Stunden lösen, wird das nie passieren.«

Er schmeißt den Zigarettenstummel weg und pustet Rauch in die Luft. »Du kannst mir nicht verbieten, den Tatort zu besichtigen.«

Sie lacht. »Natürlich nicht. Ich bin trotzdem dagegen. Außerdem ist die Spurensicherung noch zugange, und Filond ist auch eben gekommen. Du würdest nur stören.«

»Chef!«, ruft da jemand.

Doro wendet den Kopf. »Der ist auch hier?«

Kriminalkommissar Boris Czorski stakst zwischen den Sichtschutzwänden und einigen geparkten Autos hindurch. Immer wenn der blasse Czorski sich bewegt, muss Ortwein an einen Storch denken. Das belustigt ihn, genauso wie das teure iPad und der spezielle Stift dafür; Dinge, die Czorski immer mit sich herumträgt. »Klar, ich bin mit allen erdenklichen Ressourcen an diesem Fall dran«, sagt er grinsend.

Doro verdreht die Augen und verschwindet hinter den weißen Schutzwänden. Ortwein stapft ihr hinterher, aber der Spalt, durch den sie eben noch hindurchgeschlüpft ist, wird jetzt durch Menschen in weißen Overalls versperrt.

»Ich kann's immer noch nicht fassen, Chef«, sagt Czorski hinter ihm. »Das ist ein toter KA.«

»Ich weiß«, erwidert Ortwein und stellt sich auf die Zehenspitzen, um über die Beamten der Spurensicherung hinwegzusehen. Er ist groß, hager und drahtig, kommt aber trotzdem nicht durch. Warum genau jetzt plötzlich alle weißen Overalls hier stehen müssen, kann er sich nicht erklären. »Hallo? Kann ich vorbei?«

»Da ist überall Blut.«

Ortwein wendet sich Czorski zu. »Du warst schon drin?«

Der Kriminalkommissar fährt sich durch die aschblonden Haare. »Ja, es ist schrecklich.«

»Mhm«, brummt Ortwein, dreht sich um und läuft außen an dem Sichtschutz entlang.

Czorski folgt ihm und wischt dabei wahrscheinlich auf seinem iPad rum. »Der Tote heißt Christian Müller, war neunundzwanzig Jahre alt.«

»Schöne Scheiße.«

»Er wurde um zehn nach sieben gefunden. Die Melderin steht unter Schock, aber die Streifenbeamten, die als Erste hier waren, sind noch da. Eine Theresia Pfeffer möchte dich gern sprechen.«

»Wer?« Ortwein sucht weiter nach einer Lücke zwischen den aufgestellten Wänden.

»Die Polizistin, deren Streife zum Tatort geschickt wurde.«

Ortwein hält inne, stemmt die Hände in die Hüften und betrachtet grimmig die weiße Wand vor ihm. »Wer zum Teufel bin ich denn?« Mit diesen Worten dreht er sich um, stapft zurück zu dem Spalt auf der anderen Seite und rammt dem erstbesten Overall den Ellbogen in die Seite. »Kripo, ich muss da jetzt durch! Ja, guck nicht so behämmert.«

»Hey, mal langsam«, protestiert jemand.

Ortwein dreht sich langsam zu dem Beamten der Spurensicherung um, die Augen zu Schlitzen verengt. Er holt seine Dienstmarke hervor und hält sie dem Beamten in Weiß direkt vor die Nase. »Ortwein, Kripo Essen, das da ist meine Leiche. Noch Fragen?«

Er wartet keine Antwort ab, steckt die Marke weg und geht – endlich – zum Tatort hinüber. Der ist innerhalb der Sichtschutzwände noch einmal mit orange-weißem Band abgesperrt.

Czorski ist schon wieder an Ortweins Seite. Er wieselt sich mit seinem dünnen Tablet wahrscheinlich überall durch, eckt nirgendwo an und fällt niemandem auf. »Ich warne dich, Chef, es ist wirklich viel Blut«, sagt er jetzt.

Ortwein schenkt ihm einen sprechenden Blick. Dann bleibt er stehen und seufzt. »Gibt es keine Zeugen, die du befragen kannst?«

»Bis jetzt nicht. Keiner will was gehört oder gesehen haben. Doro ist da gerade dran.«

»Ja, warum ruft Illner dann nicht demnächst bei Doro an?«, murmelt Ortwein.

»Was?«

»Nichts. Was macht die Spurensicherung, abgesehen davon, dass sie im Weg rumsteht? Haben die schon was zur Tatwaffe?«

»Nichts.«

»Dann tritt denen mal in den Hintern.«

Czorski runzelt die Stirn. »Chef, ich denke, dass die schon alles in ihrer Macht Stehende tun. Das da auf dem Boden ist immerhin eine Uniform, das treibt uns alle an.«

Ortwein schaut seinen Kollegen finster an. Er selbst hat diese Leiche ja noch nicht mal gesehen. »Weißt du, was mich antreibt?«

»Die Aufklärungsstatistik?«

»Essen ist auch ohne einen ermordeten KA schon auf Platz zehn der unsichersten Städte in NRW. Willst du das Leben hier nicht auch sicherer machen? Ist doch auch deine Heimat.«

»Ich wohn in Bochum.«

Ortwein holt seine Zigaretten aus der Innentasche und zeigt mit der Schachtel in Richtung der weißen Overalls. »Die Spurensicherung, Czorski.«

Im Weggehen ist sein Storchengang weniger amüsant, denkt Ortwein, aber das könnte auch an seiner eigenen Stimmung liegen, die inzwischen noch tiefer gesunken ist. Er zündet sich die nächste Zigarette an und inhaliert tief, wirft das leere Päckchen achtlos in den Mülleimer an einer Laterne. Bochum, denkt er verächtlich.

Er beugt sich unter dem Absperrband hindurch, richtet sich auf und steht prompt vor der ausgestreckten Hand von Filond. Ortwein blickt von der in die Hüfte gestützten linken Hand des Gerichtsmediziners zu der flach ausgestreckten rechten Hand direkt vor ihm. Filond trägt jetzt ebenfalls den obligatorischen weißen Overall und sieht aus wie eine riesige Teekanne aus Porzellan.

»Was wird das, Filond? Stop, in the name of love?«

»Kein Overall, keinen Schritt weiter«, säuselt der Gerichtsmediziner mit seiner hohen Stimme.

»Wie bitte?«

Doro läuft von links nach rechts an Ortwein vorbei. Auch sie trägt einen Overall und hat sogar ihre fransige Kurzhaarfrisur unter der Kapuze versteckt. Aus der kleinen weißen Öffnung grinst ihm ihr burschikoses Gesicht entgegen.

»Ich zieh so 'n Scheißteil nicht an«, brummt Ortwein.

Filond lächelt. »Mein lieber Ludwig …«

Ortwein seufzt genervt und schielt zu der Leiche hinüber. Die Sicht darauf ist schlecht und wird größtenteils von Filonds Assistenten verdeckt. Das Opfer liegt auf dem Rücken, umgeben von Blut, das größtenteils schon getrocknet zu sein scheint. Ortwein reckt den Hals und kann den Gürtel samt Ausrüstung an der Hüfte des Opfers ausmachen. Die Acht, das Holster, das Pfefferspray …

»Du kannst mir einfach sagen, was du hast, Filond.«

»Nichts.«

»Ja, ja, nichts Offizielles, ich weiß. Du musst erst in die Gerichtsmedizin, Leichenschau, Obduktion, etc. pp. …«

Filond runzelt die breite Stirn. »Willst du meinen Job machen?«

»Nein, verdammt!«, fährt Ortwein ihn an. »Was habt ihr denn heute alle? Ich will eure Scheißjobs nicht machen!«

»Du willst ja nicht mal deinen eigenen machen«, sagt Doro und sieht einem Assistenten betont interessiert über die Schulter.

Ortwein ignoriert die Bemerkung und tritt einen Schritt auf Filond zu. »Was hast du?«, hakt er nach und muss sich dabei zur Ruhe zwingen.

»Ich habe zunächst einmal festgestellt, dass es sich hier tatsächlich um eine Leiche handelt«, erklärt Filond stoisch. »Mit hoher Wahrscheinlichkeit kein natürlicher Tod.«

Ortwein verdreht die Augen.

Filond bleibt gelassen und greift mit gezierter Handbewegung zu seinen Notizen. »Wir haben eine Schnittverletzung in der Kehle, durch die das Opfer sehr viel Blut verloren hat, und eine Schusswunde in der Brust. Beide Verletzungen können tödlich gewesen sein. Die Leichenstarre hat am Knie bereits eingesetzt, die Leichenflecken am Handballen lassen sich noch leicht wegdrücken.«

»Was heißt das genau?«, fragt Doro von hinten.

»Dass der Todeszeitpunkt erst wenige Stunden her ist«, antwortet Ortwein und kann die Schadenfreude ob ihres Unwissens kaum verbergen.

Filond nickt. »Näheres erst nach der kompletten Leichenschau und Obduktion. Wir werden das Opfer so wie es ist in die Gerichtsmedizin bringen und dort entkleiden.« Er lässt die Notizen sinken. »Mehr hab ich wirklich nicht.« Er dreht den Kopf und spricht über die Schulter. »Und daran wirst du auch nichts ändern, wenn du zwei Overalls übereinander anziehst, Doro-Maus. Dir steht ja nicht mal einer.«

Ortwein lacht leise.

Filond dreht sich zu ihm und mustert ihn von oben bis unten. Dann schnaubt er verächtlich. »Von dieser Jacke sprechen wir ein anderes Mal, mein lieber Ludwig.« Und schon beugt er sich wieder zu der Leiche hinunter. »Hinter das Band, Ortwein!«, ruft er noch, diesmal scharf und ohne das übliche Säuseln.

Ortwein hebt das Absperrband an und beugt sich drunter durch. Auf der anderen Seite erwartet ihn eine junge Streifenpolizistin.

»Herr Ortwein?«

Er mustert sie unbeeindruckt. Sie ist groß, so groß wie er selbst, und ganz hübsch, auch wenn ihre Ohren recht auffallend abstehen. Sie hält ihre Dienstmütze in der Hand und lächelt ihn an. Er lächelt kurz und freudlos zurück. Er hat jetzt keine Zeit für die Befindlichkeiten einer Streifenpolizistin, die ihren ersten Toten überwinden muss.

»Ich bin Theresia Pfeffer, mein Kollege und ich waren die Ersten am Tatort«, sagt sie.

»Und?«

»Heute ist mein erster Tag als Polizeikommissarin«, ergänzt Pfeffer.

»Hören Sie, das war eine Menge Blut, ich weiß. Aber für so was haben wir Psychologen und …«

Ihr Lachen unterbricht ihn. Es klingt ein wenig künstlich. »Nein, nein, darum geht es nicht. Was ich sagen will, ist, dass ich bis vor kurzem Kommissaranwärterin war. In Selm.«

Ortwein seufzt. »Sie kannten also das Opfer?«

»Jeder in Selm kannte Christian Müller, das können Sie mir glauben.«

»Ich glaube Ihnen, mein Kollege Czorski wird das alles …«

Pfeffer schüttelt den Kopf. »Der ist zu beschäftigt. Christian Müller war der mit Abstand unbeliebteste KA, der je in Selm gewesen ist. Ich habe das sehr viele Kursleiter sagen hören. Alle haben sich gefragt, wieso ausgerechnet der Polizist werden will. Ursprünglich hat er mal Jura studiert, hat sein Staatsexamen aber nicht gepackt und dann bei der Polizei seine Berufung gefunden.« Sie lacht spöttisch. »Müller wusste immer alles besser, und er hat die Mitglieder seiner Kurse ausgelacht, wenn sie falsche Antworten gegeben haben. Dabei waren seine eigenen Antworten oft genug auch falsch.« Sie streicht sich eine Strähne zurück in den Nacken. »Natürlich war Christian Müller nicht in meinem Jahrgang, ich bin ja schon fertig.«

Ortwein grinst und zündet sich eine Zigarette an. »Und mächtig stolz drauf, was?«

»Stolz hat damit nichts zu tun. Es ist mein erster Tag, natürlich ist das sehr aufregend.«

»Dann bringen Sie diesen Tag so zu Ende, wie jeder brave Beamte es tut. Fahren Sie auf die Wache, und schreiben Sie an Ihrem wackligen Schreibtisch einen hübschen Bericht«, erwidert er, zieht an seiner Zigarette und geht an ihr vorbei. Er schaut sich suchend nach Czorski um. Wo steckt der Storch?

Pfeffer läuft unbeirrbar neben ihm her. »Müller war eine Plage für jeden Kurs im Ausbildungszentrum. Er musste ständig wechseln, weil er nirgendwo tragbar war.«

»Sie wollen also damit sagen, dass er Feinde hatte.«

Sie nickt nachdrücklich. »Viele.«

»Das müssen Sie bei Czorski alles zu Protokoll geben.« Er blickt von der Gruppe herumwuselnder Erkennungsdienstbeamten, in der er Czorski vermutet, zurück zum Tatort. Er kann immer noch lediglich die Beine der Leiche sehen und das Blut, das um sie verschmiert ist. Seltsam, denkt Ortwein, schließlich befindet sich an den Beinen überhaupt keine Austrittswunde. Filond hat gesagt, es gäbe nur zwei: eine am Hals, eine im Torso.

»Wie ich schon sagte, ich würde lieber mit Ihnen zusammenarbeiten«, beharrt Pfeffer.

»Zusammenarbeiten?« Ortwein verschluckt sich am Rauch seiner Zigarette und hustet.

»Ich habe alle meine Kommilitonen genau beobachtet, auch Christian Müller. Ich könnte ...«

Ortwein hebt die Hand. »Sie könnten warten, bis Czorski mit der Spurensicherung fertig ist, oder später bei uns auf dem Revier vorbeischauen. Aber als Streife fahrende PK an Ihrem ersten Tag sollten Sie nicht von Zusammenarbeit sprechen. So machen Sie sich nur lächerlich, Frau ... Wie war noch mal der Name?«

»Pfeffer.« Sie lächelt wieder dieses etwas angestrengte Lächeln. »Und ich denke nicht, dass ich mich lächerlich mache, wenn ich helfen will.«

Er seufzt. Warum schießen die unbrauchbaren Informanten immer wie Pilze aus dem Boden, während die Filonds dieser Welt sich mitsamt ihrer polierten Vespahelme in einen Kokon des Schweigens hüllen.

Pfeffer mustert ihn derweil abwartend. Sie scheint kurz zu überlegen, bevor sie weiterspricht. »Und mein Onkel ist da sicher einer Meinung mit mir.«

»Ihr Onkel?«, fragt Ortwein, nun gleichermaßen verwirrt wie genervt.

»Ja, Sie wissen doch sicher, wer das ist.«

»Ich interessiere mich nicht für Ihren Onkel, Pfeffer«, sagt Ortwein knapp.

»Er interessiert sich aber sehr für Sie, Herr Ortwein.«

»Und warum sollte er das tun?«, fragt er, während er schon wieder zum Tatort hinüberschaut. Das Blut kann doch nicht einfach da unten hingelaufen sein …

»Er ist Ihr Chef.«

Ortwein dreht sich abrupt zu ihr und lacht auf. »Ihr Onkel ist der …«

»Polizeipräsident Karl Illner.« Pfeffer lächelt freundlich. »Wir haben ein recht gutes Verhältnis.«

Ortwein denkt an Illner und die drohende Suspendierung. Er betrachtet diese junge Polizistin und findet sie von Minute zu Minute selbstgefälliger. Redet von ihrem ehemaligen Kommilitonen wie von einer Küchenschabe und spielt sich auf, als wäre sie etwas Besseres. Würde er die Versetzung abwenden, wenn er Illners Nichte protegierte? Er zieht an seiner Zigarette. Nein, sonst hätte Illner das wahrscheinlich einfach von ihm verlangt.

Finster blickt er Pfeffer an. »Glauben Sie, dass mich das beeindruckt? Damit machen Sie sich nun wirklich lächerlich. Und jetzt entschuldigen Sie mich, ich muss arbeiten.« Er geht endlich an ihr vorbei.

»Müssen Sie nicht«, ruft sie ihm nach.

Er dreht sich um. »Wie bitte?«

Sie bringt ein schiefes Lächeln zustande. »Es ist Samstag.«

»Czorski!«, ruft er.

Der junge Kriminalkommissar kommt endlich angestakst. Ortwein zeigt mit seiner Zigarette auf Pfeffer. »Kümmern Sie sich darum!«

Mit verschränkten Armen stellt Ortwein sich wieder vor das Absperrband. »Was ist mit den Blutspuren, Filond?«, ruft er.

Filond springt neben der Leiche auf wie ein Gummiball. Für seine Körperfülle ist er überraschend wendig. Er hat einen roten Kopf und sieht Ortwein grimmig an. »Eins nach dem anderen, jetzt werde ich erst einmal die Augen tropfen und die Pupillenweite messen, wenn's recht ist.«

Ortwein nickt grimmig und betrachtet die Blutspuren genauer. Nun kann er auch die Halswunde erkennen, aus der das rote frische Blut noch immer sachte heraussickert. »Ist recht, aber noch lieber wär mir, wenn du dabei was zu den Blutspuren sagen könntest.«

Filond seufzt theatralisch. »Das Blut wurde verschmiert, Herrgott. Natürlich ist es nicht einfach dahingeflossen«, er zeigt auf die Füße der Leiche und fuchtelt mit der Hand, »und schon gar nicht in so zackigen Linien.«

»Na also.«

Doro stellt sich zu ihm. Der Overall ist verschwunden, sie trägt wieder praktische Cargopants und T-Shirt. »Sieht aus, als könntest du nach Hause fahren.«

Ortwein hört gar nicht hin, er mustert die Häuserreihe rechts vom Tatort. Die weißen Schutzwände reichen bis zur rußgrauen

Hauswand. Das kleine Tabakgeschäft gehört mit zum Tatort, zumindest seine Fassade. Die Tür ist eingeschlagen worden, und ein Spurensicherungsbeamter untersucht gerade das Loch in der Glasscheibe. Neben dem Geschäft gibt es einen Hauseingang, der anscheinend in das Treppenhaus führt. Die hässlichen Buntglasscheiben lassen dies zumindest vermuten. Ortwein lässt den Blick hinauf in den vierten Stock und dann wieder zum Tatort wandern.

Er geht zu dem Hauseingang, macht einen Bogen um den Mann im Overall und betritt den Hausflur. Schrittgeräusche hinter ihm legen den Schluss nah, dass Doro ihm folgt.

Und richtig, schon hört er ihre Stimme. »Ich kann dir einen genaueren Todeszeitpunkt sagen als Filond«, verkündet sie triumphierend.

Ortwein dreht sich auf dem ersten Treppenabsatz zu ihr um. »Ach ja?«

»Christian Müller hatte heute Frühschicht in Mülheim. Er war auf dem Weg zu seiner Praktikumsstelle. Er wohnt hier in der Nähe und wird wahrscheinlich gegen fünf aufgebrochen sein. Das heißt, um kurz nach fünf war er tot.«

»Er war auf dem Weg zu seiner Praktikumsstelle? Wie bist du darauf gekommen? Weil er eine Uniform anhat?« Ortwein lacht und dreht sich um. Dann geht er weiter.

Doro folgt ihm mit festem Schritt. »Es hätte auch auf seinem Heimweg passieren können, dann hätten wir einen länger zurückliegenden Todeszeitpunkt, gestern Abend, wahrscheinlich gegen halb sieben oder sieben.«

»Aber du hast herumtelefoniert, wo er gerade Dienst schiebt, und herausgefunden, dass er Frühschicht hatte? Herzlichen Glückwunsch«, grummelt er und geht weiter. Sie sind schon im zweiten Stock, und Doro keucht hinter ihm. Ortwein genießt den Klang ihrer Erschöpfung, er ist stolz auf seine Fitness. Zigaretten hin oder her, Rauchen hat seinem drahtigen Körper nie geschadet.

»So ist das immer mit dir«, sagt sie pampig. »Erst willst du ganz schnell viele Infos, und wenn man sie dir dann gibt, tust du so, als wären sie nichts wert.«

»Und du willst immer nur gelobt werden. Warum läufst du mir eigentlich hinterher?«

»Weil ich wissen will, was du hier im Haus vorhast. Müller ist unten erschossen worden, den Schmauchspuren nach zu urteilen, war es ein Nahschuss.«

Ortwein lacht, dritter Stock, Doros Atem geht schneller. Er selbst eilt unbeirrt weiter. Noch ein Treppenabsatz.

Doros Tritte verhallen plötzlich, dafür ist ihr Keuchen nun sehr laut. »Weshalb zur Hölle rennst du hier hoch?«

Ortwein öffnet das alte Fenster mit den bunten staubigen Glasscheiben. »Wegen der Aussicht«, sagt er und beugt sich hinaus.

Zehn Meter unter ihm wirkt der durch Sichtschutzwände abgetrennte Raum klein, der abgesperrte Tatort selbst noch kleiner. Die Leiche liegt immer noch auf dem Rücken, alle viere von sich gestreckt, den leeren Blick gen Himmel gerichtet.

Auf dem grauen Asphalt zeichnet sich das Blut deutlich ab, eine große Pfütze unterhalb des Halses, die noch feucht glänzt. Die Septembersonne spiegelt sich darin. Der Rest des Blutes ist schon getrocknet, es ist braun, aber deutlich zu sehen. Filond wieselt mit seinem wendigen, dicken Körper um das Opfer herum.

»Was siehst du?«, fragt Doro.

»Einen Stern«, murmelt Ortwein. Das Blut wurde um Arme und Beine geschmiert und endet dort jeweils in einem spitzen Zacken. Außerdem gibt es einen Zacken um den Kopf und einen zwischen den Beinen. »Sechs Zacken. Ein Hexagramm.«

»Ach du Scheiße«, flüstert Doro, während sie sich neben ihn quetscht und den Kopf aus dem Fenster steckt. Dann zieht sie sich zurück und klopft Ortwein auf die Schulter. »Hab's mir anders überlegt. Ich fahr jetzt doch. Ist dein Tatort.«

Ortwein wendet sich ihr zu und hebt eine Augenbraue. Er tastet suchend nach der Zigarettenschachtel in der Lederjacke. »Eine Nummer zu groß für dich?«

Sie lacht. »Wie man's nimmt. Da wurde ein Hexagramm aus Blut um eine Leiche gemalt, sieht mir sehr nach einem Ritualmord aus – einem Ritualmord an einem uniformierten Kommissaranwärter.« Sie tippt sich an die Stirn. »Damit mach ich mir doch nicht die Hände schmutzig.« Sie zieht ihr Handy aus einer der vielen Taschen an ihrer Hose und schaut auf das Display. »Ich hab ohnehin gleich Feierabend.«

Ortwein zündet sich eine Zigarette an. »Wie komfortabel.«

»Keine Angst, am Montag hast du deinen Bericht«, ruft sie noch, während sie überraschend leichtfüßig die Treppe hinunterhüpft. »Und dann bin ich raus aus dieser Geschichte.«

»Sagt ihr den Angehörigen Bescheid?«, ruft er ihr noch hinterher, da verhallt das Hüpfen.

»Scheiße«, grummelt Doro. »Das hab ich über die Uniform und das ganze Blut da draußen ganz vergessen.«

»Ist aber dein Job.«

»Ja, ja«, sagt sie und geht die Treppe weiter runter, ihre Tritte werden leiser. »Aber danach bin ich wirklich raus aus der Sache.«

Ich nicht, denkt Ortwein und steckt sein Feuerzeug weg. Er inhaliert tief, wendet sich wieder dem Fenster zu und sucht inmitten der weißen und dunkelblauen Gestalten dort unten nach den wenigen zivil gekleideten. Es dauert eine Weile, aber dann hat er den blassen jungen Mann mit dem Storchengang ausgemacht. »Czorski!«, brüllt er hinunter.

Der bleibt stehen und sieht sich um.

Ortwein verdreht die Augen. »Hier oben, komm mal rauf!«

Czorski hebt den Kopf und schirmt die Augen vor der Sonne ab. Ortwein winkt ihm ungeduldig. »Raufkommen!«, ruft er und schiebt ein leises »Verdammt« hinterher.

Wenig später keucht Czorski Ortwein ins Ohr und schaut mit ihm durch das offene Fenster hinunter. »Ein Hexagramm«, konstatiert er. »Ich sag der Spurensicherung Bescheid, dass die auch von hier oben Fotos machen sollen, bevor sie die Leiche in die Gerichtsmedizin abtransportieren.«

Ortwein raucht und nickt wortlos.

»Die haben übrigens ein Projektil und eine Patronenhülse gefunden. Neun Millimeter.«

»Und die Waffe?«

»Nichts. Auch nicht bezüglich der Schnittwunde am Hals«, berichtet Czorski. »Ein Ritualmord an einem KA, und das bei unserer Aufklärungsstatistik.«

Nachdenklich schaut Ortwein nach unten und fixiert das Holster, das von hier oben nur ein brauner Fleck am Gürtel des Opfers ist. »Warum hat er sich nicht gewehrt? Das Holster ist doch geschlossen, die Waffe drin, oder?«

»Ja«, antwortet Czorski. »Holster zu, Waffe vorhanden. Sieht unberührt aus, sagt die Spurensicherung.«

»Unberührt?« Ortwein schüttelt den Kopf. »Christian Müller war ein Idiot.«

Mainz.

Sie hat Feierabend. Sie ist zwanzig Jahre alt, trägt Polizeiuniform und kniet vor ihm auf dem Gehweg im Park. Der lehmige, nachtfeuchte Boden wird braune Abdrücke auf ihrer blauen Hose hinterlassen. Ein Schönheitsfehler, aber nicht zu ändern. Er wird sich damit abfinden müssen …

Missmutig presst er die Lippen aufeinander. Nein, er kann sich nicht damit abfinden. Er *will* keinen Dreck an ihrer Uniformhose! Er starrt ihre Knie an. Doch er ist nicht dumm, er weiß, dass die

Flecken bloß eine Kleinigkeit sind. Er kann nicht wiederkommen, kann es nicht wann anders machen. Hier und jetzt muss alles über die Bühne gehen. Er schraubt den Schalldämpfer auf. Das leise Quietschen des Gewindes beruhigt ihn ein wenig.

»Hannah«, sagt er. »Hannah, Hannah. Ich hatte mir dich ganz anders vorgestellt.«

»Was?«

»Nicht so zart, irgendwie robuster.« Er lächelt.

Hannah Born hat große blaue Augen, die sie weit aufreißt. Wahrscheinlich zieht sie in Erwägung wegzulaufen, aber dann müsste sie mit einem Fangschuss rechnen. Oder sie hat einfach nur Angst und denkt an gar nichts. Sie hebt langsam und abwehrend die Hände. Als würde das etwas nützen …

Der glänzende Schalldämpfer sitzt nun fest am Lauf. Er streicht mit den Fingern, die in schwarzen Lederhandschuhen stecken, über die Waffe. Überhaupt trägt er komplett Schwarz und verschmilzt fast mit der Nacht. Um sie herum stehen hohe dunkle Büsche, über ihnen ist der Himmel finster und sternenlos. Er sieht von der Waffe in seiner Hand zu Hannah.

Das letzte Mal war er noch etwas hektisch, heute wird er es mehr genießen. Ein lauer Wind streift durch die Bäume und Büsche, lässt die Blätter rascheln. Einige wenige fallen schon zu Boden, segeln sanft durch die Luft und landen im feuchten Gras.

Es gibt Laternen, die Lichtkegel auf die Gehwege werfen, in denen ein paar Blätter tanzen – aber nicht hier, hier ist es dunkel. Seine Augen mussten sich vorhin erst an die Dunkelheit gewöhnen, aber jetzt sieht er gut. Er lässt den Blick über Hannah gleiten. Ihre blonden Haare sind zu einem Pferdeschwanz zusammengebunden, der lustig gewippt hat, als sie vorhin durch den Park gegangen ist, als sie noch geglaubt hat, sie wäre sicher.

Sie geht nachts immer allein durch diesen Park, der genau zwischen ihrer Praktikumsdienststelle und ihrer WG liegt. Ihn zu durchqueren ist der kürzeste Weg, und sie wählt ihn zu jeder Tages- und Nachtzeit. Das ist dumm und gefährlich. Weiß der Geier, wie sie darauf kommt, dass es das nicht ist. Vielleicht hält sie sich für unantastbar, weil sie ein bisschen Selbstverteidigung an der Polizeischule gelernt hat, das Rollenspiel beherrscht und in der Zukunft eine eigene Walther P99 Q im Holster tragen wird. Aber diese Zukunft hat noch nicht begonnen – und das wird sie auch nie.

Er schaut inzwischen wieder auf ihre Knie, und selbst in dieser Dunkelheit glaubt er, den Dreck sehen zu können, diesen furchtbaren Dreck an der schönen Uniform.

Sie scheint seinen Blick falsch zu verstehen. »Ich … ich tu alles, was Sie wollen«, jammert sie, und Tränen steigen ihr in die großen blauen Augen. »Wenn Sie nur nicht schießen.«

»Du kannst aber nichts tun«, sagt er. »Es ist nichts Persönliches. Es …« Er bemüht sich ruhig zu bleiben, er muss hinnehmen, dass Flecken auf der Hose sind. Es geht nun mal nicht anders, und es wird trotzdem ein würdiger Moment werden – aber der Schmutz, dieser verdammte Schmutz …

»Auf deine Uniform hättest du wirklich besser achtgeben können!«, platzt es aus ihm heraus.

»Was?«, fragt sie verwirrt.

Er zeigt mit der Pistole auf ihr linkes Knie, dann das rechte. »Da. Das wird doch ganz dreckig!«

»Was? Aber … Sie haben doch … Ich sollte mich doch hinknien!«

Darauf kann er nichts erwidern. Sie hat ja recht, er hat es selbst so gewollt. »Trotzdem …«, presst er wütend hervor.

»Soll ich es abklopfen?«, fragt sie eifrig und macht Anstalten aufzustehen.

»Nein!« Er hebt schnell die Waffe und zielt auf ihre Stirn. Aber er kann nicht abdrücken. »Nein«, sagt er, nun wieder ruhiger. Die Pistole sinkt herunter.

Sie soll nicht an sich herumklopfen, sie soll ihm eine saubere Uniform präsentieren. Dieser Dreck ist seine Kugel doch gar nicht wert! Er betrachtet Hannah, das blonde Haar und die großen schönen Augen mit der schönen Angst darin. Er betrachtet ihre schmutzigen Knie.

Das Bild in seinem Kopf sieht anders aus, dort ist die Uniform unversehrt und rein. Nachdenklich tippt er mit dem Zeigefinger auf den Lauf der Waffe.

Hannah sieht ihn abwartend an, die Angst in ihrem Blick weicht leiser Hoffnung.

Er hatte sie sich mutiger vorgestellt. Sie sollte doch so ein Raubein sein, so unangepasst und laut. Er hatte erwartet, sie bezwingen zu müssen, und nicht stumme Krokodilstränen fallen zu sehen.

»Ich bin die Falsche, oder?«, fragt sie da mit zitternder Stimme. »Sie zögern, Sie müssen mich verwechseln. Machen Sie keinen Fehler, und lassen Sie mich gehen!«

Er lacht. »Die Falsche?«

»Das liegt bestimmt an der Uniform, wir sehen uns darin alle ähnlich …«

»Die Uniform«, fährt er wütend dazwischen, »hast du beschmutzt, du Schlampe!«

»Es … es tut mir leid. Soll ich eine saubere holen?«

»Eine saubere Uniform«, murmelt er und lässt sich die Worte auf der Zunge zergehen. Vor seinem inneren Auge erscheint das Bild einer reinen blauen Gore-Tex-Hose, einer frisch gebügelten Bluse mit gestärktem Kragen und einer Dienstmütze mit blankpoliertem Stern. Er schluckt, er will es so sehr, die Perfektion …

»Soll ich?« Die zuerst leise Hoffnung wird nun regelrecht zu einem Aufschrei.

Er blinzelt irritiert und sieht sie wie erwachend an. »Du bist nicht nur feige, du bist auch noch total bescheuert. Ich lass dich doch jetzt nicht gehen.« Er verzieht das Gesicht und hebt die Waffe. Das Einzige, was noch weniger ins Bild passt als der Schmutz, sind Hannahs Hoffnung und ihre Dummheit. Beides muss endgültig ausgelöscht werden.

Er atmet ein, zu zwei Dritteln aus und fixiert ihre Stirn.

»Kirschgarten«, sagt sie leise. Ihre Stimme zittert.

»Was?« Er hält inne und bereut es schon.

Sie schließt die Augen und murmelt: »Kirschgarten. Kirschgarten. Kirschgarten.«

»Schnauze«, sagt er, atmet wieder ein und zu zwei Dritteln aus. Dann drückt er den Abzug durch. Der Widerstand ist hoch, er muss den Zeigefinger mit aller Kraft durchziehen. Double-Action-only – und Action: Ein Kribbeln fährt durch seinen Körper. Mit einem leisen Ploppen verlässt die Patrone den Lauf und dringt in Hannahs Schädel ein. Ein sauberer Schuss, der die Hoffnung in ihrem Blick auslöscht und einen Teil ihres Hinterkopfs wegsprengt.

Zufrieden steckt er die Waffe wieder ein. Hannahs Anblick jagt ihm nun einen wohligen Schauer über den Rücken.

Ihr hellblonder Pferdeschwanz ist schwarz vor Blut, um sie herum bildet sich eine Lache aus Blut, Knochenstücken und Hirnmasse. Durch halbgeöffnete Lider starrt sie ins Nichts. Er kniet sich neben sie und packt sie mit beiden Händen am Revers. Mit einem Ruck zieht er Hannah zu sich hoch und legt sie auf dem Rücken wieder ab. Aus ihrem Hinterkopf läuft das Blut in Strömen. Der Kopf ist viel besser als das Herz, das hatte er sich schon gedacht.

Das Herz war ja schön und gut, aber es reichte nicht aus für seine Zwecke.

Er spreizt ihre Arme und Beine. Die Knie sind dreckig, so furchtbar dreckig. Er will den Schmutz wenigstens abklopfen, aber das Blut sickert schon langsam in den Lehmboden ein, und er braucht es. Also wird er die Flecken hinnehmen, zumindest vorerst, vielleicht ist ja später noch Zeit.

Wobei – Zeit hat er eigentlich nie.

So oder so heißt es: Feierabend für Hannah Born.

Kapitel 2 **Polizeiakademie**

Sonntag, 2. September

Facebook. *Police Academy*. Kommentar-Feed.

Björn Grammel	Liebe Essener Police Academiker, es steht. Party bei mir, Samstag ab neun. Bringt Alkohol und gute Laune mit. Der Rest ist da. Wir freuen uns auf euch!
René Schneider	Police Academiker? Mit c? Im Ernst, Mann?

Bi Anca nimmt teil.

Kai The SchuMann nimmt teil.

Sebastian Scheller	Kann ich jemanden mitbringen?
René Schneider	Ist sie heiß?
Björn Grammel	@Sebastian: Kein Ding. @René: Sag du erst mal selbst zu, du Sack!
René Schneider	UAWG, liebe Police Academiker? Soll ich dir einen Antwortbrief auf Büttenpapier schreiben und einen Smoking leihen? LOL

Dani Friedrich nimmt teil.

Sebastian Scheller nimmt teil.

Björn Grammel	Neun heißt übrigens neun Uhr abends. 21:00. Ist klar, ne?
Bi Anca	Nee, ich wollte zum Frühstück vorbeikommen.
Björn Grammel	Du kannst bis zum Frühstück bleiben.

René Schneider gefällt das.

Matthias Arndt nimmt teil.

Dani Friedrich	Nur theoretisch: Kann man den Schneider wieder ausladen?

René Schneider	Ich hab noch gar nicht zugesagt.
Theresia Pfeffer nimmt vielleicht teil.	
Björn Grammel	Mir ist hier gerade ein Nudelsalat abgesprungen. Kann jemand einen machen?
Bi Anca	Schneiders Salate sind hervorragend.
Kai The SchuMann	LOL
Bi Anca	Im Ernst! Der Schneider macht voll gute Salate. Mit Rucola und so.
Björn Grammel	Schneider?
René Schneider	Noch unentschieden, lieber Mit-Police-Academiker. LOL
Dani Friedrich	Herrgott, ich bring auch zwei Salate mit.
Björn Grammel gefällt das.	
René Schneider	Heißt das, dass ich von der Salatpflicht entbunden bin?
Theresia Pfeffer	@Schneider: Wer bist du überhaupt?
René Schneider	KA im vierten Semester.
Theresia Pfeffer	Das war eine rhetorische Frage. Niemand interessiert sich für dich und deine Salate.
4 Personen gefällt das.	
René Schneider	@Pfeffer: Hast du diese Beleidigung denn auch mit deinem Onkel abgesprochen?
8 Personen gefällt das.	
Bi Anca	Also ich war eben shoppen und hab mir ein neues Top für Samstag gekauft.
René Schneider nimmt teil.	

Essen.

»Wir fahren raus!«, ruft Nadine, während Peter und sie die Wache durch die Glastür verlassen. Pfeffer sieht ihnen einen Augenblick lang nach. Sie steht in der Tür zum Aufenthaltsraum, ihre Dienstmütze unter den Arm geklemmt. Es ist Sonntagmorgen, eben haben sie und ihre Kollegen die Frühschicht übernommen.

Nadine und Peter fahren also raus, oder *sitzen auf*, wie Frick es nennen würde. Seit gestern hat Pfeffer diese Unruhe in sich, den inneren Drang, etwas zu tun. Oder ist es eine Vorahnung? Vielleicht wird heute ja wieder ein Mordopfer gefunden?

»Erste Leiche, was?«, fragt Claudia und marschiert an ihr vorbei in den Aufenthaltsraum. Sie stellt zwei Kaffeetassen auf dem langen Tisch ab.

Frick wirft eine Zeitung daneben, stellt seine Teetasse dazu und setzt sich auf den braunen Hartschalenplastikstuhl mit den dünnen Stahlbeinen.

»Setz dich«, sagt er zu Pfeffer. »War doch gestern turbulent genug. Wir haben uns einen ruhigen Morgen verdient.« Er schlägt die Zeitung auf und versenkt den Kopf darin.

»Ich hab gehört, dass du super reagiert hast«, sagt Claudia und schiebt Pfeffer die Kaffeetasse hin.

Pfeffer lächelt. »Frick hatte kurz zuvor noch gesagt, er habe im Gefühl, dass was Aufregendes passiert.«

»Mhm«, murmelt er, ohne von der Zeitung aufzusehen, »aber ich hatte dabei eher an einen Diebstahl gedacht.«

Claudia lacht. »Jedenfalls bist du gleich ins kalte Wasser gesprungen. War es denn viel Blut?«

Pfeffer stützt die Unterarme auf dem Tisch ab. »Ja, eine große Lache unter dem Hals. Die Kehle war durchgeschnitten. Überall um die Leiche herum war Blut, es wurde ein Stern um sie gezeichnet, also eher geschmiert. Wie ein expressionistisches Gemälde, das jemand mit den Fingern malt. Man hat erst von oben richtig gesehen, dass es ein Sechsstern ist. Ohne dieses Geschmiere hätte ich vielleicht sofort gemerkt, dass ich das Opfer kenne.«

Claudia macht große Augen. »Du kanntest das Opfer?«

»Ja, aus Selm. Er war dort mit mir im Ausbildungszentrum. Christian war ein Jahr unter mir, aber im ganzen Ausbildungszentrum bekannt. Besserwisserisch und anmaßend war er und dabei nicht mal ein guter KA. Ich glaube, der musste die Hälfte aller Prüfungen und Klausuren zwei Mal machen.« Pfeffer trinkt einen Schluck Kaffee. »Niemand war so bekannt und so unbeliebt in Selm wie Christian Müller.«

Sie blickt nachdenklich in ihre Tasse. Letzte Nacht hat sie kaum geschlafen, weil sie sich ständig fragen musste, wer Christian umgebracht haben könnte – und vor allem wieso.

»Und, Frick«, Claudia wendet sich ihm zu, »was machen die Hochzeitsvorbereitungen?«

Pfeffer schaut irritiert auf. Wollte Claudia denn nicht mehr über den Fall erfahren? Was genau es mit dem Blut auf sich hatte zum Beispiel, dem Hexagramm?

Frick hingegen lacht und blättert weiter. »Wir haben einen DJ, und es scheint auch ein Kleid zu geben. Heute Abend essen wir Probe.«

»Fragt ihr euch gar nicht, wer einen Kommissaranwärter der Polizei mitten in der Essener Innenstadt umgebracht hat?«

Die beiden wenden sich wieder Pfeffer zu. Claudia lacht und tätschelt ihr die Hand. »Doch, natürlich, aber damit darfst du dich nicht zu sehr quälen. Wenn wir jede Tat mit nach Hause nehmen würden, dann wären wir längst reif für die Psychiatrie.«

»Was heißt wären?«, fragt Frick grinsend. »Also wenn man sich den Willi anguckt …«

Claudia lacht. »Ja, aber der hatte schon vorher einen Knall! War ja klar, dass er früher oder später in Therapie geht.«

Pfeffer runzelt die Stirn. »Ich rede hier nicht von psychischer Belastung.«

»Ach so«, entgegnet Claudia, »du meinst, ob unser Spürsinn nicht geweckt ist? Nun, wir sind schließlich keine Ermittler …«

»Aber das war ein KA«, beharrt Pfeffer und fixiert Frick. »Ist das nicht irgendwie ein Angriff auf die ganze Polizei? Du hast doch selbst gesagt, er sei ein Kollege.«

Frick lehnt sich zurück und verschränkt die Arme vor der Brust. »Und du hast gesagt, er sei keiner.«

»Ich sagte, noch nicht. Aber er wäre einer von uns geworden, sobald er alle Prüfungen geschafft hätte. Und er ist auf offener Straße erschossen worden. Einfach so! Vom Täter fehlt jede Spur.«

Claudia lächelt gutmütig. »Aber das weißt du doch gar nicht, vielleicht hat die Mordkommission längst eine Spur gefunden.«

»Meinst du?«, fragt Pfeffer und tippt mit dem Zeigefinger auf den Tisch. »Zentral ist auf jeden Fall die Frage, warum Müller sich nicht gewehrt hat. Der Täter war bestimmt jemand, den er kannte. Jemand, der ihn nicht leiden konnte. Leider kommen da sehr viele in Frage.« Sie trinkt einen Schluck Kaffee. »Und was hat der Stern zu bedeuten? Sehen die Ermittler in dem Symbol selbst einen Hinweis oder eher in der Art und Weise, wie es hingeschmiert wurde?«

Claudia und Frick tauschen einen Blick. Pfeffer bemerkt es und nimmt schnell einen weiteren Schluck Kaffee. Übertreibt sie es mit ihren Überlegungen? Sie schaut auf die Uhr, die rechts an der Wand hängt. Sieben Uhr, vielleicht sollten sie jetzt wirklich aufsitzen. In ihr keimt die leise Hoffnung, dass dann etwas passiert, was ihre Adrenalinausschüttung wieder in Gang bringt. Wenigstens annähernd wie am Tag zuvor.

Frick lehnt sich zurück, streckt sich und gähnt. »Frühschicht am Sonntag wär fast in Ordnung, wenn man dafür nicht so verdammt früh aufstehen müsste.«

»Und?«, fragt Claudia. »Hast du einen Freund, Pfeffer?«

»Was?« Sie schreckt hoch. In ihrem Kopf kreisen gerade die unterschiedlichsten Gedanken: um einen möglichen Täter, um eine mögliche Spur, um ein Kind, das Blut für Fingerfarbe hält, denn das Geschmiere wirkte so chaotisch, so unkontrolliert …

Claudia lächelt freundlich. »Ob du einen Freund hast?«

Pfeffer schüttelt langsam den Kopf.

»Wirklich nicht?« Claudia wendet sich wieder Frick zu. »Was wäre denn mit Thilo, Frick? Der ist doch auch schon länger Single.«

Frick grinst. »Da halt ich mich raus.«

»Ich mich auch«, sagt Pfeffer und steht abrupt auf. Sie ringt sich ein Lächeln ab und nimmt ihre Tasse. »Ich seh mir mal die Fahndungen und Haftbefehle an.« Mit schnellen Schritten verlässt sie den Aufenthaltsraum.

Ob sie einen Freund hat? War das die wichtigste Frage unter diesen Umständen? Christian Müller ist in Uniform auf offener Straße erschossen worden. Wer interessierte sich da für ihr Liebesleben? Nicht mal Pfeffer selbst interessiert sich dafür. Sonst nicht, und heute schon gar nicht.

Sie betritt den Büroraum und schaltet einen PC an. Hier hat sie gestern auch den Bericht geschrieben. Nachdem sie Boris Czorski vom KK Elf zu Protokoll gegeben hatte, was sie über Christian Müller weiß, hat sie hier gesessen und das dämliche Formular der Schutzpolizei ausgefüllt.

Ob Czorski inzwischen schon mehr weiß? Und ob Ortwein wohl einen Zeugen gefunden hat? Bei dem Gedanken an ihr Gespräch mit dem Kriminalhauptkommissar bekommt Pfeffer ein ungutes Gefühl. Eigentlich hatte sie nicht von ihrem Onkel anfangen wollen, aber Ortwein ist so abweisend und arrogant ihr gegenüber gewesen, da hat sie einfach nicht anders gekonnt. Sie will den gleichen Respekt wie alle anderen auch. Und sie will beweisen, dass sie ihn verdient, dass sie wirklich nach ihrem Onkel und nicht nach ihrem Vater schlägt …

Pfeffers Vater und Karl Illner waren Partner im KK Elf in Dortmund gewesen, bis ihnen ein Mörder knapp durch die Lappen ging, danach wurden sie beurlaubt. Der Mörder hingegen blieb aktiv und brachte noch zwei weitere Menschen um, bevor man ihn dingfest machen konnte. Zu dem Zeitpunkt war Pfeffers Vater längst an seinen Selbstzweifeln zerbrochen, denn er gab sich die Mitschuld an den letzten beiden Opfern. Äußerlich verbarg er seine Gefühle, war wieder auf Verbrecherjagd und arbeitete so hart, dass seine Ehe in die Brüche ging. Da war Pfeffer drei Jahre alt. Als sie vier war, schoss ihr Vater beim Übergriff auf einen Täter; viel zu früh und obwohl keine Fluchtgefahr bestand. Er verletzte dabei zwei unschuldige Zeugen schwer und wurde endgültig suspendiert. Noch ein Jahr später nahm er sich das Leben.

Nun war es eine Sache, dem Vater seine Verzweiflung zu verzeihen – hier in der Innenstadtwache wusste ohnehin niemand von dieser alten Geschichte. Dringlicher war die Frage, ob Pfeffer wirklich die Gelassenheit ihres Onkels geerbt hatte. Was würde geschehen, wenn ihr einmal jemand durch die Lappen ging? Besaß sie die nötige Disziplin und Stärke, um solche Tiefschläge zu verkraften?

Pfeffer weiß, dass sie dies im Ernstfall wird beweisen müssen, doch sie vertraut auf sich. Nur mit einem kühlen Kopf kann sie ein guter Ermittler werden. Und nur dann fängt man den Mörder, bevor er weitermacht und noch mehr Menschenleben auslöscht. Was, wenn ihr Wissen über Christian Müller nun der entscheidende Hinweis zur Erfassung des Täters war?

Als Kind hat sie sich oft vorgestellt, wie sie ihrem Vater und Illner hätte zur Seite stehen können, damit der Täter von damals nicht davonkommt; damit er nicht weitertötet und ihren Vater in die Verzweiflung treibt. Sie hat sich alles Mögliche ausgemalt, Hinweise erdacht, die nur sie gefunden hätte …

Dann hätte Pfeffers Mutter nicht drei Jahre lang getrauert. Dann hätte Illner vielleicht weiterermittelt und wäre nicht zum Bürohengst geworden. Dann hätte sie einen Vater gehabt.

Aber das alles sind nur Gedankenspiele. Pfeffer kann nicht in die Vergangenheit reisen. Sie kann nur nach vorne sehen und die Schuld ihres Vaters gutmachen, indem sie Täter dingfest macht, indem sie ihr Bestes gibt, damit weniger Mörder frei herumlaufen.

Pfeffer geht die Haftbefehle im Intranet durch. Sie betrachtet die Fotos und liest sich die Namen immer wieder leise vor.

Doch ihre Gedanken schweifen ab, die Namen der Gesuchten bleiben nicht hängen. Stattdessen denkt sie über den Stil des Mörders nach, über das blutige Geschmiere, das auch ein expressiver Ausdruck seiner Empfindungen sein könnte. Vielleicht sollte das Ganze gar keinen akkurat gemalten Stern darstellen. Und war das Rot des Blutes nicht im weitesten Sinne eine Primärfarbe? Konnte es hier um künstlerischen Ausdruck von Gefühlen gehen? Pfeffer kaut auf ihrer Unterlippe. Sie hatte Kunst-LK im Abi, und an den Expressionismus kann sie sich besonders gut erinnern: Die Künstler verleihen ihren Gefühlen, losgelöst von naturalistischen Darstellungen, zumeist mit ungemischten Primärfarben Ausdruck.

Ehe sie sichs versieht, hat sie den Begriff expressionistisches Hexagramm bei Google eingegeben. Doch sie findet nichts, nur den Verweis auf ein Hexagon, ein Weltkriegsdenkmal in Ingelheim am Rhein, das expressionistisch geprägt ist.

Sie klickt auf den Hyperlink des Wortes Hexagon. Auf dem Bild erscheint ein Sechseck, und Pfeffer legt den Kopf schief. Wenn man das Hexagon ein bisschen dreht und es auf eine seiner sechs Ecken stellt, dann könnte auch diese Form Christian Müllers Leiche umrahmt haben; jeweils eine Ecke für Arme, Beine, Kopf und Genitalien …

Pfeffers Herz klopft schneller. Was, wenn am Tatort nur nicht genug Blut – oder Zeit – da war, um das zu malen, was eigentlich gemalt werden sollte: ein Sechseck und keinen Stern?

Sie tippt Expressionismus ohne Zusatz ins Suchfenster und vergewissert sich noch einmal, dass es in dieser Stilrichtung der bildenden Kunst um einen Gegenentwurf zu Naturalismus und Sachlichkeit geht; vor allem Gefühle sollen dargestellt werden. Pfeffer trommelt mit den Fingern auf der Computermaus. Auf der einen Seite ein Polizist in Uniform, der für Ordnung, Schutz und auch Staatsgewalt steht, der seine Gefühle im Dienst hintanstellen muss, und auf der anderen Seite ein expressionistisches Kunstwerk?

»Pfeffer?«

»Ja?« Sie löst widerwillig den Blick vom Bildschirm und wendet sich zur Tür. Olli, der lange dünne Funker, lehnt gemütlich im Türrahmen. Sie sieht ihn fragend an und hofft insgeheim, dass er jetzt keinen Einsatz für sie hat. Sie möchte noch Recherchen über dieses Denkmal anstellen.

»Erste Leiche gestern. Mann, Mann. Was für ein Einstand«, sagt er schließlich.

Sie nickt. »Ja. War ein aufregender Tag.«

»Ist ja jetzt vorbei.«

Pfeffer lächelt bemüht. Genau das befürchtet sie auch. Es ist vorbei, ihre Mitarbeit in diesem Mordfall. Trotzdem schielt sie erneut zum Bildschirm und spürt ein Kribbeln in den Fingern.

»Hast du schon gehört, wie weit der Stand der Ermittlungen ist?«, fragt sie Olli im Plauderton.

»Nee. Aber die fassen den schon, musst keine Angst haben.«

Pfeffer runzelt die Stirn. »Ich hab keine Angst.«

»Gut so. Und nun, da du schon ins kalte Wasser gesprungen bist, bist du für alles gewappnet.«

»Ich glaube, dass Christian Müller seinen Mörder kannte, denn sonst hätte er sich gewehrt, oder?«

Olli hebt die Schultern und schlürft Kaffee aus einer Tasse, auf der ein Playmobil-Polizist eine Verkehrskelle hebt.

Pfeffer fährt fort. »Also ich kannte Müller, und ich kann mir leider viele Menschen vorstellen, die den umbringen wollten. Er war echt arrogant.« Sie kaut auf ihrer Unterlippe. »Kennst du dich mit expressionistischer Kunst aus?«

Er schüttelt den Kopf.

»Kann man die Berichte der Spurensicherung einsehen?«

Er lacht leise. »Nein.«

»Warum hat Christian Müller seine Waffe nicht gezogen? Wollte er sich gar nicht verteidigen?«

»Ich vermute, es wird einen guten Grund gegeben haben«, sagt Olli.

»Und welcher könnte das sein?«

Er lacht leise. »Keine Ahnung! Und das müssen weder du noch ich herausfinden. Hauptsache, du kennst alle Funkcodes, was? Einhundertsieben, Verdacht auf Einhundertzehn?« Er lacht noch lauter, hebt ihr seine Tasse prostend zu und schlurft davon.

Pfeffer atmet tief durch und will sich wieder dem Bildschirm zuwenden, als Frick hereinkommt und die Tür hinter sich schließt. »Du, Pfeffer, ich muss dir da was sagen.«

Sie hebt erwartungsvoll eine Augenbraue.

Frick fährt leiser fort. »Du musst aufpassen, was du sagst. Du diffamierst hier einen Kollegen, der quasi im Dienst umgekommen ist. Ich glaub, ich hab dich seit gestern vier Mal sagen hören, dass du Christian Müller kanntest und er total arrogant und anstrengend war.«

Pfeffer runzelt die Stirn. »Nun, das ist lediglich eine Beobachtung. Ich kann nichts dafür, dass die Wahrheit so unangenehm ist. Außerdem habe ich jetzt schon drei Mal gehört, ich sei ja ins kalte Wasser geworfen worden. Ich bin also nicht die Einzige, die sich hier wiederholt.«

»Ja, aber das sind wohlmeinende Floskeln. Du strapazierst hingegen unsere Nerven.«

»Ich nerve, wenn ich Beobachtungen anstelle?« In Pfeffers Fassungslosigkeit mischt sich Ärger.

Frick nickt und sieht sie unverändert freundlich an. Auch seine Stimme klingt nett, er gibt sich während seiner Kritikäußerung so gutmeinend, dass es Pfeffer fast hochkommt. Vielleicht hat sie dieses Gefühl aber auch nur, weil er etwas sagt, was sie nicht hören will.

»Ja, es ist nicht zu übersehen, dass du ermitteln willst«, fährt er fort. »Aber das Ganze wirkt ziemlich bemüht. Der Fall ist doch gar nicht deine Zuständigkeit. Hab ich recht?« Er legt ihr väterlich die Hand auf die Schulter und drückt sie.

Pfeffer beugt sich vor. »Vielleicht war das kein Stern, sondern ein Sechseck aus Blut.«

Frick stutzt, dann lacht er. »Du lässt einfach nicht locker! Und vielleicht war das Geschmiere weder noch, und der Mörder ist einfach bloß ein Verrückter mit Ekelfetisch.« Er seufzt und geht wieder Richtung Tür. »Nicht deine Zuständigkeit«, wiederholt er, diesmal eindringlicher.

Pfeffer starrt ihm nach, als er das Büro verlässt. Sie nervt also mit ihren Fragen. Ganz offensichtlich ist sie die Einzige hier mit Interesse an der Aufklärung eines so spektakulären Falls.

Aufgebracht reißt sie ihre Tasse vom Tisch und stapft mehr aus dem Raum, als dass sie geht. Sie braucht einen neuen Kaffee. Auf dem Flur hört sie, wie Frick schon wieder nach seinen Hochzeitsvorbereitungen gefragt wird. Er bekommt gerade einen Konditor empfohlen. Olli scheint sich da auszukennen. Dann diskutieren sie das Aussehen ihres Dienstausweises – eine kleine grüne Plastikkarte, die niemand für echt hält.

Pfeffer lehnt sich an die Küchenschränke und pustet in ihren Kaffee. Kein Wunder, dass ihre Kollegen denken, dass sie sich aufspielt. Sie fühlt sich in deren Welt einfach nicht wohl. Irgendwie muss sie versuchen, ihre Überlegungen mit Ermittlungsprofis zu besprechen – nicht mit Toto & Harry.

Essen.

Das Licht ist fahl, die Wände sind cremefarben gefliest, und die matten Aluminiumliegen tragen nicht zu einer wärmeren Atmosphäre bei. Es riecht nach Desinfektionsmitteln und ist kalt. Ortwein seufzt und reibt sich die Nasenwurzel. Er will schon zur Brusttasche greifen und eine Zigarette aus der Schachtel holen. Aber rauchen darf er hier nicht. Also ballt er die Hand zur Faust und steckt sie in die Jackentasche.

Filond tänzelt derweil um die einzige Liege herum, die belegt ist. Sein weißer Kittel raschelt, während er das blaue Tuch zurückschlägt. Er greift nach dem beweglichen Oberlicht und zieht es in Position. Rumpf und Kopf der Leiche sind nun hell erleuchtet – sowie Filonds rundes Gesicht.

Ortwein runzelt die Stirn. »Was hast du denn auf den Wangen?«

Der Rechtsmediziner wischt mit der Hand durch die Luft. »Nur einen Hauch Rouge, das Licht ist einfach schrecklich hier drin.« Er sieht hinunter auf die lange rote Naht, die vom Bauch des Opfers zwischen den Brustwarzen hindurch bis knapp unter den Hals führt. Dort geht sie direkt in die zugenähte Schnittwunde über, die gestern noch ein blutiger Schlund war. Von zerrissenen Sehnen und Fleisch ist nichts mehr zu sehen.

Filond zieht sich blaue Latexhandschuhe über, lässt den Gummisaum gegen die massigen Handgelenke schnalzen und zeigt mit ausgestrecktem Finger auf die Schusswunde. Sie befindet sich gut sichtbar zwischen der Obduktionsnaht und der linken Brustwarze. »Einschusswunde. Tödlich«, sagt er, wie immer säuselnd. »Mitten ins Herz.«

Ortwein nickt und lässt den Blick über den blassen jungen Toten gleiten. Vor kaum mehr als vierundzwanzig Stunden war Christian Müller noch auf dem Weg zum Dienst, wo er andere beschützen sollte. Und dann konnte er nicht mal sich selbst retten.

»Hier vorne haben wir den zentralen Gewebsdefekt und angrenzenden Schürfsaum, außerdem war der Abstreifring von den Projektilrückständen direkt an dieser Stelle seiner Uniform«, sagt Filond weiter. »Die Austrittswunde mit unregelmäßigem Gewebsdefekt befindet sich im mittleren Teil des Rückens. Aufgrund der Uniform haben wir hier einen Pseudoschürfsaum.«

Ortwein hebt eine Augenbraue, mehr hat er für dieses Fachchinesisch nicht übrig.

Filond seufzt und verdreht die Augen. »Daraus folgt ein Schusskanal von der Brust schräg nach unten zum Rücken. Durchschuss mit formstabilem Geschoss, aber das wissen wir ja schon, denn das Geschoss wurde gefunden.«

»Schussentfernung?«

»Wie schon am Tatort von mir vermutet: relativer Nahschuss von einem stehenden Täter auf das wahrscheinlich kniende Opfer.«

»Eine Hinrichtung?«, fragt Ortwein.

Filond hebt die fülligen Schultern. »Ich war nicht dabei, ich beschreibe nur die Befunde.«

»Ja, ja«, sagt Ortwein. »Sieht für mich nach einer Hinrichtung aus.«

»Von vorn? Effizienter wäre es gewesen, ihm von hinten in den Kopf zu schießen. Das garantiert den Tod.«

»Ich will nicht wissen, was der Täter hätte besser machen können, sondern welche Fehler er gemacht hat. Die werden uns nämlich zu ihm führen. Einen flüchtigen Polizistenmörder kann ich in meiner Aufklärungsstatistik gerade gar nicht gebrauchen.«

Filond beugt sich vor und tätschelt Ortweins Schulter. »Und deshalb bin ich auch an einem Sonntag hier, mein Lieber.«

»Du bist an einem Sonntag hier, weil du keine Familie hast«, erwidert Ortwein und schielt zu dem blauen Latexhandschuh, der leicht quietschend über seine gute Lederjacke rutscht.

Filond zieht die Hand zurück und verdreht die Augen. »Die Handschuhe sind ganz frisch.«

»Was ist mit der Halswunde?«

»Nicht tödlich. Keine vitalen Zeichen an den Wundrändern, nicht mal Entzündungszellen. Das Opfer war bereits tot.«

»Aber wo kam dann all das Blut her? Aus der Schusswunde?«

Filond schüttelt den Kopf und zeigt auf die rote Halsnarbe. »Aus der Schnittwunde. Es gibt zwei gebrochene Rippen. Das heißt, es wurde wahrscheinlich eine Herzrhythmusmassage durchgeführt, die das Blut durch den Körper und aus der Wunde rausgepumpt hat.«

Ortwein runzelt die Stirn.

Filond hebt die Hände. »Ich hab keine Ahnung, warum! Ein Profi war das jedenfalls nicht. Eine Herzrhythmusmassage bei einem Toten.« Er tippt sich an die Stirn.

»Undoing-Verhalten vielleicht?«

»Du glaubst, er wollte seine Tat ungeschehen machen?«

»Das wäre nicht unüblich.«

Filond bläst nachdenklich die Wangen auf. »Das nicht, aber ich glaube, hier liegt ein anderer Grund vor: Um ein Hexagramm um einen ausgewachsenen Mann zu schmieren, braucht es eine Menge Blut. Mehr als die Schusswunde hergab.«

»Also hat er das Hexagramm geplant und mit der Herzmassage für das nötige Blut gesorgt«, schließt Ortwein.

»Ein großartiger Plan«, erwidert Filond spöttisch. »Wenn er

das wirklich vorhatte, hätte er das mit der Blutmenge von vornherein bedenken und gleich die Kehle durchtrennen können.« Er räuspert sich und beugt sich vor. »Weißt du, was mich an meinem Job am meisten stört?«

Ortwein hebt die Schultern. »Das unvorteilhafte Licht im Sektionsraum?«

»Das auch. Aber mehr noch, dass man es mit so vielen Stümpern zu tun hat. Ständig liegt das Ergebnis schlechter Arbeit oder schlechter Kenntnis des menschlichen Lebens auf meinem Tisch. Die machen alles falsch und kommen damit durch.« Er ballt die Hände zu Fäusten und droht so, das blaue Latex zu sprengen. »Also zumindest kommen sie ans Ziel. Ist ja am Ende tot, das Opfer.«

Ortwein grinst. »Ich dachte, du beschreibst nur den Befund.«

»Das tue ich.«

»Ja«, sagt Ortwein trocken. »Sehr sachlich.«

Sein Handy klingelt, und er zieht es genervt aus der Lederjacke. »Ja?«

»Chef«, sagt Czorski, »gibt es was Neues zum MO des Täters?«

»Was?«

»Zum Modus Operandi, Handschrift des Täters. Sie wollten doch, dass ich Wiesbaden benachrichtige, damit die das ins ViCLAS eingeben.«

»Das Datenbanksystem für potentielle Serienverbrecher, richtig.«

»Serienverbrecher?« Filond horcht auf.

Ortwein dreht sich vom Gerichtsmediziner weg. »Die Schusswunde war tödlich, die Halswunde scheint nur hinzugefügt worden zu sein, um an genügend Blut zu kommen«, berichtet er.

»Alles klar«, sagt Czorski.

Als Ortwein das Handy weggesteckt hat, blickt er in Filonds fragendes Gesicht.

»Das ViCLAS? Ist es nicht ein bisschen früh dafür? In diesem Analysesystem werden doch alle Gewalt- und Sexualverbrechen verzeichnet, in denen Täter und Opfer keine – oder wahrscheinlich keine – Beziehung zueinander hatten, richtig? Das kann man in diesem Fall doch noch nicht sagen.«

Ortwein seufzt. »Nein, können wir nicht, aber vielleicht hat der Täter schon einmal seine Handschrift an einer Leiche hinterlassen, und zu diesem anderen Fall gibt es vielleicht mehr Informationen, die uns weiterhelfen.«

Filond schüttelt den Kopf. »Du willst nicht, dass das ViCLAS dir hilft. Du willst, dass es einen weiteren Fall wie diesen ausspuckt, der am besten ganz woanders ist, damit überregionale Behörden die Ermittlungen übernehmen. Das ViCLAS soll dir diesen Fall abnehmen.« Er grinst.

Ortwein presst, ohne etwas zu erwidern, die Lippen aufeinander und betrachtet die Leiche. »Wenn der Täter so unprofessionell vorging, was ist dann mit Spuren?«

Filond schüttelt den Kopf und betrachtet die Leiche nun ebenfalls. »Keine Spur von Spurenlegern. Keine Haare, die nicht nach seinen aussehen, keine Flusen, die nicht von seiner Uniform stammen, der Rest ist noch im Labor.«

»Todeszeitraum?«

»Inoffiziell zwischen vier und sechs Uhr morgens. Offiziell zwischen zwei und acht.« Filond lehnt sich an eine leere Aluminiumliege und verschränkt die Füße. »Außerdem deutet nichts darauf hin, dass er sich gewehrt hat. Wir haben die Schussverletzung, die gebrochenen Rippen und die Schnittwunde. Darüber hinaus keine Gewalteinwirkung auf den Körper.«

Ortwein lacht bitter auf. »Reicht ja auch.«

»Du siehst aber ganz und gar nicht so aus, als würde dir das reichen. Deine Mundwinkel sind im Keller.« Er seufzt. »Andererseits sind deine Mundwinkel ja immer im Keller.«

Ortwein überhört das und stemmt die Hände in die Hüften. »Warum hat er sich nicht gewehrt?« Er sieht wieder zum Rechtsmediziner. »Was ist mit Drogen? War er vielleicht betäubt oder berauscht und hat seine Waffe deshalb nicht angerührt?«

»Auf den toxikologischen Befund musst du noch warten. Wir haben alle möglichen Gewebeproben entnommen und ins Labor geschickt. Ich hab ihm sogar selbst die Fingernägel geschnitten.«

»Herzlichen Glückwunsch.«

Filond schnaubt. »Meine Assistentin ist zu rabiat, keine Ahnung von Maniküre. Dafür lass ich sie die Rektaltemperatur messen.«

Ortwein lächelt gequält. »Wie lange muss ich auf den toxikologischen Befund warten?«

»Ein paar Tage.«

Das dauert zu lange. Wieder spürt Ortwein ein Zucken in der Hand, will an seine Zigaretten und darf nicht. »Und was ist mit der Schnittwunde? War es ein Messer?«

»Nein. Eher etwas ungleichmäßig Scharfes.«

»Eine Glasscherbe?«

»Möglich. Der Wundrand ist abgeschrägt, das heißt ein scharfkantiger Gegenstand wurde nicht senkrecht an die Hautoberfläche angesetzt, sondern schräg«, er beugt sich vor und setzt eine Handkante schief am Hals der Leiche an, um seine Worte zu verdeutlichen, »und zwar von der Brust weg in Richtung Kopf.«

»Na, das wird mir helfen, ihn zu schnappen.«

Filond kräuselt die Lippen. »Was hast du denn für Erwartungen?«, fragt er und schlägt das Tuch wieder über die Leiche. »Deine Statistik musst du schon selbst verändern.«

»Und du hast wirklich keine Spuren an der Leiche gefunden?«

Filond verschränkt die Arme vor der Brust. »Wenn du Wert auf Wiederholungen legst, dann lies einfach meinen Bericht, mit dem ich die ganze letzte Nacht verbracht habe.« Er nickt in Richtung der roten Mappe, die auf einem Schubladenschränkchen liegt.

Ortwein seufzt, nimmt die Mappe und schlägt sie auf.

»Nach fünf Stunden äußerer Leichenschau inklusive Eintüten sämtlicher Abstriche, die du dir vorstellen kannst, und zwei Stunden innerer Leichenschau hätte ich auch ins Bett gehen und mir heute einen schönen Sonntag machen können. Aber du bist ja so furchtbar ungeduldig, und was ist schon meine Zeit wert, nicht wahr? Ich hab ja keine Familie.«

»Ich doch auch nicht«, brummt Ortwein lesend.

Filond schnaubt. »Ich frag mich, warum.«

Ortwein schlägt die Mappe zu, hebt sie hoch und nickt dem Rechtsmediziner zu. »Danke dafür.«

»Bitte. Ist ja schließlich mein Job.«

»Jetzt sei nicht eingeschnappt. Mein Job ist es nicht, dich zu verhätscheln.«

»Na dann, fang den Mörder«, sagt Filond, zieht mit schnalzendem Geräusch die Handschuhe aus und tritt mit dem Fuß auf einen Tretmülleimer.

Ortwein nickt, dreht sich um und verlässt den Obduktionsraum. Er hört noch, wie der Deckel vom Mülleimer hinunterfällt. Draußen auf dem Flur ist es wesentlich wärmer. Mit raschen Schritten eilt er hinaus ins Freie und klemmt sich Filonds Mappe unter den Arm. Binnen Sekunden hat er die heiß ersehnte Zigarette angezündet.

Er nimmt einen tiefen Zug und schüttelt den Kopf. Wenn er so empfindlich wäre wie Filond, könnte er seinen Job glatt vergessen. Wie ist diese Diva eigentlich an eine leitende Stelle in der Rechtsmedizin gekommen? Rauchend geht er zu seinem Auto, wirft den Bericht auf den Beifahrersitz und fährt los.

Mainz.

Die leblosen Hände des Opfers werden in Papiertüten gesteckt. Der Mann im weißen Overall bindet sie an den Handgelenken zu und greift nach einer dritten Tüte. Er faltet sie auseinander, schlägt sie auf und wartet, bis ein Kollege die Finger an die blutigen Schläfen gelegt und den Kopf angehoben hat. Die Tüte wird über den Kopf gestülpt – oder besser: über die Reste davon.

Die Knochensplitter sind schon eingesammelt und kleine, schleimige Klumpen Hirnmasse in Tütchen verpackt worden. Der Pferdeschwanz hält einige Schädelteile zusammen, die das Geschoss vom Kopf weggesprengt hat. Sie baumeln blutrot am blonden Zopf.

Kriminalkommissar Dominik Reth schluckt und wendet sich ab. Er kann all das Blut nicht mehr sehen. Es leuchtet blau in dem Innenraum des kleinen Zeltes. Luminollösung lässt die kleinsten Spuren und Rückstände von Blut in abgedunkelten Räumen blau erscheinen – und dieses Zelt erstrahlt in blauem Licht. Das war nicht zu erwarten gewesen, denn der lehmige Boden des Parkwegs hatte das meiste Blut schon aufgesogen, als die K-Wache am Tatort ankam. Aber dann hat der Erkennungsdienst das Zelt aufgestellt, der Gerichtsmediziner die Luminollösung versprüht, und jetzt liegt Hannah Born in ihrer blauen Uniform inmitten eines blau leuchtenden Hexagramms – wie ein morbides Kunstwerk aus einer anderen Welt –, den Blick starr gegen das Zeltdach gerichtet. Nicht mal den Himmel kann sie jetzt noch sehen.

Dominik verlässt das Zelt der Spurensicherung und geht zu seinem Auto. Er setzt sich hinters Steuer und beobachtet, wie schließlich der schwarze Leichensack hinausgebracht und in den Leichenwagen geschoben wird. Hier draußen gibt es kein blaues Licht, nur eine schwache Septembersonne. Es ist früher Sonntagabend und die Sonne bereits hinter die Baumwipfel des Parks gesunken, aber noch ist es hell. Hinter dem Absperrband haben sich Schaulustige und Presseleute versammelt.

Dass eine junge Polizistin das Opfer ist, wissen sie nicht. Der Melder hatte sie erst früh am Morgen gefunden, und man kann davon ausgehen, dass außer ihm niemand die Leiche gesehen hat. Er stand unter Schock, wird jetzt von einem Psychologen betreut, und man wird ihn bitten, sein Wissen nicht öffentlich zu machen.

Ob das den Ermittlungen helfen wird, ist fraglich. Aber damit hat Dominik nichts zu tun. Er ist nur bei der K-Wache und für die Ermittlungen nicht zuständig, da wird er sich raushalten. Morgen wird die Mordkommission einberufen, dann hat er frei. Eigentlich hat er sogar jetzt schon frei, aber er muss noch mal kurz zur Wache.

Dominik startet den Wagen. Er dachte bis heute, er habe alles gesehen, alles gerochen und alles gehört – aber so was wie hier ist neu. Ganz Mainz hat so was noch nicht gesehen. Und das ist auch gut so. Dieses Hexagramm aus kaltem blauen Licht brennt sich ins Gedächtnis ein. Und dann die Uniform ... So viele tragen diese Uniform.

Dominik dreht den Zündschlüssel wieder um, der Motor erstirbt. Er blickt zu den Streifenpolizisten, die draußen die Schaulustigen wegschicken, die die Dächer der blausilbernen Passats als Schreibunterlage benutzen und Berichte ausfüllen. Die Kollegen runzeln die Stirn und pressen die Lippen aufeinander. Man sieht ihnen an, dass sie sich nicht wohlfühlen, vielleicht haben sie sogar Angst.

Dominik nimmt sein Handy, scrollt durch das Namensverzeichnis und atmet tief durch. Eigentlich wollte er ihre Nummer schon zwei Mal löschen, aber er hat es noch nicht getan – und jetzt ist er froh darüber. Er tippt auf ihren Namen.

»Dominik?«, sagt sie wenig später, halb fassungslos, halb verärgert.

Er räuspert sich. »Eva. Hi.«

»Hi«, sagt sie, nüchtern und abwartend. So ein kleines Wort und so viel Ausdruck.

»Es tut mir leid, wenn ich störe, ich habe eine Bitte.«

Sie lacht einmal kurz auf.

»Es ist wichtig und hat nichts mit uns zu tun.«

»Wenn es nichts mit uns zu tun hat, könntest du auch jeden anderen anrufen.«

Er runzelt die Stirn. »Aber ich kenne niemanden sonst im KI Dreizehn.«

»Jetzt reduzierst du mich also auf meinen Job. Wie schön.«

»Eva, bitte. Ich bin an einem Tatort. Es ist schrecklich, eine junge Frau ist erschossen worden, überall wurde ihr Blut verteilt.«

»War sie hübsch?«

Dominik schluckt bei dem Gedanken an die zerfetzten Überreste von Hannah Borns Kopf. »Es geht jetzt nicht um deine grundlose Eifersucht, Eva. Sie war eine Kommissaranwärterin, sie ist in Uniform erschossen worden, obwohl sie bewaffnet war.«

»Und jetzt möchtest du dieses schreckliche Erlebnis mit mir teilen?«, fragt sie, und er glaubt einen Hoffnungsschimmer in ihren Worten zu hören.

»Nein, ich habe Angst, dass sie nicht das einzige Opfer bleiben wird. Was, wenn ihr Tod nicht persönlich war? Wenn es keine Beziehung zwischen dem Täter und ihr gab?«

»Du bist K-Wache-Kommissar, Dominik«, sagt sie herablassend und in gewohnter Härte. »Das geht dich alles nichts an. Oder willst du dich jetzt zum Ermittler aufschwingen, um den Mörder der schönen kleinen KA zu finden?«

»Nein«, sagt er und zwingt sich zur Ruhe. »Die Ermittlungen überlass ich denen, die darin wirklich gut sind.«

»Wie nobel.«

»Eva, ich habe im Gefühl, dass das hier eine große Sache ist. Du müsstest die Schutzpolizisten hier mal sehen, die bekommen es richtig mit der Angst zu tun.«

»Und du willst sie alle beschützen«, erwidert sie.

»Nein, ich will nur, dass alles bedacht wird. Du arbeitest beim BKA. Kannst du diesen Mord nicht ins ViCLAS eintragen lassen?«

»Einfach so, weil du das im Gefühl hast?«

Dominik atmet tief durch. Er hat keine rechtliche Handhabe, er ist kein KK-Elf-Kommissar. »Weil ich dich darum bitte, ja.«

»Das ViCLAS ist kein Ventil für dein Helfersyndrom.«

»Eva«, sagt er eindringlich, »du hättest das Mädchen sehen müssen. So was darf nicht noch einmal passieren. Und wer weiß, vielleicht ist es schon mal passiert und eine Verbindung der Fälle könnte den Täter greifbar machen.«

»Du vergisst, dass ich Assistentin bin, ich darf gar nichts ins ViCLAS eintragen.«

»Aber du kannst den Zugang deines Chefs benutzen.«

»Und warum sollte ich dieses Risiko eingehen? Weil mir deine Gefühle so viel bedeuten?«

»Weil dir auch daran liegt, dass Hannah die Letzte war.«

»Hannah hieß sie also?«

»Nun hör auf damit. *Du* hast mit *mir* Schluss gemacht, Eva.«

»Ja, weil du mich nicht mehr geliebt hast!«

Dominik verdreht die Augen und steigt aus dem Auto aus. Er knallt die Tür hinter sich zu und stapft zwischen den Streifenwagen entlang zurück zum Zelt des Erkennungsdienstes. Eva redet derweil einfach weiter: »Weißt du, wie beschissen das ist, mit jemandem zusammen zu sein, der einen nicht mehr liebt, aber zu feige ist, Schluss zu machen?«

»Ich bin nicht feige«, widerspricht Dominik, öffnet das Zelt und tritt ein.

»Nein«, Eva lacht spöttisch, »du denkst immer nur an die anderen und nie an dich, und du denkst, dass das eine Tugend ist. Aber es ist der letzte Dreck! Du stellst dich so weit hinten an, dass du nicht mal Schluss machen konntest, weil das mich ja verletzen würde.«

Dominik seufzt, das hat sie offensichtlich mit einem Psychologen besprochen. Er nimmt das Handy vom Ohr, wischt über das Display und macht ein Foto vom blau leuchtenden Innenraum des Zeltes. Dann verschickt er es. Er tritt aus dem Zelt raus und nimmt das Handy wieder ans Ohr. »Ich wollte dich nie verletzen, Eva. Es tut mir leid. Ich war in unserer Beziehung vielleicht etwas rückgratlos, aber du warst verdammt labil und krankhaft eifersüchtig. Dennoch bewundere ich deine Stärke. Du hast es beendet und getan, was ich nicht konnte. Noch mal: Es tut mir leid. Aber hier geht es um was anderes, ich brauche deine Hilfe! Ich hab dir ein Foto geschickt. Ruf mich an, wenn du es gesehen hast. Oder ruf nicht an, dann werde ich mich nie wieder an dich wenden.«

Er legt auf und geht zum Wagen zurück. Er wirft das Handy auf den Beifahrersitz und fährt sich mit den Händen durch die braunen Haare. Seine Schläfen sind schon grau, und in diesem Moment fühlt er sich unheimlich erschöpft, zehn Jahre älter, als er ist, und gleichzeitig kaum älter als damals, als er selbst noch Uniform getragen hat.

Er muss noch zur Wache und den Bericht fertig machen. Er seufzt und greift wieder zum Autoschlüssel, als sein Handy klingelt. Er nimmt das Gespräch an.

»Ist das alles Luminollösung?«, fragt Eva mit dünner Stimme.

»Ja, was blau leuchtet, ist ihr Blut.«

Stille. Dominik hört das Atmen seiner Exfreundin.

»Ich brauche ihr Alter, ihre Größe, ihre Statur, die Infos zur Uniform und alles zum Fundort, der Fundzeit und Tatzeit«, sagt Eva schließlich. »Schick mir 'ne Mail.«

»Danke«, sagt Dominik, aber sie hat schon aufgelegt.

Kapitel 3 Hypothesen

Montag, 3. September

Wiesbaden.

Doktor Rita Seidel schlurft mehr durch die Drehtür, als dass sie geht. Schritt für Schritt folgt sie gähnend der Glasscheibe, greift nach dem Ausweis, der ihr um den Hals hängt, und hält ihn dem Mann in der Pförtnerloge entgegen. Doch der Mann ist kein einfacher Pförtner, sondern ein bewaffneter Polizist. Er winkt Seidel lächelnd durch. Seidel lächelt nicht, aber sie schafft es, das nächste Gähnen zu unterdrücken.

Während sie auf den Aufzug wartet, legt sie den Träger ihrer Tasche auf die andere Schulter. Neben ihr steht ein graumelierter Anzugträger, den sie wahrscheinlich kennen sollte. Sie nickt ihm vorsichtshalber zu. Er räuspert sich und starrt ihr auf die Brust. Irritiert folgt sie seinem Blick. Ihr Ausweis klemmt hinter dem Tragegurt der Umhängetasche und ist nicht mehr sichtbar. Seidel seufzt und zieht den Ausweis hervor. Sie hasst Montage. Und alle anderen Tage der Woche, die sie beim BKA verbringen muss.

Nach einer stillen Fahrstuhlfahrt, vier mürrischen »Morgen« und einem Zwischenstopp beim Kaffeeautomaten betritt Seidel das Großraumbüro des Fachbereichs Dreizehn des Kriminalistischen Instituts. Wenigstens kann sie jetzt sitzen und Kaffee trinken. Sie wird sich an ihrem Schreibtisch hinter dem Berg aus Notizen und Unterlagen verstecken, der so hoch ist, dass sie dort niemand sehen wird. Man muss schließlich die positiven Möglichkeiten ausschöpfen, die einem gegeben sind, sagt sie sich auf dem Weg zu ihrem Arbeitsplatz. Der eine oder andere Kollege bekommt ein Lächeln von ihr. Eva bekommt keins. Ziernows Assistentin ist anstrengend und immer voller Gefühle, die sich widersprechen – was sie jedem bereitwillig mitteilt.

Seidel steuert ihren Platz direkt an der Fensterfront an und bleibt drei Schritte vor ihrem Schreibtisch stehen. Zornesfalten treten ihr auf die Stirn. »Florian.«

Doktor Florian Seidel schiebt gerade ein paar Papiere zu einem Stapel zusammen und lächelt erfreut. »Schwesterchen.«

Seidel lässt die Tragetasche von ihrer Schulter gleiten und auf den Teppichboden fallen. Sie starrt auf den leeren Stuhl, den freigeräumten Boden und die ordentlichen Papierstapel, die ihren Computer umgeben. »Ich bin kein -chen«, murmelt sie.

»Dir auch einen guten Morgen«, sagt Doktor Florian vergnügt und setzt sich mit einem entspannten Seufzer auf den Stuhl. Unter seinem weißen Kittel trägt er wie immer ein teures grünes Hemd im Farbton seiner Augen, natürlich mit Fliege, und dazu eine Stoffhose. Alles kostspielige Markenlabels, die Seidel sich weder merken kann noch merken will.

Er zeigt nacheinander auf die Stapel. »Der, der und der können weg, bei dem würde ich bei Eva nachfragen, ob es nicht Kopien auf dem Hauptserver gibt, und das alles kannst du wegheften. Eva hat bestimmt ein paar Ordner für dich.«

Seidel schüttelt den Kopf. »Was hast du getan ...?«

»Auf deinem Stuhl konnte man nicht mal sitzen.«

»Ich sitze nie auf dem Stuhl.«

Er lacht. »Aber ich.«

»Dann geh auf *deinen* Stuhl. In *deine* Abteilung.« Sie dreht sich einmal um sich selbst und lässt sehnsüchtig den Blick über Boden und Schreibtisch schweifen. Ihr Schutzwall ist verschwunden.

Er verschränkt die Arme hinter dem Kopf und sieht sie an. »Hast du schlecht geschlafen? Das verursacht miese Laune. Der

Trick ist, gar nicht zu schlafen, das hebt die Stimmung. Nimm mich als Beispiel: Ich hab letzte Nacht kein Auge zugetan!«

»Mit wem?«, fragt Seidel und schiebt ihre Tasche mit dem Fuß an den Schreibtisch ran.

Doktor Florian öffnet schon den Mund, aber Seidel ist schneller. »Das war eine rhetorische Frage. Ich will das nicht wissen, ich will mein Chaos zurück!« Sie lässt die Schultern hängen, dann schiebt sie die Tastatur auf ihrem Schreibtisch zur Seite. Darunter liegen ein paar lose, zerknickte Blätter, die sie einfach zur anderen Seite schiebt. Dann schwingt sie sich auf den Tisch, setzt sich im Schneidersitz hin, schlürft Kaffee und funkelt ihren Bruder feindselig an.

Er schielt zum ausgetretenen, feuchtdreckigen Saum ihrer Jeans und verzieht leicht angeekelt das Gesicht.

»Ich bin nicht Mama«, sagt sie genervt.

»Sicher?«

»Ich trage keine Röcke und keine Masken, um meine wahren Gefühle zu verbergen«, erwidert Seidel und nimmt ihre Brille ab, um sie zu putzen.

Wieder grinst er. »Dafür, dass du so wütend auf Mama bist, rufst du sie dir aber ziemlich häufig ins Gedächtnis.«

»Ich tue was …?« Sie hält im Putzen inne und lässt die Hand sinken. Dann begreift sie und verdreht ihren schmalen Oberkörper, um auf den Bildschirm hinter sich zu sehen. »Du hast mein Passwort geknackt? Schon wieder?«

Er nickt und strahlt vor Stolz.

Seidel runzelt die Stirn. »Du bist Ballistiker und kein Hacker, Florian.«

»Als bräuchte es einen Hacker, um dein Passwort zu erraten. Brigitte Helene? Im Ernst?«

»Sei nicht so ekelhaft selbstgefällig.«

»Du würdest mein Passwort nie erraten«, sagt er.

Seidel verdreht die Augen. »Wie kommst du darauf, dass ich mich für die Inhalte deines Rechners interessiere? Du erzählst mir doch eh alles. Ungefragt.«

»Das stimmt. Und ich besuche dich in deiner Abteilung, damit es nicht so aussieht, als hättest du keine Freunde.«

Seidel sieht ihn an. »Ich habe keine Freunde. Du bist mein Bruder.«

»Traurig, aber wahr.«

»Wenn du schon in meinem Account bist«, sagt sie nüchtern, »kannst du dann nicht gleich meine Arbeit machen?«

Er lehnt sich mit einem Lächeln in ihrem Stuhl zurück. »Nein, aber da draußen stehen bestimmt hundert Psychologen Schlange, die deinen Job haben wollen, Rita.«

Seidel hält ihre Brille ins Licht und prüft die Gläser. »Die können ihn haben«, erwidert sie trocken und setzt die Brille wieder auf.

Florian hebt die Augenbrauen. »Ich habe damals viele gute Worte für dich einlegen müssen.«

Seidel beugt sich vor und flüstert: »Und du hast mir nie gesagt, wie viel Teamarbeit mich hier erwartet! Ständig muss ich mich mit besserwisserischen Kripobeamten rumschlagen.« Sie sieht sich kurz um und beugt sich weiter vor. »Und dann diese Möchtegern-Agenten hier, das ist das Schlimmste. Die führen sich alle auf wie FBI-Profiler mit ihrem eigenen Serienvorspann.«

Doktor Florian runzelt die Stirn. »Profiler?«

»Ja, erst neulich hat Gennings sich am Telefon so genannt. Später hat er uns verschämt erklärt, dass *operativer Fallanalytiker* einfach zu lang sei.«

»Zu lang? Aber er ist nun mal operativer Fallanalytiker. Kann er das nicht einfach abkürzen? Tss.« Doktor Florian lacht. »Also, das ist doch köstlich. Kannst du das nicht mit Humor nehmen?«

»Nein.«

Er seufzt. »Aber es ist ein wirklich guter Job. Deine Arbeit ist anspruchsvoll und hat Bedeutung.«

Sie lacht leise auf. »Meine Arbeit wird von irgendwelchen Ermittlern auseinandergenommen und benutzt, sie finden den Täter und kriegen die Lorbeeren. Meine Analyse geht dann zu den Akten und verstaubt im Daten-Nirwana.«

»Du kannst eine Fallanalyse schlecht publizieren, Rita.«

Seidel nickt. »Eben. Das ist das Problem.«

»Du willst publizieren?«

»Ich hab die ganze Nacht am Rechner gesessen und mich durch Webseiten von Psychologieinstituten geklickt.«

Doktor Florian lacht. »Wenn du wieder an die Uni gehst, halten dich alle für eine Studentin, mit deinen Klamotten und dieser dämlichen Umhängetasche.«

»Und wenn du an die Uni gingst, würden die Studenten denken, du seist ein gasthörender Rentner«, gibt sie mit einem kritischen Blick auf seinen Bart zurück.

Er hat ihn sich an seinem Vierzigsten stehen lassen. Die Frauen scheinen drauf zu fliegen. So ein Bart sei halt mal was anderes, das hat Seidel zumindest in der Kantine von einer der Sekretärinnen gehört. Als würde es nicht reichen, dass ihr Bruder sich von allen Doktor Florian nennen lässt und selbst andere mit Vornamen anspricht und siezt, auch die Chefs. Als wäre das nicht exzentrisch genug. Aber er kommt damit durch – und in alle Betten.

Seidel wirft ihren Pappbecher über den Schreibtisch in Richtung Papierkorb. Er landet daneben.

»Ach, guck mal«, sagt Doktor Florian da und zeigt auf den Flachbildschirm. »Dein Serienmord-Button blinkt.«

Seidel dreht sich nicht mal um, sie rollt nur die Augen. »Es gibt keinen Serienmord-Button.«

»Eine automatische E-Mail von der ViCLAS-Datenbank«, fährt er fort. »Verdacht auf Doppelmord.«

Seidel rutscht vom Schreibtisch und beugt sich vor. Sie überfliegt die Meldung: Zwei KA sind tot, sind in Uniform erschossen worden, ein Opfer ins Herz, das andere in den Kopf. Ein Opfer in Essen, das andere in Mainz. Um beide herum wurde ein mehr oder weniger akkurates Hexagramm aus Blut geschmiert.

»Bundesländerübergreifender Doppelmord, die Opfer sind zukünftige Polizisten«, sagt Doktor Florian.

»Grins nicht so blöd.«

»Frau Doktor Seidel«, tönt Ziernows Stimme durch den Flur. Sie dreht sich um, und da steht er schon vor ihr, strahlend. »Sie haben aufgeräumt. Wie schön.«

»Ja, nicht wahr?«

»Schnauze, Florian«, sagt Seidel ohne ihn anzusehen. »Was gibt's, Herr Ziernow?«

»Wenn ich Sie in meinem Büro sprechen dürfte …« Der Leiter des KI Dreizehn ist von ausgewählter Höflichkeit und ein großer Bewunderer von Seidels Arbeit – weniger von ihrem Chaos. Aber er scheint sich damit abgefunden zu haben, dass es das eine nicht ohne das andere gibt.

Sie setzt sich in den Besucherstuhl, der vor Ziernows Schreibtisch steht, schiebt ihre kleine runde Brille die Nase hoch und legt die Arme lässig auf den Lehnen ab. Sie sitzt etwas breitbeinig da, denn sie ist eine kleine Person und will nicht noch weniger Platz einnehmen, als sie es ohnehin tut.

Abwartend mustert sie den leicht untersetzten Anzugträger – graumeliert, natürlich –, wie er sich hinter seinen Schreibtisch setzt und betreten dreinschaut. »Etwas Schreckliches ist passiert«, beginnt er.

Sie nickt. »Zwei ermordete Kommissaranwärter.«

»Verdacht auf rituellen Doppelmord. Wir wollen diesmal so früh wie möglich eingreifen und die Ermittlungsarbeit mit unseren Forschungen begleiten und bereichern.«

Forschungen. Normalerweise lässt dieses Wort Seidels Herz höher schlagen, denn das ist es, was sie tun will. Am Anfang hatte sie noch geglaubt, dass Forschen im BKA auch publizieren heißt. Aber im Falle des KI Dreizehn meint Forschen die Aufarbeitung objektiver Fallinformationen, die von mürrischen und ungeduldigen Kripobeamten gesammelt wurden. Es bedeutet, unter großem Zeitdruck eine immense Anzahl an Hypothesen bilden zu müssen, für die die Mordkommission sie auslachen wird und die größtenteils auch Mist sind. Und es heißt, sie muss einen Mord in so kleinen Sequenzen rekonstruieren, dass der Tathergang selbst die Angehörigen der Mordopfer langweilen würde. Niemand will zehn Hypothesen zu einer ungeöffneten Bierflasche mit Bezug auf Freuds Psychoanalyse hören.

»Das wird eine spannende Herausforderung für Sie«, ist Ziernow überzeugt.

Seidel lächelt. Noch hat sie keine Bewerbungen an Universitäten verschickt, nur erste Informationen gesammelt und ihren Lebenslauf auf den aktuellen Stand gebracht.

»Ich würde Sie gern nach Essen schicken. Machen Sie eine operative Fallanalyse des Mordes an Christian Müller, und bereiten Sie alles für eine vergleichende Analyse vor«, fährt Ziernow fort.

»Und wer wird nach Mainz fahren?«

»Doktor Brigitte Opell. Aber darum müssen Sie sich noch nicht kümmern.«

»Ich weiß«, sagt Seidel, darum bemüht, nicht genervt zu klingen. Sie ringt sich noch ein Lächeln ab. »Ich werde in Essen die Fallanalyse durchführen, ohne nach rechts und links zu schauen, und mich auf Christian Müller konzentrieren, als sei er das einzige Opfer«, leiert sie runter.

Ziernow nickt. »Nur so können wir das Maximum an Daten extrahieren und sichergehen, dass wir im zweiten Schritt genug Vergleichsmaterial haben.«

»Wer wird den Vergleich durchführen?«

Er lächelt, als sei Seidel ein kleines Kind und er habe noch ein Eis in der Schreibtischschublade. »Das steht natürlich noch nicht fest, Frau Doktor Seidel. Aber … nun, es steht wirklich noch nicht fest.«

»Natürlich«, sagt sie und denkt: Scheiße.

Ziernow glaubt tatsächlich, er tue ihr einen Gefallen, wenn er sie besonders fördere und ihr den Vergleich zuteile. Sie steht auf. »Nun, dann mach ich mich mal an die Arbeit.«

»Je eher, desto besser. Das ist ein heikler Fall. Ein bewaffneter hingerichteter Kommissaranwärter in einem Hexagramm aus seinem eigenen Blut …«

»Natürlich, wir wollen ja nicht, dass die Polizei nach außen hin machtlos erscheint«, ergänzt sie mit matter Stimme, verlässt den Raum und schließt die gläserne Bürotür hinter sich. Vor ihr stehen cremefarbene Tische auf grauem Büroteppich – schöne glänzende Profiler-Welt. Seidel schnaubt leise.

Inzwischen sind alle Kollegen anwesend. Gennings telefoniert und lehnt sich dabei großspurig zurück. »Nein, sicher ist noch nicht, wen sie zu den Stern-Morden schicken … Aber Ziernow hat letztes Mal schon angedeutet, dass ich hier in Wiesbaden am Schreibtisch unterfordert bin …« Lachen. »Ja, wenn er das sagt, wird da schon was dran sein … Mhm ja, ich lass dich wissen, ob ich fahre.«

Seidel verdreht die Augen. Sie kann Gennings wirklich nicht leiden und gönnt ihm nicht mal den schrecklichen Kaffee aus dem Automaten am Ende des Gangs, diesem Möchtegern-Profiler. Aber wenn er sie aus dem Schlamassel holen könnte und sie nicht nach Essen fahren müsste, würde Seidel sogar seinen imaginierten Vorspann mitsummen. Nur kurz, aber sie würde es tun.

Sie dreht sich noch mal um und öffnet die Glastür zu Ziernows Büro. »Chef?«

»Ja?«

Sie schlüpft zurück in den Raum und bleibt an der Tür stehen. »Was ist mit Gennings? Hat der nicht auch mal eine Analyse verdient? Er arbeitet doch sonst immer nur im Team und hat sich durch tolle Hypothesen hervorgetan. Ich finde, er ist so weit.«

Ziernow lehnt sich zurück und lacht herzlich. »Gennings ist doch an diesem Schreibtisch da vorn schon überfordert. Nein, nein. Sie fahren, Seidel. Aber Ihre Kollegialität ehrt Sie. Das werde ich mir merken!«

Seidel lächelt gequält und schlüpft wieder aus dem Büro. Kollegialität? Sie hat ja nicht mal private Freunde. Sie hat nur Florian, Doktor Florian. Seidel schüttelt sich. Herrgott, das klingt, als sei er Tierarzt. Das muss sie ihm wirklich mal sagen.

Mit hängenden Schultern schlurft sie zu ihrem Platz zurück und traut ihren Augen kaum, als sie ihn erblickt. Sie stürmt zu ihrem Schreibtisch und reißt den Telefonhörer hoch, tippt auf die Kurzwahltaste und die vier, doch es geht nur der Anrufbeantworter dran. »Du hast meine Notizen weggeschmissen, Florian? Ich reiß dir den Kopf ab, wenn du mir das nächste Mal unter die Augen kommst!« Sie knallt den Hörer zurück aufs Telefon, die Kollegen sehen amüsiert zu ihr herüber. »Was?«, schnappt sie laut. »Ich brauchte die noch!«

»Die waren teilweise von Fällen, die vor Monaten abgeschlossen wurden«, sagt Gennings und lacht leise grunzend.

Seidel mustert ihn und sein selbstgefälliges Schmunzeln einen Augenblick lang, dann verschränkt sie die Arme vor der Brust. »Wie gut, dass ich noch heute nach Essen fahre. Bei der Fallanalyse des ersten Stern-Mordes kann ich sehr viele neue Notizen sammeln. Die bring ich dann mit und verteile sie unter meinem Schreibtisch.«

»Du fährst nach Essen?«, fragt Gennings.

Sie grinst. »Sieht so aus.«

Essen.

Doro scheint mit ihrem Blick Pfeile in Ortweins Richtung zu schießen. Sie runzelt die Stirn, die Zähne fest zusammengebissen. Czorski lacht, als er ebenfalls zu Ortwein hinüberschaut, der in seinem Büro steht und telefoniert. Er trägt bereits seine Lederjacke, die um seinen drahtigen Körper schlackert. Er war schon kurz davor, nach Selm zu fahren, als das Telefon geklingelt hat. Jetzt redet er, wobei sich sein wettergegerbtes Gesicht aufhellt.

»Vielleicht ist das der Täter persönlich, der anruft und ein Geständnis ablegt«, spottet Doro. »Etwas anderes würde Ortwein kaum so glücklich machen.«

»Als würde dich das nicht auch glücklich machen«, erwidert Czorski.

Doro lacht bitter auf. »Natürlich würde es das.« Sie fixiert Ortwein weiterhin durch die Glasscheibe. »Ich hab ihm gesagt, dass ich damit nichts zu tun haben will. Scheißritualmord!« Sie hebt die Mappe mit dem Bericht der K-Wache hoch. »Und es gibt noch weniger Spuren, als ich am Samstag vermutet habe. Keine Zeugen, bis jetzt ließ sich in der ganzen Gegend niemand auftreiben, der was gehört oder gesehen hat.«

»Wenigstens können wir so mit ziemlicher Sicherheit auf einen Schalldämpfer schließen.«

»Czorski!«, ruft Ortwein in diesem Moment. »Es geht los!« Mit elastischen Schritten durchquert er das Großraumbüro des KK Elf und winkt Czorski hinter sich her.

»Na dann los, kleines Schoßhündchen«, sagt Doro und zwinkert ihm zu.

Ortwein dreht sich in der Glastür noch mal um und zeigt mit dem Finger auf Doro. »Und du befragst alle nahen Angehörigen. So schnell wie möglich!«

»Was?«

»Czorski!«, brüllt Ortwein noch einmal, diesmal schon vom Flur aus. Czorski schreckt auf, folgt ihm raschen Schrittes und ärgert sich auf der Treppe, weil er ihm tatsächlich wie ein Hund nachgelaufen ist.

»In Mainz ist ein weiterer KA erschossen worden, in Uniform, zurückgelassen in einem Sechsstern aus Blut.«

»Tatsächlich?«, fragt Czorski. »Wann?«

»Gestern«, sagt Ortwein und stößt beschwingt die Eingangstür der Wache auf. Er zündet sich eine Zigarette an und inhaliert mit einem entspannten Seufzer.

Czorski runzelt die Stirn. »Und das macht dich ... glücklich?«

Ortwein wendet sich ihm zu und grinst. »Du hast noch nicht verstanden, wie der Hase läuft.« Dann geht er zu seinem Opel, sodass Czorski ungesehen die Augen verdrehen kann.

»Wenn wir einen Täter in einem anderen Bundesland mit dem gleichen MO haben, dann heißt das, dass das BKA interessiert ist«, erzählt Ortwein und steigt ins Auto. »Das bedeutet, dass sie jetzt eine Fallanalyse von unserem Opfer hier und eine von dem in Mainz machen werden, beide Analysen vergleichen und die Ermittlungen schließlich übernehmen werden.«

»Vorausgesetzt, die vergleichenden Analysen weisen auf denselben Täter hin«, entgegnet Czorski.

Ortwein klemmt sich die Zigarette zwischen die Lippen und fährt los. »Vorausgesetzt? Natürlich ist es derselbe Täter. KA in Uniform, erschossen mit einer 9mm-Waffe und aufgefunden in einem Hexagramm aus seinem eigenen Blut. Nur dass das Opfer diesmal weiblich ist.«

»Was?« Czorskis Kopf fährt herum.

»Das zweite Opfer ist eine junge Frau.«

»Schrecklich.«

»Ja. Die Welt ist grausam.«

»Das ist sie«, sagt Czorski und verschränkt die Arme vor der Brust. »Und du strahlst wie ein Kind an Weihnachten.«

»Herrgott, Czorski. Ich finde das wirklich grausam. Niemand verdient, so zu sterben. Aber wenn das BKA diesen Fall übernimmt, sind wir aus dem Schneider. Unser Kommissariat, die Mordkommission, du und ich. Dann schlägt der Illner seine Zelte woanders auf, und wir kümmern uns um ein oder zwei kleine Totschläge und haben bis Januar wieder eine glänzende Statistik. Die letzten Monate können wir noch ausgleichen, wenn der scheiß Stern-Mord von unserem Tapet runter ist.«

»Ist ihr auch die Kehle durchgeschnitten worden?«, fragt Czorski. »Wenn es der gleiche Täter war, dann hat er vielleicht gelernt und musste diesmal kein Schaufenster zerstören, um an ein Schneidwerkzeug zu kommen.«

»Was?«

»Das kaputte Schaufenster, Chef«, wiederholt Czorski genervt. Er will nicht auch noch klingen wie ein Schoßhündchen. »Hast du den Bericht von der Spurensicherung denn nicht gelesen? Teile des Schaufensters mussten als Tatwaffe herhalten und sind nun verschwunden.«

»Noch eine Information, die keine Spur ist«, höhnt Ortwein. »Wie konnte ich das nur übersehen?« Er verzieht das Gesicht und wirft seinen Zigarettenstummel aus dem Fenster.

»Warum hast du Doro berufen?«

»Weil diese Woche nur die EG Jugend für uns Einsatzbereitschaft hatte, und was sollen wir mit Leuten von der Einsatzgruppe Jugend in unserer heiklen Mordkommission?«

»Was sollen wir mit einer K-Wache-Kommissarin, die du hasst?«

»Ihr eine Lektion erteilen, der arroganten Kuh. Spielt sich an jedem Tatort auf wie eine Königin. Jetzt wird sie lernen, dass Mordermittlungen nicht so einfach sind.«

»Ist der Fall nicht ein bisschen zu wichtig für private Rachepläne?«, fragt Czorski vorsichtig.

Ortwein lacht hart auf. »Doro ist geeigneter als jeder von der EG Jugend, und wir haben doch nichts zu verlieren. Sie wird schon keine Fehler bei den Befragungen machen. Vielleicht ist sie sogar richtig gut und bessert unser Image auf.«

Czorski mustert seinen Chef skeptisch. Den Rest der Fahrt schweigen sie, aber Ortweins unerträglich gute Laune erfüllt den ganzen Opel. Einmal glaubt Czorski beinahe, dass er gleich zu pfeifen anfängt, aber zum Glück bleibt es still.

Selm.

Gesa Ulm muss eine Wucht sein. Sie ist zwar nicht Czorskis Typ, aber ihr Lächeln scheint andere umzuhauen. Dies lässt ihn zumindest Ortweins verträumter Blick vermuten. Gesa Ulm ist Anfang vierzig, hat lange blonde Haare, und irgendetwas an ihr lässt Ortwein strahlen.

»Was machen Sie hier, Frau Ulm?«, fragt er so freundlich, als hätte er ein ganz persönliches Interesse an ihrem Beruf.

»Ich unterrichte Kriminalitätskontrolle.«

»Kriminalitätskontrolle?«

»In meinem Kurs beschäftigen wir uns mit verschiedenen Strategien zur Kriminalitätskontrolle und schauen uns gängige Maßnahmen zur Kriminalitätsbekämpfung an.«

»Haben Sie auch Christian Müller unterrichtet?«, fragt Czorski.

Sie lacht. »Ich hab's versucht.«

»Was heißt das?«

Sie streicht sich die Haare zurück und setzt sich aufrecht hin. »Nun, solche wie Müller gibt es immer mal wieder, und im Grunde verdienen sie Mitleid. Können nix, aber spielen sich auf, als hätten sie Kriminalistik mit der Muttermilch aufgesogen. Es ist ein Wunder, dass Müller überhaupt in Uniform erschossen wurde, denn in der letzten Prüfungsphase hätte er sie fast verloren.«

Czorski sieht von seinen Notizen auf. »Wie das?«

»Wenn man eine Prüfung zwei Mal nicht besteht, dann fliegt man aus der Ausbildung raus und muss die Uniform abgeben.«

»Und Christian Müller ist das beinahe passiert?«

»Nun, er ist noch knapp davongekommen. Doch seine Sportprüfung hatte er noch nicht gemacht, obwohl die seit fast einem Jahr fällig gewesen ist.«

»Mit neunundzwanzig war er für einen Kommissaranwärter doch recht alt, oder?«

»Einer der ältesten hier, aber was er vorher gemacht hat, weiß ich nicht.«

»Können Sie uns sagen, ob er Freunde unter seinen Kommilitonen hatte?«, fragt Ortwein und nimmt sich einen weiteren Keks. Dann schiebt er die Schale zu Gesa Ulm hinüber. »Möchten Sie?«

Sie schüttelt den Kopf. »Danke. Ich weiß nicht, ob er Freunde hatte. Ich hab ihn oft allein gesehen.«

Czorski notiert und sieht auf das Blatt Papier. Er schüttelt den Kopf. »Gibt es denn wirklich niemanden, der ihn mochte?«, fragt er leise.

»Doch«, sagt Gesa Ulm. »Eine Studentin, Daniela Friedrich, war eine Weile in ihn verliebt. Dann hat er sie harsch zurückgewiesen, und sie hat eine meiner Prüfungen nicht bestanden, deshalb weiß ich davon. Sie ist sonst nicht so schlecht in meinem Kurs, also hab ich das Gespräch gesucht, einen wunden Punkt getroffen, und eine Stunde später wusste ich alles über ihr gebrochenes Herz.«

»Daniela Friedrich, sagen Sie?«, hakt Czorski nach und notiert den Namen auf einer neuen Seite.

»Ja, aber ich kann mir nicht vorstellen, dass sie ihn umgebracht hat. Ich kann mir überhaupt nicht vorstellen, dass irgendjemand Christian Müller genug gehasst hat, um ihn zu töten. Viele waren von ihm genervt, das stimmt, aber deshalb begeht man doch nicht gleich einen Mord.«

Stille folgt. Czorski muss sich verkneifen, die Augen zu verdrehen. Eigentlich sollte Ortwein die nächste Frage stellen, aber der knabbert an seinem dritten Keks. Er hat sich bis jetzt nicht einmal beschwert, dass man hier drin nicht rauchen darf. Aber das wird sicher noch kommen. Immerhin haben sie noch viele Befragungen vor sich, und nicht alle Dozenten und Lehrer des Ausbildungszentrums sind so attraktiv und charmant wie Gesa Ulm.

Aber attraktiv hin oder her, die Frage muss gestellt werden. Czorski wirft einen kurzen Seitenblick zu seinem Chef, der Gesa Ulm nur selig anlächelt, dann räuspert er sich.

»Wo waren Sie am Samstag zwischen zwei Uhr nachts und acht Uhr morgens, Frau Ulm?«

Sie lächelt. »Bei meinen Eltern in Hamburg.«

»Vielen Dank«, sagt Ortwein fröhlich. »Sie haben uns sehr geholfen.«

Als sie den Raum verlassen hat, verschränkt Czorski die Arme vor der Brust. »Sie hat uns kaum mehr verraten als Theresia Pfeffer am Samstag schon.«

Ortwein mustert Czorski kurz, dann steht er kopfschüttelnd auf. »Ich muss eine rauchen.« Und schon ist er draußen.

Czorski seufzt, schlägt seinen Notizblock zu und gießt sich etwas Kaffee ein. Mit der Tasse in der Hand folgt er Ortwein. Ein bisschen frische Luft wird auch ihm guttun.

Draußen auf dem Innenhof des Ausbildungszentrums ist Ortwein nicht aufzufinden. Czorski soll's recht sein. Er setzt sich auf eine Stufe und trinkt Kaffee. Die Sonne ist noch mild und warm, so kann man dem Tag doch etwas abgewinnen.

Aus dem Augenwinkel sieht er zwei junge Männer in Uniform.

Sie stehen im Innenhof, schauen immer wieder zu ihm hinüber und reden leise miteinander. Czorski betrachtet sie, ihre leeren Schulterklappen und leeren Gürtel, an denen noch kein Holster mit Waffe hängt. Sie sind also höchstens im zweiten Jahr.

Czorski stellt die Kaffeetasse auf den Treppen ab und geht zu ihnen hinüber. Er zieht seinen Ausweis hervor und lächelt. »Czorski, Kripo Essen. Darf ich Ihnen ein paar Fragen zu Christian Müller stellen?«

Die beiden bauen sich Schulter an Schulter vor ihm auf, als wollten sie eine Wand bilden. Der eine verschränkt die Arme vor der Brust, der dünnere grinst unverschämt. »Wir müssen dir gar nichts sagen.«

Czorski lacht verblüfft. »Nein, natürlich nicht. Aber vielleicht wollt ihr helfen.«

Der mit den verschränkten Armen und Sommersprossen mustert ihn. »Dir?«

Czorski runzelt die Stirn. »Der *Mord*kommission.«

»Im Fall Müller?« Der große Dünne lacht. »Das könnte echt jeder gewesen sein, mehr sage ich dazu nicht.«

»Und warum nicht?«, fragt Czorski.

»Weil ich nicht muss! Ich bin dir gegenüber nicht auskunftsverpflichtet, nur weil du von der Kripo bist.«

»Ja, das stimmt«, sagt Czorski gedehnt.

»Sonst plappern immer alle, oder?«, fragt der Sommersprossige höhnisch. »Sonst fallen euch bestimmt die Infos in den Schoß, sobald ihr eure blöde Marke zückt.«

Der größere nickt. »Die Menschen sind von den ganzen Krimis völlig verblödet. Dabei haben sie immer das Recht zu schweigen.«

Czorski kratzt sich den Kopf. »Also wollt ihr nur nichts sagen, um ein Exempel eures umfassenden Wissens zu statuieren.«

Der Große tritt von einem Fuß auf den anderen, scheinbar etwas verunsichert.

»Ihr seid also lieber kleinliche Besserwisser als wertvolle Informanten?«

»Wir haben keine Infos zu Müller«, sagt der Sommersprossige trotzig.

Czorski fixiert ihn forschend. Er mag zwar keine imposante drahtige Erscheinung wie Ortwein sein, aber er kann schon eine gute Weile starren. Der KA mit den Sommersprossen weicht seinem Blick schließlich aus.

»Keine Infos. So, so«, sagt Czorski. »Deshalb habt ihr vorhin auch getuschelt wie zwei pubertierende Teenies.«

»Und du bist der Obermacker mit dem Durchblick, oder was?«, fragt der Große und mustert ihn verächtlich.

»Fangen wir doch mal mit euren Namen an«, erwidert Czorski trocken und zückt sein kleines iPad, um zu notieren.

»René Schneider«, sagt der Große und zeigt auf seinen Kumpel. »Das ist Kai Schumann.«

»Alter, was soll das?«, fragt Kai. »Ich kann für mich selbst sprechen.«

Czorski lacht und notiert. »Ich dachte, du willst überhaupt nicht sprechen?«

»Ey, das war's. Ich bin raus«, erwidert Kai. »Lad mich doch vor, wenn du meinst, das bringt dir was«, wirft er Czorski noch an den Kopf, bevor er sich umdreht und weggeht.

Czorski lächelt René an. »Jetzt hat er dich allein gelassen.«

René hebt die Schultern. »Ich habe sicher keine Angst vor dir.«

»Das bezweifle ich nicht«, sagt Czorski, »es scheint ja auch so, als wäre Kai derjenige, der Schiss hat, oder?«

René wiegt den Kopf hin und her. »Schiss? Na, ich weiß nicht.«

»Der konnte mir keine zehn Sekunden in die Augen sehen«, ergänzt Czorski und schüttelt leicht den Kopf. »Und ich bin nun wirklich keine eindrucksvolle Erscheinung.«

»Stimmt«, jetzt lacht auch René, »ist echt ein Waschlappen, der Kai.«

»Gibt es hier jemanden, der Christian Müller noch weniger leiden konnte als alle anderen?«, fragt Czorski.

René kaut auf seiner Unterlippe und schweigt.

Czorski runzelt die Stirn und lässt das Tablet sinken. »O.k., gut, ich sehe schon, du hast auch mehr Schiss, als ich gedacht hab.«

»Jochen Jollig«, sagt René da plötzlich.

»Wer ist das?«

»Trainiert uns im Sport und in Selbstverteidigung. Der totale Sadist, ein Schrank von einem Mann, der ständig mit Beleidigungen um sich wirft. Ich glaube, der hatte den Christian besonders auf dem Kieker.«

»Jochen Jollig«, murmelt Czorski notierend. »Ist der heute hier?«

René schüttelt den Kopf. »Der unterrichtet überall, fährt von Polizeihochschule zu Polizeihochschule, ist mal in Berlin, mal in Hessen, mal hier. Was weiß ich, wo sonst noch. Der hasst alle seine Schüler, aber besonders hat er den Müller gehasst.«

»Und warum habt ihr das nicht gleich gesagt?«

»Sie kennen den Jollig nicht.«

»Klingt ja nach einem sympathischen Zeitgenossen.«

»Der ist keiner, bei dem man in Ungnade fallen will.« Dann plötzlich grinst er. »Seine Freundin hingegen …«

»Was ist mit der?«

»Die ist irgendwie süß. Kann keiner Fliege was zu Leide tun. Sie passt gar nicht zu ihm.«

»Wie stand sie zu Christian Müller?«

René runzelt die Stirn. »Keine Ahnung. Frag sie doch. Ich glaub, die wohnt sogar in Essen. Sie holt ihn öfter hier ab. Helene Herrisch ist ihr Name, hab ich mal aufgeschnappt.«

Czorski nickt. »Vielen Dank für deine Hilfe.«

Er dreht sich um, geht zur Treppe zurück und bückt sich, um die Tasse aufzuheben. Als er sich wieder aufrichtet, steht Ortwein mit finsterem Gesicht vor ihm. »Du sollst hier draußen keine neuen Freunde finden, wir müssen noch mindestens drei Dozenten befragen!«

Czorski runzelt die Stirn. Natürlich kann Ortwein sich denken, dass er ermittelt hat, er will es nur nicht wahrhaben. Aus welchem Grund auch immer. Czorski will schon etwas Schnippisches erwidern, da sieht er an Ortwein vorbei zum Parkplatz, wo Gesa Ulm lachend zu einem Mann ins Cabrio steigt und ihn küsst. Er kann sich ein Grinsen nicht verkneifen. Deshalb also sind gute Laune und Flirtstimmung so schnell verflogen.

»Was gibt's da zu lachen?«, fragt Ortwein.

»Äh … ich hab gute Neuigkeiten«, antwortet Czorski schnell. »Vielleicht einen Verdächtigen.«

»Aha«, sagt Ortwein und dreht sich abrupt um. »Na, dann schieß mal los«, brummt er, während er zurück ins Gebäude geht.

Essen.

Eine Fallanalyse, liest Pfeffer und gähnt, unternimmt den Versuch, über die Rekonstruktion und Interpretation eines Verbrechens Hypothesen über die Hintergründe der Tat aufzustellen, mit dem Ziel, für die Ermittlungen relevante Informationen zu produzieren.

Pfeffer gähnt wieder. Wie kann man Informationen produzieren? Beschaffen nicht die Ermittler die Informationen? Sie sieht hinüber zu ihrem Laptop, auf dem auf einer Seite die Symbolik des Hexagons erklärt wird, während in einem anderen Fenster alles Wichtige zum Expressionismus zu finden ist.

Es ist kurz vor Mitternacht. Das ist sehr spät für jemanden, der morgen um vier Uhr fünfzehn aufstehen muss. Pfeffer blickt auf das Buch über Fallanalysen auf ihrem Schoß.

Sie hat immer gedacht, die Arbeit eines Fallanalytikers sei spannend und vielseitig. Aber heute Abend ist ihr zum ersten Mal bewusst geworden, dass ein OFA keine Waffe führt. Ein Fallanalytiker braucht schlichtweg keine. Ob sie den Job unter diesen Umständen wirklich noch interessant findet, weiß Pfeffer nicht. Sie ist unentschieden. Einerseits scheint ein Profiler wichtig zu sein, oftmals das Zünglein an der Waage, wenn es um die Identifikation des Täters geht, andererseits ist er doch nur ein Schreibtischtäter.

Wie dem auch sei. Nach zwei vergeblichen Anrufen bei Kriminalhauptkommissar Ludwig Ortwein weiß sie, dass sie keine weiteren Informationen zum Ermittlungsstand bekommen wird. Sie muss also auf eigene Faust weitermachen und Recherchen anstellen. Wenn sie erst mal etwas in der Hand hat, das sie der Mordkommission vorstellen kann, wird man ihrer Mitarbeit sicher offener gegenüberstehen.

Deshalb vertieft sie sich jetzt in die Symbolik des Hexagons, versucht sich an Hypothesen über die Motive des Täters und denkt über expressionistische Kunst nach.

Das Hexagon ist ein Sechseck, und die Sechs steht für so etwas wie göttliche Gerechtigkeit. Vielleicht hält der Mörder Christians Tod ja für ausgleichende Gerechtigkeit? Pfeffer notiert das als erste Hypothese. Außerdem wurde ein Tisch im Paradies in einem alten Kunstwerk mal als Sechseck gemalt. Aber Pfeffer glaubt nicht, dass das relevant ist. Niemand würde Christian Müller ins Paradies schicken. Sie kreist ihre erste Hypothese ein. Jetzt hat sie ausgleichende Gerechtigkeit auf der einen und expressionistischer Ausdruck von Gefühlen auf der anderen Seite.

Doch das ist immer noch keine Spur, da fehlt noch was. Sie zieht ihren Laptop zu sich heran und googelt das Kriegsdenkmal in Ingelheim, aber außer einem kleinen Vermerk, dass dieses Denkmal ein expressionistisch geprägtes Sechseck ist, findet sie nichts. Wofür steht die Verbindung von Symbol und Stilrichtung? Was könnte das mit Christian Müller zu tun haben?

Pfeffer seufzt. Sie wird nach Ingelheim fahren müssen. Sie nimmt ihren Kalender und fängt an zu blättern: Sie hat erst in zwei Wochen wieder frei.

»Scheiße«, murmelt sie. Das dauert zu lange, bis dahin könnte wer weiß was passieren, der Mörder könnte sonst wohin flüchten. Doch sie kann nicht eher frei nehmen, nicht in den ersten Tagen und ohne triftigen Grund. Und die Wahrheit darf sie auf der Wache erst recht niemandem erzählen. Dort hat sie mit ihrem Eifer ohnehin keinen guten ersten Eindruck hinterlassen. Aber ihr Bauchgefühl sagt ihr, dass dies wichtig und sie auf der richtigen Spur ist. Sie kann diesen Mörder aufhalten. »Verdammt!«, flucht sie.

Und dann denkt sie an ihren Onkel. Zeit, ihm mal wieder einen Besuch abzustatten.

Kapitel 4 **Tiramisu**

Dienstag, 4. September

Essen.

»Mach doch mal Licht an.«

»Was?« Czorski zuckt zusammen und blickt zu Doro auf, die direkt vor ihm steht.

»Das sieht ganz schön erbärmlich aus, wie du hier mutterseelenallein im dunklen Büro sitzt, mit krummem Rücken vor dem Bildschirm, angestrengt in das weiß-blaue Licht starrend.« Sie klingt amüsiert.

»So dunkel ist es gar nicht.«

Sie beugt sich zu seinem Bildschirm herunter und runzelt die Stirn. »Facebook?«

Kopfschüttelnd lässt sie sich auf den Stuhl am Bedarfsarbeitsplatz des KK Elf fallen und schaltet die Tischlampe ein. »Ist es nicht schöner, von zu Hause aus Statusmeldungen zu schreiben?«

»Ich schreibe keine Statusmeldungen.«

»Aber du hast ein Profil.«

»Ja«, er lacht leise, »aber wie es scheint nur, um Hochzeitsfotos meiner ehemaligen Mitschüler ansehen zu können.«

»Gott«, sagt Doro und streckt sich. »Ich würde da nie Fotos posten. Schon gar nicht solche.«

»Ich auch nicht.« Czorski betrachtet nachdenklich den Bildschirm. »Ich sollte mich wirklich abmelden.« Er reißt den Blick los, schaltet ebenfalls seine Schreibtischlampe an und beugt sich zu Doro vor. »Und hast du was rausgefunden?«

Doro seufzt und sieht ihn an. »Der Tod ist eine traurige Angelegenheit.«

»Wirklich.«

»Schon mal jemanden verloren?«

Er schüttelt den Kopf. »Nicht durch Mord, und nicht das eigene Kind oder den Partner.«

»Ja, wenn die Großeltern sterben, ist das was anderes.«

»Und heute? Wie lief es bei Müllers Familie?«

»Geschluchzt haben sie, alle zusammen. Die Mutter, der Vater, die Schwester, die Oma …« Doro reibt sich die Schläfen. »Dabei habe ich denen schon am Sonntag die Nachricht überbracht. Da lief es vergleichsweise gut. Jedenfalls war Christian Müller ein Engel, sagt die Oma, und ein taffer Kerl, sagt der Vater. Er sei beliebt und geachtet gewesen.«

»Beruhigend, dass es doch Menschen gibt, die ihn mochten. Ich fand es deprimierend, dass alle ihn gehasst haben sollen. Das kann doch gar nicht sein, dass jeder, mit dem du je zu tun hattest, dich verabscheut!«

Doro hebt die Schultern. »Laut der Mutter hatte Christian Müller manchmal Probleme mit Neidern.«

»Neider?«

»Na, weil er so gut in seiner Ausbildung war und immer etwas besser als seine Kommilitonen.«

»Bist du sicher, dass du die richtige Familie befragt hast? Christian Müller ist ja kein seltener Name.«

Doro lacht und nimmt ein paar Unterlagen vom Schreibtisch, dann steht sie auf. »Das hab ich mich auch kurz gefragt. Aber erstens können seine Angehörigen kein anderes Bild von ihm als Polizist haben als das, welches er ihnen vermittelt hat. Die schlechten Noten wird er wahrscheinlich verschwiegen haben. Und zweitens ist die Familie so in Trauer, dass sie ihn nun in den Himmel loben *muss.*«

Czorski nickt. »Sie haben ihn ja gerade erst verloren.«

»So oder so, von Feinden oder ernsten Konflikten wissen sie nichts.«

»Freunde?«

Wieder grinst Doro. »Ja, er soll viele gehabt haben. Nur kennen sie dummerweise keinen einzigen Namen.« Sie hebt die Unterlagen hoch. »Ich füll das hier zu Hause aus, willst du nicht auch endlich Schluss machen und deine Exfreundinnen von der Couch aus stalken?«

Er lacht und schüttelt den Kopf. »Eigentlich überprüfe ich Christian Müllers Online-Verhalten.«

»Und?«

»Facebook, Twitter, ein Blog, alles da – doch leider kaum Freunde, Follower oder Leser.«

»Ist nicht wahr«, sagt sie spöttisch.

»Er inszeniert sich, als wäre er der Star der Polizeifachhochschule, postet den größten Scheiß und jede Kleinigkeit über seine Ausbildung und Praktika.«

Sie schaut Czorski über die Schulter. »Und das ist auf Facebook für alle sichtbar?«

»Einiges schon, was er verborgen hat, kann ich natürlich nicht genau sagen.« Er dreht sich zu ihr. »Also, wenn ich etwas poste und niemand klickt *Gefällt mir* oder schreibt einen Kommentar, dann komm ich doch früher oder später drauf, dass sich keiner für meinen Sermon interessiert, oder?«

»Ja, du vielleicht. Andere nicht.« Sie zeigt mit dem Finger auf eine Statusmeldung. »Guck mal hier, eine Reaktion.«

Czorski lacht. »Ja. Müller, du Arsch. Halt einfach das Maul.«

»Bekam er solche Kommentare nicht am laufenden Band?«

»Nein, meistens wurde er ignoriert.«

»Na ja, vielleicht findest du unter seinen so genannten Freunden jemanden, der sich verdächtig äußert.«

»Vielleicht. Er ist auch in ein paar Gruppen, aber die sind nicht alle öffentlich. Ich konzentriere mich jetzt erst einmal auf die anderen KA und jungen PK in seiner Facebook-Freundesliste, aber wahrscheinlich bringen Befragungen in der realen Welt da mehr.«

»Oh ja«, sie verzieht das Gesicht, »so wie heute, als ich drei Stunden Händchen gehalten und Taschentücher verteilt habe, um am Ende keinen Schritt weiter zu sein. Ich bin sehr froh, dass ich diese Mordkommission mit meiner wertvollen Arbeit unterstützen kann.«

Czorski sieht wieder auf den Bildschirm. »Ich bin froh, dass du bei ihnen warst und nicht der Chef.«

»Ja, das denke ich mir«, sagt sie und schlägt ihm kameradschaftlich auf die Schulter. »Gute Nacht.«

»Gute Nacht.«

Die Glastür fällt leise hinter Doro ins Schloss. Czorski fährt sich mit beiden Händen durch das aschblonde Haar, als das Telefon klingelt.

»Czorski.«

»Boris, hier ist Stefan vom Empfang. Hast du für heute noch jemanden vorgeladen?«

»Vorgeladen?« Czorski runzelt die Stirn.

»Hier ist eine Helene Herrisch. Sie sagt, du erwartest sie.«

»Helene …? Ach so.« Die Freundin von Jochen Jollig, eigentlich wollte Czorski sie nur kurz telefonisch sprechen. »Äh, in Ordnung, sie soll raufkommen.«

»O.k.«

Czorski legt auf und schließt seinen Facebook-Account. Dann steht er auf und macht das große Bürolicht an. Er hat den Schalter gerade umgelegt und ins grell flackernde Neonlicht geblinzelt, als Helene Herrisch schon in der Tür steht. Ihr langes rotes Haar weht noch leicht im Zugwind, als sich die Glastür hinter ihr schließt. Sie ist ungeschminkt, trägt einen langen Rock, und ihre Schuhe hält sie in der Hand.

Czorski starrt auf ihre nackten Füße.

Sie lächelt. »Es ist wichtig, die Bodenhaftung nicht zu verlieren. Schuhe trennen uns von der Erde.«

»Interessanter Ansatz«, entgegnet Czorski, dem spontan nichts Geistreiches dazu einfällt. »Bitte.« Er zeigt auf seinen Schreibtisch und zieht einen Stuhl für sie heran. Helene kommt näher. Der Rock flattert ihr um die Beine, ihre Schritte sind lautlos, die Schuhe wirft sie auf den Boden neben sich.

Als die beiden sich gegenübersitzen, sieht sie ihn aus großen grünen Augen an. René hatte recht, sie ist ganz süß. Älter, als sie sich gibt, wahrscheinlich um die vierzig, und eindeutig verrückt, aber sie hat was.

»Sie wollten mich sprechen, Herr Czorski.«

Er lacht. »Ich hatte Sie eigentlich bloß um einen Rückruf gebeten.«

»Nun, ich telefoniere nicht, wenn ich es vermeiden kann. Technik verbindet uns nicht und macht die Dinge nicht einfacher, Herr Czorski, sie trennt uns.« Sie legt den Kopf schief und lächelt ihm selig zu.

Czorski räuspert sich. »Jetzt sind Sie ja da.«

»Jetzt bin ich hier, und nichts trennt uns.«

»Wie schön.«

»Ich bin sicher, dass das ein wunderbares Gespräch wird.«

»Äh ja, natürlich. Können Sie mir kurz Ihre Verbindungen zum Ausbildungszentrum der Polizei in Selm darlegen?«

»Natürlich. Mein Freund Jochen unterrichtet dort Sport und Selbstverteidigung. Manchmal hole ich ihn ab, plaudere mit den Kommissaranwärtern und gebe ihnen Kraft.«

Er hebt eine Augenbraue. »Sie geben ihnen Kraft?«

Helene nickt. »Jochen hat einen sanften Kern, aber seine Schale ist steinhart. Er demütigt und verunsichert andere. Um ihm entgegenzutreten, braucht man Energie und innere Stärke.«

»Und Sie können das geben?«

Sie nickt erneut.

»Und wie?«

»Jeder braucht etwas anderes, Herr Czorski. Wir alle haben einen anderen Zugang zu unserer inneren Energiequelle.« Sie wirft sich die Haare über die Schulter.

Czorski lässt den Blick an ihr herabwandern, bis zu ihren Brüsten. Sie trägt ein dünnes Trägerhemdchen und ganz offensichtlich keinen BH. Er verbietet sich, länger dort hinzusehen, und reißt sich los, dann weckt ihre Halskette seine Aufmerksamkeit. Ein silberner Anhänger baumelt an dem zarten Band, direkt an ihrer Drosselgrube. »Ist das ein …«

»Ein Pentagramm? Ja. Sie werden vielleicht bemerkt haben, dass ich ein sehr spiritueller Mensch bin.« Sie zwinkert ihm zu.

Czorski lächelt. »In der Tat. Das war mir aufgefallen.«

»Sie wirken angespannt.«

»Bitte?«

Sie beugt sich vor und legt ihm die Hand aufs Knie. »Sie sind kraftlos, Herr Czorski.«

»Nun ja, es war ein langer Tag.« Er räuspert sich, setzt sich auf und schlägt die Beine übereinander, sodass sie die Hand wieder zurücknehmen muss.

Helene schmunzelt. »Sie entziehen sich mir. Und jetzt sind Sie noch angespannter.«

»Es geht hier nicht um mich, Frau Herrisch. Kannten Sie Christian Müller?«

»Oh ja. Der war auch sehr kraftlos.«

»Und Sie haben ihm geholfen, seine innere … Energiequelle zu finden?«

Sie lächelt vielsagend.

»Gut«, sagt Czorski gedehnt, greift nach seinem iPad und notiert, was sie bis jetzt gesagt hat, dann blickt er auf. »Und wie haben Sie das genau getan?«

Sie schweigt weiter.

Czorski seufzt, legt das iPad weg und beugt sich zu ihr. »Haben Sie mit ihm geschlafen?«

Helene schüttelt leicht den Kopf. »Christian Müller war ein Mensch, der viel genommen und nie gegeben hat.«

»Das hab ich gehört.«

Sie lächelt sanft. »Er musste endlich mal geben, um seine innere Stärke zu finden.«

»Was musste er Ihnen geben?«

»Einen Orgasmus.«

»Er hat Sie sexuell befriedigt?«

»Und seine Energiequelle zum Sprudeln gebracht.«

»Ah ja.«

Sie lacht. »Jetzt seien Sie nicht so befangen, Herr Czorski! Das war doch nur Sex.«

»Wusste Ihr Freund etwas davon?«

»Hören Sie, ich erzähle Ihnen das nur, weil Christian tot ist, und Sie seinen Mörder suchen. Wäre er noch am Leben, würde ich unser kleines Geheimnis hüten. Der Zugang zu seiner Energiequelle ging nur ihn und mich was an. Und nein, Jochen weiß natürlich nichts davon.«

»Würden Sie Ihren Freund als eifersüchtig beschreiben?«

Sie seufzt und lehnt sich im Stuhl zurück. »Ja, aber das heißt nicht, dass er Christian getötet hat. Er kann das von Christian und mir nicht gewusst haben.«

»Und da sind Sie sicher?«

»Absolut.«

»Und wo waren Sie in der Nacht auf den ersten September.«

»In Münster. Eine Freundin hatte ein Dämonenproblem.«

Czorski sieht von seinen Notizen auf und beißt sich auf die Unterlippe.

»Sie können ruhig lachen.« Helene sieht ihn freundlich, fast liebevoll an. »Ich würde mir sogar wünschen, dass Sie lachen. Das ist zwar nicht der Zugang zu Ihrer inneren Quelle, aber es wäre ein Anfang.«

Er legt den iPad-Stift weg und mustert sie belustigt. »Jetzt bin ich doch ein bisschen neugierig. Was denken Sie ist denn der Zugang zu meiner inneren Kraft?«

»So etwas diagnostiziert man nicht oder regelt es mit Worten, Herr Czorski.« Sie beugt sich lächelnd vor. »Ich müsste es Ihnen zeigen.« Erneut legt sie die Hand auf sein Knie.

Czorski starrt auf die langen dünnen Finger, die nun langsam über seinen Oberschenkel nach oben wandern. Er schluckt, ist unfähig sich zu regen. Helene Herrisch riecht nach Rosen und Sandelholz, ihr glänzendes Haar fällt ihr über die zarten Schultern.

»Sie sind ein Mann, der viel gibt, nicht wahr, Herr Czorski?«

Sag ihr, dass sie das lassen soll, nimm ihre Hand weg, rast es ihm durch den Kopf. Doch in Oberschenkel und Leiste spürt er ein angenehmes Kribbeln, und er hat schon längst einen Ständer.

Er presst die Zähne aufeinander und zieht scharf die Luft ein, dreht den Kopf zur Seite und blinzelt in das Licht der Schreibtischlampe, von der Doro vorhin wollte, dass er sie einschaltet. Czorski sieht die Kollegin vor sich, wie sie mit einem Arm voll Unterlagen das Kommissariat verlässt. Doro mag sich beschweren und ihre Arbeit widerwillig tun, aber sie tut sie – und zwar professionell.

Das bringt ihn zur Besinnung. Gerade als er spürt, wie sich ein Finger unter den Bund seiner Jeans schiebt, packt er hastig Helenes Handgelenk. »Nicht!«

Sie hält inne und sieht ihm tief in die Augen.

Er räuspert sich und setzt sich gerade hin, während sie die Hand langsam zurückzieht. Doch sie fixiert ihn noch immer, und er weicht ihr nicht aus. »Es geht hier nicht um mich, Frau Herrisch!«, sagt er noch einmal, diesmal mit sehr fester Stimme.

Sie lehnt sich zurück und legt die Hände wie beiläufig in den Schoß. So, als wenn nichts gewesen wäre. »Brauchen Sie sonst noch etwas von mir, Herr Czorski?«, fragt sie lächelnd.

Er schüttelt stumm den Kopf.

»Sie haben ja meine Nummer«, sagt sie. »Sprechen Sie einfach auf den Anrufbeantworter, dann finde ich Sie.« Helene zwinkert ihm noch einmal zu, bevor sie Richtung Tür geht. Ihr Rocksaum flattert ihr um die Knöchel, ihre Schritte sind immer noch lautlos. Als sie weg ist, fragt Czorski sich, ob sie überhaupt jemals da war.

Essen.

»Also, ich finde ja wirklich, dass du in Uniform ganz fesch ausschaust, Resi«, sagt Moni Illner und legt ihr Besteck auf den Teller.

Pfeffer sieht ihre Tante gequält an. »Ich fühl mich darin aber nicht *fesch*.«

Karl Illner lacht und nimmt einen Schluck Wein. »Der Streifendienst ist doch keine Modenschau, Schatz.«

»Das weiß ich auch, aber wenn das Madl gut ausschaut, wird man das ja wohl noch sagen dürfen!«

»Ich sehe aus wie alle anderen uniformierten Schutzpolizisten, die Kellereinbrüche aufnehmen und andere Abteilungen hinzuziehen, wenn's spannend wird«, sagt Pfeffer und lehnt sich seufzend zurück.

»Aber die Dienstmütze verdeckt deine Segelohren, Resi.«

»Wie bitte?«

Illner lächelt seine Lieblingsnichte an. »Hör nicht auf Moni, Theresia. Du hast keine Segelohren.«

»Na, sie stehen schon ein bisserl ab.«

»Moni«, mahnt Illner.

Pfeffer runzelt die Stirn. »Wenn ich in Zivil gehen könnte, würde ich die Haare offen tragen, dann sähe man meine Ohren auch nicht. Offene Haare stehen mir eh besser. Alles steht mir besser als diese Arbeit in Uniform.«

Illner lächelt nachsichtig. »Wer den Pfennig nicht ehrt, Theresia …«

»Ja, ja.« Sie legt die Hände auf die blütenweiße Tischdecke und trommelt mit den Fingern auf die Tischplatte. Sie will sich zurücknehmen, sie muss ihr Anliegen geschickt platzieren, damit sie nicht wie ein verzweifelter Emporkömmling wirkt. Sie muss taktisch klug vorgehen …

»Ich könnte der Mordkommission helfen, immerhin kannte ich Christian Müller persönlich«, platzt es da schon aus ihr heraus.

»Wen?«, fragt Moni.

»Das Opfer im Essener Stern-Mord«, erklärt Illner seiner Frau.

»O Gott«, jammert Moni und bekreuzigt sich.

»Und ich hab ihn gefunden«, fügt Pfeffer ungerührt hinzu.

»Ja, mein Madl … wie schrecklich!«

»Ich hab mir alles eingeprägt, jeden Blutspritzer.«

»Darum geht es doch nicht«, sagt Illner.

»Vielleicht doch. Alle denken, dass das ein Stern aus Blut gewesen ist.« Pfeffer tippt mit einem Finger auf die Tischdecke und unterstreicht jedes ihrer Worte. »Aber das war so ein wildes Geschmiere, so leidenschaftlich ausgeführt, dass ich an ein expressionistisches Hexagon denken musste. Vielleicht sollte es eher ein Vieleck darstellen und keinen Stern? Was, wenn die Ermittler das ganze Blut missdeuten? Ein Vieleck könnte für ganz andere Dinge stehen!«

»Müssen wir das beim Essen besprechen?«, fragt Moni mit dünner Stimme.

»Und dann der Schnitt durch die Kehle«, überlegt Pfeffer weiter. »Ist das vielleicht auch symbolhaft gemeint?«

Illner beugt sich jetzt zu ihr vor. »Nein, nach neusten Erkenntnissen hatte der Schnitt ganz pragmatische Gründe: Der Täter brauchte einfach mehr Blut. Nach dem Kehlschnitt hat er es aus dem Opfer rausgepumpt. Durch eine Herzrhythmusmassage.«

»Dessert?«, fragt Moni, wartet die Antwort nicht ab und erhebt sich. »Ich hole uns das Dessert.« Sie verlässt hastig den Raum.

Pfeffer verschränkt die Arme vor der Brust. »Und woher soll ich das wissen? An uns werden ja keine Informationen weitergegeben. Und es interessiert auch keinen meiner Kollegen, welche Wunde zum Tod und welche zu dem ganzen Blut geführt hat.«

»Nun, als Polizist musst du lernen, gewisse Dinge auszublenden.«

»Aber ich wüsste genau, wo man bei den Ermittlungen am besten ansetzt. Ich kannte Christian Müller gut, er hatte viele Feinde, ich wüsste, wen man in Selm befragen muss und wie … «

Illner seufzt. »Theresia.«

»Ich könnte helfen, den Täter dingfest zu machen! Bevor er weitermordet …«, beharrt sie.

Ihr Onkel nimmt noch einen Schluck Wein. »Dafür ist es leider zu spät. Es gab bereits einen zweiten Mord. Deshalb ist seit heute eine Fallanalytikerin aus Wiesbaden involviert.«

»Eine Profilerin?«, fragt Pfeffer, und ihr Herz macht einen kleinen Satz. »Vom BKA?«

Illner nickt. »Der zweite Mord geschah in Mainz. Er weist einen ähnlichen MO auf, deshalb wird jetzt eine vergleichende Fallanalyse eingeleitet.«

»Es gibt also bereits einen zweiten Fall. Das hatte ich im Gefühl. Ich hab geahnt, dass der Mörder bald wieder zuschlägt«, murmelt Pfeffer.

Illner räuspert sich. »Und es sieht übrigens so aus, als sollte das

Geschmiere wirklich ein Sechsstern sein und kein Hexagon. Die Blutspuren beim zweiten Opfer sind um einiges deutlicher.«

»Warum hast du mir das nicht gleich erzählt?«, fragt Pfeffer.

Illner seufzt wieder. »Es ist nun mal nicht dein Job …«

»Aber ich kannte das erste Opfer! Ich habe mich intensiv mit der Vorgehensweise des Täters befasst, mit seinen möglichen Motiven und …«

»Tiramisu!«, flötet Moni dazwischen und stellt die Glasschale auf den Tisch. Geschäftig räumt sie die Essteller ab und klappert dabei demonstrativ laut mit dem Geschirr. »Eure Blutspuren sind nicht als Tischgespräch geeignet!«

»Das sieht sehr gut aus, Schatz«, sagt Illner beschwichtigend.

Pfeffer nickt. »Ja, lecker.« Dann wendet sie sich wieder an ihren Onkel. »Ein sechster Beamter könnte der Mordkommission nicht schaden, oder?«

Moni taucht den Servierlöffel ins Tiramisu, schaufelt einen großen Batzen auf den kleinen Porzellanteller und setzt ihn Pfeffer vor. »Iss und schweig still. Bittschön«, sagt sie mit ärgerlich gerunzelter Stirn.

Pfeffer seufzt. Sie weiß, dass sie das jetzt alles aufessen muss, um ihre Tante zu versöhnen. Sie greift nach ihrer Gabel.

»Mhm«, macht Illner und riecht am Tiramisu. Wie immer trägt er einen blauen Anzug, der perfekt sitzt und nur am Bauch ein wenig spannt – was verrät, dass seine Begeisterung nicht gespielt ist. Er liebt Nachspeisen, besonders die von seiner Moni. Sie strahlt ihn dankbar an.

Pfeffer isst und schweigt, aber sie wartet immer noch ungeduldig auf eine Antwort. Illner ist Polizeipräsident, er hätte die Macht, sie in die Mordkommission zu berufen. Natürlich würde sie es lieber allein nach oben schaffen, aber hier ist die Priorität eine andere: Ein Mörder läuft frei herum, und Pfeffer könnte seine Festnahme beschleunigen.

Das Tiramisu auf Pfeffers Teller scheint nicht weniger zu werden. Sie kaut und schluckt, schiebt sich eine Gabel nach der nächsten in den Mund, aber der kleine Porzellanteller bleibt randvoll. Pfeffer vergeht auch langsam der Appetit angesichts der drohenden Antwortmöglichkeiten – und sei das Tiramisu noch so gut.

»Wie geht es der Mama?«, fragt Moni jetzt.

»Gut.«

»Ich bin so froh, dass sie diese Pflaume endlich in den Wind geschossen hat«, sagt Illner, als gäbe es überhaupt einen Mann, der in seinen Augen Pfeffers Mutter würdig wäre. Die ist nun mal seine kleine Schwester, er verehrt sie und hat nie glauben können, dass das andere Männer vielleicht im gleichen Maße tun.

»Ach, jetzt hab ich den Amaretto ganz vergessen«, sagt Moni und springt wieder auf. Sie stöckelt aus dem Esszimmer, auf den Marmorfliesen im Flur klappern die Absätze ihrer Schuhe.

Pfeffer beugt sich vor. »Was ist nun? Glaubst du, ich kann in die Mordkommission?«, fragt sie flüsternd.

Illner seufzt. »Ich kann doch keine junge Streifenpolizistin in eine Mordkommission stecken, Theresia.«

Sie lächelt. »Doch, eigentlich kannst du das schon.«

Er schiebt sich den letzten Löffel seiner Portion Tiramisu in den Mund und beugt sich zu der Glasschüssel vor. Sein Appetit bleibt von diesem Thema offensichtlich unberührt. Er nimmt sich nach. »Es tut mir leid, aber meine Antwort ist Nein. Ich würde mich und dich lächerlich machen«, erklärt er milde lächelnd. »Außerdem musst du dir deine Sporen verdienen wie jeder andere auch.«

»Das werde ich ja, sobald ich in der Mordkommission bin. Kaum jemand kennt Christian Müller so gut wie ich, ich hab ihn genau beobachtet. Zum Beispiel hat er seine Waffe beim Schießtraining immer zu früh gezogen. Jedes Mal. Doch in der Nacht, als er gestorben ist, hat er sie nicht angerührt. Hat er sich denn nicht bedroht gefühlt? Warum? Kannte er den Mörder? Oder war der Täter mit seiner Waffe so viel schneller als er?«

»Du bist ja besessen von ihm«, sagt Moni und stellt drei Likörgläser auf den Tisch. Sie öffnet den Amaretto und schüttelt den Kopf. »Das ist sicher nicht gut für deine Urteilsfähigkeit«, fügt sie hinzu und schenkt ein.

»Was?«, fragt Pfeffer verdattert. »Ich bin doch nicht besessen von Christian Müller! Ich bin nur eine gute Beobachterin.«

Illner lacht. »Na ja, wo Moni das sagt, stellt sich mir schon die Frage, ob du nicht vielleicht ein bisschen für ihn geschwärmt hast.«

»Und jetzt willst du den Mörder deines Liebsten fangen?«, fragt Moni verständnisvoll.

Darauf weiß Pfeffer zunächst nichts zu sagen. Sie schluckt und bemüht sich um einen ruhigen Tonfall. »Christian Müller war der letzte Mann auf der Erde, der mich interessiert hat. Er war arrogant. Er war kein guter Polizist. Und er konnte nicht mal seine Waffe zur richtigen Zeit ziehen.«

»Schon gut«, lenkt Illner ein. »Trotzdem bist du nicht in der Position, in diesem Mordfall aktiv zu ermitteln«, schließt er und hebt sein Glas. »Prost.«

Sie stoßen an. Pfeffer trinkt ihren Amaretto in einem Zug leer und kämpft sich schweigend durch das restliche Tiramisu. Sie ist wütend und fühlt sich missverstanden. Niemand begreift, was ihre wirklichen Motive sind. Sie kann die Fehler ihres Vaters wieder gutmachen, wenn sie diesen Mörder jetzt fängt. Kann das nicht mal Illner erkennen? Er, der doch weiß, wie sehr ihr Vater wegen seines Versagens gelitten hat? Es geht ihr nicht um Ruhm und Sporen – zumindest nicht hauptsächlich. Sie will einen Teil der Schuld abtragen. Und sie weiß einfach, dass sie diesen Täter fassen und so weitere Morde verhindern kann.

Als sie wenig später mit ihrem Onkel durch die Flure der weitläufigen Villa zu seinem Arbeitszimmer geht, legt er den Arm um sie. »Theresia, ich weiß, dass du eine gute Polizistin sein wirst. Ich habe schon deine Treffsicherheit im Schießen gewürdigt, als du die offizielle Urkunde für deine Leistungen bekommen hast. Den Rest musst du dir mit der Zeit selbst erarbeiten.«

»Das weiß ich, und darum geht es nicht«, erwidert sie. »Mir geht es um diesen Fall, jetzt. Ich glaube, ich kann die nächsten Morde verhindern. Dieser Täter wird nicht einfach aufhören, das spüre ich.«

Er seufzt und nimmt den Arm wieder runter. »Jetzt komm, ich will dir was zeigen.«

Pfeffer folgt ihm desinteressiert. Sie kennt bereits alle Waffen im Tresor ihres Onkels. Auch wenn sein alter Bündelrevolver sie sonst aufheitert, wird das gute Stück ihre Stimmung heute kaum heben.

»Du erinnerst dich sicher, dass letzten Monat jemand versucht hat, hier einzubrechen.«

Sie nickt. »In dein Arbeitszimmer.«

»Nicht auszudenken, wenn derjenige an die Waffen gekommen wäre. Die sind teuer und …«

»… gefährlich«, vervollständigt Pfeffer den Satz. Sie kennt ihn aus ihrer Kindheit, als sie selbst noch nicht an den Bündelrevolver oder irgendetwas anderes in diesem Tresor durfte, als sie immer im Keller Verstecken spielen sollte, um sich von den schönen Pistolen abzulenken. Aber jetzt darf sie eine Waffe führen und hat auch schon mit dem Bündelrevolver geschossen. Er liegt nicht ganz so gut in der Hand wie ihre Walther – nichts liegt so gut in der Hand wie Pfeffers Walther –, aber ein Erlebnis war es trotzdem.

Illner stößt die Tür zu seinem Arbeitszimmer auf, betritt den Raum und dreht sich mit einem Grinsen zu ihr um. Breitbeinig steht er da und stemmt die Hände in die Hüften.

Pfeffer schaut sich um, doch alles ist wie immer: die ausladenden grünen Topfpflanzen, die Illner hegt und pflegt, der schwere Holzschreibtisch, die Orden an der Wand, die eingerahmten Fotos mit Honoratioren, das Bücherregal …

»Was ist? Ich sehe nichts.«

Illner lacht und hebt triumphierend den Zeigefinger. »Ganz genau!«

Pfeffer seufzt und sieht ihn abwartend an.

»Ich hab ein neues Überwachungssystem. Mit Kameras.«

Sie runzelt die Stirn. »Hier drin?«

»Ja, und draußen im Garten, bei den Garagen und am Kellereingang.«

»Ah«, sagt Pfeffer.

Illner dreht sich um und winkt sie hinter sich her. Er klappt seinen Laptop auf und zieht einen zweiten Stuhl an den Schreibtisch. »Setz dich.«

Sie gehorcht und beobachtet, wie die dicken Finger ihres Onkels die Funkmaus über den Schreibtisch schieben und sich diverse Programme öffnen. Er klingt stolz, als er fortfährt: »Und das Beste ist, ich hab alle Bilder sofort auf dem Rechner und kann sie als MPG abspeichern, meine eigenen Überwachungsfilmchen. Hier!«

Pfeffer sieht sich selbst und ihren Onkel aus zwei Perspektiven auf dem Monitor, sieht einen Ficus-Benjamini-Dschungel und jeden anderen Winkel des Raumes. »Ja, das ist toll«, sagt sie.

»Moni ist jetzt auch viel beruhigter«, erzählt Illner.

Pfeffer hebt eine Augenbraue und schiebt den kitzelnden Zweig eines Ficus aus ihrem Nacken.

Illner lacht und knufft sie in die Seite. »Na gut, ich selbst hab den größten Spaß dran! Das kann man dir nicht verheimlichen, du Spürnase.«

Sie schaut wieder auf den Bildschirm und lässt sich alles erklären. Man kann Standbilder machen und die Kameras bewegen.

Man kann von hier steuern, was man auf den Überwachungsbildschirmen im Pförtnerhäuschen sieht, oder von Farbe auf Schwarz-Weiß umstellen. Man kann überhaupt alles mit diesen Kameras – nur den Stern-Mörder, den kann man damit nicht aufspüren.

Pfeffer lächelt gequält und hört zu.

Kapitel 5 **Kollegen**

Freitag, 7. September

Essen.

»Sie sind ja immer noch da, Frau Seidel.« Die Stimme klingt genervt.

»*Doktor* Seidel«, sagt sie, ohne den Kopf zu heben. Sie kann nichts dafür, dass man sie ausgerechnet ins Büro des Leiters vom KK Elf, den Leiter der zuständigen Mordkommission, gesetzt hat. Normalerweise ist der kleine runde Tisch mit den vier Stühlen für Besprechungen reserviert, aber jetzt ist er übersät mit Unterlagen, Seidels Laptop thront auf diversen Mappen und Ordnern, und auf den Stühlen stapeln sich Berichte der Mordkommission und Seidels handschriftliche Notizen.

Sie selbst kniet auf dem Boden, in jeder Hand zwei Zusammenfassungen unterschiedlicher Berichte.

Sie hört das leise Klicken des Feuerzeugs, dann riecht sie die Zigarette. Sie hebt den Kopf und schenkt Kriminalhauptkommissar Ludwig Ortwein einen sprechenden Blick.

Er verengt die Augen zu Schlitzen, mustert sie und zieht ungerührt an seiner Zigarette. Die Spitze glimmt auf. »Wie lang denken Sie denn, dass Sie noch hier sein werden, Frau Doktor Seidel?«

Sie legt den Kopf schief. »Haben Sie denn etwas für mich?«

Ortwein schnaubt. »Ich für Sie? Sollten Sie nicht eher etwas für mich haben? Sie sind seit über drei Tagen hier. Wird es da nicht langsam Zeit, dass Sie etwas zu den Ermittlungen beitragen?«

»Nein, das dauert noch.«

»Großartig.«

Sie hält seinem Blick stand. »Ja.«

»Wann gedenkt das BKA denn, mit der vergleichenden Analyse anzufangen? In Mainz haben wir eine Tat mit dem gleichen MO, reicht euch das nicht?«

»Nein.«

Er zieht wieder an seiner Zigarette. »Haben Sie in Ihrer Doktorarbeit auch so viele Wörter verwandt?«

Seidel seufzt und legt die Papiere hin. »Mainz interessiert mich zurzeit nicht, ich erschließe mir diese Tat hier und bin noch dabei, Ihre Erkenntnisse aufzuarbeiten. Vorher kann ich keine Hypothesen bilden, sie nicht zu einer Sequenzanalyse zusammenfügen und den Tathergang nicht rekonstruieren.«

»Aha.«

»Und genauso wenig kann ich Ihnen vorher ein Täterprofil liefern.«

»Und dieses Vorgehen gefällt dem BKA?«

Seidel runzelt die Stirn. »Ja, das BKA begrüßt eine hohe Anzahl von Hypothesen und Rückschlüssen, besonders, wenn die Menge an zur Verfügung stehenden Daten so … begrenzt ist.«

»Wie bitte? Also, ich habe Ihnen viele wertvolle Informationen …«

»Daten«, verbessert sie ungerührt.

»Wie bitte?«

Sie nimmt die kleine runde Brille ab, um sie zu putzen. »Sie haben mir überwiegend Daten geliefert. Ich mache daraus gerade Informationen.«

Ortwein schnaubt.

»Daten werden erst zu Informationen, wenn sie einen Bezug zueinander und zum Fall haben. Wenn man als Fallanalytiker so früh in die Ermittlungen einsteigt wie ich hier bei Ihnen, dann liegen in der Regel mehr Daten als Informationen vor.« Sie bemüht sich um ein neutrales Lächeln. »Das ist ganz natürlich.«

»Das ist es also, was Sie tun? Sie machen Informationen aus unseren Daten?«

»Unter anderem.« Sie setzt die Brille wieder auf.

Ortwein drückt seine Zigarette aus. »Bitte überschütten Sie mich nicht mit Details. Sie müssen nicht alle Ihre Erkenntnisse mit uns teilen«, spottet er.

»Schön, Folgendes kann ich Ihnen sagen: Wir haben hier mit hoher Wahrscheinlichkeit einen kontrollierten, planenden Täter. Er hat sich vorbereitet, ist organisiert und strategisch vorgegangen. Ich bezweifle, dass ihm das Hexagramm erst während des Schusses oder danach eingefallen ist. Andererseits haben wir eine Halswunde, aufgrund der man Hypothesen in eine andere Richtung bilden kann. Doch für weitere Betrachtungen«, sie stemmt die Hände in die Hüften, »brauche ich mehr Daten zum Opfer, zu Müllers Lebensgewohnheiten, Alltagsroutinen, seinen letzten Tätigkeiten. Und zwar dringend.«

Ortwein verschränkt die Arme vor der Brust. »Er hat keine Drogen genommen, ist nicht vergiftet worden und scheint zum Zeitpunkt des Todes im vollen Besitz seiner geistigen Kräfte gewesen zu sein.«

Seidel lacht auf. Das weiß sie bereits, es steht in den Berichten. Doch sie muss mehr über Müllers Gewohnheiten erfahren. »Hatten Sie auf etwas anderes als Zurechnungsfähigkeit gehofft?«

»Es hätte erklärt, wieso er seine Waffe nicht eingesetzt hat, als er überfallen wurde.«

»Eine Waffe am Gürtel rettet noch keine Leben. Das ist ein Irrglaube«, sagt Seidel und lächelt. »Was ist jetzt mit Lebensgewohnheiten und Alltagsroutinen?«

Ortwein runzelt die Stirn, sein Blick ist finster. »Czorski ist eben von den Nachbarn der Familie Müller zurück, und Doro Kelling war bei seinen Angehörigen, die beiden sollten also neue Daten für Sie haben.«

»Gibt es was Neues vom Erkennungsdienst? Konnte man vielleicht tatrelevante DNA aus einer der gesicherten Spuren extrahieren?«

»Nein, und zur Tatwaffe gibt's auch nichts Konkretes. Sieht das in Mainz anders aus?«

Seidel seufzt. »Ich darf noch nicht über Mainz nachdenken, das würde meine Hypothesen verfälschen. Aber es könnte die gleiche Tatwaffe sein.«

»9mm, das hat ein Kollege aus Mainz mir erzählt.«

»Nun.« Sie seufzt erneut, überlegt kurz und steht schließlich auf. Ihre Knie tun schon weh. »Ich werde einfach mehr Informationen brauchen – und mehr Zeit.«

Ortwein ringt die Hände. »Das wird ja alles noch Tage dauern.«

»Genau.«

Er schüttelt den Kopf und holt seine Zigaretten aus der speckigen Lederjacke.

»Ich weiß, dass Sie darauf hoffen, dass ich Ihren Fall löse, Ortwein, aber bis ich Ihnen verwertbare Hinweise für die Ermittlungen geben kann, wird es noch dauern.«

»Ich hoffe nicht, dass Sie meinen Fall lösen!«

Sie schmunzelt. »Natürlich nicht.«

»Sie sind schließlich keine Ermittlerin.«

»Das weiß ich«, erwidert sie. »Ich werte nur die Daten aus, die Sie mir liefern.«

»Außerdem haben wir schon einen Verdächtigen. Das Hexagramm hat uns auf seine Spur gebracht.«

»Das Hexagramm?«

»Es ist ein esoterisches Symbol, richtig?«

»Unter anderem«, antwortet sie vorsichtig.

»Christian Müller hatte einen Ausbilder, der ihm nicht gerade wohlgesonnen war. Dieser Mann könnte auch das Mainzer Opfer gekannt haben, und er beschäftigt sich privat mit Esoterik. Und als

Sahnebonbon: Müller hatte etwas mit der Freundin dieses Ausbilders.«

Seidel nickt langsam. »Gut, sobald Sie da mehr haben, brauch ich das. Dringend. Und behalten Sie im Kopf, dass Sie das Hexagramm nicht allein auf seine esoterische Bedeutung reduzieren dürfen.«

Er lacht hämisch. »Ach ja. Und warum nicht?«

Sie schiebt ihre Brille wieder hoch und sieht ihn verärgert an. »Der sechszackige Stern kann für alles Mögliche stehen, das darf in den Ermittlungen nicht außer Acht gelassen werden.«

»Sie haben zu diesem Hexagramm also doch schon ein paar Thesen?«

»Hypothesen«, verbessert sie. »Und nein, an dem Punkt bin ich noch nicht. Das gehört zur Tatortbeschreibung, und die kann ich erst morgen beginnen, wenn ich den Salzmarkt zu der Uhrzeit aufsuche, zu der auch der Mord stattgefunden hat.«

Ortwein lächelt mitleidig. »Sie wissen aber schon, dass der Tatort gereinigt wurde und alle Spuren gesichert sind, oder?«

»Und Sie wissen sicher auch, dass die Lichtverhältnisse zur Tatzeit eine Rolle spielen. Wie auch die Tatsache, dass es ruhig und leer war, als Christian Müller in der Einkaufsstraße erschossen wurde.«

»Wie auch immer«, Ortwein drückt die nächste Zigarette aus, »ich muss gleich noch mal in Berlin anrufen, um die Befragung unseres Verdächtigen zu organisieren.«

»Der Esoteriker?«

»Wollen Sie mir jetzt etwa raten, diese Spur nicht zu verfolgen?«

Sie schüttelt den Kopf. »Nein, doch behalten Sie im Hinterkopf, dass ein Hexagramm zum Beispiel auch das Wahrzeichen der Brauer ist, ein gnostisches Symbol und das Zeichen der Polizei von Trinidad und Tobago. Nicht zu vergessen, dass der Davidstern auch ein Hexagramm ist.«

Ortwein sieht sie eine Weile fassungslos an.

»Frau Doktor Seidel«, beginnt er schließlich und klingt, als müsse er sich sehr zurücknehmen, »da ich leider gerade keinen jüdischen Braumeister zur Hand habe, auf den irgendeine Spur hinweist, werde ich mich einfach auf den sadistischen, esoterischen Ausbilder konzentrieren, der unser Opfer gehasst hat.«

»Ich hoffe, das meinen Sie nicht allzu wörtlich, Herr Ortwein. Das klingt, als würden Sie nicht mehr nach rechts und links schauen wollen, nun, da Sie einen Verdächtigen in der Zange haben.«

»Ich schau nicht nach rechts und links? Was ist mit Ihnen? Sie halten sich ja die Ohren zu, wenn ich die Stadt Mainz nur erwähne.«

»Das ist was anderes.«

»Natürlich«, spottet er.

»So ist das einfach, und Sie müssen sich etwas gedulden.«

Er sieht sie herablassend an. »Kein Problem. Es ist ja nicht so, dass ein Mörder frei herumlaufen würde.«

»Nun, das Ganze geht nicht schneller voran, wenn Sie hier utopische Ansprüche an mich stellen und mir keine Daten zum Opfer besorgen.«

»Ich hab genauso wenig Zeit für diesen Mist«, schnauzt er plötzlich. »Man muss doch den Gesamtzusammenhang der beiden Morde betrachten. Natürlich können wir das von hier aus nicht, das müsste von Wiesbaden aus organisiert werden!«

Sie hebt eine Augenbraue. Er hat ja nicht unrecht, aber das BKA schaltet sich nun mal nicht ohne Vorarbeit der zuständigen Kommissariate ein.

Sie räuspert sich und schielt durch die Glaswand hinaus ins Großraumbüro des KK Elf. Einige der Beamten gucken schon irritiert herüber. Seidel seufzt und baut sich direkt vor Ortwein auf. Sie ist viel kleiner als er und muss zu ihm aufblicken. Sie versucht wirklich, nicht gelangweilt oder genervt dabei auszusehen – aber sie kennt sich. Es ist nicht sehr wahrscheinlich, dass ihr das gelingt.

»Nun hören Sie aber auf zu nörgeln, Herr Ortwein! Sie haben doch Ihren Verdächtigen, also los.«

»Den kann ich wohl schlecht selbst befragen.«

Sie runzelt die Stirn. »Also, rein theoretisch ...«

»Ich fahr doch nicht nach Berlin, das kann genauso gut ein Kollege vor Ort machen!«

»Wenn Sie meinen. Also ich gehe heute Nachmittag noch einmal das Verletzungsbild mit dem zuständigen Gerichtsmediziner durch. Auch da könnten Sie mitkommen, erste Hypothesen mit mir bilden und sie einer Sequenz im Tatverlauf zuordnen.«

Er beugt sich etwas zu ihr hinunter. »Soll das jetzt eine Beschäftigungsmaßnahme sein? Ich bin Leiter der Mordkommission und dieser Abteilung hier. Ich brauche keine Vorschläge von Ihnen, womit ich meine Zeit verbringe.«

Sie schüttelt leicht den Kopf und betrachtet sein wettergegerbtes Gesicht. Von allen Kriminalkommissaren, mit denen sie je zusammengearbeitet hat, ist Ludwig Ortwein der bescheuertste – und natürlich will sie gar nicht, dass er sie in die Gerichtsmedizin begleitet. Sie will überhaupt nicht, dass sie jemand begleitet. Dann würde sie am Ende noch ein Team bilden und Menschen zuhören müssen, die auch Ideen haben, und so was macht die Dinge im Allgemeinen nur noch komplizierter und langwieriger.

Essen.

Czorski hat die Fernbedienung schon in der Hand und sieht abwartend zu seinem Chef hinüber. Ortwein lehnt sich an die Wand und verschränkt die Arme vor der Brust. Selbst im kleinen, warmen Vorführungsraum trägt er die obligatorische Lederjacke. »Jolligs Freundin ist also eine Esoteriktante, die ihn betrügt?«

»Ja, doch sie würde das sicher anders nennen.«

»In deinem Bericht steht, dass sie mit Müller eine sexuelle Beziehung unterhielt.«

»Es ging wohl um Cunnilingus, Chef«, sagt Czorski mit krächzender Stimme.

»Schon gut, kein Grund rot zu werden, Czorski«, erwidert Ortwein und lacht. »Das steht dir gar nicht, du kriegst dann immer diese roten Flecken am Hals.«

Czorski nickt und lächelt dünn. »Jedenfalls war der Berliner Kollege informiert und hat Jollig deshalb auch nach Helene Herrisch gefragt.«

»Gut.«

Czorski hebt die Fernbedienung. »Soll ich?«

»Leg los.«

Jochen Jollig sitzt im Befragungsraum des KK Elf in Berlin. Das Gespräch wurde heute Morgen aufgezeichnet. Er ist nicht groß, eher gedrungen, und seine unnatürlich braungebrannten Oberarme sprengen fast das T-Shirt, er hat den Nacken eines Stiers. Eigentlich ist Jollig jung, um die vierzig, aber um seine Augen hat er viele Falten, so als lache er oft, und das im Solarium. Zumindest stellt sich Czorski so die Folgen von exzessiver Sonnenbanknutzung vor.

»Wir hätten dieses Gespräch gern schon früher geführt …«, hört man den Berliner Kollegen, der nicht im Bild zu sehen ist, sagen.

»Ich reise viel, war diese Woche in Nienburg und dann in Böblingen«, unterbricht Jollig mit tiefer Stimme und drohendem Unterton. Czorski und Ortwein tauschen einen Blick.

»In der Nacht auf den ersten September wurde der Kommissaranwärter Christian Müller auf dem Weg zum Dienst auf offener

Straße erschossen«, liest der Kollege vor. Das Blut-Hexagramm wird mit Absicht nicht erwähnt. »Sie haben Christian Müller in Selm in Selbstverteidigung unterrichtet. Was für ein Schüler war er?«

Jollig schnaubt. »Ein schlechter.«

»Können Sie das näher erläutern?«

Jollig lehnt sich zurück und verschränkt die mächtigen Arme vor der Brust. »Dass der sich nicht wehren kann, wenn's hart auf hart kommt, das hätte ich Ihnen auch schon vor einem Jahr sagen können. Er war eine Memme, ein Loser. Keine Fitness, kein Kampfgeist. Erbärmliches Kerlchen.«

»Das sind harsche Worte für jemanden, der ihm etwas beibringen sollte«, murmelt Czorski.

Doch Ortwein schüttelt den Kopf und schnaubt. »Das Leben ist halt kein Ponyhof, Czorski.«

»Es heißt, Sie hätten Müller besonders hart rangenommen«, sagt der Berliner Kollege auf dem Band.

Jollig nickt. »Kann ich nicht leugnen. Aber der war nicht nur ein Loser, der war auch noch ein arroganter Fatzke. Manchmal hat er geschummelt, Runden heimlich abgekürzt. Und dann hat er all diejenigen verhöhnt, die nach ihm ins Ziel gekommen sind. Natürlich hab ich ihn dafür bestraft.«

»Bestraft?«

Jollig wirft dem Befrager einen finsteren Blick zu. »Na, mit Extrarunden. Was denken Sie denn?« Seine Miene bleibt unbewegt, aber seine Hände sind unruhig. »Ich hab ihn nicht umgebracht«, schiebt er schnell hinterher.

»Das hab ich gar nicht gefragt.«

»Aber darauf zielt das hier doch ab, oder?«

»Hatte Christian Müller Feinde?«

»Ja. Es waren die Freunde, die ihm gefehlt haben. Keiner meiner Schüler konnte ihn leiden, das können Sie mir glauben.«

»Und Sie wollten auch mal Polizist werden, Herr Jollig?«

Er schaut noch grimmiger drein. »Tut das hier was zur Sache?«

Czorski beugt sich vor und stützt die Arme auf den Oberschenkeln ab. Das soll der Mann sein, mit dem Helene zusammen ist, in dem sie einen weichen Kern sieht?

»Ich war vor über zwanzig Jahren für ein Jahr auf der Polizeischule, hab mich dann aber anders entschieden«, erläutert er schließlich.

»Hier steht, dass das nicht unbedingt Ihre Entscheidung gewesen ist.«

Jollig hebt eine Augenbraue. »Nein, ich musste die Ausbildung abbrechen, weil ich zwei Mal durch eine Prüfung gefallen bin. Aber dann hab ich mein Fachabi gemacht und Sport studiert. War besser für mich. Das Studium hat mir echt die Augen geöffnet. Ist eine ganz andere Welt, das Akademische.«

Ortwein grinst. »Das Akademische. Natürlich.«

»Wo unterrichten Sie?«, fragt der Berliner Kollege.

»In Berlin, Nienburg, Selm, Büchenbeuren und Meiningen. Und Böblingen.«

Ortwein schüttelt den Kopf. »Ich versteh wirklich nicht, wieso die deutsche Polizei ihren Nachwuchs zur Ausbildung in die Provinz schickt.« Er lacht und tippt sich an die Stirn. »Büchenbeuren.«

»Das ist in der Nähe von Mainz, Chef«, sagt Czorski.

»Hannah Born ist nicht unsere Baustelle.«

»Ich weiß, aber das müssen wir ans BKA weitergeben.«

Ortwein nickt.

»Haben Sie privat mit Esoterik zu tun, Herr Jollig?«, fragt der Berliner Kollege jetzt.

»Bitte?«

»Spielen Mystik, Spiritualität oder Esoterik in Ihrem Privatleben eine Rolle?«

Jollig runzelt die Stirn. »In meinem eigenen nicht direkt, aber meine Freundin Helene ist ein … sehr spiritueller Mensch.«

»Sie zögern. Stört Sie das?«

»Nein«, sagt Jollig und lacht ein wenig gezwungen. »Das stört mich nun wirklich nicht. Von mir aus kann sie Räucherstäbchen überall in der Wohnung aufstellen.«

»Würden Sie Ihre Beziehung als gut bezeichnen?«

»Klar«, schießt Jollig etwas zu schnell zurück. »Sie ist meine Traumfrau.«

»Wo haben Sie sich kennengelernt?«

»Beim Yoga.«

Ortwein und Czorski werfen sich einen kurzen Blick zu. Anscheinend teilen sie dieselbe skurrile Vorstellung eines Jollig beim Sonnengruß.

»Wo waren Sie in der Nacht auf den ersten September?«, fragt der Beamte nun.

»Bei Helene in Essen«, antwortet Jollig und fixiert sein Gegenüber.

»Aber sie war nicht da«, murmelt Czorski.

»Allein?«, fragt der Berliner Kollege.

»Ich habe ihn nicht umgebracht«, sagt Jollig leise.

»Bitte beantworten Sie meine Frage.«

»Ja, allein, sie war nicht da«, quetscht er unwillig zwischen zusammengebissenen Zähnen hervor. »Sie denken jetzt vielleicht, dass ich ein Motiv habe, aber das hätten viele andere auch gehabt!«

»Stimmt«, sagt Czorski und hält das Video an. »Das reicht nicht, um ihn festzuhalten.«

Ortwein hebt gelangweilt die Schultern. »Vielleicht findet das BKA mehr.«

»Und wenn wir Jollig mit der Tatsache konfrontieren, dass Helene und Christian …?«

»Wir geben diese neuen Daten jetzt der Seidel und warten, was sie sagt«, bestimmt Ortwein. »Wenn Jollig nächste Woche wieder in Selm ist und wir dann immer noch zuständig sind, können wir uns weitere Schritte überlegen.«

Berlin.

Jochen Jollig spürt die bewundernden Blicke der Kommissare, die seine muskulösen Arme streifen. Er presst die Lippen aufeinander und verlässt das KK Elf. Sollten sie halt den Arsch hochkriegen und trainieren! Aber nein, sie sind alle alt und faul geworden, sitzen nur noch an ihren Schreibtischen und halten das Anschnallen ihrer Waffe für ausreichend Sport. Zivile Ermittler. Lächerlich.

Er geht die Treppe hinunter. Ihm kommen zwei uniformierte Polizisten entgegen. Sie nicken ihm zu, sie wissen nicht, dass er gerade verhört worden ist, weil er unter Mordverdacht steht. Jollig bleibt auf dem Treppenabsatz stehen, sieht ihnen nach und fixiert ihre Hintern, an denen die Handschellen klemmen.

Ein weiterer Polizist passiert ihn, geht nah an ihm vorbei. Er trägt seine Dienstmütze, berührt aus Versehen Jolligs Schulter und lächelt entschuldigend.

Jollig schluckt trocken, er spürt Schweiß auf der Stirn und bekommt eine Gänsehaut. Es geht schon wieder los ... Er hastet die Treppe weiter runter und bleibt auf der letzten Stufe stehen. Der Schweiß läuft nun seinen breiten Nacken hinab. Hier ist es so voll: überall Uniformierte, Polizeimützen, glänzende Achten und prallgefüllte Lederholster. Jolligs Atem geht schneller, er sieht sich hektisch im Erdgeschoss um. Ein junger KA lehnt an einem Schreibtisch und flirtet mit der Sekretärin; er ist noch jung, seine Gesichtszüge sind fein.

Jollig reißt den Blick los, sucht und findet das WC-Schild, das ins Untergeschoss weist. Er rennt die Stufen runter, stößt die Tür zu den Toiletten auf, ignoriert die Pissoirs und flüchtet sich in eine Klokabine. Atemlos schließt er ab. Mit fliegenden Fingern öffnet er die Hose, holt seinen Schwanz raus und reibt daran. Er spannt den mächtigen Oberarm an, die Faust fährt auf und ab, und Adern treten an seinem Hals hervor.

Er stützt sich mit der linken Hand an der Wand ab, keucht und pumpt den Druck aus sich heraus.

Mainz.

Dominik klopft an die Tür des Besprechungsraums im KK Elf und tritt ein. An dem langen ovalen Tisch sitzt eine Mittfünfzigerin mit blondgesträhnter Kurzhaarfrisur in türkisfarbenem Twinset. Sie lächelt ihn an. »Herr Reth?«

»Ja«, sagt er und reicht ihr die Hand. So sanft ihre Stimme ist, so fest ist ihr Händedruck.

»Ich bin Doktor Brigitte Opell, operative Fallanalytikern vom BKA, setzen Sie sich.«

Dominik nimmt sich einen Stuhl ihr gegenüber. Auf dem Tisch liegen ein Laptop, zwei Ordner und ein paar Mappen, ordentlich gestapelt. Ihre Unterlagen nehmen wenig Raum ein, sie hätten auf einen kleinen Schreibtisch gepasst.

»Sie haben den Mord an Hannah Born aufgenommen, Herr Reth?«

»Ja, ich bin in der K-Wache und wurde von den Kollegen im Streifendienst hinzugerufen.«

»Und Sie haben Eva gebeten, das ViCLAS zu bestücken.«

Dominik schweigt, unsicher, was er darauf sagen soll.

Die Fallanalytikerin lächelt verschwörerisch. »Keine Angst, Eva hat mir alles im Vertrauen gesagt. Ich finde, Sie haben richtig gehandelt.«

»Danke.«

Sie lächelt noch immer. »Eva hat mir auch gesagt, wie Sie zueinander stehen.«

Dominik runzelt die Stirn. »Standen«, verbessert er.

Opell lehnt sich zurück und verschränkt die Finger vor sich auf dem Tisch. »Ich verurteile Sie nicht, Herr Reth.«

»Äh, gut«, antwortet er irritiert.

»Eva hat es sehr geholfen, sich mir zu öffnen. Ich bin eigentlich Psychologin und kann durchaus dazu beitragen, dass Menschen ihre Gefühle wieder klarer sehen.«

»Es freut mich, wenn Sie Eva helfen konnten.«

Sie legt den Kopf schief. »Diese Beziehung muss für Sie beide traumatisierend gewesen sein. Wenn Sie also reden möchten …«

Er hebt eine Augenbraue. »Haben Sie mich deshalb hergerufen?«

»Nein«, antwortet sie sanft. »Sie sollen nur wissen, dass ich für Sie da bin, wenn Sie reden möchten.«

»Ah ja. Danke.«

»Es geht mir heute um Hannah Born. Sie waren der Erste am Tatort?«

»Mehr oder weniger.«

Sie zieht ein Foto aus einer Mappe. »Auf den Bildern ist das Blut schlecht zu sehen. Luminollösung braucht wenig Licht, die Kamera viel«, sagt sie seufzend und legt das Bild vor Dominik auf den Tisch.

Er betrachtet es, es ist tatsächlich sehr dunkel, aber das ändert nichts an dem, was es zeigt. Er sieht wieder auf. »Glauben Sie, Hannah musste sterben, weil sie uniformiert war?«

Opell hebt die Schultern. »Das ist möglich, meine Hypothesen ergeben eine mittlere bis hohe Wahrscheinlichkeit, dass sie aufgrund ihrer Uniform sterben musste.«

»Sie war bewaffnet«, überlegt Dominik laut. »Und trotzdem hat er sie erschossen. Der Täter muss sehr angsteinflößend oder Hannah sehr schüchtern gewesen sein …«

»Mittlere Wahrscheinlichkeit. Aber die Beschreibungen ihrer Familie, Kommilitonen und Freunde sprechen dagegen.«

»Sie war also kein Angsthase«, schließt Dominik.

»Im Gegenteil«, sagt Opell und klappt ihren Rechner zu. »Hannah war dreist und laut und hatte so etwas wie eine schwierige Jugend inklusive einer Anzeige wegen Waffenbesitz.«

»Waffenbesitz?«

»Einen Schlagring, mit dem sie dummerweise bei einem Schulausflug im Bundestag erwischt wurde. Sie hat gesagt, es sei ein Versehen gewesen, aber die Anzeige gab es trotzdem.«

»Nicht gerade eine Vorzeigekandidatin für den Polizeidienst.«

»Ja und nein. Die Aufnahmeprüfung hat sie mit Bravour bestanden. Sie wird als klug beschrieben, hatte durchwachsene Noten, aber gute Reflexe im Schieß- und Fahrtraining.«

»Was, wenn der Täter dachte, sie sei nicht würdig, die Uniform zu tragen?«

»Nun, das könnte sein. Allerdings würde er dem unwürdigen Opfer die Uniform dann ausziehen, oder nicht?«

»Ja, klingt logisch.«

»So oder so. Sie war mutig und hatte eine zu große Klappe, um sich leicht einschüchtern zu lassen.«

»Der Täter kann ihr trotzdem so große Angst gemacht haben, dass sie wie gelähmt war.«

»Niedrige bis mittlere Wahrscheinlichkeit«, antwortet Opell. »Es könnten allerdings zwei oder mehrere Täter gewesen sein. Dann hätten wir eine Tätergruppe, deren Profil komplexer wäre, und ich könnte für mehrere Menschen Prognosen treffen. Bezüglich Geschlecht, Alter und Eigenschaften, ob sie vorbestraft sind, das Opfer kennen könnten … Verfolgen sie alle das gleiche Motiv oder gibt es Hinweise auf unterschiedliche Motive?«

Dominik streicht sich durch die dunklen Haare. »Wie hoch ist eigentlich die Wahrscheinlichkeit, dass man eine uniformierte Kommissaranwärterin abends allein im Park trifft?«

»Wie wahrscheinlich ist es, dass sie auch noch bewaffnet ist?«, ergänzt Opell. »Und spielt es eine Rolle, dass sie bewaffnet war, oder war das bloß Zufall?«

»In Essen war das Opfer doch auch bewaffnet, richtig?«

»Das darf ich leider nicht berücksichtigen.« Sie räuspert sich. »Genau genommen, darf ich das nicht mal wissen.«

»Verstehe.«

»Obwohl es natürlich spannend ist, bedenkt man die Tatsache, dass die Wahrscheinlichkeit, einen KA bewaffnet anzutreffen sehr gering ist. Selbst im dritten Ausbildungsjahr braucht es Sondergenehmigungen und spezielle Voraussetzungen ... Und hier sind gleich zwei KA bewaffnet angetroffen worden.«

»Angetroffen und *ge*-troffen.«

»Ja.« Opell lacht kurz. »Aber diese Gemeinsamkeiten darf ich nicht berücksichtigen.« Sie lehnt sich zurück und zeigt auf das dunkle Foto. »Können Sie mir das Hexagramm noch einmal ganz genau beschreiben?«

Dominik betrachtet das Bild. »Das Opfer lag auf dem Rücken, alle viere von sich gestreckt, ein Stern aus Blut zog sich um den Kopf und die vier Extremitäten.«

»Das macht fünf Sternzacken, ein Hexagramm hat aber sechs.«

»Der sechste war zwischen ihren Beinen, sehen Sie, hier.« Er zeigt auf den blau leuchtenden Zacken zwischen Hannah Borns Beinen, der nur schemenhaft zu erkennen ist.

»War der genau so lang wie alle anderen?«

Dominik betrachtet das Bild noch einmal. »Ja, ein bisschen schmaler vielleicht, denn er musste ja zwischen die Beine passen. Die waren zwar sehr weit gespreizt, aber dennoch war für die drei Zacken unten natürlich nicht so viel Platz wie für die oberen um

Kopf und Arme herum.« Er schluckt, runzelt die Stirn und sieht auf. »Vermuten Sie eine sexuell motivierte Tat?«

»Mittlere bis hohe Wahrscheinlichkeit.«

Dominik hebt eine Augenbraue.

Opell schüttelt den Kopf. »Es waren keine Spermaspuren am Tatort, weder in der Umgebung noch an der Leiche, also kann man ein Sexualdelikt als niedrig wahrscheinlich einstufen. Doch man darf natürlich nicht vergessen, dass der Täter seine Lust auch erst später fernab vom Tatort vollends befriedigen könnte. Aber um diesen Punkt geht es mir jetzt nicht. Hannah Born hat einen Sternzacken direkt zwischen den Beinen.«

Dominik nickt. »Und Symbole scheinen für den Täter von großer Bedeutung zu sein.«

»Genau. Wir könnten dies als einen Hinweis auf ihre Fruchtbarkeit sehen.«

»Vielleicht war sie schwanger?«

»Laut Gerichtsmedizin nicht, aber eine junge Frau ist immer fruchtbar. Und sei es nur auf symbolischer Ebene.«

»Der Zacken könnte aber auch einen Phallus darstellen und so die Abwesenheit eines Penis betonen«, schlägt Dominik vor.

»Ja, ich bewege mich mit meinen Hypothesen sehr stark im Themengebiet Gender und Geschlechterrollen. Aber Sie sagen, der Zacken zwischen ihren Beinen war nicht kürzer.«

»Nur schmaler, und das scheint mir eher pragmatische Gründe zu haben.«

»Vielleicht verweist der Zacken auch darauf, dass der Polizeiberuf eine Männerdomäne ist. Möglicherweise soll er eine ›Vermännlichung‹ symbolisieren: Wenn Frauen diese Uniform tragen, geben sie ein Stück ihrer Weiblichkeit auf.«

Dominik lacht. »Ein Uniformfetischist würde Ihnen da etwas anderes erzählen.«

»Uniformfetisch – nicht sehr wahrscheinlich, zumindest nicht als einziges Motiv. Hab ich aber auch notiert.« Ihre Augen ruhen weiterhin nachdenklich auf dem Bild. »Vielleicht ist es ein Hinweis auf den Täter – beziehungsweise eine Täterin.«

»Wie meinen Sie das?«

»Es beschäftigen sich mehr Frauen mit Genderfragen, Feminismus, Emanzipation, Gleichstellung im Beruf. Denn für die Benachteiligten ist die Benachteiligung ein größeres Thema als für die, die von ihr profitieren.«

»Ein weiblicher Täter also.«

»Niedrige bis mittlere Wahrscheinlichkeit, aber durchaus möglich.«

»Aber gegen eine einzelne Frau hätte Hannah ihre Waffe doch auf jeden Fall gezogen.«

»Ach ja?« Opell hebt amüsiert eine Augenbraue. »Was, wenn diese Frau bis zuletzt nicht als eine solche zu erkennen war?«

Dominik seufzt und trommelt mit den Fingern auf der Armlehne. »Außerdem könnte die Frau auch zu einer Tätergruppe gehört haben.«

»Richtig. Was wir mit Sicherheit sagen können, ist, dass der Täter ein Hexagramm und kein Pentagramm zeichnen wollte. Ein sehr vielseitiges Symbol. Fast jede Weltreligion hat es irgendwann mal benutzt.« Sie wischt mit der Hand durch die Luft. »Aber das ist nicht das größte Problem. Viel schwieriger stellt sich die Rekonstruktion der Tat dar. Ich habe nur wenige gesicherte Informationen und muss den Rest mit Hypothesen füllen, die sich entweder widersprechen oder alle anderen Hypothesen über den Haufen werfen.«

»Sie scheinen das alles doch gut im Griff zu haben.«

Opell lacht. »Weil es hier so ordentlich aussieht? Das täuscht. Ich kann kaum rekonstruieren, welche Entscheidung der Täter zu welchem Zeitpunkt getroffen hat.«

»Nun ja, ein Impulsmord war das schon mal nicht.«

Sie seufzt. »Ja, das stimmt. Er hat die Tat geplant. Und je nachdem, was ihn an Hannah Born gereizt hat, muss er sich sehr früh an ihre Spur geheftet haben, um sicherzustellen, dass er sie an diesem Ort zu dieser Zeit allein erwischen würde.«

»Glauben Sie, dass er wieder töten wird?«

»Das ist eine schwierige Frage, weil wir ja davon ausgehen können, dass es bereits sein zweiter Mord war, aber nicht davon ausgehen dürfen.«

»Ich glaube, der schlägt wieder zu. Der ist noch nicht fertig«, sagt Dominik.

Opell sieht ihn lange an. »Ich möchte jetzt kein Kommissaranwärter sein. Ich möchte überhaupt kein Polizist sein.«

»Um Ihren Job beneide ich Sie aber auch nicht.«

Sie lacht leise. »Ja, er ist knifflig. Mir raucht der Kopf, und ich werde am Wochenende keine ruhige Minute haben, aber wenigstens schwebe ich nicht in Lebensgefahr.«

»So kann man das auch sehen.«

»Es ist natürlich furchtbar egoistisch, aber wir Fallanalytiker haben wenigstens nichts zu befürchten. Wir begegnen weder Tätern noch Zeugen. Das hilft, die Distanz zu wahren.«

Dominik nickt und lächelt zaghaft. »Stimmt, ich war in der letzten Woche auch mehrmals froh darüber, dass ich keine Uniform mehr trage.«

»Ja, auf Leute wie uns hat es so ein Täter eher nicht abgesehen.«

»Eher nicht?«

»Keine bis niedrige Wahrscheinlichkeit.«

Sie lachen beide und klingen erlöst.

Mülheim an der Ruhr.

»Kripo Essen«, sagt Czorski und hält seine Marke vor den Spion. »Wir hatten telefoniert.«

Die Tür öffnet sich, und eine junge Frau mit langen blonden Haaren und langen rosa Fingernägeln steht vor ihm.

»Daniela Friedrich?«

Sie schüttelt den Kopf. »Tina Friedrich. Dani ist meine Schwester, kommen Sie rein.«

»Boris Czorski«, stellt er sich vor und folgt der jungen Frau. Es ist eine saubere Mädchenwohnung, am Boden wechseln sich weiße Fliesen mit Laminat ab, und in der Küche hängen Bilder mit Kaffee an den Wänden. Außerdem kleben dort Wandtattoos, die alle möglichen Kaffeesorten benennen.

»Für dich, Dani«, sagt Tina.

Dani erhebt sich vom Küchentisch und gibt Czorski die Hand. Sie ist so blond wie ihre Schwester, allerdings sind ihre Haarspitzen blau gefärbt und ihre Fingernägel ebenfalls. Czorski setzt sich unter den *Latte macchiato,* Dani unter den *Cortado.* Tina lehnt sich an den Herd und verschränkt die Arme vor der Brust. »Wollen Sie was trinken?«

»Nein, danke. Ich habe ein paar Fragen an Sie.« Er sieht Dani an.

»Es geht um Christian, ich weiß.«

Czorski schaut zu Tina hinüber.

»Das geht schon in Ordnung«, sagt die voreilig. »Dani hat keine Geheimnisse vor mir.«

Czorski hebt eine Augenbraue.

»Tina kann ruhig bleiben«, stimmt Dani zu, und ihre Stimme klingt ein bisschen schwach.

»Also gut.« Czorski legt sein iPad auf die braun-rosa karierte Tischdecke. »Christian Müller ... «

»War ein Arschloch«, ergänzt Tina.

»Sie kannten ihn auch?«

Sie schnaubt. »Dani hat ihn zwei Mal mitgebracht. Ich hab sofort gemerkt, dass er ein aufgeblasener Idiot ist. Hab ihn gleich gehasst.«

»Aber Sie waren mit ihm zusammen?«, wendet er sich wieder an Dani.

Tina lacht auf. »Was heißt zusammen?«

Czorski runzelt die Stirn. »Die Frage war nicht an Sie gerichtet.«

»Dani geht es aber nicht gut!«, schnappt Tina. »Das hier ist nicht einfach für sie.«

»Weil Christian Ihnen viel bedeutet hat?«, fragt er Dani sanft.

»Das war doch nur eine Affäre«, antwortet Tina.

»Warum geht es Ihnen nicht gut, Dani?«

»Weil sie Kommissaranwärterin ist!«, zischt Tina, als sei Czorski schwer von Begriff. Sie schlägt mit der Hand rhythmisch auf den Herd. »Und die werden gerade hingerichtet – einer nach dem anderen!«

Er schaut irritiert zu ihr hinüber. »Sie reden von Hannah Born aus Mainz?«

»Genau, zwei Leichen an einem Wochenende«, sagt Tina aufgebracht. »Werden es dieses Wochenende vier sein?«

Czorski wendet sich wieder an Dani. »Woher wissen Sie von dem zweiten Mord? Kannten Sie Hannah Born?«

»Nein. Wir sind nur in einer Facebook-Gruppe«, sagt Dani leise und weicht seinem Blick aus. »Fast alle KAs aus Deutschland sind da vernetzt. Nicht, dass dort viel über die Morde steht, höchstens Andeutungen. Aber man hört so einiges.«

»Was denn zum Beispiel?«

»Dass Hannah erschossen wurde, auf dem Weg vom Dienst nach Hause. Anscheinend war auch sie in Uniform und bewaffnet ... so wie Christian.« Sie schluckt und sieht Czorski kurz an, dann schaut sie wieder weg.

Er räuspert sich und setzt sich aufrecht hin. Diese Art von Gerüchten ist nicht gut. Es wurde langsam Zeit für offizielle interne Mitteilungen und eine vernünftige Pressekonferenz. Er lächelt Dani an. »Apropos Müller: Hat er Ihnen viel bedeutet?«

Tina beißt sich auf die Unterlippe und betrachtet ihre Schwester abwartend.

»Am Anfang schon, später nicht mehr.«

»Sie wissen doch, wie das ist, wenn man verlassen wird«, erklärt Tina hastig. »Bei jeder Trennung kommt irgendwann die Phase, in der man den anderen hasst.«

Czorski blickt mit gerunzelter Stirn von seinem iPad auf. »Tina, ich muss primär mit Dani sprechen und wäre Ihnen sehr dankbar, wenn Sie sie für sich selbst antworten ließen.«

»Sie fürchtet um ihr Leben, Herr Czorski!«, erwidert Tina aufgebracht. »Und sie hasst Christian Müller nicht. Hass ist ein zu großes Wort. Er hat sie halt verletzt …«

Czorski seufzt. Tina will anscheinend nicht, dass es so aussieht, als habe Dani ein Motiv. Aber die Entscheidung, ob Dani ein Motiv hat oder nicht, liegt nicht bei ihr.

»Sind Sie jetzt gerade im Praktikum, Dani?«, fragt er, damit Tina sich wieder etwas beruhigen kann.

»Nein, ich absolviere zurzeit einen Ausbildungsblock in Selm«, antwortet Dani mit der gleichen dünnen Stimme. Sie regt sich jedenfalls nicht auf. Sie zieht die Beine an und lehnt ihren Hinterkopf an die Wand. Dabei berührt sie die kleinen aufgeklebten Espressobohnen, die die einzelnen Kaffee-Schriftzüge miteinander verbinden. Czorski folgt der Spur Bohnen über die ganze Wand, vorbei an *French Press* und *Cappuccino*. Manchmal ist er sich sicher, dass er nicht versteht, was Frauen schön finden.

»Waren das alle Fragen?«, fragt Tina pampig.

Czorski sieht zu der blonden jungen Frau, die selbstgefällig am Herd lehnt. Wut grollt in seinem Bauch.

»Weil das hier wirklich nicht gut für Danis Nerven ist«, fügt sie hinzu.

Mit einem Knall fährt seine Hand auf die Tischplatte. Er springt auf und fuchtelt mit seinem iPad-Stift in der Luft herum. »Nein, das waren nicht alle Fragen! Ich habe noch welche, und es liegt an der Beantwortung dieser Fragen, ob wir den Mörder finden, Tina! Vielleicht möchten Sie ein wenig kooperieren, denn das könnte das Leben Ihrer Schwester sicherer machen!«

Er starrt sie mit hochrotem Kopf an, dann wendet er sich wieder Dani zu. »Und nun zu Ihnen: Ich verstehe, dass Sie verunsichert sind. Aber Sie sind Kommissaranwärterin, verdammt noch mal! Reißen Sie sich zusammen, und kommen Sie einem Kollegen ein wenig entgegen!«

Erschöpft setzt er sich hin und streicht seine aschblonden Haare zurück. Er weiß, dass er jetzt rote Flecken am Hals hat, die erst in Stunden wieder weggehen. »Sie wollen doch Polizistin werden, oder nicht?«, fragt er ruhiger, schüttelt aber dennoch verständnislos den Kopf. »Dafür müssen Sie ein bisschen mehr Courage an den Tag legen.«

»Hey, kein Grund, Dani zu beleidigen«, wirft Tina ein, wenn auch etwas kleinlaut.

Czorski wirft ihr nur einen drohenden Blick zu.

»Ich habe ihn gehasst«, sagt Dani plötzlich. »Und das war nicht nur eine Phase. Als mir klar geworden ist, wie sehr er mich geblendet hat und wie unehrlich er war, habe ich erst mich selbst dafür gehasst, mit ihm geschlafen zu haben, und dann habe ich ihn für seine selbstgerechte Art und seine anderen fiesen Charakterzüge gehasst. Wenn er noch leben würde, würde ich das wahrscheinlich immer noch tun. Das war nicht nur eine Phase meines Trennungsschmerzes. Schreiben Sie das ruhig auf.«

Czorski nickt. »Na also, war das so schwer?«

Tina schnaubt wieder vernehmlich.

»Wo waren Sie in der Nacht auf den ersten September, Dani?«

»Sie war Samstagnacht hier, wir haben ewig lang Filme geguckt und sind in meinem Bett eingeschlafen«, antwortet Tina schnell und sieht zu Dani. »Nicht wahr?«

»Äh ja, genau«, stimmt die ihr zu.

Czorski sieht betont langsam von Tina zu Dani, dann wieder zurück. »Ich muss Sie jetzt bitten, die Küche zu verlassen.«

»Was?«

Dani seufzt. »Ich komm schon zurecht, Tina.«

Die Schwestern sehen sich einen Augenblick lang an, bevor Tina sich abrupt abwendet und aus dem Raum stapft. »Ich bin in meinem Zimmer, wenn du mich brauchst«, ruft sie vom Flur aus.

»Sie haben in der Nacht von Freitag auf Samstag also mit Ihrer Schwester Filme geguckt und sind in ihrem Bett eingeschlafen?«

»Das ist ein großes Bett«, antwortet Dani.

»In dem Sie geschlafen haben? Da sind Sie ganz sicher?«

Sie nickt.

»Dann notier ich das so«, sagt er, schreibt ein paar Zeilen auf und sieht Dani wieder an. »Ich muss Sie aber bitten, sich zu unserer Verfügung zu halten, Frau Friedrich.«

»Ja, klar. Ich verstehe«, sagt sie und knetet dabei die Tischdecke.

Facebook. *Police Academy*. Kommentar-Feed.

Matthias Arndt	Immer noch so still hier. Ich bin eigentlich auch sprachlos. Alles so krass, oder?
Bi Anca	Total. Ich kannte Christian, hab ihn noch letzte Woche in der Stadt getroffen.
René Schneider	Die ganze Gruppe ist irgendwie in Schockstarre, oder?

Kai The SchuMann	Ein Kumpel von mir ist mit Hannah auf Facebook befreundet und hat gesagt, sie sei auf ihrem Dienstweg eigentlich bewaffnet gewesen.
Matthias Arndt	Das Gerücht hab ich auch gehört.
Dani Friedrich	Ist doch egal. Ändert doch nichts. Ich bin einfach nur total betroffen.

10 Personen gefällt das.

Kai The SchuMann	Der totale Wahnsinn, fühl mich wie in einem Krimi. Und mein Alter meinte mal, dass der Polizeiberuf heute doch echt langweilig wäre. Jetzt hat er Angst um mich.
Dani Friedrich	Ich hab auch Angst.
René Schneider	Ey, jeder hat Angst. Da können hier alle sagen, was sie wollen. Wer jetzt sagt, er habe keine Angst, der lügt oder ist der Mörder. Zwei KA sind erschossen worden, und wir sind KA. Hallo?
Björn Grammel	Ich bin kein KA mehr, aber trotzdem ist das alles echt erschreckend. Das geht uns alle an.
Bambi Zamba	Warum ausgerechnet Hannah? Sie war so ein toller Mensch. Ich kann das echt noch gar nicht fassen!

80 Personen gefällt das.

Dani Friedrich	:-(
Fiona Mona	Wann ist denn Hannahs Beerdigung? Wollen wir vielleicht Blumen oder so was schicken?

254 Leuten gefällt das.

Kapitel 6 Romanze

Samstag, 8. September

Essen.

Das Blut wurde weggewaschen. Seidel steht auf dem Bürgersteig und blickt auf das Foto. Direkt hier, wo sie steht, muss Christian Müllers Leiche gelegen haben. Es ist ein grauer Samstagmorgen, fünf Uhr. Seidel gähnt, sieht von dem Bild mit der Leiche auf den Asphalt und wieder zurück auf das Foto. Der Stern als solcher ist in der Nahaufnahme kaum zu erkennen, das Blut bloß ein wildes Geschmiere. Aber mit gutem Willen kann man sechs angedeutete Zacken ausmachen.

Seidel blättert ein Bild weiter. Es ist eine Aufnahme aus dem Fenster des Hauses direkt neben dem Tatort, auf dem man das Hexagramm besser erkennen kann. Sie seufzt und lässt die Bilder sinken, schaut über die graue Häuserwand mit den bunten Glasbausteinen.

Hypothese eins: Der Täter wollte, dass sein Bild aus der Distanz wirkt, nicht aus der Nähe.

Hypothese zwei: Der Täter hat noch nicht genug Erfahrung im Umgang beziehungsweise im Zeichnen mit Blut und möchte eigentlich einen sauber gezeichneten sechszackigen Stern um sein Opfer ziehen.

Seidel gähnt und stopft die Fotos in ihre Umhängetasche. Sie holt ein paar gefaltete Blätter und einen Stift hervor, notiert die beiden Hypothesen und steckt die Papiere wieder ein. Sie dreht sich um, hebt die Füße dabei kaum vom Boden; der Saum ihrer Jeans schleift über den Asphalt.

Seidel hat nur vier Stunden geschlafen, sie muss wieder gähnen, zieht ihre Brille ein Stück die Nase runter und reibt sich die Augen. Scheißmord. Scheißsterne. Eine schlaflose Nacht für jeden blöden Zacken.

Das Handy klingelt. Seidel verzieht das Gesicht. Das Geräusch ist laut und unangenehm. Und wer ruft überhaupt am Samstag um fünf Uhr morgens an? Sie zieht das alte iPhone aus der Gesäßtasche ihrer Jeans und verdreht die Augen.

»Florian.«

»Rita.«

»Guten Morgen.«

»Gute Nacht«, antwortet er und kichert.

»Du bist noch betrunken.«

»Natürlich. Was machst du?«

»Ich besichtige den Tatort in Essen.«

»Aufschlussreich?«

Sie seufzt. »Geht so. Ich will nicht sagen, dass ich umsonst gekommen bin, aber der Schlüssel zu diesem Fall ist wohl weniger der Tatort als vielleicht die Tatzeit, die Uniform oder dieser Scheißstern aus dem Scheißblut.«

»Oder die Scheißwaffe.«

»Ja, oder das.«

»Es war nicht die gleiche Waffe, Schwesterchen«, sagt Doktor Florian.

»Was meinst du?«

»Das Opfer in Essen ist mit einer anderen Waffe erschossen worden als das in Mainz.«

Seidel hält sich das iPhone direkt vor den Mund und brüllt hinein: »Ich darf nichts über den Mainzer Fall wissen, du Arsch!«

»Ich weiß, ich weiß, aber sie haben mir die Patronen zugeschickt. Ich habe sie untersucht und wollte diese brisante Neuigkeit nicht vor dir verheimlichen.«

»Sie haben also nicht das gleiche Schartenmuster.«

»Nö.«

»Und warum kommst du am Samstag um fünf Uhr morgens auf die Idee, mir das mitzuteilen?«

»Weil ich vorher beschäftigt war.«

»Ich will nicht wissen, mit wem.«

»Mit Marie.«

Seidel schlurft zur Bordsteinkante und setzt sich. »Und jetzt bist du zu besoffen, um dich zurückzuhalten. Ich darf so was doch noch gar nicht berücksichtigen!«

»Pfft«, macht Doktor Florian. »Du kannst das trennen, bist ein kluges Köpfchen.«

»Ruf mich trotzdem bitte nicht mehr an und teil mir Dinge mit, die ich nicht wissen darf.«

»Wem soll ich das denn sonst sagen? Marie? Ist doch alles supergeheim.«

Seidel lässt sich nach hinten sinken, legt sich auf den Bürgersteig und schaut in den hellblauen Septemberhimmel. »Ich glaub, der Herbst kommt nie.«

»Du willst also mit mir über das Wetter reden. Bist du immer noch am Tatort?«

»Ja, ich liege jetzt ungefähr da, wo die Leiche lag.«

»Und das hilft dir, den Fall zu analysieren?«

»Nein, das hilft mir, dein Gequatsche zu ertragen. Und die frühe Stunde.«

»Ist das nicht furchtbar dreckig?«

Seidel schiebt den linken Arm unter den Kopf und sieht in den Himmel. »Eher überdurchschnittlich sauber. Die Tatortreinigung war doch erst vor wenigen Tagen hier. Wahrscheinlich kann man vom Boden essen.«

»Du vielleicht.«

»Wenn du besoffen bist, wirst du kindisch.«

»Sagt die Frau Ende dreißig, die sich auf die Straße legt und Leiche spielt.«

Seidel betrachtet die Häuser der Logenstraße aus ihrer Froschperspektive, die trostlosen Nachkriegsneubauten mit ihren zweitklassigen Büros und die hässlichen bunten Glasfenster direkt über ihr. »Ich würde hier nicht sterben wollen.«

»Ich würde nirgendwo sterben wollen.«

»Ja, ja.« Sie reibt sich wieder die Augen und gähnt. »Ich hätte mich gewehrt. Christian Müller war bewaffnet und hätte das tun können. Aber seine Waffe liegt vollständig geladen, schussbereit und ohne Fingerabdrücke in der Asservatenkammer.«

»Vielleicht hat er sie gezogen, und der Täter hat sie wieder zurückgesteckt.«

»Ja, vielleicht, ist meine Hypothese 14.2.«

»So oder so. Don't take your guns to town.«

Seidel verdreht die Augen.

»Doch, doch«, sagt Doktor Florian, als hätte er das gesehen. »Wer sich in Gefahr begibt, kommt darin um. Es ist doch völlig überflüssig, dass ein Kommissaranwärter bewaffnet zum Dienst geht. Warum haben die überhaupt schon eigene Waffen?«

»Haben sie nicht. Es gibt einen Pool von Ausbildungswaffen, daraus wird jedem KA eine Waffe zugeteilt.«

»Und damit spazieren sie dann so mir nichts, dir nichts draußen herum?«

»Nein, das dürfen sie nicht. Müller besaß eine Sondergenehmigung für den Dienstweg. Und er hatte einen Waffenschrank zu Hause.«

»Das hat ihm ja viel gebracht.« Doktor Florian schnaubt.

Seidel seufzt und richtet sich auf. Ein Auto fährt vorbei und fährt ins Parkhaus. Sonst ist es noch immer ruhig. Niemand ist auf der Straße. Das Tabakgeschäft hinter ihr hat zwei Wochen Betriebsferien und eine kaputte Scheibe in der Tür.

»Hier ist nichts«, murmelt sie.

»Was?«

»Ich sagte, dass ich hier nichts finden werde.«

Doktor Florian lacht. »Dabei liegst du doch schon auf dem Boden, um dem Opfer nachzuspüren.«

»Ich will dem Opfer nicht nachspüren. Ich bin müde.«

»Was hast du denn bis jetzt? Was ist mit diesem Hexagramm?«

»Ach, hör auf, das könnte alles sein! Kriminalhauptkommissar Ortwein«, sie betont seinen Dienstgrad abfällig, »deutet das Hexagramm esoterisch und verfolgt eine Spur aus dem Umfeld des Opfers. Ein Tatverdächtiger hat wohl Bezug zur Esoterik.«

»Und du glaubst nicht an diese Spur?«

»Doch. Aber das reicht für mich nicht, um die Segel streichen zu können. Ich muss weiterhin offen bleiben und alles bedenken. Ein Polizist ist in Uniform erschossen worden, und das Hoheitszeichen der Polizei von Trinidad und Tobago ist zum Beispiel ein Hexagramm.«

Doktor Florian schnaubt. »Warum in die Ferne schweifen? Es gibt doch auch diverse deutsche Polizeisterne.«

»Ja, aber keiner hat weniger als acht Zacken. Meistens eher um die zwölf. Und wenn ich jemanden in einer deutschen Polizeiuniform umbringe, dann brauch ich nicht noch einen Stern aus Blut auf den Boden schmieren, nur um auf die deutsche Polizei zu verweisen. Das erledigt dann schon die Uniform.«

»Der amerikanische Sheriff?«

»Sieben Zacken in der Regel. Aber ich hab das alles im Auge. Es wird nur kaum etwas eingrenzen.« Sie seufzt. »Ich will an die Uni.«

»Ja, das stell ich mir auch etwas besser vor, als in der Essener Innenstadt im Dreck zu liegen. Nicht wesentlich besser, aber ein bisschen.«

»Sehr witzig.«

»Also hier neben mir steht eine junge Frau mit brünetten Locken und lacht.«

»Die lacht dich aus«, sagt Seidel und legt sich wieder hin. »Wegen dem Vollbart.« Sie schiebt ihre Brille die Nase hoch. »Was auch immer. Ich muss jetzt auflegen.«

»Natürlich«, kommt es süffisant zurück. »Ich muss eh ins Bett.«

»Dann gute Nacht«, sagt sie und tippt auf das rote Feld auf dem Display. Sie hebt den Hintern etwas vom Boden ab und lässt das Handy wieder in der Gesäßtasche ihrer Jeans verschwinden. Sie spreizt die Arme und Beine weit vom Körper.

Ich bin ein Stern, denkt sie. Und jeder hat eine andere Vorstellung davon, was ich bedeute. Alle widersprechen sich, und niemand ist zufrieden …

Niemand ist zufrieden … Sie setzt sich abrupt auf. Es knackt unter ihr. Das iPhone – sie weiß es, ohne es aus der Hose zu ziehen. Es ist hinüber. Macken hatte es ja vorher schon.

Seidel denkt nicht weiter drüber nach und zieht einen Zettel aus ihrer Umhängetasche. Hypothese eins, Punkt zwei:

Der Blut-Stern bedeutet gar nichts. Er soll die Ermittler nur in die Irre führen.

Stuttgart.

Er lebt noch. Blut sickert aus der Wunde am Hinterlauf des Fuchses und läuft auf den Asphalt. Die Zunge hängt ihm schlaff aus dem Maul, aber der orangerote Bauch hebt und senkt sich noch im Takt des Atems.

Autos rasen an ihm vorbei, hunderte anonyme Fahrzeuge auf dem Weg nach Hause. Sie brausen in Frederick Torbergens Rücken durch den Feierabendverkehr, während er selbst den Fuchs betrachtet, dessen Weg hier offensichtlich zu Ende ist. Frederick seufzt.

Eine Hand legt sich ihm auf die Schulter. Er hat keine Schritte gehört, dafür ist es zu laut.

»Der Abschleppwagen ist da!«, ruft Sandra. »Ich hab gesehen, was du schon alles aufgenommen hast, das war super.«

»Klar, ist doch mein Job.«

Sie lächelt. »Ja, aber du warst schnell und sehr genau. Das hab ich noch bei keinem KA im Praktikum gesehen.«

»Danke.«

»Wir können dann jetzt auch zurück zur Wache und den Bericht schreiben.«

Frederick deutet in Richtung des Fuchses, der auf der weißen Fahrbahnmarkierung direkt unter der Leitplanke liegt.

»Ach herrje.« Sandra nimmt ihre Mütze ab und hockt sich neben das Tier. »Der Arme.« Sie wendet den Kopf und sieht zu Frederick auf. »Willst du?«

»Was?«, fragt er verwirrt.

Sie lächelt milde und erhebt sich wieder. Auf jeder ihrer Schultern prangen zwei silberne Sterne, und über ihren Rücken fallen rote Locken. Die Kollegen bei der Autobahnpolizei haben gewitzelt, dass man ihn nur wegen der Haare zu Sandra Fellter in den Streifenwagen gesetzt hat: zwei Rotschöpfe im Silberpfeil der Geradeauspolizei.

Noch immer lächelt Sandra und beugt sich zu Frederick vor. »Wir müssen ihn erschießen.«

Frederick blinzelt und schaut wieder zum Fuchs. Natürlich müssen sie das. Dass er da nicht von selbst drauf gekommen ist.

»Er ist so oder so dem Tod geweiht.« Sandra sieht ihn abwartend an. »Also?«

Frederick betrachtet weiter das verwundete Tier. »Ich hab noch nie außerhalb des Schießtrainings geschossen.«

»Nun, das ist auch besser so, du bist schließlich ein KA, woher sollst du die Schießerfahrung nehmen?«, ruft sie über den Straßenlärm hinweg. »Aber jetzt muss einer von uns dieses Tier erschießen, und zwar bald.« Sie beobachtet Frederick, dann lacht sie. »Du willst das wirklich nicht machen, oder?«

»Ich bin nicht zur Polizei gegangen, um bei jeder Gelegenheit zu schießen.«

»Ja, klar. Aber dass du nicht wenigstens am Anfang heiß drauf bist. Da könntest du doch nachher was erzählen.« Sie schüttelt den Kopf, greift an ihr Holster und zieht die Waffe. Sie zielt auf das Tier am Boden. »Letzte Chance. Ist das hier deine Geschichte oder meine?«

Frederick presst die Lippen aufeinander. Dann schluckt er. »Warte.«

Sandra sieht ihn an. »Der Fuchs leidet!«

»Ich mach's«, sagt er und öffnet den Verschluss seines Holsters. Er greift nach der Waffe, umschließt den Griff mit den Fingern der rechten Hand und zieht sie heraus. Die HK P2000 liegt schwer in seiner Hand, das ist Frederick fast lästig. Er zielt auf das Tier, atmet einmal tief durch und drückt ab.

Die Patrone schlägt zwischen den Augen des Fuchses ein und zerfetzt sein kleines Köpfchen. Noch mehr Blut quillt auf den Asphalt, jetzt atmet er nicht mehr.

»Gut«, sagt Sandra und schlägt Frederick auf die Schulter. Dann dreht sie sich um und geht zum Streifenwagen zurück.

Er hebt die Lasche des Holsters an und schiebt die Waffe wieder hinein. Nach einem letzten Blick auf den toten Fuchs wendet er sich ebenfalls ab und geht zum Streifenwagen. Vorhin hat Sandra hinter der Unfallstelle geparkt, jetzt sind die beiden in den Unfall verwickelten Fahrzeuge bereits fort. Eins wurde abgeschleppt, das andere war noch fahrtüchtig, hat nur ein paar Kratzer abbekommen. Sandra lädt die Lübecker Hütchen in den Kofferraum und schlägt die Klappe zu, bevor sie sich auf den Fahrersitz setzt.

Frederick steigt neben ihr ein, schließt die Tür und schnallt sich an. Erst dann nimmt er die Mütze ab und legt sie sich auf den Schoß.

»So«, sagt Sandra fröhlich und startet den Dieselmotor des Passats. »Vorbildliche Unfallaufnahme, ein verletztes Tier erlöst, was kommt als Nächstes, Kollege Torbergen?«

Er lacht zur Antwort und hebt die Schultern.

»Wenn das so weitergeht, darfst du gleich noch den Stopp-Stick auswerfen und einen Raser ärgern«, sagt Sandra und setzt den Blinker. Sie tritt aufs Gas und manövriert den Wagen zwischen zwei LKW auf die A81.

Frederick schaut in den Rückspiegel auf den Standstreifen. »Er hätte es fast geschafft.«

»Was?«

»Um da zu liegen, muss der Fuchs schon die ganze Fahrbahn überquert haben, um dann auf dem letzten Meter noch angefahren zu werden.«

Sandra nickt. »Oder er hat es gar nicht erst auf die Bahn geschafft.« Sie sieht kurz zu ihm. »Es kann auch sein, dass er gleich am Straßenrand erfasst wurde. Vielleicht war er von seinem Ziel noch weit entfernt.«

»Vielleicht«, murmelt Frederick.

Sandra lacht. »Das war nur ein Fuchs, Frederick. Wie geht's dir dann erst, wenn du deine erste Leiche siehst?«

»Ich mag Füchse halt. Ich wollte einfach nie einen erschießen. Das ist alles.«

»Verstehe, und wenn du eine menschliche Leiche siehst, bist du wahrscheinlich der Vollprofi, der du an der Unfallstelle gerade warst.«

»Ich werd's versuchen.«

Sandra fährt über die Ausfahrt zu einer Tankstelle. Bevor es zum Rastplatz geht, führt eine schmale Straße rechts ab zur Wache der Autobahnpolizei. Frederick stellt den Status des Funkgeräts auf zwei und steigt aus.

Facebook. Live-Chat.

Fred Erick	Hab heute einen Fuchs erschossen.
Lina Letter	Echt? Wie traurig. Wo bist du jetzt?
Fred Erick	In der Bahn nach Hause. Und du?
Lina Letter	Bin gerade zu Hause angekommen und fang schon mal an zu kochen.
Fred Erick	Mhm. Was gibt's denn?
Lina Letter	Lass dich überraschen.
Fred Erick	Wenn du mir einen kleinen Hinweis gibst, bring ich Wein mit.
Lina Letter	Eigentlich will ich gar keinen Wein.
Fred Erick	Was?! Deine Großeltern sind Winzer, du willst immer Wein zum Essen trinken!
Lina Letter	Die nächste Zeit nicht.
Fred Erick	???
Lina Letter	Komm einfach nach Hause, Schatz.
Fred Erick	Aber eigentlich wollte ich mit dir anstoßen, weil ich schon wieder von Kollegen gelobt worden bin.
Lina Letter	:-)
Fred Erick	Ich könnte auch Sekt mitbringen.
Lina Letter	Für mich nicht. Danke.
Fred Erick	Wirklich?
Lina Letter	Ja. Ich möchte nicht ...
Fred Erick	Was heißt hier ›...‹?
Lina Letter	Ja, was könnte das heißen ;-)

Fred Erick	:-/
Lina Letter	Ja, denk nach ...
Fred Erick	Du bist schwanger?
Lina Letter	:-)
Fred Erick	OMG
Lina Letter	War heute beim Arzt. Schatz? Bist du noch da?
Fred Erick	Ich liebe dich!
Lina Letter	Ich liebe dich auch.
Fred Erick	Heirate mich!
Lina Letter	Was?
Fred Erick	Willst du mich heiraten? Schatz? Hallo? Alles klar?
Lina Letter	Ja.
Fred Erick	Das war ernst gemeint.
Lina Letter	Echt? Hier über Facebook? Das ist doch voll unromantisch :-(
Fred Erick	Du hast recht. Warte, bis ich zu Hause bin!
Lina Letter	:-)
Fred Erick	Ich komme etwas später.
Lina Letter	Jetzt auf einmal? Wieso denn?
Fred Erick	Ich muss noch zum Juwelier!

Essen.

Pfeffer hält Björn eine Flasche Wein entgegen, als er ihr die Wohnungstür öffnet. Aus jedem WG-Zimmer dringt laute Musik.

»Voll schön, dass du da bist«, sagt Björn.

Pfeffer nickt und lächelt. Sie wollte zuerst gar nicht kommen.

Was soll sie auf einer blöden WG-Party, zu der über Facebook eingeladen wurde? Sie ist nur wegen Björn hier, und sie wird gehen, sobald sie hat, was sie von ihm will.

»Ich hab gehört, dass du den Mord an Christian aufgenommen hast«, sagt er und schließt die Wohnungstür hinter ihr.

»Ja, das war krass«, antwortet Pfeffer laut, um die Musik zu übertönen. »Da wird man zum Tatort gerufen, und dann kennt man das Opfer – und es trägt Uniform.« Sie wirft ihre offenen braunen Haare zurück.

Björn seufzt und sieht betroffen aus. »Ich hab schon überlegt, doch noch alles abzublasen.«

»Warum?«

Er sieht sie verwundert an. »Aus Pietät.«

»Oh, ach so. Aber das würde den Ermittlern ja auch nicht helfen, den Mörder zu fangen.«

»Ich weiß. Ich dachte auch eher an Solidarität und den Zusammenhalt unter uns KA …«

»Ich verstehe.« Pfeffer räuspert sich. »Sag mal, du hast doch in Essen im KK Elf mal Praktikum gemacht, oder?«

Björn verdreht die Augen. »Ja, beim Ortwein. Das ist echt kein angenehmer Chef, das kann ich dir sagen.«

»Und wie ist der sonst so?«

Björn lacht auf und trinkt einen Schluck Bier. »Stehst du auf ihn?«

»Was? Nein.«

»Björn!«, kreischt irgendjemand aus der Küche. »Was ist denn jetzt mit dem Nudelsalat?«

»Keine Angst, ich sag es keinem weiter«, sagt Björn zwinkernd, tätschelt ihr die Schulter und geht rückwärts zur Küche. »Getränke findest du im Bad …«

Pfeffer sieht ihm verärgert nach, dann wendet sie sich dem Badezimmer zu. Die Tür steht offen, die Badewanne ist voll Wasser und brauner Flaschen. Sie nimmt sich eine und blickt sich suchend um, keine Öffner, natürlich keine Gläser …

Pfeffer geht in die Küche, wo auch kein Flaschenöffner herumliegt, dafür aber geraucht wird. Sie ist jetzt schon genervt – sie hätte doch zu Hause bleiben sollen. Aber das eine Bier wird jetzt getrunken! Wenigstens das, und dann wird sie noch mal bei Björn nachfassen und ihn von der kruden Vorstellung abbringen, sie hege eine Schwärmerei für Ortwein.

Sie nimmt einem Raucher ungefragt das Feuerzeug ab, ignoriert seinen Protest und öffnet ihre Flasche. Mit einem dünnen Lächeln gibt sie das Feuerzeug zurück und verlässt die Küche.

Björns Mitbewohner studieren ganz offensichtlich. So sehen nur Studenten aus. Irgendwo in einem Zimmer sitzt ein Mädchen inmitten laut wummernder Musik auf dem Boden und liest ein Buch. Um sie herum tanzen ein paar Hipster.

Pfeffer überprüft den Sitz ihres Bleistiftrocks und sucht Björns Zimmer. Sechs Leute wohnen hier, aber nur an einer Zimmertür hängt eine alte grüne Polizeimütze. Ein Original. Das ist nicht legal, soll aber wohl cool sein. Sie schiebt die Tür auf. Etwa zwanzig Köpfe drehen sich im schummrigen Partylicht zu ihr. Pfeffer ringt sich ein Lächeln ab, hebt die Hand mit der Bierflasche und sagt: »Hi.«

Da sitzen sie alle: ihre Kommilitonen und Kollegen und auch solche, die es mal werden wollten, aber nie geschafft haben. Sie winken und sagen »Hallo«, »Pfeffer« oder »Hey, Theresia«. Die gescheiterten KA verteilen sich in der Gruppe, als würden sie dazugehören, als hätten sie die Klausuren, Prüfungen und Sporttests bestanden. Streng genommen fühlt sie selbst sich allerdings auch nicht so, als würde sie hierher gehören in diese ausgelassene Runde. Sie, die strebsame perfekte Schützin, die den Job nicht locker angehen kann …

Pfeffer trinkt einen Schluck und überwindet sich. Zumindest

kurz will sie mal den Kopf frei kriegen, und sei es nur für wenige Stunden. Sie setzt sich aufs Bett zwischen zwei Kollegen. Sie kennt zwar nicht alle Gesichter in diesem Raum, aber doch schreit jedes einzelne *Polizei.*

»Ich schwöre dir, als ich gestern in Uniform, mit Stern an der Schulter und Waffe an dem Koppel zu 'nem Typen gegangen bin und ihm gesagt habe, dass er mit seinem BMW auf dem Zebrastreifen steht, da hatte der richtig Respekt. Das war so ein Yuppie-Macker. Sonst hätte er mich arrogant angeguckt, aber gegen die Autorität so einer Uniform konnte er nichts machen«, sagt Matthias und trinkt einen Schluck Bier.

»Das ist die Waffe, Mann«, antwortet Sebastian und beugt sich vor. »Durch sie fühl ich mich sicher, und das strahl ich auch aus.«

»Vielleicht ist es auch nur die Uniform«, sagt ein KA, den Pfeffer nur vom Sehen kennt und der im Schneidersitz auf dem Boden sitzt. »Also, seitdem meine Freundin mich einmal in meiner Uniform gesehen hat ... Bei uns geht es ab«, erzählt er grinsend und erntet allgemeines Gejohle.

Pfeffer lächelt dünn und trinkt.

»Warte ab, bis du deine eigene Walther hast und nicht nur so ein Ausbildungsteil aus dem Pool, das du immer zurückgeben musst«, Matthias stößt mit dem KA an, »dann vögelt sie dich in den siebten Himmel.«

»Also, ich habe letzte Woche die uniformierte Leiche von einem Kollegen gefunden«, sagt Pfeffer darauf. Alle verstummen und sehen sie an. »Der war bewaffnet und ist jetzt tot.«

»Die Stern-Morde, stimmt. Cooler Einsatz«, sagt der KA am Boden.

»Ach, den hat dir doch dein Onkel vermittelt«, ruft Fiona, eine ehemalige Kommilitonin und jetzt Kollegin im spöttischen Ton.

Pfeffer spürt einen Stich. Als könnte sie etwas dafür, dass ihr

Onkel der Polizeipräsident ist, und als hätte er die Möglichkeit, ihr einen Einsatz im Streifendienst zuzuschieben.

Matthias lacht. »Ja, der Müller. Der war echt zu nichts zu gebrauchen, konnte nicht mal sich selbst beschützen, der Idiot.«

»Also, ich hätte meine Waffe so schnell gezogen, so schnell könnt ihr gar nicht gucken!« Sebastian sieht in die Runde. »Ihr erinnert euch doch, wie gut ich im Schießtraining war? Ich weiß, ich hab auch Schwächen, und die eine Prüfung bei der Ulm musste ich zwei Mal machen, aber im Schießen bin ich gut!«

Pfeffer beugt sich vor und betrachtet Sebastian mit gerunzelter Stirn. Nicht so gut wie ich, denkt sie, aber er erntet schon zustimmendes Gejohle und ein paar »Aufschneider«-Rufe.

Sie trinkt noch einen Schluck Bier und denkt, dass sie sich auch gewehrt hätte – aber dieses aufgeblasene Gehabe macht sie wütend. Niemand von ihnen konnte mit absoluter Sicherheit sagen, wie er in einer solchen Situation reagiert hätte und ob er sich gegen einen bewaffneten Täter hätte behaupten können.

Idioten, denkt Pfeffer und steht auf. Jetzt ist sicher genug Zeit verstrichen, um Björn noch mal vorsichtig nach Ortwein zu befragen. Denn irgendwie will Pfeffer den Kriminalhauptkommissar davon überzeugen, dass ihre Mitarbeit wertvoll ist, um den Täter zu fassen. Sie muss ihn dazu bringen, dass er ihr einmal wirklich zuhört.

Sie findet Björn zwar nicht auf Anhieb, kriegt in der Küche aber noch ein Bier in die Hand gedrückt. Jemand im Flur zeigt auf das Zimmer mit der Polizeimütze, als sie nach Björn fragt. Also zurück in die Höhle des Löwen. Ihr Platz auf dem Bett ist jetzt besetzt, und Björn sitzt auf dem Fensterbrett. Pfeffer schwingt sich auf den Schreibtisch daneben und schlägt die Beine übereinander. Matthias und Sebastian stehen inzwischen einander gegenüber, fixieren sich gegenseitig und lassen ihre rechte Hand über einem imaginären Holster kreisen.

Irgendjemand zählt rückwärts von drei runter, dann ziehen beide ihre »Waffen« und erschießen sich.

Pfeffer legt den Kopf in den Nacken und trinkt. Sie sollte wirklich mit Björn sprechen und dann verschwinden, bevor sie noch dem Impuls nachgibt, diesen selbstherrlichen Pseudo-Helden eine reinzuhauen. Sie sind noch meilenweit davon entfernt, gute Polizisten zu werden.

Sie nimmt noch einen Schluck und sieht auf die Flasche. Schon wieder leer. Pfeffer stellt sie auf dem Fensterbrett ab und berührt Björn dabei scheinbar versehentlich.

Er grinst sie an, und sie lächelt zurück. »Jetzt mal im Ernst: Hat der Ortwein eigentlich eine saubere Weste?«

»Was?«

»Na ja, er kam mir am Tatort am Samstag so komisch vor, da dachte ich, bei dem ist bestimmt nicht alles koscher.«

»Willst du ihn erpressen, oder was?«

»Ja, natürlich«, sagt sie spöttisch. »Um eine Million Euro.«

Björn grinst breiter. »Bist du schwanger von ihm?«

Pfeffer verdreht die Augen. Da wär es ihr ja lieber, Björn wüsste die Wahrheit: dass sie Ortwein einfach davon überzeugen will, sie ins Team zu holen.

»Ist der nicht selbst für eine Karrierebraut wie dich zu alt?«, scherzt Björn.

»Arschloch. Manche von uns nehmen ihre Aufgabe ernst.«

Björn springt von der Fensterbank. »Mensch, ich war doch nur sechs Wochen im KK Elf und hab auch nie direkt mit ihm zusammengearbeitet. Was denkst du denn?« Er lacht und geht aus dem Zimmer.

»Hier«, hört sie da eine tiefe Stimme neben ihr.

Sie sieht von der Flasche Tequila, die ihr angeboten wird, in ein blasses Gesicht.

»Tobi«, stellt er sich vor und lächelt.

»Ich weiß.« Pfeffer nimmt die Flasche. »Ich erinnere mich an dich.«

Er lacht. »Tatsächlich?«

»Du bist vor zwei Jahren vom Ausbildungszentrum geflogen«, sagt sie und betrachtet den Tequila nachdenklich. Wenn sie jetzt einfach geht, kommt sie morgen noch einigermaßen fit zur Frühschicht.

»Geflogen?« Tobi sieht sie schmunzelnd von der Seite an. »Ich sag es mal so: Das Ausbildungszentrum und ich haben erkannt, dass meine Talente woanders liegen.« Dann wendet er den Blick ab und sieht zur Raummitte, wo Sebastian gerade mit den Fingern eine Waffe formt und an Matthias' Stirn setzt. »Björn und ich haben noch Kontakt, gehen hin und wieder mal was trinken. Er hat mich überredet zu kommen. Ist ja schließlich seine große Party, da müsse ich mitfeiern, wegzubleiben könne ich ihm nicht antun, bla, bla. Dabei ist die bessere Frage, was diese Party mir antut.«

»Ja, ich hätte auch nicht herkommen sollen.«

»Nun, wenigstens bestätigt mich das alles in meiner Entscheidung. Wenn ich mir die Leute nämlich so ansehe, bin ich froh, dass ich keine Uniform mehr trage, die mich zum Vollidioten macht.«

»Stimmt, als du deine Uniform ausgehändigt bekommen hast, hast du dich wirklich aufgespielt. Ich musste lachen, weil du wie ein Gockel in ihr herumstolziert bist«, erinnert sich Pfeffer.

Tobi nickt. »Du hast recht, das sehe ich heute genauso. Eine Uniform tut nicht jedem gut.« Er betrachtet sie wieder von der Seite und lächelt verschmitzt. »Und sie steht auch nicht jedem so gut wie einigen von uns.« Er zwinkert ihr zu.

»Aha.« Pfeffer mustert ein letztes Mal den Tequila, dann trinkt sie einen Schluck. »Es war das Herz.«

»Was?«, fragt Tobi.

Sie zeigt mit der Flasche auf das immer noch laufende und immer lächerlicher werdende Rollenspiel vor ihnen. »Bei Müller. Nicht der Kopf, das Herz.«

»Ach so. War das eigentlich schlimm für dich am Tatort?«

Sie lacht und gibt ihm die Flasche zurück. »Das hier ist schlimmer.«

»Ja, ich hatte gehofft, der Tequila hilft es auszuhalten.« Tobi trinkt aus der Flasche und reicht sie ihr erneut.

»Bier reicht jedenfalls nicht.« Pfeffer setzt wieder an, schluckt und schüttelt sich. »Und? Merkst du schon was?«

Der Schneidersitz-KA ist inzwischen aufgestanden und hat sich die grüne Polizeimütze aufgesetzt, die an der Zimmertür gehangen hat. »Ich bin Christian Müller, und ihr alle könnt nix! Nicht mal wehrlos sterben«, höhnt er.

Sebastian und Matthias zielen mit ihren imaginären Waffen auf ihn und feuern gleichzeitig.

Pfeffer und Tobi tauschen einen Blick.

»Nein, noch nichts«, sagt er.

Sie nickt. »Noch keine Wirkung spürbar.«

Tobi stößt sich von der Wand ab und hält Pfeffer die Hand hin. »Versuchen wir einen anderen Raum?«

Sie drückt ihm die Tequila-Flasche in die Hand, rutscht vom Schreibtisch und streicht ihr langes Haar zurück. »Versuchen wir's.«

Wenig später lehnen sie im Türrahmen des Tanzzimmers, Pfeffer links, Tobi rechts, und legen die Köpfe schief. Das Büchermädchen sitzt noch immer auf dem Boden. Tobi öffnet den Tequila und reicht ihn Pfeffer. Sie trinkt und schiebt den Gedanken an die Frühschicht beiseite.

»Das ist eher meine Welt«, sagt er.

Sie sieht ihn an, sein schwarzes Haar, die stahlblauen Augen und die helle Haut mit den feinen Sommersprossen. »Was meinst du?«

»Ich studiere jetzt«, ruft er über die Musik hinweg.

»Heißt das, dass du auch auf der Tanzfläche sitzen und lesen willst?«

Er nimmt ihr die Flasche aus der Hand und stellt sie auf den Boden. »Nein, ich will tanzen«, erwidert er, nimmt ihre Hand und zieht sie in den Raum.

Pfeffer schwindelt etwas, aber die Musik führt sie einigermaßen sicher. Sie tanzt, dreht sich und lächelt Tobi an. In seinem Gesicht leuchten kleine Lichtreflexe von der Discokugel, die jemand an die Stuckdecke gehängt hat. Eine Lichtmaschine lässt rotes, blaues und grünes Licht durch den Raum zucken.

Tobi streckt die Hände nach ihr aus, und sie legt ihre hinein. Seine Finger umschließen ihre – so kann sie sich besser festhalten, wenn der Schwindel wiederkommt. Sie tanzt näher an ihn heran, fühlt, wie die Musik alle Gedanken beiseiteschiebt.

Sie tanzen eng beieinander und beginnen bald zu schwitzen. Pfeffer kleben die Haare im Nacken und ein paar Strähnen an der Stirn.

Die Musik treibt sie umeinander herum und durch den Raum, bis sie plötzlich abbricht.

Stille.

Pfeffer hat die Arme gerade in der Luft und sie im Takt geschwungen. Jetzt hält sie inne und nimmt sie lachend runter.

Auf der Tanzfläche schauen sich die Leute irritiert um. Irgendjemand beginnt auf dem Laptop herumzuklicken, jemand anders schiebt die Regler am Verstärker hoch und runter. Irgendwann tauschen die beiden die Plätze, aber das ändert nichts.

»Und jetzt?«, fragt Tobi.

Pfeffer lacht und zuckt die Schultern.

Er wischt sich etwas Schweiß aus dem Gesicht und sieht mit seinen großen stahlblauen Augen zu ihr herab. Dann legt er eine Hand an ihre Wange und zieht sie zu sich heran.

Sie fühlt seine andere Hand an ihrer Taille und dann seinen Mund auf ihrem, schmeckt den salzigen Schweiß, spürt seine Lippen und seine Zunge. Sie legt die Arme um ihn und drückt ihren Körper fest an seinen. Die Musik geht wieder an, aber sie küssen sich weiter. Küssen ist schön, Pfeffer fragt sich, warum sie das so lange nicht mehr gemacht hat.

»Ich hab jetzt keine Lust mehr zu tanzen«, sagt sie irgendwann und zieht Tobi mit sich aus dem Raum. Sie beugt sich noch zu der Flasche Tequila hinunter, nimmt sie auf und trinkt einen Schluck. Tobi holt derweil die grüne Polizeimütze von irgendwoher, setzt sie Pfeffer auf und grinst. »Also, das ist wirklich das Einzige, was mir als Student abgeht.«

Pfeffer nimmt die Mütze verärgert vom Kopf und setzt sie ihm auf. »Trag die lieber selbst.«

Hastig nimmt er die Mütze ab und wirft sie wie ein Frisbee den Flur entlang. »Auf keinen Fall.« Er hebt die Schultern. »Das bin ich nicht mehr.« Er lacht und zwinkert ihr zu. Dann küsst er sie wieder, und sie verlassen die Wohnung.

Die ganze Zeit über halten sie Händchen. Erst als Pfeffer draußen auf der Straße ihren Blazer überzieht, lassen sie sich los. Sie hebt ihre Haare an, löst sie vom Nacken und richtet den Kragen.

Tobi betrachtet sie. »Willst du noch mitkommen?« Er lächelt leicht. »Ich wohn zwei Straßen weiter.«

Pfeffer schmeichelt sein begehrlicher Blick aus den großen blauen Augen. Ihr Herz klopft wild, und trotz den nächtlichen Temperaturen ist ihr heiß. »Ich muss morgen arbeiten.«

»Ich auch.«

Sie runzelt die Stirn. »Aber du kellnerst, hast du gesagt.«

»Bei einem Luxus-Caterer. Ich habe sogar ein eigenes T-Shirt mit Goldaufdruck. Ganz exquisit.«

»Ja, aber dieses T-Shirt musst du nicht um kurz vor sechs anhaben und einsatzbereit sein.«

Er schüttelt den Kopf. »Neunzehn Uhr.«

Sie lacht. »Das ist dann ja wohl kein Vergleich.«

»Das hab ich auch nicht gesagt. Ich hab gesagt, dass ich mit dir schlafen will.«

Pfeffer lacht wieder und stemmt die Hände in die Hüften. »Hast du nicht.«

Tobi kommt ganz nah zu ihr und sieht ihr tief in die Augen. »Ich will mit dir schlafen.«

Sie krallt beide Hände in seinen T-Shirt-Kragen und sieht zu ihm auf. »Aha.« Dann spürt sie seine Finger an ihrem Hintern, erst ein Streicheln, dann ein Zupacken. Sie schließt die Augen, seufzt leise, beißt vorsichtig in seine Unterlippe.

Als sie die Augen wieder öffnet, ist sie in einer anderen WG. Ihr ist, als hätte Tobi sie hierhergezaubert, zumindest kann sie sich nicht an den Weg erinnern, an ein paar Küsse vielleicht oder an Häuserwände, gegen die Tobi sie keuchend gepresst hat.

Jetzt steht sie atemlos im Flur einer kleinen Altbauwohnung und wird schon weiter in Tobis Zimmer gezogen. Hier gibt es keine alberne Polizeimütze oder Gruppenfotos von Jahrgängen im Ausbildungszentrum, nur sehr viele Bücher.

»Das sieht aber nach einem vorbildlichen Studentenzimmer aus«, sagt Pfeffer.

»Mhm«, macht Tobi, nimmt ihr Haar zur Seite und küsst ihren Hals. Er steht hinter ihr, eine Hand streichelt ihren Bauch.

»Was studierst du eigentlich?«

»Germanistik und Philosophie«, murmelt er und schiebt ihr eine Hand unter die Bluse.

»Und was arbeitest ...«, beginnt Pfeffer, verstummt aber, als Tobi die Finger unter ihren BH schiebt und beginnt, ihre Brüste zu streicheln. Sie stöhnt leise auf, dreht sich zu ihm, küsst ihn und packt seinen Hintern, während seine Lippen an ihrem Hals tiefer wandern. Sie öffnet ihm die Hose, er streift ihr das T-Shirt über den Kopf. Beide atmen schnell, und ihre Hände fliegen über den Körper des anderen.

Pfeffer greift ihm in die Boxershorts und umfasst seinen Schwanz, was ihn aufseufzen und rückwärts zum Bett stolpern lässt.

Tobi setzt sich hin und reißt mit beiden Händen am Reißverschluss ihres Rocks. Das verdammte Ding hakt, und er schiebt ihr den Rock schließlich hoch in die Taille. Den Slip zieht er zur Seite, um ihren Schoß zu küssen.

Pfeffer verdreht die Augen, als sie seine Zunge spürt, krallt sich keuchend in seine schwarzen Haare.

Wenig später beugt sich Tobi zum Nachtschränkchen und holt ein Kondom heraus, während sie den Slip abstreift. Dann sitzt sie auch schon auf ihm und reitet ihn.

Pfeffer schreit, als sie kommt, und dann noch mal, als Tobi sie von hinten nimmt und sie zusammen kommen. Sie kniet vor ihm, atmet heftig und schwitzt. Noch immer ist sie halb angezogen, und die Kleidung klebt an ihrer Haut.

Nachdem Tobi sich aus ihr zurückgezogen hat, rollt sie sich auf den Rücken und beobachtet, wie er das Kondom verknotet und im Mülleimer entsorgt. Sie angelt sich rasch ihre Handtasche und stellt den Handywecker – ihr bleiben zwei Stunden Schlaf. Sie lässt das Handy achtlos auf den Boden fallen.

Nach dem Aufstehen kotzt sie bei Tobi auf dem Klo, während er weiterschläft. Dann geht sie zum Dienst. Auf der Wache kann man schließlich auch duschen.

Kapitel 7 **Schützenfest**

Montag, 10. September

Essen.

»Wir haben diesen Jollig aus Berlin befragt, den Ausbilder, der Müller verachtet hat und dessen Freundin was mit Müller hatte. Er hat kein Alibi«, sagt Ortwein und verschränkt die Arme vor der Brust. »Aber er sagt, er war's nicht, und seine Freundin ist sich sicher, dass er von der Affäre gar nichts weiß.«

»Er sagt, er war's nicht?«, wiederholt Illner mit hochgezogener Augenbraue. Im graumelierten Anzug thront er hinter seinem Schreibtisch. Rechts und links von ihm ragen üppige, gut gepflegte Zimmerpflanzen in den Raum.

»Vielleicht findet Frau Doktor Seidel ja mehr raus.«

»Was soll sie denn rausfinden, Ortwein?«, fragt Illner. »Doktor Seidel ermittelt schließlich nicht. Sie findet keine Spuren, die finden *Sie!*«

Ortwein runzelt die Stirn. »Das ist mir klar, aber wir haben nichts. Nichts weist auf den Täter hin, er hat nirgendwo DNA hinterlassen, weder am Opfer noch am Tatort, und Zeugen gab es auch keine.«

»Sie wollen also den dritten ungelösten Fall in diesem Monat zu den Akten geben?«

»Nein. Wozu ist denn die Seidel da? Es gibt doch ganz offensichtlich eine Verbindung zu dem Fall in Mainz. Für die Ermittlungen braucht es eine Betrachtung beider Fälle.«

Illner nickt und steht auf. »Gut, Sie können nach Mainz fahren.«

»Was?«

Er lächelt gütig, und Ortwein möchte seinem Chef für diesen jovialen Gesichtsausdruck am liebsten eine reinhauen. Er krallt die Finger um die Metallarmlehne des Schwingsessels und wiegt sich leicht hin und her.

Illner geht zur Fensterbank. »Deshalb sind Sie doch offensichtlich hier, oder nicht? Damit ich Ihnen eine Dienstreise nach Mainz genehmige«, sagt er, während er in eine grüne Plastikgießkanne blickt. Was er sieht, scheint ihn zu befriedigen. Mit einem Nicken nimmt er die Kanne in die Hand und dreht sich zu dem riesigen Ficus Benjamini. Leise plätschert das Wasser in den Blumenkübel.

»Ich soll also nach Mainz fahren?«, fragt Ortwein mit skeptischem Tonfall. So weit kommt es noch, dass er Essen verlässt und sich in die Ermittlungen in einer Stadt einmischt, deren Statistik wirklich nichts mit ihm zu tun hat!

Illner lässt die Kanne sinken und dreht sich zu ihm um. »Sie sollen diesen Stern-Mord lösen. Und wenn Sie meinen, dass Sie in Mainz neue Erkenntnisse sammeln können, dann müssen Sie natürlich dorthin.«

Ortwein lehnt sich vor, legt die Unterarme auf den Knien ab und reibt sich die Hände. »Ist das nicht eher Aufgabe des BKA?«

Illner hebt wieder die Augenbrauen. »Noch ist das Ihr Fall. Sie tun, was nötig ist, Ortwein.«

»Ich kann aber nichts mehr tun. Ich habe nicht die Mittel.«

»Gut, was brauchen Sie?«

Ortwein starrt ihn fassungslos an. Sonst bekommt man doch nie etwas, nicht mal einen zusätzlichen Kommissar für eine Mordkommission.

Der Polizeipräsident stellt die Kanne weg und stützt sich auf dem Schreibtisch ab. »Sollen wir die MK aufstocken? Brauchen Sie Experten?«

Ortwein räuspert sich und steht auf. Er beugt sich etwas vor. »Herr Illner, das ist doch ganz offensichtlich ein ritueller Doppelmord über die Grenzen unseres Bundeslandes hinweg. Noch ein paar Tage, dann schaltet sich das BKA ohnehin ein, und der Fall ist damit aus unserer Statistik verschwunden.«

Illner wendet sich wieder dem Gummibaum zu und gießt ihn. »Dann wären wir fein raus«, gibt er zu. »Aber das alles ließe uns noch besser aussehen, wenn unsere Ermittlungen zur Erfassung des Täters beitragen würden.«

Ortwein schluckt trocken.

Illner hat ihm noch immer den breiten Rücken zugewandt, aber sein grauer Kopf bewegt sich auf und ab, als würde er nicken. »Sie kriegen, was Sie brauchen. Und dann fassen Sie diesen Mörder, und wir haben die beste Presse seit Jahrzehnten!«

Ortwein kratzt sich den Kopf. »Ja, theoretisch klingt das natürlich sehr gut, aber ...«

»Wie wollen Sie sonst Ihre schlechte Aufklärungsstatistik wettmachen, Ortwein? So viel kann gar nicht gemordet werden, dass Sie irgendwann wieder in den grünen Bereich kommen.«

»Sie übertreiben«, presst Ortwein hervor.

»Ich mache meinen Punkt deutlich«, erwidert Illner und stellt die Gießkanne weg. Er zupft ein welkes Blatt von dem Benjamini ab. »Ich würde es wirklich sehr gern sehen, wenn Sie uns alle näher an den Täter ranbrächten.«

Ortwein runzelt die Stirn und steckt die Hände in die Taschen seiner Lederjacke, wo er sie zu Fäusten ballt. Das sagt sich so leicht, wenn man seine Arbeitszeit auf einem Empfang beim Bürgermeister und mit dem Gießen von Zimmerpflanzen verbringt.

Illner zupft derweil weitere Blätter ab und sammelt sie in seiner linken Hand. »Wie gesagt, Sie bekommen von mir, was Sie wollen. Dann kämmen Sie Christian Müllers Umfeld einfach noch mal sorgfältiger nach Hinweisen durch. Denn selbst wenn wir das alles in ein paar Tagen ans BKA abgeben: Ich will wenigstens, dass wir eine vorbildliche Sammlung von Informationen und Spuren überreichen. Das ist unser Fall, Ihr Fall!« Er zeigt mit einem Wurstfinger auf Ortwein.

Der lächelt dünn. »Ich tu mein Bestes.«

Illner wirft die braunen Ficusblätter in den Papierkorb und betrachtet Ortwein skeptisch. »Natürlich tun Sie das. Und das nächste Mal, wenn Sie mir einen Zwischenbericht abgeben, dann bringen Sie mir mehr als einen Hauptverdächtigen ohne Alibi, der sagt, er sei es nicht gewesen!«

Ich kann ihn ja schlecht festnehmen, wenn wir nichts gegen ihn in der Hand haben und er kooperiert, denkt Ortwein, bemüht sich aber um einen freundlichen Gesichtsausdruck. »Eigentlich bin ich ja wegen etwas anderem hier.«

Illner setzt sich wieder hinter seinen Schreibtisch. »Ja?«

»Frau Doktor Seidel …«

»Eine sehr fähige Frau übrigens! Man munkelt, dass das BKA uns wirklich seine beste Fallanalytikerin geschickt hat.«

Davon merkt man aber nichts, denkt Ortwein und ringt sich noch ein Lächeln ab. »Ja, und weil sie so gut und fähig ist, denke ich, dass wir ihr ein eigenes Büro zur Verfügung stellen sollten.«

»Mhm«, macht Illner nachdenklich. »Welches denn?«

»Ich weiß nicht, ich denke nur, dass sie mehr Platz braucht als den Besprechungstisch in meinem Büro.«

»Wirklich?« Illner lehnt sich zurück. »Sie scheint mir eher unprätentiös und flexibel zu sein.«

Ortwein seufzt. »Sie braucht sehr viel Platz.« Er räuspert sich. »Und der Rauch in meinem Büro stört sie …«

»Dann lassen Sie den Quatsch endlich! Im Büro rauchen, Ortwein, das dürfen Sie sowieso nicht.«

»Ich denke, es wäre Frau Doktor Seidels Arbeit wirklich sehr zuträglich, wenn sie einen eigenen Raum hätte.«

»Ich kann sie aber schlecht in die Poststelle setzen. Oder in die Gerichtsmedizin.«

Warum nicht?, fragt sich Ortwein. Er findet diese Alternativen ganz passabel.

Illner wischt mit der Hand durch die Luft. »Es sind ja nur noch ein paar Tage, und vielleicht können Sie und Frau Doktor Seidel ja gemeinsam fruchtbare Ergebnisse erzielen.«

»Wir … äh … können es versuchen.« Ortwein dreht sich zur Tür.

»Und Ortwein«, sagt Illner da noch.

Ortwein hat die Hand schon auf der Türklinke und dreht sich noch mal um.

»Wir haben seit 2008 absolutes Rauchverbot im Haus.« Er sieht ihn scharf an. »Ich werde einen Rauchmelder bei Ihnen im Büro anbringen lassen.«

Selm.

»Gehörschutz aufsetzen! Pistole laden!«, ruft Kirsch. Über ihm hängt ein Leuchtschild, auf dem *Schießen sofort einstellen* steht, dabei hat noch überhaupt niemand geschossen.

Erwin Kirsch hat schütteres Haar. Trotz seiner blauen Uniform wirkt er wie jemand, der immer noch die senffarbenen Rollis und grünbraunen Hosen von gestern trägt – ein Polizist vom alten Schlag, durch und durch.

Bianca Barne und René Schneider überprüfen die Ladung ihrer Waffen und setzen den Gehörschutz auf.

»Übung frei für maximal fünf Schüsse.« Kirsch geht aus der Schusslinie und hält den Daumen hoch.

Die beiden KA an der Markierung nicken, heben ihre Waffen und zielen auf die Pappscheiben. Dann schießen sie.

Pfeffer lehnt an der Rückwand hinter den Stuhlreihen mit den übrigen Kursteilnehmern. Wie alle anderen trägt sie Gehörschutz und beobachtet die Schützen. Bianca schafft ihre vier Treffer, trifft aber leider auch die runde Pappscheibe, die den Kopf darstellt und die sie nicht treffen darf. René hingegen trifft nicht einmal die, er trifft nur eins der vier Pappvierecke. Eine Walther P99 Q ist eben keine MP5. Mit einer Maschinenpistole trifft sogar der letzte Depp, aber das hier ist eine andere Geschichte – und auch nicht die Herausforderung, die Pfeffer sucht. Sie stößt sich von der Wand ab, geht an die Markierung und zieht ihre Waffe. Bianca und René sehen sie irritiert an, aber Pfeffer atmet ein und zu zwei Dritteln wieder aus. Sie schießt vier Mal – und trifft vier Mal. In jedem der vier Papprechtecke steckt ein Projektil von ihr, der Kreis ist verschont geblieben.

Über ihnen blinkt das Schild auf: *Schießen sofort einstellen*. Pfeffer zieht den Gehörschutz ab, steckt ihre Waffe weg und dreht sich lächelnd zu der Stuhlreihe um. Sie erwartet anerkennende Blicke, aber die KA sehen größtenteils eher genervt aus.

René wendet sich an Kirsch. »Kann die hier einfach in die Übung reingehen? Das ist doch saugefährlich.«

Pfeffer lacht leise auf. »Es ist nicht gefährlich, wenn du nur die Pappscheiben triffst.«

René funkelt sie wütend an. Die anderen beobachten sie stumm. Pfeffer versucht die Wogen zu glätten und dreht sich zu Kirsch. »Ich dachte, ich demonstriere nur kurz, wie die richtige Atemtechnik zu der notwendigen Ruhe führt.« Sie sieht wieder zu den Stuhlreihen. »Wenn ihr nicht ruhig seid, trefft ihr nicht. Nehmt euch Zeit zum Atmen, dann werdet ihr feststellen, dass ihr eigentlich nicht viel Zeit benötigt, und habt in Nullkommanichts Gefahr für Leib und Leben abgewandt.«

Kirsch lacht und klopft ihr auf die Schulter. »Das ist unsere beste Schützin des letzten Jahrgangs«, sagt er. »An ihr könnt ihr euch ein Beispiel nehmen.«

Pfeffer lächelt. Für ein Training in der Schießhalle in Selm opfert sie ihren freien Nachmittag gern. Sie wendet sich wieder den KA zu. »Aber jetzt seid ihr am Zug. Ich bin heute da, um die Urkunde für den besten Schützen der Klasse zu verleihen.«

»Muss ich dafür auch in eine Übung reinmarschieren und unaufgefordert scharf schießen?«, fragt eine blonde Kommissaranwärterin. »Oder soll ich lieber gleich aufgeben, weil mein Onkel Hausarzt und nicht der Polizeipräsident ist?«

Pfeffer runzelt die Stirn. »Nun, mein Onkel stiftet diesen Preis lediglich, ab jetzt jedes Jahr. Um zu gewinnen, musst du die vier rechteckigen Pappscheiben mit so wenigen Schüssen wie möglich treffen. Je mittiger deine Projektile einschlagen desto besser. Die Ergebnisse werden ausgemessen, und wer die Mitte am saubersten getroffen hat, gewinnt.«

Ein KA mit raspelkurzen Haaren und verschränkten Armen ruft dazwischen. »Mit welcher Hand?«

»Mit welcher Hand was?«, fragt Pfeffer.

»Mit welcher Hand soll ich schießen?«

»Mit deiner Schusshand natürlich.«

»Ich habe zwei davon.«

Pfeffer lacht. »Ja, klar.«

Kirsch sieht schmunzelnd zu ihr. »Das stimmt. Gregor schießt mit beiden Händen gleich gut. Nicht so gut wie du, aber dafür sicher und solide, mit rechts und links.«

»Den verbotenen Pappkreis hab ich jedenfalls noch nie getroffen«, fügt Gregor hinzu.

»O.k.«, sagt Pfeffer. »Das wär den anderen gegenüber aber nicht fair, wenn wir das in die Wertung miteinbeziehen.«

Die blonde Kommissaranwärterin lacht. »Du kannst es nur mit links, oder?«

Pfeffer spürt in ihre linke Hand hinein. Die starke, sichere, ruhige Schusshand. »Das reicht auch völlig aus.«

Kirsch nickt. »Machen wir keine Wissenschaft draus. Von den

knapp neunhundert Einsätzen der Polizeiwaffe in NRW im letzten Jahr waren achthundertfünfzig gegen Tiere gerichtet, zehn Warnschüsse, vier Verletzte, zwei Getötete. Der Einsatz der Waffe ist vor allem ein Nicht-Schießen.«

Die blonde KA beugt sich zu ihrer Nachbarin. »Kirsch hat echt einen Narren an dieser aufgeblasenen Pute gefressen«, flüstert sie. Kirsch hört es nicht, Pfeffer aber sehr wohl. »Die denkt, die kann sich hier alles erlauben.«

»Ich fang an«, sagt Gregor und steht auf.

Bianca, René und Pfeffer weichen von der Zielgeraden zurück und setzen ihren Gehörschutz auf. Kirsch schaltet das Leuchtschild aus.

Gregor schießt erst zwei Mal mit rechts, dann zwei Mal mit links, trifft mit beiden Händen gleich gut, wenn auch nicht die Mitte der Pappvierecke.

Pfeffer ist hochkonzentriert, als sie seine Hände und seine Technik beobachtet. Gregor geht zu seinem Platz in der Stuhlreihe zurück und sieht sie siegessicher an.

Pfeffer weiß nicht, ob sie mit rechts überhaupt treffen würde. Sie würde es ihnen gern allen beweisen, damit sie aufhören zu denken, sie würde bloß wegen ihres Onkels bevorzugt. Keiner von ihnen versteht, was für ein Fluch diese Verwandtschaft sein kann. Wie die eigenen Verdienste dadurch stets in den Schatten rücken.

Die einzelnen Schützen treten nacheinander an die Linie, und am Ende gewinnt ausgerechnet die stutenbissige Blondine, die die Urkunde Pfeffer achtlos aus den Händen reißt und gleich darauf mit zwei anderen KA zu tuscheln beginnt. Das hatte Pfeffer sich irgendwie anders vorgestellt.

Dann verlässt der Polizeinachwuchs die Schießhalle, und Pfeffer bleibt neben Kirsch stehen. Ihre Stimmung ist im Keller. Irgendwie war sie sich sicher gewesen, dass sie alle beeindrucken würde.

Und dass die anderen von ihr lernen könnten. Aber das scheinen sie nicht zu wollen.

»Willst du es mal probieren?«, fragt Kirsch plötzlich.

»Was?«

»Na, mit rechts zu schießen.«

Sie schüttelt den Kopf. »Das ist doch zwecklos, das kann ich nicht. Links ist meine starke Hand.«

Kirsch lässt nicht locker. »Ich glaube, du könntest mit rechts mindestens so gut sein wie Bianca.«

Sie lacht unsicher auf.

Er beugt sich zu ihr. »Komm schon, versuch's mal. Ich sag auch keinem, wenn du schlecht schießt.«

Pfeffer spürt in ihre rechte Hand, seufzt und nickt. »Na gut.«

»Du musst den Körper anders drehen«, ruft Kirsch, während er schon aus der Schusslinie hinüber zum Schalter des Leuchtschildes geht. »Gehörschutz auf! Pistole laden! Übung frei für fünf Schüsse.« Er grinst. »Mit rechts.«

Pfeffer setzt den Gehörschutz auf, konzentriert sich aufs Ziel und legt die linke Hand an den Griff, der Zeigefinger parallel zum Abzug, die rechte unterstützt.

Pfeffer atmet ein, zu zwei Dritteln wieder aus und zieht den Abzug durch. Es ist schwer, der rechte Finger ist kaum stark genug. Und sie trifft nicht, nicht mal annähernd. Die nächsten vier Mal auch nicht.

Sie lässt die Waffe sinken, zieht den Gehörschutz ab und dreht sich zu Kirsch.

Er sitzt hinter ihr auf einem der Stühle, die Unterarme auf den Beinen abgestützt. »Du triffst nicht, weil du denkst, dass du es nicht musst. Du verlässt dich zu sehr auf deine linke Hand, vielleicht weil du mit ihr so überragend sicher bist. Vergiss einfach, dass du mit rechts schießt!«

Pfeffer setzt den Gehörschutz wieder auf und wendet sich dem

Ziel zu. Sie lässt sich Zeit, atmet mehrmals tief durch, dann zu zwei Dritteln aus – und schießt.

Sie trifft nicht. Nicht mal annähernd.

Essen.

Seidel liegt bäuchlings auf dem Boden von Ortweins Büro, das Kinn in die Hände gestützt, und sichtet abwechselnd die Fallanalyse des Mords an Christian Müller und Opells Analyse zu Hannah Born. Sie ist gerade beim Punkt *Privatleben* und gähnt.

Es ist natürlich gekommen, wie es kommen musste: Kaum war Opell in Mainz fertig, hat Ziernow ihre Fallanalyse an Seidel geschickt. Und jetzt klebt ihr der Vergleich am Arsch, obwohl sie mit ihrer eigenen Analyse noch gar nicht fertig ist. Opell war mal wieder schneller – und ordentlicher. Jeder OFA beim BKA ist schneller und ordentlicher als Seidel, aber es ist am Ende immer nur ihr Chaos, das es schafft, alle Daten und Informationen festzuhalten.

Sie lässt die Füße durch die Luft wippen, vor und zurück, während sie die Unterlagen sichtet. Ortwein hatte sie ausgelacht, als er vorhin über sie weggestiegen und nach Hause gegangen ist. Doch sie wird noch lange nicht ins Hotel gehen. Wahrscheinlich wird Opells Hypothesensammlung heute Nacht ihr Kissen sein.

Sie blättert in den Fallanalysen. Digitales Verhalten. Seidel schüttelt sich. Schon als sie Czorskis Bericht zu Christian Müllers Onlineleben übertragen hat, war sie irritiert angesichts des Entblößungswahns, der heute scheinbar Normalität geworden ist. Müller hat online alles geteilt. Seidel hat nicht mal ein Facebook-Konto; sie hat nur E-Mails, die sie manchmal auf ihrem Handy lesen kann – manchmal auch nicht. Sie weiß nicht, woran das liegt. Man könnte das wahrscheinlich beheben, indem man bestimmte Einstellungen ändert, aber Seidel beschränkt sich einfach darauf, möglichst nicht auf das Handy draufzutreten.

Sie überfliegt die Informationen zu Hannah Born, in der Erwartung, dass auch sie online alles Mögliche für alle sichtbar gepostet hat. Aber weit gefehlt. Hannah Born war zwar bei Facebook, aber sie war dort nicht so aktiv wie Müller. Ihre Statusmeldungen konnten außerdem nur ihre Freunde lesen.

Aha, denkt Seidel, wenigstens halbwegs vernünftig. Sie will schon weiterblättern, als ihr Blick auf das Wort Police Academy fällt. Das kommt ihr bekannt vor. Sie sieht wieder in Christian Müllers Unterlagen. Richtig, er war ebenfalls in dieser Facebook-Gruppe. Seidel setzt sich auf und nimmt die Mainzer Analyse in die Hand, fliegt über die Zeilen, blättert vor und zurück.

Beide waren also in derselben Gruppe.

»Aber was hat Hannah da gepostet?«, murmelt Seidel. Es war nicht für alle sichtbar. Seidel seufzt, lässt die Unterlagen sinken und reibt sich die Schläfen. Die beiden Opfer sind sich sonst nie begegnet – außer online. Vielleicht gibt es dort eine Verbindung. Und auch wenn die beiden sich nicht direkt unterhalten haben, könnte der Täter trotzdem in der Gruppe auf sie beide aufmerksam geworden sein.

Seidel steht auf, macht einen großen Schritt über einen Berg Ringbuchordner hinweg und angelt sich ihren Laptop vom kleinen Besuchertisch. Mit vorsichtigen Schritten bahnt sie sich den Weg zu Ortweins Schreibtisch. Dort angekommen setzt sie sich und klappt das Notebook auf. Sie googelt Facebook und Police Academy, aber sie kommt nicht weit. Ohne ein eigenes Facebook-Konto ist sie aufgeschmissen. Doch Seidel ist prinzipiell gegen Social Media – besonders gegen den Aspekt Social, den diese beinhalten.

Sie lehnt sich zurück und gähnt mit weit aufgerissenem Mund. Dann schiebt sie ihre Brille hoch, beugt sich wieder vor und stützt die Ellbogen zwischen zwei vollen Aschenbechern auf den Tisch. Frustriert starrt sie auf den Bildschirm, dann öffnet sie die Startseite von Facebook. Sie ist immer noch gegen soziale Medien. Aber andererseits könnten dort die Hinweise versteckt sein, die sie braucht; in irgendeiner dieser ansonsten völlig nutzlosen Gruppen.

Sie fixiert das Login-Feld und runzelt nachdenklich die Stirn. Irgendwo hat sie noch eine Mailadresse für Spam, die sie sonst so gut wie nie benutzt, und außerdem muss man ja nicht seinen richtigen Namen angeben, geschweige denn wirklich sozial interagieren, oder?

Ohne weiteres Zögern legt sich Seidel einen Account unter erfundenem Namen an und füllt nur die Felder aus, die nötig sind.

So, es ist vollbracht. Nun hat sie also ein Profil, das ziemlich leer ist und keine Freunde aufweist, aber das ist ihr natürlich egal. Es gibt ein Suchfenster, in das sie mit fliegenden Fingern Police Academy eintippt. Und tatsächlich, da ist die besagte Gruppe! In ihr befinden sich Fotos, auf die sie keinen Zugriff hat, und zwei Videos, die sie sich nicht ansehen kann. Denn sie ist nicht selbst Mitglied dieser geschlossenen Gruppe. Um eins zu werden, müsste sie nun doch sozial interagieren, einen Mitgliedsantrag stellen und warten, bis der Administrator ihn bewilligt – aufwendiger und langwieriger, als sie erwartet hatte. Und es bleibt fraglich, ob sie mit dem falschen Namen überhaupt angenommen würde. Denn sicher wird der Administrator ihre Zugehörigkeit zur Polizei überprüfen, was durch den fiktiven Namen natürlich zu nichts führen würde.

Enttäuscht verzieht Seidel das Gesicht und scrollt durch die Liste der Gruppenmitglieder, die man auch einsehen kann, ohne selbst Mitglied zu sein – und hält inne. Sieh mal einer an, wer auch in der Gruppe ist …

Sie setzt sich auf und tastet nach ihrem brandneuen Handy. Sie findet es in der Gesäßtasche ihrer Jeans, ist einen Augenblick lang irritiert, dass sie es so schnell gefunden hat, und wählt eine Nummer. Es läutet.

»Schwesterchen.«

»Florian, warum bist du Mitglied in der Gruppe Police Academy?«

»Was?«, fragt er. »Welche Gruppe?«

Sie verdreht die Augen. »Auf Facebook gibt es eine Gruppe für den Nachwuchs der Polizei, die haben sich da alle vernetzt, und du bist Mitglied.«

»Oh, ach so. Ja.«

»Warum?«, fragt sie und trommelt mit den Fingern auf dem Tisch.

»Weil dort auch ein paar Dozenten von Polizeischulen drin sind, die ich kenne. Als ich vor zwei Jahren mal auf einem Vortrag in Selm war, hat eine gewisse Gesa Ulm, nachdem wir …«

»Schon gut!«, unterbricht sie ihn.

»Wir haben rumgescherzt, und dann hat sie mich in diese Gruppe eingeladen.« Doktor Florian lacht. »Das war ein schöner Abend. Vielleicht sollte ich Gesa mal wieder anrufen. Eine tolle Frau.«

»Ja«, sagt Seidel trocken. »Schon gut. Ich brauche deine Facebook-Zugangsdaten.«

»Was?«

»Du hast mich verstanden.«

»Bist du bescheuert?«

»In den letzten zwei Monaten hast du dich drei Mal in meine Bedienoberfläche beim BKA reingemogelt. Ich will jetzt in deinen Facebook-Account!«

Er lacht. »Ja, aber den Zugang zu deinem Rechner habe ich mir verdient, indem ich dein Passwort erraten habe, jedes Mal aufs Neue.«

»Und ich verdiene deinen Facebook-Zugang allein schon, weil ich es mit dir aushalte. Also?«

»Was willst du überhaupt damit?«

»Das sag ich dir, wenn du mir deine Daten gibst.«

»Und du willst wirklich nicht raten? Für mich ist das immer der ganze Spaß.«

»Wir haben nicht die gleiche Auffassung von Spaß«, erwidert Seidel trocken. »E-Mail-Adresse?«

Doktor Florian seufzt. »Du kannst wirklich von Glück reden, dass mir etwas an dir liegt, dass ich dich ganz ehrlich liebe wie eine Schwester.«

»Ich bin deine Schwester.«

»Und ich liebe dich.«

»Ja. Die E-Mail-Adresse?«

»Es wäre wirklich schön zu wissen, dass du für mich auch familiäre Gefühle hegst. Wirklich schön …« Er verstummt.

»Im Ernst?«, fragt Seidel fassungslos.

»Ja.«

Sie räuspert sich. »Du bist mein Bruder«, sagt sie leise, »und ich liebe dich.«

Er lacht zufrieden. »Hast du was zu schreiben?«

Kapitel 8 **Fuchsjagd**

Dienstag, 11. September

Selm.

Danis Finger zittern, als sie das Handy zurück in ihre Handtasche steckt. Sie lehnt an der Hauswand und wartet. Es ist früher Morgen. Ihre Uniform ist noch im Spind, ihre Waffe noch im Pool in der Waffenkammer, sie trägt Jeans und Bluse.

Noch einmal sieht sie auf ihr Handy wegen der Uhrzeit. Sie ist extra früh aufgestanden und hat Bus und Bahn genommen. Selm ist echt ein Kaff, wenn man kein Auto hat. Neulich hat sie zwei Stunden warten müssen, weil sie abends den Bus verpasst hat, und morgens muss man in aller Herrgottsfrühe aufstehen, wenn man pünktlich sein will. Manchmal können Kommilitonen sie im Auto mitnehmen, aber heute wollte Dani das nicht.

Sie zwirbelt ihre blauen Haarspitzen zwischen den Fingern und wartet. Es ist kein Sommer mehr, und morgens ist es empfindlich kühl. Sie fröstelt ein wenig und sieht sich um. Vielleicht kommt das Zittern aber auch gar nicht durch die morgendliche Kälte, sondern durch ihre Nervosität. Sie streicht sich die Haare zurück.

Ein hellbraunes Blatt segelt vom Baum, unter dem sie steht, vor ihre Füße. Jetzt ist das Blatt tot, denkt Dani und bekommt Gänsehaut an den Armen.

Leises Rascheln und feste Tritte kündigen ihn an. Dani schaut auf und atmet tief durch, sie schluckt bei seinem Anblick.

»Was willst du?«, fragt Jochen Jollig, nachdem er sich vor ihr aufgebaut hat.

»Ich hab der Polizei nichts gesagt.«

»Das hätt ich dir auch nicht zugetraut«, erwidert er leise und tritt einen Schritt näher an sie heran. Er verengt die Augen zu Schlitzen und starrt auf sie hinab.

»Ich habe eine Sicherungskopie von dem Film«, sagt sie schnell. »Meine Schwester findet die auf meinem Rechner, wenn mir was passiert.«

Jollig nickt langsam. »Verstehe. Aber ich interessiere mich nicht für dich.«

Dani geht seitwärts mit dem Rücken an der Wand entlang, um etwas Abstand zu nehmen. Dann geht sie ein paar Schritte auf die Wiese, hier fühlt sie sich nicht so eingeengt. »Dass du dich nicht schämst«, faucht sie.

»Manchmal tu ich das«, gibt Jollig zurück und sieht sie ernst an.

»Wirklich?«

Er lacht. »Was willst du, Dani?«

»Ich hab alles gefilmt. Mit meinem Handy.«

Er legt den Kopf schief. »Ich weiß, das sagtest du bereits.«

»Du bist widerlich!«

Er ballt die Hände zu Fäusten und kommt auf sie zu. Dani weicht zurück. Blätter und Gras rascheln leise unter ihren Füßen. Sie stößt erst mit der Ferse gegen einen Baum, dann mit dem Hinterkopf. Sie schluckt und sieht Jollig mit aufgerissenen Augen an.

Er hebt die Hand und holt aus, dann schlägt er mit voller Wucht auf den Baumstamm neben Danis Gesicht. Sie dreht den Kopf zu der breiten Hand, als sie Jollig wieder anschaut, stößt seine Nase fast an ihre.

»Du hast keine Ahnung, was in mir vorgeht«, zischt er und packt ihr Kinn fest mit seiner Pranke. Er drückt zu.

»Au!«

»Keine Ahnung!«, brüllt Jollig.

»Lass mich los!«, verlangt Dani und presst die Lippen aufeinander. Ihr Herz klopft, Adrenalin rauscht durch ihren Körper. Sie sagt sich immer wieder, dass sie das Video hat und Tina Bescheid weiß – das schützt sie.

Jollig drückt noch einmal fest zu und lässt dann ihr Kinn los. Er tritt zwei Schritte zurück und starrt sie wütend an. »Ich hab schon überlegt, selbst zur Polizei zu gehen.«

»Was?«

»Ich bin nicht so herzlos …«

Dani stutzt, dann muss sie lachen. Sie kriegt sich wieder ein und japst, sieht Jollig an, diesen Schrank von einem Mann mit tiefen Falten auf der braungebrannten Stirn. Dann lacht sie noch lauter und denkt an Czorski, der gesagt hat, dass sie handeln soll wie eine Polizistin. »Doch, du bist ein widerliches Arschloch, und du hast kein Herz.« Sie schüttelt immer noch lachend den Kopf. Dass er sich traut, so etwas zu sagen, dass er glaubt, jemand würde ihm das abnehmen …

»Die Geheimnistuerei macht mir zu schaffen«, sagt er mit drohendem Unterton, aber trotzdem klingt es, als wolle er sich etwas von der Seele reden.

Dani sieht ihn verwirrt an. »Wie du uns Studenten behandelst, wenn wir zu langsam oder zu schwach sind, ist allein schon krass genug. Und jetzt soll ich dir glauben, du empfindest so etwas wie Reue? … Was redest du für einen Scheiß?«

Verblüffung zeichnet sich auf seinem Gesicht ab.

Dani nickt, sie fühlt sich nun stärker. Ihre Stimme ist fester, das Lachen hat sie befreit. Immerhin hat sie den Film von der Nacht auf den ersten September. Jollig hat nur ein paar Muskeln und eine kranke Sexualität – und offenbar ein schlechtes Gewissen. Jetzt verschränkt sie einfach mal die Arme vor der Brust und verengt die Augen zu Schlitzen.

»Ja«, sagt Jollig langsam. »Vielleicht hättest du der Polizei wirklich einfach alles sagen sollen.«

»Bist du jetzt so gesprächig, weil ich nicht in dein Schema

passe? Fühlst du dich dann freier?« Sie schüttelt den Kopf. »Vielleicht hättest du von Anfang an lieber reden sollen, anstatt …«

»Spiel dich nicht so auf, Dani«, erwidert er verächtlich. »Du bist ein Feigling und eine schlechte Polizistin. Eine gute hätte mich längst angezeigt!«

Sie stemmt die Hände in die Hüften und lässt den Blick über Jolligs viereckige Gestalt wandern. Warum hat sie ihn nur immer so gefürchtet? »Du willst wirklich damit zur Polizei gehen?« Sie kramt in ihrer Tasche, holt ihr Handy hervor und sieht ihn fragend an.

Jollig fährt sich mit beiden Händen durch sein raspelkurzes Haar. Seine Trizepse treten dabei hervor und dehnen die Säume seiner T-Shirt-Ärmel.

»Es ist das eine, etwas zu gestehen, das andere, bewegte Bilder davon zu zeigen.« Sie tippt und wischt über ihr Handy.

»Nicht«, sagt Jollig und sieht sie plötzlich flehend an. »Steck das weg!«

Sie grinst und wischt weiter. Jollig reißt ihr das Handy aus der Hand und wirft es ins Gras. Er packt sie bei den Schultern und drückt sie wieder gegen den Baum. Die Rinde bohrt sich in ihren Rücken.

»Wenn du den Film schon nicht sehen willst, was denkst du dann, wie du dich fühlst, wenn Beamte ihn sehen, wenn du ihn zusammen mit den Ermittlern anschauen musst?«, fragt sie und zuckt kaum mit der Wimper.

»Was willst du?«, fragt Jollig scharf.

Sie atmet tief durch und sieht ihm fest in die Augen. »Bessere Noten.«

Er lässt sie mit einem Mal los. »Was?«

»Ich will in Sport und Selbstverteidigung bessere Noten.«

»Du hast sie ja nicht mehr alle!«

Dani dreht sich auf dem Absatz um und stapft durch das Gras

hinüber zu der Stelle, wo er ihr Handy hingeworfen hat. Sie hebt es auf und sieht ihn an. »Nein. Du hast sie nicht mehr alle!« Sie kommt zurück und baut sich ein letztes Mal vor ihm auf. »Morgen halte ich ein Referat über Leistungssteigerung durch Adrenalin in deinem Kurs, und ich will eine Zwei plus. Ich denke, damit kommst du besser davon, als wenn du zur Polizei gehst. Dann würden nämlich nicht nur diverse Beamte dein Filmchen sehen – sondern auch deine seltsame Gutmensch-Hippie-Freundin ….«

»Helene?«

»Ja, der zeig ich ihn auch. Auch deine Helene würde Christians Schreie zu hören bekommen. Und die wird dich dann ganz sicher nicht im Knast besuchen kommen.« Sie verschränkt erneut die Arme vor der Brust. »Es wird dich überhaupt niemand besuchen kommen!«

Mit diesen Worten dreht Dani sich um und geht. Etwas hat sich verändert, ihr Schritt ist sicherer und selbstbewusst. Sonst war sie immer eher scheu gewesen, nicht dumm, aber auch nicht klug, vor allem aber vorsichtig, ängstlich. Doch das war einmal.

Jollig starrt ihr nach. Er ist immer der Meinung gewesen, dass jemand, der ihm nicht ansatzweise die Stirn bieten kann, kein Polizist werden sollte. Das denkt er noch immer, nur zählt er die Kommissaranwärterin Daniela Friedrich ab jetzt eher zu der anderen Sorte.

Ihm selbst hilft das allerdings nicht weiter. Noch nie hat er sich so hilflos gefühlt. Er ballt die Hände zu Fäusten, bohrt die Fingernägel in die Handballen und schluckt hart.

Ja, er bereut. Manchmal drohen das schlechte Gewissen und die Angst ihn zu zerreißen. Aber dann ist da wieder diese Lust – und das sichere Gefühl, dass es nicht zum letzten Mal geschehen ist. Denn es geht um Macht, um die Illegalität. Es geht um Gewalt und Dominanz.

Und es geht um die Uniform.

Essen.

Pfeffer sieht durch die Glaswände in Ortweins Büro am anderen Ende des Raums. Er wird sie einfach abwimmeln, wenn sie jetzt dort rübergeht.

Sie wendet sich wieder lächelnd an die Sekretärin vom KK Elf und beugt sich ein wenig zu ihr. »Ich möchte gern zu Boris Czorski.«

»Haben Sie einen Termin?«

Pfeffer presst die Lippen aufeinander und atmet tief durch. »Nein, aber es ist sehr wichtig. Es geht um die Stern-Morde.«

»Die Stern-Morde?«

Herrgott, ja, denkt Pfeffer und überlegt, ob es jetzt geschickter ist, ihren eigenen Dienstausweis zu zeigen, darauf zu verweisen, dass sie als Zeugin vernommen worden ist, oder einfach auf ihren Onkel. Sie hat es so satt, außen vor zu stehen. Und das obwohl sie bei diesem Fall helfen könnte.

»Pfeffer?«, sagt da eine Stimme.

Sie dreht sich um und lächelt. »Czorski! Zu dir wollte ich gerade.«

»Wirklich?« Er lächelt freundlich und fährt sich durch die kurzen aschblonden Haare.

Pfeffer nickt und lächelt zurück. Immer nett bleiben, dann muss sie Illner vielleicht gar nicht erwähnen. Außerdem ist Czorski in Ordnung, da geht auch das Lächeln in Ordnung.

Er stakst ihr voraus und öffnet die Glastür zum Großraumbüro. Pfeffer hat das Gefühl, sie folgt einem Storch.

»Ohne Uniform hätt ich dich fast nicht erkannt«, sagt er und zieht einen freien Bürostuhl an seinen Schreibtisch.

Sie setzt sich und schlägt die Beine übereinander. »Ja, in dem Ding gibt man ein Stück von sich selbst auf.«

Er lacht. »So siehst du das?«

»Klar.«

Er schmunzelt. »Mhm, ich denke, ich war nie so ein Individualist. Ich mochte die Uniform eigentlich.« Er zeigt zur Teeküche hinüber. »Kaffee oder so?«

»Nein, danke.« Sie räuspert sich. »Und wie läuft's?«

»Äh, gut«, sagt er und schweigt mit leichtem Stirnrunzeln.

Pfeffer beugt sich verschwörerisch vor. »Habt ihr schon Verdächtige?«

Czorski runzelt die Stirn stärker. »Das ist noch streng vertraulich.«

»Ja, klar, aber ich war die Erste am Tatort, ich kannte das Opfer persönlich, ich bin eine Kollegin …«

Czorski lächelt. »Was kann ich denn für dich tun, ist dir noch was eingefallen?«

»Eingefallen?«, fragt sie verwirrt.

»Ja. Deshalb bist du doch gekommen, oder nicht?«

Pfeffer seufzt, lehnt sich zurück und betrachtet ihn. Das wird ja schwerer als gedacht. »Mir ist nichts mehr eingefallen, weil ich nichts über den Fall erfahre, und da dachte ich …«

»Boris!«, ruft Doro Kelling in diesem Augenblick quer durch das Großraumbüro.

Czorski dreht den Kopf zum Drucker.

Dort steht Doro in den für sie typischen praktischen Hosen und sortiert Papiere. »Ich hab hier die Berichte der Spurensicherung, den von Filond und außerdem die Protokolle der Zeugenbefragung. Brauch ich sonst noch was?«

Czorskis Miene verfinstert sich, und er dreht sich auf seinem Bürostuhl zu ihr. »Das steht doch alles in der Mail.«

Doro sieht auf. »Was? Welche Mail?« Sie bemerkt Pfeffer und nickt ihr kurz zu.

»Hallo.« Pfeffer lächelt, obwohl ihr der Kiefer schon wehtut. Sie erinnert sich an Doro, die K-Wache-Kommissarin, die am Tatort übernommen hat. Offensichtlich hat Doro Kelling es in die Mordkommission geschafft. Aber sie sieht nicht so aus, als wäre sie gern hier. Die Welt kann ein Arschloch sein, denkt Pfeffer.

Czorski seufzt. »Ich hab dir die vorläufige vergleichende Analyse von Frau Doktor Seidel per Mail geschickt und dazugeschrieben, dass es sein kann, dass wir sie für das Briefing heute brauchen. Sicher weiß ich es nicht, weil Seidel erst morgen mit dem Vergleich fertig sein wird. Dann wird es ohnehin eine große Sitzung zum Ergebnis ihrer Arbeit geben.«

»Welche Mail?«, fragt Doro wieder.

Pfeffer presst die Lippen aufeinander. Die vergleichende Fallanalyse ist also schon fast fertig. Sie schluckt hart, ihr Herz pocht, sie will wissen, was darin steht.

Verstohlen schaut sie sich um. Vielleicht sitzt die Analytikerin hier ja irgendwo. Aber die Beamten im Großraumbüro wirken alle wie gewöhnliche Kriminalkommissare. An der Stirnseite ist ein Einzelbüro mit Glaswänden. *Ortwein* steht auf einem Schildchen neben der Tür. Pfeffer verzieht kurz das Gesicht, als sie diesen Namen liest, dann fällt ihr Blick auf ein ungewöhnliches Papierchaos. Der Besprechungstisch Ortweins, der direkt an die Glaswände geschoben wurde, ist über und über mit Stapeln bedeckt. Die vier Stühle drum herum ebenfalls. Die Blätter erstrecken sich bis auf den Boden, und schräg hinter dem Tisch hockt eine kleine zierliche Gestalt in Jeans auf dem Boden, liest und notiert.

Nicht wirklich, oder?, denkt Pfeffer, runzelt die Stirn und beugt sich etwas vor. Wie alt ist diese Frau? Sie hat kurze Locken, eine schmale lange Nase und eine John-Lennon-Brille. Auch wenn Pfeffer das irgendwie cool findet, wundert sie sich trotzdem. Eine operative Fallanalytikerin hatte sie sich irgendwie anders vorgestellt. Mit Pumps.

Doro rauscht so plötzlich an Pfeffer vorbei, dass sie sich wieder überrascht zurücklehnt.

»Also, ich seh jetzt noch mal nach der Mail, Boris, aber …«

Czorski hebt die Schultern. »Ich hab sie dir geschickt. Warum mach ich mir die Mühe überhaupt?«

»Wer soll denn bei all den Mails den Überblick behalten?«, erwidert Doro pampig.

»Dafür gibt es ein Suchfenster, da gibt man ein Schlagwort ein«, gibt Czorski zurück. »Man kann auf einem Computer alles finden.«

Doro dreht sich zu ihm um und stemmt die Hände in die Hüften. »Hey! Ich habe den ganzen Vormittag damit verbracht, irgendwelche entfernten Cousins und Cousinen von Christian Müller aufzuspüren. Ich war in Münster!« Sie knallt die Ausdrucke auf ihren Schreibtisch. »Und jetzt plötzlich beruft Ortwein dieses Briefing ein, also bitte entschuldige, wenn deine E-Mail untergegangen ist.«

»Wann ist denn das Briefing?«, fragt Pfeffer.

»In fünf Minuten«, antwortet Czorski, ohne den Blick von Doro zu lösen, die inzwischen auf ihre Tastatur einhämmert.

Pfeffer knetet sich die Hände und sieht hinüber zum Konferenzraum. Er sieht ein bisschen aus wie der Aufenthaltsraum auf der Wache: die gleichen Plastikhartschalenstühle mit Metallbeinen. Aber natürlich ist es ein ganz anderer Raum, einer, in dem Pfeffer gerne sitzen und schlechten Kaffee trinken würde.

»Scheiße«, sagt Doro. »Ich find die Mail nicht.«

»Ich hab sie dir aber geschickt«, antwortet Czorski und holt seinen Rechner aus dem Ruhezustand.

Pfeffer sieht von einem zum anderen und überlegt fieberhaft, wie sie das Gespräch noch einmal zurück auf die Stern-Morde bringen und eine Frage stellen kann. Sicher wird die vergleichende Analyse ergeben haben, dass es der gleiche Mörder war, aber was sind die Details des Falls?

Czorski tippt seine Zugangsdaten ein. »Ich schick es dir noch mal, aber das sind diverse Seiten, die wirst du wahrscheinlich nicht mehr ausdrucken können, geschweige denn lesen.«

»Ich hasse diese Mordkommission«, sagt Doro, wirft Czorski aber einen dankbaren Blick zu.

»Du kannst mit auf meinen Bildschirm gucken, wenn Ortwein darauf zu sprechen kommt«, sagt er, klickt zwei Mal auf seine Maus und nimmt das iPad auf. Er mustert Pfeffer kurz und sieht dabei nachdenklich aus.

»Kannst du mir noch irgendwas sagen?«, fragt sie. »Details? Vielleicht fällt mir dann dazu etwas ein.«

Czorski schaut rüber zum Konferenzraum, in dem sich schon einige Kollegen versammeln. Ortwein kommt von draußen und geht gewohnt stramm und mit gewohnt finsterer Miene ebenfalls hinein.

Czorski seufzt und wendet sich wieder Pfeffer zu. »Wahrscheinlich der gleiche Täter wie in Mainz, aber nicht die gleiche Waffe.«

»Wirklich?« Pfeffer richtet sich gerade auf.

»Sorry, ich muss jetzt zur Besprechung.« Er lächelt entschuldigend.

Doro klatscht in die Hände. »Komm schon, Boris! Wenn du wieder der Letzte bist, würgt Ortwein dir einen rein. Das macht er doch so gern.«

»Aber …«, sagt Pfeffer.

»Du findest allein raus?«, fragt Czorski und steht auf.

»Ja, aber …« Pfeffer runzelt die Stirn und sieht ihm nach, wie er zwischen den Schreibtischen entlangstakst.

Dann schließt sich die Tür zum Konferenzraum, der einzige Raum, der keine Glaswände hat. Auch die Fallanalytikerin ist noch rasch hineingehuscht. Hier draußen gibt es nun niemanden mehr, den Pfeffer weiter befragen könnte. Nicht die gleiche Waffe. Sie hatte auf mehr gehofft.

Da fällt ihr Blick auf Czorskis Computer, der noch an ist. Und in der Hektik hat er ihn nicht mehr gesperrt … Ihr Herzschlag beschleunigt sich. Sie sieht sich noch mal um, schaut von den leeren Stühlen zum Drucker und wieder zum Bildschirm.

Kurz entschlossen setzt sie sich an den Schreibtisch. Ihre Finger zittern ein wenig, als sie die Maus bewegt. Sie öffnet alle Dokumente zu den Stern-Morden, die sie finden kann, verkleinert die Schrift und setzt zwei Seiten auf ein Blatt. Wenig später surrt der Drucker, während Pfeffer mit den Fingern auf Czorskis Schreibtisch trommelt. Immer wieder schaut sie panisch zum Konferenzraum hinüber.

Und noch ein bisschen später sind sie und der Ausdruck verschwunden.

Essen.

Pfeffer rührt gedankenverloren in ihrem Kaffee. Wieso erschießt jemand bewaffnete Kommissaranwärter mit unterschiedlichen Waffen? Würde man nicht die gleiche Tatwaffe für einen Doppelmord wie diesen verwenden? Ist das Wechseln der Waffe Täterhandschrift, oder gab es ein Problem mit der ersten Tatwaffe, und sie musste ausgetauscht werden?

Pfeffer gähnt. Frühschicht schlaucht, und außerdem schläft sie in den letzten Tagen schlecht. Ständig kreisen ihre Gedanken um die Stern-Morde, um Christian Müller und – wie sie seit heute weiß – Hannah Born.

Eine KA, die alles andere als eine weiße Weste hatte, doch was sagt das schon aus? Wenn Pfeffer da an die Aufschneider von der Party neulich zurückdenkt, die waren sicher noch weniger für den Polizeidienst geeignet.

Sie stellt die Tasse ab und streckt sich. Natürlich kann die Lösung dieses Nachwuchsproblems nicht sein, sie einfach abzuknallen. Auch wenn ihr solche Gedanken neulich bei der Party vielleicht selbst durch den Kopf gingen. Nur für einen kurzen Augenblick.

Ihr Handy piept und lässt sie aufschrecken. Irritiert starrt Pfeffer auf das Smartphone auf dem kleinen Tisch vor ihr. Sie bekommt sonst kaum SMS, sie hat wenig Zeit für Freunde, liest und arbeitet viel. Aber jetzt hat sie eine Nachricht bekommen.

Sie beugt sich vor, schaut auf das Handy und runzelt die Stirn. *Neue Nachricht von Tobias Damm* steht da.

Hey Theresia, alles gut bei dir? Hast du die nächsten Tage mal Lust auf Kaffee? LG T.

Schnell legt sie das Handy auf den Tisch und lehnt sich zurück. Ihre Stirn ist noch immer gerunzelt, jetzt wahrscheinlich tiefer als vorhin.

Tobi will sie also wiedersehen? Das war doch nur eine Nacht, ein belangloser One-Night-Stand im Rausch von zu viel Alkohol. Pfeffer bläst nachdenklich die Wangen auf und wirft die Haare zurück. Normalerweise ist auf Männer doch Verlass, was so was angeht. Die melden sich doch nicht, schon gar nicht, wenn man sich aus ihrer Wohnung herausgestohlen hat, während sie noch geschlafen haben.

Natürlich hatte Tobi nach ihrer Nummer gefragt, aber in Pfeffers Augen eher aus Verlegenheit. Irgendwann mitten in der Nacht war die Sprache auf Facebook und in Kontakt bleiben gekommen, da hatte er gesagt, er habe keinen Account. In dem darauf folgenden Moment der Stille musste er wohl geglaubt haben, er müsse jetzt nach ihrer Handynummer fragen. So zumindest hat Pfeffer das gedeutet.

Sie steht auf und macht sich noch einen Kaffee. Sie gießt Milch in einen hohen Topf und betrachtet den Dampf, der kurz darauf aufsteigt. Dann hält sie den elektronischen Aufschäumer in die Milch, denkt an Tobis große wasserblaue Augen und an seine Leidenschaft. Er sieht gut aus, und es war schön …

Vehement schüttelt sie den Kopf. Woran denkt sie da nur? Dafür hat sie nun wirklich keine Zeit … Sie legt den Aufschäumer ins Spülbecken, schüttet den Schaum ins Glas und dann den Kaffee langsam dazu, sodass Milch, Kaffee und Schaum klar voneinander getrennt sind. Es gibt für alles einen Platz im Glas. Sie geht zurück an den Schreibtisch, und ihr Blick fällt wieder auf das Handy, auf dem immer noch die gleiche Nachricht angezeigt wird.

Pfeffer nimmt es in die Hand und liest die SMS noch mal. Ob alles gut bei ihr ist? Ob sie Kaffee will? Es ist alles gut, außer dass niemand in der Lage zu sein scheint, diesen Doppelmörder zu fangen. Und dass anscheinend niemand ihre Hilfe will.

Doch darüber will Tobi bestimmt nicht mit ihr reden. Aber was will er dann?

Pfeffer sieht auf die kurze Textnachricht. Sollte er sich etwa verknallt haben? Es sieht ein bisschen so aus. Was sagt man dazu?

Pfeffer legt den Kopf schief. Der Sex mit ihm war wirklich toll. Ihr Finger schwebt über dem Antwort-Button.

Aber wann sollte sie Zeit zum Kaffeetrinken haben? Morgen will sie noch mal zum KK Elf und versuchen, mit Doktor Rita Seidel zu sprechen. Doktor Rita Seidel, so steht es in der Zusammenfassung der vergleichenden Fallanalyse. Und übermorgen ist Pfeffer vielleicht schon in die Ermittlungen involviert, so hofft sie. Weil Seidel hoffentlich besser als Illner oder Ortwein versteht, was Pfeffer für diese Ermittlungen tun kann. Da bleibt ihr keine Zeit für ein Date. Der Mörder lässt sich auch keine Zeit und hat vielleicht schon das nächste Opfer im Visier.

Sie nimmt den Löffel und rührt im Glas. Die Milch vermischt sich mit dem Kaffee, während Pfeffer sich wieder über den Ausdruck der vorläufigen vergleichenden Fallanalyse beugt. Vierzehn

Hypothesen dazu, warum die Opfer mit ihrer Waffe im Holster vorgefunden wurden.

Stuttgart.

Frederick Torbergens rotes Haar glänzt in der untergehenden Septembersonne, als er den schmalen Weg entlanggeht. Es ist früher Abend, aber es gibt sie immer: die Momente und Orte, an denen Menschen allein und unbeobachtet sind, besonders, wenn Fußball läuft. Heute ist das erste Heimspiel des VfB, und alle schauen zu, nur Frederick nicht. Er interessiert sich nicht für Fußball, das hat er auf Facebook auch gleich gepostet, und wo er gerade Praktikum macht und dass er seine Dienstwaffe jetzt mit nach Hause nehmen muss. Dafür hat er sich extra einen Tresor angeschafft. Frederick hat viele Freunde und teilt alles mit ihnen.

Es sind nur noch wenige Schritte, die sie beide trennen. Frederick hebt den Blick, um freundlich zu nicken.

Er selbst deutet ebenfalls ein Lächeln an, nickt zurück und zieht dann die Waffe. Sie sind Schulter an Schulter, als er die Mündung seiner alten SIG Sauer Frederick an die rechte Schläfe drückt, direkt unter die Polizeimütze.

»Was …?«, fragt Frederick.

»Hände oben lassen«, befiehlt er ruhig und bestimmt und schneidet Frederick das Wort ab. Er drückt die Mündung der Waffe fest auf die Sommersprossen und öffnet mit der linken Hand das Holster des Kommissaranwärters. Der Druckknopf klickt leise, es geht ganz schnell. Das hat er geübt. Holster öffnen, Lasche hochziehen, die Pistole entnehmen, in Windeseile und ohne großen Aufwand.

Jetzt richten sich zwei Waffen gegen den KA.

»Nicht«, wimmert Frederick. »Bitte nicht.«

Seufzend nimmt er die alte SIG Sauer runter und klemmt sie sich in den Bund seiner schwarzen Hose. Fredericks HK P2000 wechselt er von der linken in die rechte Hand, während er langsam um den erstarrten Kommissaranwärter herumgeht.

Der schluckt und hat die Augen weit aufgerissen. »Was …? Warum?«, fragt er und fügt noch mal an: »Bitte nicht!«

Dass sie aber auch immer alle das Gleiche sagen müssen.

Essen.

Pfeffer starrt auf den Bericht aus der Ballistik. *Mit hoher Wahrscheinlichkeit nicht die gleiche Tatwaffe* steht da. Dann betrachtet sie wieder die Fotos, die zwei Leichen, die zwei Sterne aus Blut. Es sollen wohl wirklich Sterne sein. Wie gut, dass man Fahrkarten der Bahn umtauschen kann und einen Teil des Preises erstattet bekommt. So wird das bereits gebuchte Ticket nach Ingelheim zu einem gewissen expressionistischen Denkmal finanziell nicht zu sehr ins Gewicht fallen.

Von wegen Expressionismus. Da hatte Pfeffer sich wirklich in etwas verrannt, das muss sie sich eingestehen. Aber nun hat sie ja handfeste Informationen. Sie liest weiter.

Blut-Sterne. Was für ein albernes Ritual! Wenn Pfeffer den ungeeigneten Nachwuchs der Polizei aus dem Weg räumen wollte, würde sie es sauber erledigen und nicht so eine Pseudo-Dexter-Sauerei veranstalten …

Sie lehnt sich zurück und verbietet sich im Stillen solche Gedanken. So wenig sie für Menschen wie Christian Müller übrig hat, solche Aufschneider zu töten ist natürlich keine Lösung. Doch Pfeffer wünscht sich trotzdem nur das Beste für die Polizei: rechtschaffene junge Polizisten, dein Freund und Helfer.

Sie sieht wieder auf die Fotos. Aber für jemand anderen war

das Umbringen von ungeeigneten KA wohl die richtige Lösung. Er oder sie hat es wirklich getan. Pfeffer setzt sich gerade hin und atmet tief durch. Jetzt mal angenommen – nur angenommen –, für sie wäre das auch kein Scherz: Wenn Theresia Pfeffer jemanden umbringen wollte, der die Polizeiuniform nicht verdient hat, was würde sie tun? Wie würde sie es tun?

Ihr Herzschlag beschleunigt sich. Sie denkt an Sebastian und Matthias auf Björns Party, die sich für besonders wichtig gehalten haben, nur weil sie eine Waffe führen dürfen. Sie denkt daran, wie sie plötzlich den Wunsch verspürt hat, die beiden zu maßregeln. Oder ihnen gleich eine reinzuhauen. Oder sie am besten erschießen?

Natürlich! Und zwar mit ihren eigenen Waffen! Womit sonst? Die ultimative Demütigung …

Hastig nimmt sie den Bericht aus der Ballistik wieder zur Hand und überfliegt ihn. Dann endlich findet sie, was sie sucht, oben rechts steht es klein gedruckt: Doktor Florian Seidel, Ballistik, Fachbereich KT 21, BKA, Wiesbaden.

Sie greift nach ihrem Handy.

Stuttgart.

Frederick sinkt vor ihm auf die Knie.

Er schraubt den Schalldämpfer auf. Es sind keine zwei Handgriffe, und Frederick ist zu gelähmt, um den kurzen Augenblick zu nutzen, in dem keine Waffe auf ihn gerichtet ist.

»Ich versteh das nicht«, sagt er leise. »Ich bin doch ein guter KA, der Dienstleiter von der Autobahnpolizei ist zufrieden mit mir.«

Er lacht. »Die Geradeauspolizei.«

»Ja, heute hat mir der Dienstleiter sogar geraten, nach dem Studium sofort zu ihnen zu kommen. Er will ein gutes Wort für mich einlegen.«

»Das wird nicht mehr nötig sein.«

»Aber die anderen waren doch total die Nieten«, sagt Frederick mit zitternder Stimme. »Warum ich?«

Er legt den Kopf schief, lächelt und sieht die HK P2000 an. »Deshalb.«

»Du kannst die Waffe haben«, Frederick schluckt, sein Blick wirkt immer verzweifelter, »nimm sie einfach mit!«

»Ich will sie nicht *haben*«, sagt er langsam und richtet die Waffe auf Fredericks Kopf.

Frederick ist leichenblass, kniet mit leicht erhobenen Händen auf dem schmalen Waldweg. Die Uniform sitzt tadellos, allein zwischen den Beinen wird sie plötzlich dunkler.

Er lässt die Waffe sinken. »Pinkelst du dir gerade in die Hose?«

Frederick sieht an sich herunter, dann wieder hoch. »Scheiße, ich weiß auch nicht …«

Er krallt die Hand um den Griff der Waffe und ballt die Linke zur Faust, er presst die Lippen aufeinander und schüttelt den Kopf. Dann explodiert er. »Hast du den Verstand verloren, du Arsch! Das ist eine Uniform, da pinkelt man doch nicht einfach rein!«

Er tritt einen Schritt vor, dann wieder zurück, beißt sich auf den Fingerknöchel der linken Hand und fixiert Frederick wütend. »Was mach ich denn jetzt mit dir?«

Essen.

»Ja, ich gehöre zur Mordkommission im Fall der Essener Stern-Morde«, sagt Pfeffer betont ruhig.

»Wie war noch einmal Ihr Name?«

»Kelling. Doro Kelling«, antwortet Pfeffer. »Und ich muss wirklich dringend mit Doktor Seidel sprechen.«

»Aber sie ist doch bei Ihnen im Kommissariat«, sagt die weibliche Stimme am anderen Ende mit skeptischem Unterton.

»Ja, natürlich«, erwidert Pfeffer schnell. »Ich meinte Doktor *Florian* Seidel.«

»Ach, den Doktor Florian.« Kichern.

Pfeffer runzelt die Stirn. »Ja, es geht wie gesagt um eine ballistische Anfrage zu seinem Bericht.«

»Aber der ist schon nicht mehr im Haus.«

»Natürlich nicht«, sagt Pfeffer höflich. »Aber vielleicht haben Sie eine Handynummer für mich. Ich bin hier gerade mit einem Kollegen mitten in einer Zeugenbefragung und bräuchte wirklich dringend seinen Kontakt.«

»Und da gehen Sie über die Zentrale des BKA? Sie haben doch auch Kontaktdaten in Ihren Unterlagen.«

»Nein, die kann ich hier nicht finden. Nun hören Sie«, sagt Pfeffer spitz. »Haben Sie selbst einmal Uniform getragen?«

»Nein, ich besetze nur das Sekretariat.«

»Dann wissen Sie weder, was es bedeutet, die Bürde der blauen Uniform zu tragen und für Recht und Ordnung zu sorgen, noch können Sie die panische Angst verstehen, die zurzeit alle jungen KA in Deutschland im Griff hat, weil ein Wahnsinniger ihre Kommilitonen hinrichtet! Wir haben einen Täter auf der Flucht, und somit ist Gefahr für Leib und Leben im Verzug. Und ich möchte jetzt wirklich gern bei Doktor Florian Seidel anrufen, um zu klären, ob ich hier einen Verdächtigen oder bloß einen Zeugen habe!«

Stille. Dann ein Räuspern. »Haben Sie was zu schreiben?«

»Natürlich«, sagt Pfeffer und zückt ihren Stift.

Stuttgart.

Den Dreck an Hannahs Hose hatte er zumindest etwas abklopfen können, aber wie zum Teufel soll er Urin aus einer Uniform bekommen? Er starrt auf den feuchten Fleck.

»Bitte. Lass mich gehen!«, wimmert Frederick erneut. »Ich will heiraten, meine Freundin ist schwanger, und wir wollen eine Familie gründen. Die beiden brauchen mich doch. Bitte!« Seine Augen sind jetzt rot gerändert, so rot wie sein Haar.

Er selbst ist eigentlich zufrieden mit sich, er ist schon viel besser geworden. Das mit dem Blut hat bei Hannah recht gut geklappt, der Stern war deutlich um ihre Gliedmaßen herum gezeichnet. Christian war noch eine Sauerei, aber Hannah war schon ein kleines Meisterwerk gewesen. Mit Frederick wollte er noch eins draufsetzen – aber jetzt hat der sich in die Hose gepinkelt!

»Ich kann auch kündigen«, schlägt Frederick nun vor. »Ich such mir was anderes, häng die Uniform an den Nagel! Hauptsache, ich kann meinem Kind ein Vater sein und es aufwachsen sehen. Hauptsache das!« Tränen rollen ihm über die Wangen. »Bitte?«

Essen.

»Doktor Florian«, sagt eine tiefe Stimme.

»Herr Doktor Seidel?«, fragt Pfeffer irritiert angesichts des Namens.

»Auch das«, kommt es zurück. »Und mit wem hab ich das Vergnügen?«

»Doro Kelling, Kripo Essen«, sagt sie und versucht, den schmeichelnden Ton in seiner Stimme zu ignorieren. »Ich ermittle im Fall Christian Müller und habe Ihren Bericht vorliegen.«

»Und ich habe Feierabend, meine Gute.«

»Ich bin nicht Ihre Gute«, gibt Pfeffer zurück und sieht auf die Uhr. »Und ich hab auch Feierabend, aber leider haben wir vor allem einen gemeingefährlichen Doppelmörder auf freiem Fuß.«

Doktor Florian seufzt. »Irgendwas ist immer.«

»Ja, wahrscheinlich. Es geht auch schnell. Darf ich Ihnen meine Frage stellen?«

»Sie sind forsch, das gefällt mir.«

»Und Sie flirten lieber, als dass sie zur Sache kommen. Das gefällt mir nicht.«

»Hat meine Schwester Ihnen das gesagt? Ich finde nämlich, dass das Flirten selbst, also der Charme, die Hauptsache ist. Es geht nur darum.«

»Es geht um einen Doppelmord, Doktor Seidel.«

»Doktor Florian.«

»Sind Sie ein verhinderter Kinderarzt oder so was?«

Er lacht. »Das ist gut. Dann wären die Schusswaffen, die ich untersuche, die Kinder der Täter … Oder auch nicht, der Vergleich hinkt etwas.« Er lacht weiter und schnaubt. »Kinderarzt.«

Pfeffer schüttelt den Kopf. An was für einen Vogel ist sie denn da geraten? Sie runzelt die Stirn und wartet, bis sein Lachen abebbt. »Haben Sie die Waffen von Christian Müller und Hannah Born vergleichsbeschossen?«, fragt sie schließlich.

»Wie bitte?«

»Sie haben die Patronen überprüft, die am Tatort gefunden wurden, und festgestellt, dass sie nicht von der gleichen Waffe stammen. Haben Sie auch die Waffen der Opfer vergleichsbeschossen, um anhand der Patronen festzustellen, ob ihre Pistolen nicht vielleicht die Tatwaffen sind?«

»Wie bitte?«, fragt er noch mal. »Nein, hab ich nicht. Beide Magazine sind laut der Berichte der Spurensicherung noch voll gewesen.«

»Und wenn sie nachträglich aufgefüllt oder ausgetauscht worden sind? So ein Magazin gilt nicht als wesentlicher Teil einer Schusswaffe, das kann jeder kaufen, so oft und so viele er will, ohne Waffenschein und Nachweis der notwendigen Lagervorrichtung. Dafür braucht man nicht mal den Schwarzmarkt zu bemühen.«

»Sie glauben also, die beiden Opfer sind mit ihren eigenen Waffen erschossen worden? Interessant. Wie kommen Sie darauf?«

»Weil ich es so gemacht hätte«, sagt sie leise.

Stille.

»Ja«, hört sie schließlich, »ich wahrscheinlich auch. Wie war noch mal Ihr Name?«

»Ich muss auflegen«, sagt Pfeffer und beendet das Gespräch. Mit wild klopfendem Herzen starrt sie auf ihr Handy. Sie hat sich für eine ermittelnde Kriminalkommissarin ausgegeben. Sie hat Unterlagen aus dem KK Elf geklaut. Und sie hat das BKA belogen. Ihr ist schlecht.

Stuttgart.

Nein!

Es geht nur heute, nur jetzt, dann eben mit vollgepinkelter Hose, und zwar schnell! Er darf nicht länger darüber nachdenken. Er beißt die Zähne fest aufeinander, und Frederick Torbergen schluchzt um sein Leben.

»Lina«, wimmert er leise. »Ich liebe dich.«

»Sie kann dich nicht hören«, presst er wütend hervor und zielt zwischen Fredericks Augen. »Niemand wird dich je wieder hören.« Dann drückt er ab. Das wohlbekannte ploppende Geräusch ertönt, Teile des Hinterkopfs fliegen durch die Luft, und Frederick bricht zur Seite weg. Aus seinen halboffenen Augen rollen letzte Tränen, sein Blick verliert sich im Nirgendwo.

Schnell eilt er zu der Leiche und dreht sie auf den Rücken. Während das Blut aus der riesigen Austrittswunde sickert, Knochen und Hirnmasse aus dem Kopf herausschwemmt, schraubt er den Schalldämpfer ab. Er verschiebt den Hebel am Griffboden der HK P2000. Das Magazin gleitet hinaus, fünfzehn von sechszehn Patronen sind noch drin. Er steckt das Magazin in seine Hosentasche und holt das andere hervor. Er füllt es ein und beugt sich zu der Leiche hinunter. Er hebt sie etwas an, steckt die HK P2000 zurück in das Holster und schließt den Druckknopf an der Lasche.

Er richtet sich wieder auf. Die Blutpfütze unterm Kopf wird größer und größer. Baumwipfel spiegeln sich in der schwarzrot glänzenden Flüssigkeit.

Dann schaut er wieder auf den Pissfleck in der Hose. Er möchte die Faust heben und Frederick eine reinhauen, möchte seine alte SIG Sauer ziehen und den erbärmlichen KA noch einmal erschießen. Es gibt nicht genug Tode, um diese Uniform zu rächen.

Und dabei war Frederick wirklich einer von den guten, eine große Hoffnung für den Polizeidienst. Und ausgerechnet der pinkelt die schöne Uniform voll! Jetzt steigen ihm Tränen der Wut und Enttäuschung in die Augen. Er hat sich das alles hier so schön vorgestellt …

Gibt es ihn denn gar nicht, den perfekten Moment?

Kapitel 9 **Feuermal**

Mittwoch, 12. September

Stuttgart.

Bruno gähnt und schlürft Kaffee. Er stellt die Tasse auf dem Tresen ab und wischt sich mit dem Handrücken über den Mund, im Vollbart bleibt immer irgendwas hängen, besonders am Oberlippenbart. Er schaltet den Rechner ein und betrachtet den Bildschirmhintergrund, während die Ordner geladen werden.

Das Foto zeigt sein letztes Werk: einen Bodysuit aus Kirschblüten und Koikarpfen. Bruno hat es in drei Phasen gestochen, die letzte ist erst eine Woche her. Eigentlich sollte er so ein Irezumi nicht mit einer Gun stechen, sondern mit traditionellen Hari. Er war schon zwei Mal in Japan und hat einem Horishi dort dabei zugesehen, wie er die kleinen Holznadeln an einem langen Bambusgriff hielt und die Farbe unterschiedlich tief in die Lederhaut hineinstach. Aber Bruno ist nie Mitglied der Familie des Meisters geworden, und inzwischen hält er sich für zu alt, um noch mit einer neuen Technik anzufangen.

Die Motive eines Irezumi aber lassen ihn nicht los. Sein ganzes Studio ist mit eigenen Entwürfen dekoriert, überall an den dunkelroten Wänden hängen kolorierte Zeichnungen von Drachen und Kirschblüten, Dämonen und Kois.

Er setzt sich auf den Hocker und öffnet die Datei mit den Fotos der letzten Tage. Er muss Bilder für die Website auswählen und eventuell noch Fotos ausdrucken, die einen Platz in der Galerie in dem kleinen Flur zwischen Laden und Tattoo-Studio verdient haben.

Bruno gähnt wieder, reißt den Mund ungeniert auf und klickt ein bisschen lustlos auf seiner Maus herum. Es war spät gestern, er hat noch bis halb vier gezeichnet. Er leert seine Kaffeetasse in einem Zug und will gerade um den Tresen herumgehen, um sich nachzuschenken, als er einen Mann vor der Glastür seines Ladens sieht.

Der Mann winkt und lächelt.

Bruno seufzt, stellt die Tasse ab und schlurft zur Tür. Er fingert den Schlüssel aus seiner Jeans und schließt auf. »Erst ab elf«, sagt er und tippt mit dem Finger auf das Schild.

»Ich zahl das Doppelte, und ich will auch nur was Kleines.«

»Was Kleines?«, fragt Bruno und runzelt die Stirn. Er mustert den Mann von oben bis unten. »Ich mach keine Tribals.«

»Was?«

»Siehst aus wie ein Tribal-Typ«, brummt Bruno. »Die mach ich nicht.«

Der Mann lacht. »Ich will kein Arschgeweih oder so was. Kann ich reinkommen?«

Bruno zögert, er ist müde und hat noch zu tun.

»Ich zahl das Dreifache«, sagt der Mann jetzt. »Bitte. Ich muss einen Zug bekommen und kann nicht bis elf Uhr warten.«

»Was willst du denn?«

Der Kunde sieht kurz nach rechts und links. »Kann ich reinkommen?«

Bruno seufzt und hält ihm die Tür auf. Dann schließt er aber sofort wieder ab. Nicht dass noch jemand auf die Idee kommt, man könne sich schon vor elf hier tätowieren lassen.

Der Typ bleibt in der Mitte des Raumes stehen und sieht sich um. »Jetzt versteh ich, weshalb du keine Tribals machst.«

»Die fand ich schon in den Neunzigern scheiße.«

»Ja. Am schlimmsten sind diese kompletten Oberarmreifen.«

»Zum Kotzen.«

Sie tauschen einen Blick und lächeln kurz.

Bruno seufzt wieder und stützt sich mit einem Arm auf den Tresen. »Was kann ich dir denn stechen?«

Der Kunde dreht sich zu ihm. »Einen Stern.«

»Wo?«

»An der Schulter.«

»Und wie genau soll dieser Stern aussehen? Stern ist nämlich nicht gleich Stern, es gibt Pentagramme, Hexagramme, Heptagramme und was nicht alles.«

»Ich weiß.«

»Das klingt ein bisschen nach Esoterik-Mist.«

Der Kunde lächelt. »Hat nichts mit Esoterik zu tun.«

Bruno hebt die Schultern. »Wenn du meinst.« Er weist mit der Hand zu dem kleinen schmalen Flur. »Gehen wir nach hinten.«

Der Kunde geht voran und betritt das kleine Tätowierzimmer.

»Setz dich«, sagt Bruno und zeigt auf den bequemen Ledersessel, den er mal bei der Auflösung einer Zahnarztpraxis ergattert hat. Er geht zu der kleinen Küchenschrankzeile und öffnet die Oberschränke, in denen die Farben stehen. Er dreht sich um. »Soll's bunt werden?«

Der Kunde sitzt schon und schüttelt den Kopf. »Ich zeig's dir.« Er zieht sich das T-Shirt über den Kopf und dreht Bruno die Schulter zu. »Hier, siehst du die zwei? Ich will einfach noch so einen, direkt daneben.«

Bruno beugt sich über die Schulter. »Ein Hexagramm in anthrazit, dreidimensional, als wären die Zacken nicht flach, sondern …« Er runzelt die Stirn, dann sieht er ihn an und grinst. »Sieht aus wie die Schulterklappensterne der Polizei.«

Der Kunde räuspert sich. »Genau.«

»Ziemlich cool.«

Er holt die entsprechenden Farben aus den Schränken und

wählt eine Gun. »Nee, find ich echt gut. Witzige Idee.« Mit der Gun in der Hand dreht er sich zu ihm um. »Wie bist du denn da drauf gekommen?«

Der Kunde grinst. »Hat mit einer Frau zu tun.«

Bruno lacht. »Verstehe.« Er stöpselt die Gun in die Steckdose, öffnet eine Schublade, holt zwei Latexhandschuhe hervor und zieht sie sich über. »Und wieso hast du nicht gleich alle drei Sterne stechen lassen?«

Der Kunde dreht den Kopf und schielt auf seine Schulter hinunter. »Puh, gute Frage. Der Schmerz vielleicht?«

»Das ist aber falsch. Ich halte es mit der Pflaster-Praxis.«

»Mit einem Ruck abziehen?«

Bruno nickt. »Ein Mal Schmerzen ist besser als drei Mal, auch wenn es dann vielleicht ein bisschen länger dauert.«

»Ach, ich weiß noch gar nicht, wie viele Sterne ich will.«

»Ich soll dir also nicht zufällig gleich zwei oder drei weitere stechen?«

Der Kunde lacht. »Hättest du da Bock drauf?«

»Ist 'n Angebot.«

»Vorhin wolltest du mich gar nicht erst reinlassen.«

Bruno wischt mit der Hand durch die Luft. »Da dachte ich ja auch noch, du bist so ein Tribal-Arschloch.«

»Nein, ich bin ein Stern-Arschloch.«

Beide lachen.

»Überleg dir's«, sagt Bruno dann. »Wenn die Gun einmal an ist ... Und du zahlst ja eh schon drei Sterne, weil du mir das Dreifache versprochen hast, insofern ...«

Der Kunde schüttelt den Kopf. »Nee, lass mal. Ich muss ja auch noch den Zug kriegen. Und ich mach lieber einen Stern nach dem anderen.«

»Und wieso muss dieser Stern jetzt sein, wenn du solchen Zeitdruck hast?«

Der Kunde sieht ihn an und lächelt schief. »Können wir's hinter uns bringen?«

Bruno beugt sich über seine Schulter. »Klar.«

Essen.

Zehn Tage durchgearbeitet, sechs Nächte jeweils maximal vier Stunden geschlafen. Das Hotelzimmer ist reine Geldverschwendung, findet Seidel. Zwei Mal ist sie eh auf der Couch in Ortweins Büro eingeschlafen, mehr oder weniger weich liegend auf den Notizen der Stern-Morde. Und das ist bestimmt auch besser so. Zumindest kann es der Hypothesenbildung nicht schaden, wenn man sich auf Daten und Informationen bettet.

Seidel streckt sich. Dann legt sie ihre Brille mit den kleinen runden Gläsern ab und reibt sich die Augen. Als sie die Brille wieder aufsetzt, sieht sie durch die Glaswände von Ortweins Büro die Kommissare der Mordkommission in den kleinen Konferenzraum strömen. Einer nach dem anderen verschwindet in dem hässlichen kleinen Raum mit den unbequemen Stühlen.

Seidel betrachtet den Boden und dreht sich um die eigene Achse. Sie beugt sich hinunter, nimmt die obersten Blätter von vier unterschiedlichen Stapeln und richtet sich wieder auf. Mit einem Gähnen öffnet sie die Glastür und folgt den anderen.

»So«, sagt sie wenig später vor der versammelten Mannschaft. »Vor zwei Tagen habe ich die Ergebnisse der operativen Fallanalyse meiner Kollegin Brigitte Opell aus Mainz bekommen und sie mit meiner Analyse verglichen. Die wichtigsten Stichpunkte liegen Ihnen bereits vor, und ich werde meine Ergebnisse jetzt mit Ihnen durchgehen.«

»Packen wir's an«, sagt Ortwein und klatscht in die Hände.

Seidel betrachtet ihn irritiert. Das Büro mit ihm zu teilen war die Hölle. Dreimal ist er auf Unterlagen getreten, und zwei Mal hat er zwei Stapel völlig durcheinandergebracht – aus Versehen natürlich. Ganz abgesehen davon, dass das Papier, das Seidel jetzt in den Händen hält und mit dem sie seit letzter Woche arbeitet, bestialisch nach Rauch stinkt.

Wie auch immer, denkt sie, reißt den Blick von Ortwein los und sieht in die Runde der müden, aber aufmerksamen Kommissare.

»Ich beginne mit den Gemeinsamkeiten, spreche dann über die Unterschiede der beiden Stern-Morde und ziehe anschließend ein Fazit. Dann gehe ich ein paar Hypothesen durch, gebe auf deren Basis Ermittlungshinweise und skizziere kurz, wie es nun weitergehen kann.«

»Kann?«, fragt Ortwein. »Es gibt nur eine Möglichkeit, wie es weitergehen *muss*. Meine Leute sind mit ihrer Weisheit am Ende.«

Seidel lächelt freudlos. »Also, wenn ich mir Ihr Team so ansehe, sind die noch lange nicht am Ende. Sprechen Sie vielleicht nur für sich selbst, Ortwein?«

Er lehnt sich zurück und verschränkt die Arme, dass seine Lederjacke knarzt. »Das BKA kann sich jetzt nicht länger aus der Verantwortung ziehen.«

Seidel seufzt und sieht auf ihre Unterlagen. »Wir haben also zwei ermordete Kommissaranwärter, einen in Essen und eine in Mainz. Beide sind in Uniform erschossen und in einem Stern aus ihrem eigenen Blut, genauer einem Hexagramm, aufgefunden worden. Beide KA waren bewaffnet, zurzeit im Praktikum und auf dem Arbeitsweg. Das Recht, die Dienstwaffe auch außerhalb des Dienstes zu führen, beruht in beiden Fällen auf einer Sondergenehmigung, die im dritten Ausbildungsjahr unter Umständen erteilt werden kann. Sowohl Christian Müller als auch Hannah Born können als unbequeme KA beschrieben werden, sie waren nach Aussagen verschiedener Kommilitonen und Dozenten nicht unbedingt Vorzeigekandidaten der Polizeihochschule.«

»Aber Hannah Born war nicht unbeliebt«, ergänzt Czorski, während er auf sein iPad schaut und liest.

Seidel schüttelt den Kopf. »Nein, Christian Müller galt als unbeliebt und anstrengend, Hannah Born nur als anstrengend. Sie war dreist und laut, hatte aber viele Freunde. Wahrscheinlich weil sie sehr ehrlich war und mit ihren eigenen Schwächen oder Jugendsünden nie hinter dem Berg gehalten hat wie Müller. Aber auch sie war nicht das, was man als idealen Polizeinachwuchs beschreiben kann.«

Sie schiebt ihre Brille die Nase hoch und sieht wieder auf ihre Papiere. »Nun zu den Unterschieden.«

»Das Geschlecht«, sagt Doro.

Seidel nickt. »Statistisch gesehen töten Serienmörder innerhalb eines Geschlechts. Jetzt haben wir hier nur einen Doppelmord, der nicht mit Sicherheit dem gleichen Täter zugeordnet werden kann, aber die Wahrscheinlichkeit ist hoch. Gehen wir also erst einmal davon aus. Die unterschiedlichen Tötungsarten – Schuss in die Brust und Kehlkopfschnitt beim ersten, lediglich ein Schuss in den Kopf beim zweiten Opfer – kann man so lesen, dass der Täter lernt. Er brauchte mehr Blut für den Stern, als die Brustwunde hergegeben hatte, deshalb arbeitete er beim zweiten Mal mit einem Kopfschuss, der eine große Austrittswunde hervorruft.«

»Dennoch gibt es nicht nur im Tathergang Unterschiede«, wirft Czorski ein, »sondern auch zwei Tatwaffen.«

»Ja«, stimmt Seidel zu. »Zwei unterschiedliche Täter können deshalb nicht ausgeschlossen werden. Vielleicht ein Trittbrettfahrer.«

Ortwein schüttelt den Kopf. »Wir haben erst diese Woche eine Pressemitteilung gemacht, über eine Woche nach dem zweiten Mord. Und von den Blut-Sternen steht da nichts drin. Es werden nur die Uniformen erwähnt, nicht mal, dass die beiden Opfer bewaffnet waren.«

»Was nicht heißt, dass ein potentieller Täter A gegenüber einem potentiellen Täter B nichts gesagt haben kann. Es gibt ja mindestens einen Täter, der Bescheid weiß und über den Mord sprechen kann«, sagt Seidel und blättert eine Seite in ihrem Papierstapel um.

»Es gibt eine schlechte und eine gute Nachricht, wenn wir die ganzen Gemeinsamkeiten und Unterschiede betrachten«, fährt sie fort. »Bis jetzt gibt es keine persönliche Verbindung zwischen den Opfern. Sie waren KA und als solche in der gleichen Facebook-Gruppe, und sie hatten beide eine Waffenführungsgenehmigung. Aber sie kannten sich nicht persönlich und sind sich wahrscheinlich nie begegnet.«

»Es sieht nicht so aus, als wäre der Täter fertig«, sagt Czorski.

»Richtig. Wenn wir davon ausgehen, dass es der gleiche Täter oder die gleiche Tätergruppe ist, steht zu befürchten, dass der Mörder noch nicht fertig ist. Es kann sein, dass es keine persönliche Beziehung zwischen Täter und Opfern gibt, und dann könnte es weitere Opfer geben. Der Täter hat bei Christian Müller gelernt, es bei Hannah Born besser gemacht und wird vielleicht noch weitermorden.«

»Ich sage ja, dass die Zeit drängt!«, wirft Ortwein ein. »Gefahr ist im Verzug.«

Seidel verdreht die Augen. »Gefahr ist meistens im Verzug! Aber sie kann nur mit Umsicht und gut geplanten Aktionen gebannt werden.«

Ortwein lacht. »Und darin sind Sie Expertin, Seidel? In Umsicht und Planung? Mein Büro zeugt eher davon, dass Sie weder das eine noch das andere auch nur annähernd beherrschen.«

»Sie wissen, dass ich Kriminalkommissare für die Sonderkommission des BKA vorschlagen kann?« Seidel lächelt wieder dünn. »Ich könnte auch Sie vorschlagen.«

Doro lacht.

Ortwein schaut warnend zu ihr, aber Doro hebt nur die Schultern. »Wer andern eine Grube gräbt …«

»Was ist mit den guten Nachrichten?«, fragt Czorski.

»Wir haben zwei rituell inszenierte Leichen zweier bewaffneter KA in zwei Bundesländern, die sehr kurz hintereinander erschossen wurden. Es gibt bis jetzt keine Zeugen. Das lässt auf einen überdurchschnittlich klugen und gut organisierten Täter schließen.« Seidel legt die Papiere weg und stemmt die Hände in die Hüften. »Und die werden statistisch gesehen sehr viel schneller geschnappt als die impulsiven Triebtäter.«

Czorski runzelt die blasse Stirn. »Heißt das, Sie schließen Trieb und Sexualität in diesem Fall als Motive aus?«

»Nicht ganz, nein. Diese Morde können durchaus sexuell motiviert sein, vielleicht liegt ein Fetisch zu Grunde, der befriedigt wurde.«

»Es gab aber keine Spuren von sexuellen Übergriffen an den Tatorten«, sagt Doro.

»Nur weil er keine Spuren in dieser Richtung hinterlassen hat – er hat übrigens kaum welche hinterlassen –, heißt das nicht, dass keine seiner Handlungen eine sexuelle Komponente enthält. Wir sehen sie vielleicht nur nicht. Wir wissen nicht, wie sich seine Lust entlädt oder wann.«

»Wir wissen nicht mal, ob es ein Er ist«, sagt Ortwein.

»Richtig«, stimmt Seidel zu. »Wie gesagt, wir wissen nicht ob, wo, wann und worauf sich ein möglicher sexueller Trieb in Bezug auf diese Taten richtet. Ich halte eine sexuelle Komponente für niedrig bis mittel wahrscheinlich.«

»Aber es ist der gleiche Täter?«, fragt Ortwein lauernd.

»Hohe Wahrscheinlichkeit.«

»Na also!«

Seidel seufzt und setzt sich. »Das war mein Fazit des Vergleichs der Fallinformationen.« Sie stützt die Ellbogen auf den Tisch und fährt sich mit beiden Händen durch die kurzen Locken. »Die Rekonstruktion der Taten ist schon schwieriger. Es gibt scheinbar sehr passive Opfer und sehr viel Blut.«

»Was ist mit den Sternen?«, fragt Czorski. »Was ist mit Jochen Jollig?«

»Anscheinend kannte Jollig beide Opfer durch seine Tätigkeit als Ausbilder. Er sagt, er hat Müller nicht umgebracht. Zu Born ist er noch nicht befragt worden, aber Mainz bereitet das vor. So oder so, seine Freundin ist ein spiritueller Mensch, und der Stern um die Opfer herum kann esoterisch gedeutet werden.«

Doro verzieht das Gesicht. »Was nicht reicht, um ihn festzunehmen.«

»Er hat kein Alibi«, ergänzt Ortwein. »Zumindest nicht für den ersten Mord.«

»Reicht trotzdem nicht«, sagt Czorski. »Auch wenn ich kein gutes Gefühl bei ihm habe, er ist ein komischer Typ.« Er sieht zu Seidel. »Was, wenn das Hexagramm nicht esoterisch gemeint ist?«

Seidel lächelt freudlos. »Nun, das ist ein weites Feld. In der Esoterik ist das Pentagramm weiter verbreitet als der Sechsstern, was tatsächlich eher gegen eine esoterische Bedeutung spricht. Satanisten oder ähnliche Kulte hätten höchstwahrscheinlich ein Pentagramm gewählt. Ein Hexagramm hingegen steht zum Beispiel als gnostisches Symbol für die Vereinigung von Christus und Sophia und damit die Vergöttlichung des Menschen. Wir haben eine weibliche und eine männliche Leiche – stehen sie für Sophia und Christus? Ist der Mord die Apotheose des Täters? Ich weiß es nicht.«

»Da Christus und Sophia symbolisch hier bereits tot wären, hätten wir in diesem Fall aber keine weiteren Opfer mehr zu erwarten, oder?«

»Darauf könnte man dann hoffen«, bestätigt Seidel. »Ein Hexagramm besteht aus zwei gleichschenkligen Dreiecken und steht in

Indien für die Vereinigung der Geschlechter. Das Dreieck mit der Spitze nach unten steht für das Weibliche, das mit der Spitze nach oben für das Männliche. Zusammen sind sie ein Sechsstern, der Shivas ewige Widergeburt darstellt. Aber es gibt auch in der Alchemie Hexagramme, deren zwei Dreiecke für Feuer und Wasser stehen. Außerdem symbolisiert jeder Sternzacken in der Alchemie ein Metall: Blei, Zinn, Kupfer, Silber, Quecksilber, Eisen. In der Mitte hätten wir dann noch Gold.«

»Der Davidstern ist auch ein Hexagramm«, fügt Czorski an.

»Ja, ja«, Ortwein verdreht die Augen, »und die Brauer identifizieren sich auch damit!«

Seidel lehnt sich zurück und hebt die Hände. »Ja, so ist das leider. Aus den Sternen lässt sich nur ein konkreter Ermittlungshinweis erarbeiten: die Jollig-Spur. Aber abgesehen davon … Deshalb habe ich mich auf andere Falldaten konzentriert.«

»Ich hab Sie aber schon richtig verstanden, dass das BKA ein eigenes Team aus Ermittlern zusammenstellen wird, oder?«, fragt Ortwein.

Seidel seufzt und sieht ihn lange an. Sie hat das Ergebnis ihres Vergleichs letzte Nacht um kurz nach drei nach Wiesbaden gemailt, dort zieht man nun Konsequenzen und agiert. »Ja, zur Stunde wird bereits damit begonnen.«

»Also sind das Ermittlungshinweise für dieses Team und nicht für uns?«, fragt er weiter.

Czorski wendet den Kopf und sieht Ortwein an. »Willst du denn nicht wissen, wie es weitergeht, Chef? Wo die ansetzen werden?«

»Doch, natürlich«, sagt Ortwein, und keiner glaubt ihm.

Seidel schüttelt den Kopf und lacht. »Sie sind unglaublich, Ortwein.«

»Ich bin einfach sicher, dass ich in meiner Position von Essen aus sehr wenig für die Stern-Morde tun kann.«

»Ja, ich denke, das hat das letzte Staubkorn im ganzen Gebäude begriffen«, entgegnet Seidel und sieht die übrigen Kommissare an. »Für alle, die einen Mörder fassen wollen oder Interesse an kriminalistischen Verfahren jenseits der Spurensuche haben: Facebook.«

Czorski lacht überrascht. »Was?«

»Dort gibt es eine Gruppe, in der sich junge KA und solche, die es vor kurzer Zeit noch waren, austauschen. Die Gruppe heißt Police Academy …«

»O Gott.« Doro verdreht die Augen. »Wie peinlich.«

Seidel nickt. »Ja, wobei der Name sicher ironisch gemeint ist. Jedenfalls waren beide Opfer in dieser Gruppe und haben dort in den letzten Wochen gepostet, dass sie eine Sondergenehmigung zum Führen ihrer Waffe auf dem Dienstweg erhalten haben.«

Doro sieht zu Czorski. »Hattest du nicht Facebook durchkämmt?«

»Ja, schon, aber ich bin zufällig nicht in dieser Gruppe …«

Seidel unterbricht. »Wir haben keine Zugriffsrechte auf den Facebook-Server. Abgesehen davon haben die beiden Opfer das völlig unabhängig voneinander gepostet. Müller im Juni, Born Ende August. Ich gehe davon aus, dass die Waffe der Schlüssel ist, das Auswahlkriterium.«

Czorski wischt über sein iPad. »Wer hatte Zugriff auf diese Informationen, wer konnte die Meldungen sehen?«

»Alle in der Gruppe Police Academy und alle Freunde von Mitgliedern der Gruppe«, sagt Seidel.

»Oh«, Czorski schluckt, »das sind viele.« Er runzelt die Stirn und sieht auf den Bildschirm. »Darunter ist auch Jollig.«

Ortwein schlägt mit der flachen Hand auf den Tisch. »Ha!«

Seidel schüttelt den Kopf. »Das heißt noch nichts. Der Mörder kann jeder im Umfeld dieser Gruppe sein. Und außerdem haben wir keinen anderen Punkt für einen Kreuzverweis. Wenn wir eine

DNA-Spur von einem Tatort hätten, könnten wir sie mit der DNA der Menschen im Gruppenumfeld gegenchecken, aber so …«

Ortwein wischt mit der Hand durch die Luft. »Das BKA hat die Kapazitäten, die alle zu überprüfen.«

Seidel hebt eine Augenbraue.

Czorski äußert sich skeptisch. »Und dann sind sie am Ende vielleicht mit zwei anderen so weit wie mit Jollig.«

Doro beißt sich auf die Unterlippe. »Scheiße.«

Czorski wischt weiter auf seinem Touchpad herum. »Wer kommt denn auch auf die Idee, zu posten, dass er eine Waffe führen darf?« Er setzt sich mit einem Ruck aufrecht hin. »Nicht dass das noch andere gemacht haben!«

Seidel atmet scharf ein. Vielleicht haben noch andere unbeabsichtigt öffentlich gemacht, dass sie in den MO des Mörders passen. Daran hatte sie nicht gedacht …

Doro beugt sich zu Czorski hinüber. »Das könnte einen Serienmörder wie den unseren reizen.«

»Doppelmörder«, sagt Seidel schnell, »noch dürfen wir nicht von einer Serie sprechen. Wir haben einen Doppelmörder.«

In diesem Augenblick geht die Tür auf. Die Sekretärin des KK Elf steht vor ihnen, leichenblass und mit zu Fäusten geballten Händen. »Es gibt ein drittes Opfer.«

Alle Köpfe fahren herum.

Die Sekretärin fährt mit zitternder Stimme fort. »In Stuttgart, ein uniformierter KA, Waffe im Holster, ein Blutstern wurde um ihn gezeichnet …«

Stille.

»Korrigiere.« Seidel seufzt und steht auf. »Jetzt haben wir einen Serienmörder.«

Essen.

»Er hat es gepostet«, sagt Czorski und steckt den Kopf durch die Tür in Ortweins Büro. »Es war einer von vierzehn Kommentaren zu einem Link vor Monaten, aber Frederick Torbergen hat erwähnt, dass er seine Waffe im Praktikum im September außerhalb des Dienstes wird führen dürfen.«

Seidel sinkt auf die alte Ledercouch in Ortweins Büro, die noch immer mit Unterlagen und Notizen bedeckt ist, und starrt fassungslos auf den Boden. Es ist ein hässlicher Boden, grauer abgewetzter Teppich, durchzogen von Nikotinrückständen. Seidel nimmt einen vorbeihuschenden Schatten wahr und hört ein Pfeifen. Czorski ist schon wieder gegangen. In ihrem Hals sitzt ein Kloß, den sie nicht runterschlucken kann, draußen klingeln beständig Telefone.

»Was brauchen die Kollegen denn alles?«

»Was?« Seidel hebt verwirrt den Kopf und sieht Ortwein an, der rauchend an seinem Schreibtisch steht und mit der freien Hand beiläufig in irgendwelchen Berichten blättert.

»Was braucht das BKA üblicherweise, wenn es sich in so einen Fall einschaltet?«

»Alles«, antwortet Seidel und lehnt sich zurück. Ihre Schultern fühlen sich bleischwer an, sie lässt den Blick über ihr persönliches Chaos wandern. »Scheiße.«

Ortwein grinst. »Ja, ich hab schon gehört, dass Sie auch nach Stuttgart fahren werden, um den Fall dort zu analysieren.«

»Ein Kollege sammelt bereits Falldaten, er ist unvoreingenommen«, sagt Seidel tonlos. »Ich führe dann nur alles zusammen.«

»Trotzdem Mist, wenn man eigentlich raus will aus dieser Sache.«

»Was?«

Ortwein stemmt die Hände in die Hüften und grinst breiter.

»Mir machen Sie nichts vor. Sie können mir noch so sehr vorwerfen, dass ich die Stern-Morde nicht lösen wollte, Sie wollen das doch auch nicht! Wahrscheinlich würden Sie auch lieber bequem in Wiesbaden an Ihrem Schreibtisch sitzen und BKA-Kaffee schlürfen.«

Seidel starrt Ortwein eine Weile an, dann schüttelt sie wortlos den Kopf und steht auf. Sie tastet die Taschen ihrer Jeans ab und schaut sich suchend um. Ihr neues Handy ist weiß, sie hat es schon zwei Mal in all den Unterlagen verloren. Wo hat sie es zuletzt benutzt?

Sie kniet sich hin und tastet die Stapel auf dem Boden ab.

»Was machen Sie da?«, fragt Ortwein belustigt, dann zuckt er die Schultern. »Andererseits kann es mir egal sein.« Er runzelt die Stirn und schaut suchend in das Großraumbüro hinüber. »Czorski!«

Seidel ignoriert ihn und tastet weiter.

»Wo ist der Vogel denn nun?«, fragt Ortwein und steigt über die Unterlagen am Boden – zumindest versucht er es. Seidel zieht schnell die Hände unter seinen Schuhen weg, dann knirscht es plötzlich. Seidel seufzt. Da war das Handy also.

Ortwein verlässt das Büro, und sie zieht ihr Handy unter dem Papier hervor. Es sieht unversehrt aus. Sie bleibt auf dem Boden knien, wählt und beißt sich auf die Unterlippe, während es läutet.

»Ziernow.«

»Hier ist Seidel.«

»Gute Arbeit, Frau Doktor Seidel, ganz toll!«

»Ja«, sagt sie, auch wenn sie die Ergebnisse ihrer Analyse eher mau findet. Sie reibt sich die Stirn. »Wer stellt das Ermittlungsteam zusammen?«

»Das SO 15«, antwortet Ziernow.

»Die müssen dringend eine Warnung aussprechen.« Seidel

spricht jetzt schnell, ihr Mund ist trocken, und außerdem ist ihr übel. »KA sollen auf keinen Fall mehr außerhalb ihres Dienstes mit Dienstwaffe unterwegs sein. Am besten auch nicht in Uniform. Außerdem müssen die sofort alle Posts bei Facebook löschen lassen, in denen ein KA auf seine Dienstwaffe verweist. Und die, die das getan haben, müssen noch schneller gewarnt werden als alle anderen!«

»O.k.«, sagt Ziernow etwas zögernd. »Natürlich.«

»So schnell wie möglich, der Täter sucht sich seine Opfer dort.«

»Ich geb das gleich weiter. Geht es Ihnen gut, Frau Doktor Seidel?«

Sie presst die Lippen aufeinander und schluckt. »Ich hätte es ahnen müssen«, sagt sie dann.

»Was?«

»Dass es noch weitere Posts gibt, in denen KA mit ihrer Dienstwaffensondergenehmigung prahlen. Ich hätte den letzten Mord vielleicht verhindern können.«

Ziernow räuspert sich. »Nur vielleicht, Seidel. Und man kann nicht alles bedenken.«

»Ich glaube der Blut-Stern ist Ablenkung, damit wir uns nicht mit den Waffen beschäftigen oder mit Facebook oder …«

»Frau Doktor Seidel«, unterbricht Ziernow jetzt scharf. »Sie haben in sehr kurzer Zeit sehr gute Arbeit geleistet. Aber auch Sie können nicht alles bedenken und immer die richtigen Schlüsse ziehen.«

»Ein Mensch ist tot.«

»Aber Sie haben ihn nicht umgebracht, im Gegenteil. Sie haben die Ermittler näher an den Täter herangeführt.«

»Aber nicht schnell genug«, erwidert Seidel kleinlaut.

Ziernow seufzt. »Brauchen Sie ein paar Tage Ruhe? Ich kann auch Opell nach Stuttgart schicken, um den Vergleich um den letzten Fall zu erweitern.«

»Nein«, sagt Seidel schnell. »Nein, ich mach das. Ich bring das zu Ende!«

»Wirklich? Sie müssen sich nicht …«

»Doch«, fährt sie dazwischen und steht vom Boden auf. »Doch, ich will weitermachen. Ich ruh mich heute aus, dann bin ich morgen fit.«

»Sind Sie sicher?«

»Ja, ich muss jetzt auflegen«, sagt Seidel und nimmt das Handy schon vom Ohr. Sie hört noch ein abgewürgtes »Auf Wieder…«, da tippt sie schon auf das rote Feld. Sie wird keine Zeit mehr verlieren, und sie wird nichts mehr übersehen! Damit nicht noch jemand stirbt, weil sie sich von kruden Symboliken ablenken lässt.

Das Handy in ihrer Hand klingelt. »Ja?«, sagt Seidel und hofft, dass es nicht Ziernow ist, der in seiner Besorgnis nachhaken will.

»Schwesterchen.«

»Du.«

»Ja, ich freu mich auch«, sagt Doktor Florian. »Besonders, weil ich jetzt nach Essen komme.«

»Was?«

»Ich bin noch in Mainz und fahr gleich los. Dank Doro Kellings brillantem Einfall habe ich die Tatwaffe in Mainz vergleichsbeschossen und werde dasselbe nun mit der in Essen tun.«

»Was? Wovon sprichst du?«

»Na, Doro Kelling hat mich doch gestern Abend angerufen und darauf hingewiesen, dass die Waffen der Opfer die Tatwaffen sein könnten. Daraufhin habe ich mich heute auf den Weg zur Asservatenkammer in Mainz gemacht, war dann in der Schießhalle und komme jetzt nach Essen.«

Seidel sinkt auf einen Stuhl. »Doro Kelling hat dich angerufen und gesagt, die Waffen der KA könnten die Tatwaffen sein?«

»Das sag ich doch die ganze Zeit. Ich denke, du sitzt bei ihr im Büro. Wieso weißt du nichts davon?«

»Das frag ich mich auch«, antwortet Seidel und runzelt die Stirn. Sie lässt den Blick durch das Großraumbüro streifen, aber Doro ist nicht an ihrem Platz.

»Jedenfalls ergibt das doch Sinn, oder?«

»Ja, einen KA mit seiner eigenen Waffe zu erschießen unterstreicht die Machtdemonstration. Was hast du denn rausgefunden?«

»Noch nichts. Ich bekomme in Essen ein Labor und werde dort die Patrone aus dem Vergleichsbeschuss in Mainz und die, die ich noch in Essen schießen werde, untersuchen.«

»Ruf mal in Stuttgart bei der Spurensicherung an. Die schnüren da gerade auch noch ein Päckchen für dich.«

»Scheiße.«

»Ja.«

»Also ein toter KA in Stuttgart. Gleicher MO?«

»Uniform, Waffe im Holster, Stern aus Blut. Frederick Torbergen, zweiundzwanzig Jahre alt«, berichtet Seidel.

»Wenn du Glück hast, lässt Ziernow dich aus der Nummer raus. Du hast schon den Essener Mord analysiert und den Vergleich gemacht. Nicht dass du durch dein Vorwissen befangen bist …«

»Ich erweitere den Vergleich um Stuttgart«, unterbricht Seidel ihn. »Freiwillig.«

»Warum?«

Aus dem Augenwinkel erspäht Seidel einen roten Anorak und wendet den Kopf. Doro ist zurück im Büro.

»Schwesterchen?«, fragt Doktor Florian. »Warum machst du freiwillig weiter?«

»Ich muss Schluss machen«, antwortet sie und tippt auf den roten Hörer. Sie springt auf und läuft aus dem Büro. »Doro?«

»Rita.« Doro lächelt sie an, während sie Sachen von ihrem Schreibtisch in verschiedene Schubladen räumt.

»Warum hast du meinen Bruder angerufen, ohne deine Vermutung mit mir abzusprechen?«

Doro sieht sie mit großen Augen an.

Bevor sie etwas erwidern kann, dreht sich Seidel zu Czorskis Schreibtisch um, an dem er und Ortwein gerade lebhaft diskutieren. »Wussten Sie davon?«, schnappt sie. »So was muss man mir doch mitteilen, das ist von existentieller Bedeutung für die Sequenzanalyse, die Hypothesenbildung und das Täterprofil!«

Alle Kommissare sehen nun zu Seidel hinüber.

»Ich muss doch wissen, dass die Tatwaffen wahrscheinlich gefunden wurden!«, fährt sie fort und fixiert Ortwein.

»Was?«, fragt der verwirrt.

»Was?«, wiederholt Doro.

Seidel schaut sie vorwurfsvoll an. »Du hast gestern bei meinem Bruder angerufen und vorgeschlagen, die Dienstwaffen von Müller und Born vergleichszubeschießen, um herauszufinden, ob es die Tatwaffen sind. Ohne mich und die anderen von diesem Verdacht zu informieren!«

»Was habe ich?« Doro sieht immer ahnungsloser aus. »Aber die Waffen steckten doch mit vollem Magazin im Holster der beiden Opfer!«

»Ein Magazin kann man austauschen«, murmelt Czorski.

»Doro«, hakt Ortwein ein, »ich weiß nicht, wie ihr das normalerweise in der K-Wache macht, aber hier kommst du mit solchen Ideen erst zu mir.«

»Aber das war nicht meine Idee!«, bringt Doro hervor. »Ich wünschte, es wäre so. Und wer ist überhaupt dein Bruder? Den kenn ich doch gar nicht.«

»Doktor Florian Seidel«, liest Czorski von seinem iPad ab. »Er ist der ballistische Gutachter der Stern-Morde.«

Seidel runzelt die Stirn. »Du hast also gar nicht mit ihm telefoniert?«

»Nein, verdammt!«, begehrt Doro auf. »Warum sollte ich das denn vor euch geheim halten?«

Seidel sieht zu Ortwein. »Irgendjemand hat gestern bei meinem Bruder angerufen und ihn wahrscheinlich mit der Nase auf die Tatwaffen gestoßen.«

»Und sich für mich ausgegeben?«, fragt Doro.

Seidel hebt die Schultern. »Sieht so aus.«

»Und wer zur Hölle war das?«, fragt Ortwein.

»Ich«, sagt da eine tiefe weibliche Stimme, und alle Köpfe fahren zur Glastür herum, wo eine junge Frau in Rock und Pumps, mit langen braunen Haaren steht. Hinter ihr fällt die Glastür ins Schloss. Sie lächelt ein wenig unsicher.

»Und wer sind Sie?«, fragt Seidel.

»Theresia Pfeffer«, grummelt Ortwein. »Streifenpolizistin in der Essener Innenstadt.«

»Hat den Fund der ersten Leiche aufgenommen«, ergänzt Czorski und steht abrupt auf.

»Du kannst doch nicht einfach meinen Namen benutzen«, sagt Doro mehr fassungslos als wütend – aber die Wut kommt bestimmt später. Dessen ist Seidel sich sicher. Sie betrachtet die junge Polizistin nachdenklich.

»Woher kennen Sie meinen Bruder?«

»Ich kenne ihn nicht.«

»Und warum sind Sie nicht zu mir gekommen?«, fragt Ortwein.

Pfeffer funkelt ihn an. »Ich war bei Ihnen! Ich habe gesagt, dass ich helfen kann und in die Mordkommission will.«

Die Kommissare im Großraumbüro lachen leise.

»Und Sie haben mir unmissverständlich klar gemacht, dass Sie nicht mit mir zusammenarbeiten wollen«, fährt Pfeffer ungerührt fort und reckt das Kinn.

»Und was mir dadurch entgangen ist!«, erwidert Ortwein spöttisch. »Eine an Selbstüberschätzung leidende Betrügerin.«

»Reichen Sie doch eine Fachaufsichtsbeschwerde ein«, verlangt sie trocken und wendet sich an Seidel. »Kann ich kurz mit Ihnen sprechen?«

»Äh … ja«, sagt Seidel langsam und zeigt auf Ortweins Büro, dann sieht sie den Kriminalhauptkommissar fragend an.

»Von mir aus«, brummt der und fixiert Pfeffer mürrisch.

Die geht schon auf Ortweins Büro zu, da stellt sich ihr Czorski in den Weg. »Du hättest zu mir kommen können«, sagt er.

»Das nächste Mal vielleicht.« Damit weicht sie ihm aus und geht weiter.

Seidel folgt ihr, lehnt die Tür an und räumt einen Stuhl frei.

»Hat er schon was rausgefunden?«, fragt Pfeffer.

»Wer?«

»Ihr Bruder. Hat er die Waffen schon beschossen und die Geschosse analysiert?«

Seidel setzt sich im Schneidersitz auf den Tisch und stützt das Kinn in die Handfläche. »Deshalb wollten Sie mich sprechen?«

Pfeffer nickt. »Mit denen da draußen kann man ja nicht reden. Ich hab es versucht, aber die sehen mich und denken: dumme Streifenpolizistin ohne Erfahrung. Dabei kann ich bei diesen Ermittlungen von Nutzen sein, denn ich kannte die Opfer. Und jemand anders ist ja scheinbar nicht auf die Idee gekommen, was die Tatwaffen sein könnten.«

»Mhm«, macht Seidel nachdenklich.

»Und was ist jetzt, hatte ich recht?«, hakt Pfeffer nach.

»Das wissen wir noch nicht. Das Gutachten wird noch erstellt.«

»Sagen Sie mir Bescheid, wenn Sie es wissen?«

»Nein.« Seidel lächelt. »Das sind vertrauliche Informationen.«

»Aber …«, beginnt Pfeffer und verstummt. Sie senkt den Kopf. »Scheiße.«

»Es gibt einen dritten Mord«, sagt Seidel schließlich.

»Was?«

»Ja, in Stuttgart. Gleicher MO wie bei den ersten beiden Stern-Morden.«

»Wann ist das passiert? Weiß man schon etwas? Gibt es da mehr Spuren?«

Seidel lacht kurz auf. »Sie wollen es aber wirklich wissen!«

»Natürlich will ich das, hier geht es um einen Serienmörder.«

»Ja, doch Sie stehen sich selbst im Weg.«

»Wie meinen Sie das?«

»Ihren Ehrgeiz riecht man auf zweihundert Meter Entfernung, das kann anstrengend sein und andere vor den Kopf stoßen.«

»Andere?«

»Die Ortweins dieser Welt zum Beispiel.«

»Aber was soll ich machen?«, fragt Pfeffer unglücklich. »Ich will ermitteln, diesen Fall lösen, den Täter schnappen! In mir ist diese Unruhe, ich kann an nichts anderes mehr denken als an die Stern-Morde. Das ist schließlich ein Angriff auf die ganze Polizei. Ständig gehen mir die Daten der Gutachten durch den Kopf ...«

Seidel runzelt die Stirn. »Wieso haben Sie die gesehen?«

Pfeffer lächelt schief. »Na ja, ich hab sie ... also, Czorski war nicht an seinem Rechner, und das Kommissariat war leer ...«

Seidel hebt eine Augenbraue.

»Es tut mir leid.«

»Entschuldigen Sie sich nicht bei mir.«

»Soll ich Ortwein beichten, dass ich die Unterlagen geklaut habe?«

Seidel denkt kurz nach. »Nein, das ändert ja auch nichts mehr. Und mit dem sollte sich niemand auch nur eine Sekunde länger als nötig auseinandersetzen. Aber Sie dürfen sich Ihre eigene Zukunft nicht wegen ein bisschen Brennen im Bauch versauen.«

»Ich kann das aber nicht ignorieren. Ich könnte bei der Erfassung des Täters hilfreich sein, das spüre ich. Aber die grenzen mich aus, als dürfte ich nicht mitspielen.«

Seidel nickt und rutscht vom Tisch runter. »Nun, das liegt daran, dass Sie tatsächlich nicht mitspielen dürfen.«

»Ja, toll.«

»Ich weiß, das ist scheiße, aber so ist das Leben. Denken Sie immer daran, dass Sie wie eine Arbeitsbiene wirken, wenn Sie sich überall dienstbar machen und um jeden Preis zur Verfügung stellen.« Sie kniet sich auf den Boden und hebt einige Papierstapel auf. »Und jemand wie Sie hat das Potential eine Bienenkönigin zu werden.«

»Bienenkönigin?«, wiederholt Pfeffer.

»Genau. Wo hab ich denn … ach, hier.« Sie zieht eine Visitenkarte hervor und reicht sie ihr. »Geben Sie sich Zeit, so schwer das auch ist. Sie bekommen Ihre Chance schon noch. Was Sie bis jetzt von sich zeigen, ist hilflose Verbissenheit, das haben Sie gar nicht nötig. «

Pfeffer senkt den Kopf und scheint über Seidels Worte nachzudenken.

Die lächelt ihr aufmunternd zu. »Ihr Spürsinn ist offenbar sehr gut, und Leidenschaft haben Sie auch. Melden Sie sich bei mir, wenn Ihnen noch was ein- oder auffällt. Tun Sie das bitte, unbedingt.«

»Danke.«

»Das BKA ermittelt jetzt in den Stern-Morden. Ortwein ist nicht mehr zuständig, und ich muss nach Stuttgart, aber das ist meine Nummer. Du kannst mich Rita nennen.«

»Theresia«, erwidert Pfeffer und lächelt, diesmal ehrlich zuversichtlich.

Kapitel 10 **Sterndeuter**

Montag, 17. September

Essen.

Es ist 4.40 Uhr, als der Wecker klingelt. Pfeffer sitzt sofort senkrecht im Bett, greift sich ihr Handy und stellt den Weckruf aus. Sie blinzelt in die Dunkelheit und gähnt. Sie ist nicht zu Hause.

Tobi grummelt etwas Unverständliches und dreht sich zur Wand, dabei zieht er die Decke weg. Pfeffer sieht auf ihre nackten Beine, will sich ein Stück Decke zurückerobern, lässt es dann aber. Unter erneutem Gähnen stellt sie die Füße auf den Boden. Scheißfrühdienst, verfickter Streifendienst.

Seufzend steht sie auf, tastet nach ihrer Handtasche, zieht den frischen Slip heraus und tapst ins Bad. Sie will sich bemühen, nicht mehr so negativ zu sein. An Tagen wie diesen hat eine Uniform auch Vorteile, sie muss keine frischen Sachen mit zu Tobi nehmen.

Im Bad zieht sie sein T-Shirt über den Kopf und steigt unter die Dusche. Sie wartet auf warmes Wasser und lehnt den Kopf erschöpft an die Duschwand. Pfeffer will sich wirklich mit dem Streifendienst abfinden und nicht mehr den Stern-Ermittlungen hinterherrennen. Wirklich. Aber vor allem möchte sie nicht um 4.40 Uhr aufstehen.

Sie hält den Kopf unter das heiße Wasser. Während es über ihren Körper fließt, wählt sie aus der WG-Sammlung an Shampoos und Duschgel das aus, was am wenigsten nach männlichem Lifestyle-Deo riecht und seift sich ein.

Sie hat Tobi gestern spontan zurückgerufen, in der Absicht, nun alles etwas lockerer anzugehen, das Leben zu genießen. Und sei es nur, um sich von den Stern-Morden abzulenken. Außerdem hatte sie das letzte Mal Spaß mit Tobi, also spricht nichts dagegen, noch mal Spaß zu haben, und danach vielleicht noch mal. Sie will nicht mehr so verbissen sein, schon gar nicht so sehr, dass es auf hundert Meter Entfernung zu erkennen ist.

Pfeffer steigt aus der Dusche und nimmt sich das Handtuch, das Tobi ihr rausgelegt hat. Natürlich hat sie auch in ihrer Spontaneität nichts dem Zufall überlassen, hat frische Unterwäsche und ihre Kosmetik mitgebracht und abends vorsorglich nach einem Handtuch gefragt. Die Überambitionen abzulegen heißt ja nicht gleich, die Kontrolle zu verlieren.

Es klopft leise an der Badezimmertür. Pfeffer schlingt sich das Handtuch um den Körper und öffnet die Tür einen Spalt. »Ja?«, fragt sie flüsternd.

»Guten Morgen«, sagt Tobi und grinst. Er steht in T-Shirt und Boxershorts mit zerwühlten schwarzen Haaren im Flur. Das Licht im Bad erhellt sein blasses Gesicht, und er blinzelt müde. »Lässt du mich rein?«

»Äh, klar«, antwortet Pfeffer.

Tobi geht an ihr vorbei und schließt die Tür.

»Willst du nicht lieber weiterschlafen?«, fragt sie und trocknet ihre nasses Haar mit einem Zipfel vom Handtuch ab.

Er schmunzelt sie an. »Aber wenn ich dann aufwache, bist du weg.«

Sie lacht. »Ja. Scheißfrühdienst.«

»Ein Hoch auf das Studentenleben.«

»Genau, du könntest ausschlafen, und dennoch stehst du jetzt hier«, sie stupst seine Nase an, »hoffentlich nicht nur, um mich in ein Handtuch gewickelt zu sehen.«

Tobi nickt. »Doch, und das war es wert.« Er legt eine Hand an ihre Wange und zieht ihr Gesicht zu sich heran. Sie spürt seine

Lippen auf ihren und schließt die Augen, lässt ihr Handtuch los und legt die Arme um seinen Hals.

Das Tuch rutscht runter, legt ihre Brüste frei. Tobis Küsse wandern ihren Hals entlang nach unten.

»Ich muss doch gleich auf der Wache sein.«

»Mhm«, murmelt Tobi, greift mit beiden Händen nach ihrem Hintern und leckt über ihren rechten Nippel.

»Scheiße«, sagt Pfeffer mit einem Seufzen. »Ich hab wirklich keine Zeit.«

Tobi lässt von ihren Brüsten ab und sieht ihr in die Augen. »Wir können sofort aufhören«, flüstert er, während seine Finger zwischen ihre Beine wandern, und er beginnt sie zu reiben. Pfeffer stöhnt auf.

»Soll ich aufhören?«

»Nein.« Sie küsst ihn und schiebt eine Hand in seine Shorts. Wenig später packt Tobi sie, hebt sie hoch und setzt sie auf die Waschmaschine, das Handtuch noch halb um ihren Körper gewickelt. Ungeduldig zerrt sie seine Boxershorts nach unten. Sein Glied ist hart, und in seinen Händen hält er plötzlich ein Kondom. Pfeffer fragt gar nicht erst, wo das jetzt herkommt, sie legt den Kopf genüsslich in den Nacken, als er wenig später in sie eindringt.

Sie stöhnt und rückt ihr Becken nach vorne, kommt sich ein wenig verrucht vor bei diesem Quickie kurz vor Dienstantritt … Dass sie so was mal macht, hätte sie vor zwei Wochen auch nicht gedacht.

Tobi stößt in sie, und Pfeffer seufzt immer lauter. Tobi stöhnt auch, sucht ihren Blick und bringt sie gemeinsam zum Höhepunkt. Keuchend legt er den Kopf auf ihrer Schulter ab und lacht leise.

Auch Pfeffer ist außer Atem. »Ich muss jetzt wirklich los«, flüstert sie.

»Wie romantisch.«

»Hey, wer hat was von Romantik gesagt?«

Er schüttelt den Kopf. »Niemand.« Er küsst sie. »Ich mach nur Spaß.«

»Du hast mich verführt«, sagt sie gespielt vorwurfsvoll und hüpft noch mal unter die Dusche.

»Jep, gerade eben.« Tobi steigt aus seinen Shorts, die ihm noch in den Kniekehlen hingen, geht zum Mülleimer und zieht das Kondom ab.

Pfeffer beobachtet ihn während des Duschens, wie er im T-Shirt, mit nacktem Hintern neben dem Waschbecken steht und das Kondom zuknotet.

»Was ist?«, fragt er, als er ihren Blick bemerkt.

»Ich glaub, ich hab dich noch nie nackt gesehen.«

Er runzelt die Stirn. »Was? Natürlich hast du das.«

Sie lacht und dreht das Wasser ab. »Nein, ich glaube nicht. Wir werden von unserer Lust immer so überrollt, dass fürs Ausziehen keine Zeit bleibt.«

»Mhm«, macht er nachdenklich und zwinkert ihr zu. »Bei so viel Leidenschaft ist das kein Wunder.«

»Ja, ja.« Pfeffer steigt aus der Dusche und nimmt ihr Handtuch von der Waschmaschine. Sie rubbelt sich schnell über den ganzen Körper, die Zeit drängt jetzt.

Tobi stellt sich vor sie und greift den unteren Saum seines T-Shirts, hebt ihn betont langsam hoch. »Du kannst jetzt gleich alles sehen«, sagt er mit extratiefer Stimme und wiegt die Hüften. »Ich strippe für dich, Baby.« Er dreht sich um, zieht das T-Shirt weiter hoch, schaut lasziv über die Schulter.

Pfeffer lacht. »Ja, das ist äh … heiß.«

»Oh ja«, sagt Tobi und stöhnt affektiert.

»Ich muss jetzt wirklich los.« Pfeffer gibt ihm einen Klaps auf den Hintern, in der Hoffnung, dass er aufhört.

Tobi dreht sich grinsend um. »Okay, aber ich höre nur auf, damit du pünktlich zur Arbeit kommst. Denn wenn du dieses Wunderwerk eines männlichen Körpers erst einmal ganz gesehen hast, kannst du nicht mehr widerstehen.« Er beugt sich vor. »Du wirst dich nicht losreißen können und den ganzen Tag ficken wollen.«

Sie lacht und küsst ihn. »Das machen wir das nächste Mal. Morgen Abend vielleicht?«

»Da treffe ich mich mit Björn auf ein Bier. Übermorgen?«

»Ich ruf dich an.«

Er grinst. »Versprochen?«

Sie steigt in ihren Slip, wickelt sich wieder in ihr Handtuch und zwinkert ihm zu. »Geh schon mal Kondome kaufen.« Dann eilt sie aus dem Bad zurück in Tobis Zimmer und zieht sich schnell an.

Stuttgart.

Wo ist die verdammte Bewertung der Tatsituation?, fragt sich Seidel und beugt sich vor. Sie hat bereits einen Stapel Notizen an die Brust gepresst und schreitet nun die Reihe aus Papierbergen ab, die sich über den Boden des Sekretariats erstreckt. Die Sekretärin des Stuttgarter KK Elf hat Urlaub, Seidel hatte nicht mal ein Wochenende. Es ist Montag.

Die ausgetretenen Säume ihrer Jeans schleifen über den Teppich, während sie langsam um den penibel aufgeräumten Schreibtisch herumschleicht und der Spur aus Unterlagen folgt. Opferaktivität, Tatortbild, Verletzungsbild, alles liegt in drei Reihen vor ihr, eine Reihe für jeden Stern-Mord. Außerdem: weitere mehr oder weniger ungeordnete Stapel mit Berichten und erfassten Daten, die noch keine Informationen sind. Seidel hebt das linke Bein, um über die drei Papierschlangen hinwegzusteigen.

Sie macht einen großen Schritt, doch erwischt mit dem linken Fuß einen der Stapel und rutscht aus. Blätter fächern sich unter ihrem Sneaker auf, stoßen gegen weitere Unterlagen und verschieben sie. Seidel versucht ihr Gleichgewicht zu halten, doch die Notizen fallen ihr aus den Händen und segeln zu Boden. Alles, was sie zur Geeignetheit und Verfügbarkeit der drei Opfer zusammengetragen hatte, vermischt sich nun mit Obduktions- und Tatortbefunden …

Seidel gelingt es noch gerade so, sich mit gespreizten Fingern auf dem Boden abzustützen. »Scheiße.«

In diesem Augenblick klingelt ihr Handy. Sie sieht zwischen ihren Beine hindurch. Wo ist das verdammte Ding? Während sie sich aufrappelt, wird das Klingeln lauter. Was ist das eigentlich für ein nerviger Ton? Den muss sie ändern. Sobald sie das Handy gefunden hat. Sie dreht sich um und schaut, wo das Geräusch herkommt.

Sie entdeckt das Handy auf dem Schreibtisch, angelt es sich mit ausgestrecktem Arm und nimmt ab.

»Ja?«

»Sie sind mit ihren eigenen Waffen erschossen worden. Alle drei Schartenmuster an den Patronen lassen denselben Schluss zu: Hinrichtung durch die eigene Waffe«, sagt Doktor Florian.

»Gut«, antwortet Seidel. »Das macht das Täterprofil wenigstens ein bisschen schärfer.«

»Da hatte Doro Kelling eine gute Idee, nicht wahr?«

»Jaaa«, sagt Seidel gedehnt und kratzt sich den Kopf. »Nur, dass du nicht mit Doro Kelling gesprochen hast.«

»Ich bin mir ziemlich sicher, dass ich sie richtig verstanden habe.«

»Ja, das hast du bestimmt.« Seidel presst die Lippen zusammen und sieht auf das Papierchaos zu ihren Füßen. »Ich erklär dir das ein anderes Mal. Jedenfalls macht es mein Täterprofil um einiges schärfer, wenn ich jetzt davon ausgehen kann, dass die Opfer mit ihren eigenen Waffen erschossen worden sind.«

»Wie viel schläfst du im Schnitt, seit du an den Stern-Morden dran bist?«

»So sechs Stunden.«

»Du lügst, ich ziehe davon mindestens zwei Stunden ab und sage dir, dass das zu wenig ist.«

Sie runzelt die Stirn. »Du sagst doch immer, ich solle lieber gar nicht schlafen.«

»Das gilt nur, wenn man nicht allein im Bett liegt. Außerdem war das vor diesem ganzen Wahnsinn.«

»Florian, ich muss jetzt wirklich weitermachen.«

»Sind diese Uni-Bewerbungen noch ein Thema für dich?«

»Ja, nein – ich weiß nicht. Ich hätte hier einen Mord verhindern können. Wenn ich darauf gekommen wäre, dass noch andere KA so bescheuert sind, mit ihrer Waffensondergenehmigung zu prahlen, dann hätte Frederick Torbergen vielleicht frühzeitig gewarnt werden können.«

»Hätte, hätte, Schwesterchen. Mach dich deshalb nicht fertig.«

»Das sind bloß leere Worthülsen von jemandem, der keine Ahnung hat, was ich fühle.«

»Was daran liegt, dass du damit nicht besonders offen umgehst.«

Sie seufzt. »Fährst du wieder nach Wiesbaden?«

»Nein«, antwortet Doktor Florian. »Da wir davon ausgehen müssen, dass die Magazine der drei Waffen vom Täter ausgetauscht wurden, versuchen wir jetzt, darüber Spuren zu generieren. Das mach ich von Essen aus.«

»Sammle so viele Daten, wie du kannst, und schick sie mir.«

»Natürlich.«

»O.k. Ich muss Schluss machen«, sagt Seidel und beendet das Gespräch. Sie wirft ihr Handy in Richtung Schreibtisch, und es rutscht über die Arbeitsfläche. Als sie schon auf dem Boden kniet, hört sie ein dumpfes Geräusch und schließt daraus, dass auch ihr weißes Telefon nun irgendwo im Papierchaos liegt. Dann beginnt sie, die Unterlagen neu zu sortieren.

Alles zu der Geeignetheit und Verfügbarkeit der Opfer kommt wieder in ihre Armbeuge, der Rest wird mehr oder weniger ordentlich beiseitegeschoben. Dann steht sie auf und schreitet die Papierreihe weiter ab, bis sie kurz vor der geschlossenen Zimmertür endlich auf den Teil stößt, den sie mit *Bewertung der Tatsituation* überschrieben hat. Aber sie hat keinen Platz mehr zum Ausbreiten des Stapels.

Sie seufzt, wirft einen letzten verzweifelten Blick zurück ins Zimmer, in dem kein Quadratzentimeter mehr frei ist, und öffnet kurzerhand die Tür. Sie schiebt alles zur Verhaltensbewertung des Täters und zur Herleitung von Ergebnissen inklusive ihres schwammigen Täterprofils in den Flur hinaus, dann fügt sie die Hypothesen zur Verfügbarkeit der Opfer an der entsprechenden Stelle in die Papierschlange ein.

Die Opfer waren in der Art und Weise, wie der Täter sie haben wollte, nur an wenigen Tagen verfügbar: Sie mussten uniformiert, bewaffnet und allein auf dem Weg nach Hause sein. Dafür kamen nur wenige KA in ganz Deutschland in Betracht. Wahrscheinlich hat der Täter sie über längere Zeit beobachtet, sowohl im Internet als auch im echten Leben. Die Tatgelegenheit des Stern-Mörders hing also auf keinen Fall vom Zufall ab – diese drei Taten sind von langer Hand geplant worden. Von wem auch immer.

Seidel lässt sich zu Boden sinken, lehnt sich an die Wand im Flur und betrachtet ihre Unterlagen. Schließt man von den Umständen der Tatgelegenheit auf den Tatentschluss, kann man also davon ausgehen, dass Spontaneität keine Rolle gespielt hat.

Ihr fällt der Unterpunkt Täterprofil ins Auge. Einzeltäter oder Tätergruppe? Alter? Geschlecht? Wahrscheinlich ist mindestens ein Täter eher jung und steht in irgendeiner Form mit den Mitgliedern der Gruppe Police Academy in Verbindung. Vorstrafen sind eher unwahrscheinlich und die Charaktereigenschaften unter anderem Kontrolliertheit, eine gestörte Persönlichkeit und ein Verlangen zur Machtdemonstration. Zum Motiv hat sie sich mit Bleistift ein paar Möglichkeiten notiert: Rache an der Polizei, Kriegserklärung an die Polizei, Kritik am Nachwuchs oder Ausbildungssystem der Polizei. Wobei Frederick Torbergen als Vorzeige-KA galt und ein sehr guter Polizist geworden wäre …

Seidel legt den Kopf schief. Gut und schlecht. Seit sie sich mit diesem Fall beschäftigt, stößt sie immer wieder auf Leistungsbewertungen der KA. Dabei scheint das Auswahlkriterium eher die Verfügbarkeit des Opfers in Uniform und mit Waffe gewesen zu sein, unabhängig von der Bewertung durch Dritte.

Sie streckt die Beine aus und atmet tief durch. In diesem Moment kommen zwei weibliche Angestellte der Stuttgarter Polizei den Flur entlang, ihre flachen Absätze klappern. Seidel hebt den Kopf und nickt ihnen freundlich zu. Die Frauen lächeln schmallippig zurück und weichen ihren Beinen aus. Über die Papierschlange steigen sie sichtbar irritiert hinweg.

Seidel sieht ihnen nach, wie sie in ihren schnöden engen Hosen und unifarbenen Blusen den Flur runtergehen. Da fühlt sie sich in ihrem T-Shirt gleich noch mal wohler. Als die beiden um die nächste Ecke verschwunden sind – und sicher gleich mit dem Lästern beginnen –, bleibt Seidels Blick an einer Tür mit einer langen schmalen Glasscheibe hängen. Deshalb kann sie auch die Leinwand im Konferenzraum sehen, auf die gerade irgendwelche Kommissare eine Präsentation projizieren. Seidel erkennt das Facebook-Logo und spürt einen Kloß im Hals. Wenn sie nur genauer überlegt hätte, wenn sie nicht von sich auf andere geschlossen und das Onlineverhalten der jüngeren Generation stärker berücksichtigt hätte …

Sie steht auf und geht näher an die Tür heran, um besser sehen zu können. Auf der Leinwand ist nun Frederick Torbergens Facebook-Profil zu sehen. Unter anderem beinhaltet es ein Gruppenfoto von uniformierten jungen Menschen, die stolz in die Kamera lächeln.

»Der erste Tag in Uniform«, sagt da jemand hinter ihr. Eine Frau im Leinenkleid und mit Kaffeetasse in der Hand hat sich zu ihr gestellt und schaut ihr über die Schulter. »Da gehen Träume in Erfüllung.«

Seidel lächelt und nickt zaghaft. Von diesen Träumen versteht sie nichts. Sie versteht ja nicht mal ihre eigenen Träume, und in denen kommen gar keine Uniformen vor.

Die Frau trinkt einen Schluck Kaffee und betrachtet weiter das Foto auf der Leinwand. »Und natürlich platzen diese Träume für manche auch wieder.«

Seidel sieht sie fragend an. »Was meinen Sie?«

»Von den zwanzig Kommissaranwärtern dort sind fünf bereits ausgeschieden, zwei wackeln und werden ihre Abschlussprüfung wohl nicht bestehen.« Sie lächelt und öffnet die Tür zum Konferenzraum. »Wollen Sie mit rein?«

Seidel schüttelt den Kopf und schaut wieder zum Gruppenbild. Direkt darunter ist eine Großaufnahme von Frederick mit zwei Kollegen zu sehen, wahrscheinlich von seiner Praktikumsstelle. Die Kollegen sind etwas älter und tragen schon ein paar Sterne auf ihren Schulterklappen, während die von Frederick noch leer sind.

Seidel runzelt die Stirn und tritt näher an die Glasscheibe heran, drückt sich fast die Nase platt. Hastig lässt sie den Blick von den silbern glänzenden Sternen der Kollegen zu dem Gruppenbild der Anwärter schweifen, dann wieder zu den Sternen – von denen jeder sechs kleine Zacken hat.

Sechs!

Seidel spürt, wie ihr Herz plötzlich rast, und weicht einen Schritt zurück. Nicht alle deutschen Polizeisterne haben acht oder mehr Zacken. Die Schultersterne haben nur sechs!

Sie wirbelt herum und läuft den Flur entlang, zurück ins Sekretariat. Beim Laufen rutscht sie über Papier und bringt wieder etwas durcheinander, doch das ist ihr im Augenblick egal. Seidel fällt auf die Knie und wühlt sich durch Ermittlungsberichte und Datensammlungen, bis sie die Fotos von den Tatorten findet: drei Sterne aus Blut, drei Mal sechs Zacken.

Was wäre, wenn man selbst keinen Schulterstern besaß, wenn man jede Chance darauf vertan hätte, aber unbedingt einen will? Oder gleich drei.

Der Gedanke schießt ihr wie Feuer durch den Kopf. Sie starrt auf das Blut. Drei Sechssterne pro Schulter. Fünf sind das Maximum, silberne wohlgemerkt, dann bekommt man die goldenen.

»Scheiße«, sagt sie. »Scheiße! Scheiße!« Sie krabbelt in Richtung Schreibtisch, unter dem ihr Handy liegt, wischt und tippt hastig über den Touchscreen.

»Bellen«, meldet sich kurz darauf eine hohe weibliche Stimme, deren Sanftheit überhaupt nicht zu der resoluten Kriminalhauptkommissarin des BKA passt. Karen Bellen leitet das zentral organisierte Ermittlungsteam der Stern-Morde und hat sich mit ihren Leuten heute in Mainz eingefunden.

»Seidel hier.«

»Rita. Wie schön. Bist du mit dem Vergleich fertig? Wir könnten hier dringend mehr Input gebrauchen als das Scheiß-Facebook. Mein Team und ich kommen uns schon vor wie pubertierende Teenies, die andere pubertierende Teenies zwecks Paarungsübungen stalken.«

Seidel holt noch einmal tief Luft, dann lässt sie die Bombe platzen. »Ich glaube, der Täter ist ein gescheiterter KA, jemand, der von irgendeiner Polizeischule geflogen ist und das bis heute nicht verkraftet hat«, berichtet sie.

»Was?«

»Ja, ich war so blind! Die Hexagramme sind keine Hexagramme, sondern stellen die Sterne auf der Polizeiuniform dar. Ich glaube, der Täter will sich die Schultersterne erschießen, die er in einer realen Polizeilaufbahn nicht mehr bekommen kann, weil er ausgeschieden ist. Er demonstriert so Macht und Überlegenheit und kompensiert die Erniedrigung, die er erlitten hat.« Seidel atmet aus. »Wahrscheinlich.«

»Steht das in deinem Vergleich?«

»Nein, noch nicht, ich mach das heute fertig. Spätestens morgen hast du alles. Aber ich wollte dir jetzt schon Bescheid sagen, nicht dass es zu spät ist ...« Sie bricht ab und schließt die Augen.

»Zu spät wofür?«

Seidel seufzt. »Auf eine Schulterklappe passen bis zu fünf silberne Sterne, und warum sollte ein Täter dann Schluss machen? Vielleicht geht er anschließend zu den goldenen über. Ich glaube, wir können noch mit weiteren, bereits geplanten Morden rechnen. Vielleicht mit bis zu sieben.«

»Alles klar, ich setz meine Leute schon mal drauf an.«

»Ja, sie sollen alle gescheiterten KA der letzten Jahre oder besser Jahrzehnte auflisten lassen und mit den Mitgliedern der Police-Academy-Gruppe gegenchecken.«

»Ich weiß, wie man Kreuzverweise erstellt, Rita.«

»Ich sag's ja nur.«

»Schon gut. Ich mach mich sofort dran.«

»Danke«, sagt Seidel und legt auf.

Sie lässt die Hand mit dem Handy sinken und lässt es achtlos auf den Teppich fallen. Die Lösung lag die ganze Zeit direkt vor ihr. Aber weil der offizielle Polizeistern in Deutschland viel mehr Zacken hat, hat sie es übersehen. Wer kommt denn auch auf Schultersterne?

Jemand, dem das wichtig ist, schießt es ihr durch den Kopf. Ob Theresia Pfeffer die richtige Schlussfolgerung gezogen hätte, hätte man sie in die Ermittlungen mit einbezogen?

Müßig, jetzt darüber nachzudenken. Seidel steht auf und geht in den Flur hinaus, wo die Notizen zum Täterprofil liegen. Sie zieht einen Kugelschreiber aus ihrer Jeanstasche und schreibt zu den möglichen Motiven:

– Zurückweisung durch die Polizei/Erniedrigung durch nicht bestandene Prüfungen an der Polizeihochschule

– Probleme im Beruf

Essen.

Czorski hebt den Kopf und betrachtet seinen Chef durch die Glasscheibe. Schallendes Gelächter dringt aus Ortweins Büro. Er raucht, telefoniert und lacht dreckig. Dann tippt er an seinem Telefon herum.

Czorskis Telefon klingelt. Er seufzt und nimmt ab. »Ja?«

Ortwein schaut zu ihm, während er in den Hörer spricht. »Das ist das BKA. Die wollen unsere Hilfe bei den Stern-Morden.«

»Wieso? Wir haben denen doch alle Unterlagen gegeben.«

»Das hab ich auch gesagt«, grummelt Ortwein. »Aber die wollen Ermittlungsunterstützung.«

»O.k.«

»Nein, das ist nicht o.k., Czorski. Herrgott! Das ist jetzt deren Ding. Und wir kümmern uns wieder um unsere gewöhnlichen Beziehungstaten und tun etwas, um unsere Statistik ins Lot zu bekommen.«

Czorski lehnt sich so zurück, dass Ortwein ihn nicht mehr sehen kann, verdreht die Augen und schweigt.

»Ich verbind dich jetzt mit Kriminalhauptkommissarin Karen Bellen.«

»Und warum?«

»Das sagt sie dir dann schon.«

»Ja, aber warum muss ich mit ihr sprechen, wenn wir ihr sowieso nicht helfen.«

»*Ich* helfe ihr nicht, *du* schon. Das ist zwar auch nicht o.k., aber die soll nicht denken, dass sie nur mit dem Finger schnippen muss, um den Leiter des Essener KK Elf zu ihrer Verfügung zu haben. Das ist eine Großstadt hier, verdammt noch mal, und ich muss alle Dreckschweine in dieser Stadt finden! Bei dir ist das ein bisschen anders.«

»Schon verstanden«, erwidert Czorski trocken.

»Ich verbinde jetzt«, brummt Ortwein.

Wenig später säuselt eine sanfte Stimme Czorski ins Ohr, der man nicht zutrauen würde, eine Sonderkommission des BKA zu leiten. Sie klingt freundlich und ruhig. Davon könnte Ortwein sich mal eine Scheibe abschneiden.

»Herr Czorski, es geht um Folgendes«, sagt sie. »Jochen Jollig steht immer noch auf unserer Liste der Verdächtigen. Für die letzten beiden Taten konnte er zwar Alibis vorweisen, aber die sind nicht unbedingt wasserdicht. Es ist zumindest möglich, dass jemand für ihn lügt.«

Das ist immer möglich, denkt Czorski und hört weiter zu. Er nimmt den iPad-Stift und macht sich Notizen, während Bellen erzählt.

»Wir haben nun neue Erkenntnisse, die Jollig als ehemaligen Schüler der Polizeiakademie wieder in den Fokus unserer Ermittlungen rücken. Leider sind wir hier in Mainz gerade mit der Befragung von Verdächtigen überlastet, und Jollig unterrichtet heute in Selm …«

»Ich soll hinfahren und ihn noch mal befragen?«

»Ja, das wäre sehr hilfreich. Fühlen Sie ihm doch noch mal auf den Zahn, was seine Alibis und seine abgebrochene Polizeiausbildung angeht. Es ist auch nicht unbedingt von Bedeutung, dass er nur zwei der drei Opfer persönlich kannte.«

»Das dritte nicht?«

»Nein, das sagt er zumindest. Darauf hat er sich letzte Woche eingeschossen, als er zu Frederick Torbergen befragt wurde. Er glaubt, das spreche ihn frei. Aber wir haben Grund zur Annahme, dass der Täter nicht danach gegangen ist, wen er persönlich kannte, sondern seine Opfer ausschließlich über Facebook ausgesucht hat. Ich schicke Ihnen per Mail noch mal die Eckdaten aller drei Taten und die kompletten Vernehmungsprotokolle von Jollig.«

Kurze Stille.

»Schon abgeschickt.«

Czorski sieht auf seinen Bildschirm. Eine neue Mail trifft ein. »Gut, das hab ich bekommen.«

»Wann können Sie fahren?«

Czorski betrachtet seinen vollen Schreibtisch, auf dem diverse Berichte für Ortwein liegen, die er noch mit Anmerkungen versehen muss. Aber der Stern-Mörder ist immer noch auf freiem Fuß, und dass mit Jollig irgendwas nicht stimmt, das glaubt Czorski sofort. »Ich fahr sofort los«, sagt er.

Es wird eine Stunde dauern, bis er in Selm ist. Doro wäre vielleicht mitgekommen, aber da die Mordkommission zum Essener Stern-Mord aufgelöst wurde, ist sie wieder bei der K-Wache. Doch allein zu fahren hat auch Vorteile, denkt sich Czorski. Wenigstens hat er so keinen rauchenden Ortwein neben sich, der entweder überdurchschnittlich schlecht oder überdurchschnittlich gut gelaunt ist. Beides wäre sehr anstrengend. Über kurz oder lang wird er sich wohl darum bemühen müssen, die Abteilung zu wechseln. Vielleicht kann er ja im KK Elf in Bochum unterkommen, dann wäre sein Arbeitsweg auch nicht so weit. Und einen besseren Chef gibt es wahrscheinlich überall.

Selm.

Schon vor der Sporthalle hört Czorski das bedrohliche Brüllen und sehr hässliche Worte, gefolgt von der Aufforderung zu vier Extrarunden und zwanzig Liegestütze. Er betritt die Halle und atmet den Geruch von Gummi, Sportmatten und Schweiß ein. Die Tür zwischen Vorraum und Sporthalle steht offen, und Czorski lehnt sich in den Rahmen.

»Du denkst vielleicht, dass du am Ende bist, wenn du Blut schmeckst, aber du hast keine Ahnung!«, schreit Jollig einen Studenten an. »Solange du den brennenden Schmerz nicht aushalten kannst, bist du nichts als ein erbärmlicher Waschlappen! Und jetzt geh mir aus den Augen! Geht mir alle aus den Augen!« Durch sein angestrengtes Brüllen treten die Adern an seinem Hals hervor.

Czorski macht den abgekämpften Kursteilnehmern Platz, die an ihm vorbei zu den Umkleiden traben. Er entdeckt auch Dani Friedrich und will ihr zunicken, aber sie starrt ihn so seltsam an und wendet rasch den Blick ab, dass er nicht dazu kommt.

Jollig hat ihn inzwischen gesehen und kommt breitbeinig auf ihn zu. Ein Schrank von einem Mann in einem grauen Jogginganzug. Czorski muss zu ihm aufsehen. »Ich bin Boris Czorski, von der Kripo Essen.«

Jolligs Auge zuckt bei diesen Worten. Dann lächelt er schief. »Ja, bitte?«

Czorski wundert sich über seine Reaktion. Jolligs Auftreten auf dem Vernehmungsvideo war selbstsicherer, zumindest hat er das so in Erinnerung. »Ich hab noch ein paar Fragen zu den Morden an Hannah Born, Christian Müller und Frederick Torbergen.«

»Ich kannte Torbergen nicht«, kommt es sofort von Jollig, und seine Stimme klingt plötzlich wieder fester.

Czorski lächelt. »Können wir uns vielleicht irgendwo in Ruhe unterhalten?«

Jollig nickt und geht ohne ein weiteres Wort voran, Czorski folgt ihm aus der Sporthalle. Draußen unter einem Baum sieht er Dani auf der Lehne einer Bank sitzen. Sie trägt noch Sportklamotten, raucht und lässt Czorski und Jollig nicht aus den Augen. Jollig schaut kurz in ihre Richtung und dann sofort wieder weg. Er stößt die Tür zu einem Nebengebäude auf.

Wenig später sitzen sie sich in einem kleinen Büro gegenüber, das offensichtlich von mehreren Menschen benutzt wird. Es gibt keine persönlichen Gegenstände, nur verschiedene Fächer mit unterschiedlichen Namen.

Czorski wischt über sein Tablet und scannt seine Notizen. »Letzte Woche am Dienstagabend ist Frederick Torbergen erschossen worden, und Sie waren zu der Zeit in Stuttgart, Herr Jollig?«

»Ja, ich habe in Böblingen unterrichtet. Aber meine Freundin hat mich begleitet, deshalb waren wir abends in Stuttgart unterwegs.«

»Wo niemand Sie beide gesehen hat?«

Jollig verschränkt die Arme vor der Brust. »Ich kann wirklich nichts dafür, dass sich kein Kellner an uns erinnert.«

»Am zweiten September war Hannah …«

»Da war ich in Berlin!«, fährt Jollig dazwischen und schlägt mit der Faust auf den Schreibtisch.

»Wofür es keine Zeugen gibt …«

»Ich hab meinen Vermieter im Treppenhaus getroffen.«

»Ja, das war am Abend nach der Tat. Hannah Born ist in den frühen Morgenstunden erschossen worden. In zehn Stunden schafft es jeder von Mainz nach Berlin.«

»Ich hab sie nicht umgebracht, keinen von denen!«

»Sie sind mit einundzwanzig von der Polizeischule geflogen, richtig?«

»Ja. Das steht in meiner Personalakte, und ich habe das auch schon zwei Kollegen von Ihnen mitgeteilt. Was soll das? Ich habe danach studiert und bin sehr glücklich damit!«

Czorski beugt sich vor und legt die Unterarme auf dem Tisch ab. »Wo waren Sie in der Nacht auf den ersten September, Herr Jollig?«

Er schüttelt den Kopf. »Ich sag jetzt gar nichts mehr. Ich will meinen Anwalt.«

»Wirklich?«

»Was hab ich denn eben gesagt, Sie Würmchen?«

Czorski steht auf und zeigt auf das Telefon. »Gut, dann rufen Sie ihn jetzt bitte an.« Er geht zur Tür und dreht sich noch mal um. »Machen Sie einen Termin mit ihm aus und erscheinen Sie bei uns in Essen auf der Wache. In drei Stunden sehen wir uns dort, wenn nicht, lasse ich Sie mit Haftbefehl suchen, klar?«

»Sie haben nicht genug gegen mich in der Hand«, knurrt Jollig, und wieder zuckt sein Auge.

»Doch, sobald es auch nur eine Sekunde so aussieht, als ob Sie fliehen wollen, haben wir genug, um Sie festzunehmen.«

»Ich werde da sein.«

Czorski knallt die Tür hinter sich zu und geht den Flur entlang. Das war ja mal ertragslos. Ein Muskelberg des Schweigens, dem noch der Geifer vom Anbrüllen seiner Schüler am Kinn hängt. Was für eine Scheiße.

Er stemmt die Hände in die Hüften und sieht aus dem Fenster. Dani Friedrich sitzt immer noch dort unten auf der Bank, raucht und spielt nervös an ihrem Handy. Warum geht sie nicht zum Mittagessen?

Czorski beobachtet sie noch eine Weile, dann dreht er sich auf dem Absatz um und geht in den Hof hinaus. Danis Alibi für den Mord an Christian Müller erscheint ihm sehr dubios. Tina hatte ihre Schwester zu übereifrig beschützen wollen, und er weiß bis heute nicht genau, wovor. Und jetzt wartet Dani hier auf Jollig?

Er baut sich vor der jungen Kommissaranwärterin auf. »Haben Sie vielleicht noch mal einen Augenblick für mich?«, fragt er sie.

»Wie bitte?«

»Ja, ich hätte da noch ein paar Fragen.«

Dani nickt stumm, greift sich ihre Tasche und steht von der Bank auf.

Czorski sieht noch, wie sie die Finger in den Träger ihrer Tasche verkrallt, bevor er sich umdreht und zurück zum Gebäude geht. Er führt Dani in ein anderes leeres Büro, dessen Tür gerade offen steht, und zeigt auf die kleine Couch an der Wand. »Bitte.«

Sie setzt sich, er bleibt vor ihr stehen und sieht auf sie hinab. »Es gibt da etwas, das Jochen Jollig und Sie verbindet, oder?«

»Er ist mein Sportdozent«, sagt sie vorsichtig.

Czorski schüttelt den Kopf und fixiert sie streng. »Ich mein was anderes.« Sein Blick bohrt sich fast in ihren Kopf hinein und verfehlt seine Wirkung nicht. Dani knetet sich die Finger und rutscht unruhig hin und her. Czorski spürt, dass sein Herz rast, er hat eigentlich nichts in der Hand und kann nur hoffen, dass Dani gleich von allein etwas ausspuckt. Und dass sie nicht daran denkt, dass sie auch das Recht hat zu schweigen, bis sie alle schwarz werden.

»Ich hab doch wirklich nichts gemacht«, jammert sie und sieht ihn flehend an.

»Dafür sind Sie aber sehr nervös.«

Da schluchzt sie plötzlich auf. »Ich hätte Christian doch eh nicht helfen können!«

Czorskis Herzschlag beschleunigt sich noch mehr. »Was meinen Sie?«

»Ich hab das doch nur zufällig gefilmt, ich …« Sie verstummt und kramt in ihrer Handtasche. »Wenn man bedenkt, was Jollig uns ständig antut, kann man mir echt keinen Vorwurf machen. Und schließlich hätte Christian ja auch selbst was tun können.«

Czorski starrt sie an. »Sie haben einen Film von …«

»Von …«, sie scheint es selbst kaum über die Lippen zu bringen, »… von der Nacht auf den ersten September.« Sie hält ihm das Handy hin, und Czorski nimmt es, zu verblüfft, um etwas zu erwidern.

»Ich kann das nicht noch mal ansehen«, sagt sie und hält sich schon die Ohren zu.

Czorski schaut von ihr zu dem Handy, auf dem bereits ein Film ausgewählt ist, und tippt auf *Play*.

Ein junger Kommissaranwärter lehnt keuchend an einem Baum. Er trägt Uniform, unter seiner Dienstmütze lugen schweißverklebte Haare hervor. Jollig tritt ins Bild, ganz nah an den KA heran. »Du denkst, dass du am Ende deiner Kräfte bist«, sagt er höhnisch, »aber das bist du erst, wenn du kotzt.«

»Was zur Hölle …?«, murmelt Czorski.

Der Bildausschnitt wird größer. Jollig holt mit der Faust aus und schlägt dem KA ins Gesicht. »Wehr dich, du Affe!«

Der KA will zurückschlagen, aber Jollig weicht ihm wendig aus. Er tänzelt ein wenig und lacht. »Ist das alles, du Schwanzlutscher?«

Czorski starrt wie paralysiert auf den Handybildschirm.

»Wehr dich, du Stück Scheiße! Du bist doch bewaffnet.«

Der KA fährt sich mit dem Handrücken über das Gesicht, wischt Schweiß und etwas Blut weg und will nach seiner Waffe greifen. Aber Jollig ist schneller und weniger erschöpft, er greift sich die Pistole und zielt damit auf den Kopf des Anwärters.

»Da guckst du, was?« Jollig grinst. »Du hast nicht das Zeug zum Polizisten, du bist mir ausgeliefert. Oder was willst du jetzt machen?«

Der KA schweigt, er wirkt verängstigt.

»Was willst du machen?!«, brüllt Jollig. Wieder sieht man die Adern an seinem Hals und auch an seiner Schläfe hervortreten. Er grinst und nickt in Richtung des Gürtels des KA. »Gib mir deine Acht.«

Mit zitternden Fingern überreicht der Anwärter die Handschellen.

»Dreh dich um«, befiehlt Jollig und nimmt die Acht an sich. »Hände auf den Rücken.« Er steckt die Waffe kurz in den Bund seiner grauen Jogginghose und legt dem KA die Handschellen an. Dabei drückt er ihn gegen den Baumstamm und reibt sich leise lachend an seinem Rücken. Dann plötzlich nimmt er wieder Abstand und zielt mit der Waffe auf seinen Hinterkopf. »Umdrehen. Hinknien!«

»O Gott«, murmelt Czorski.

Der KA zögert noch, aber als er die Waffe direkt an die Stirn gedrückt bekommt, fällt er auf die Knie. »Was soll das?«, fragt er leise.

»Schnauze!« Jollig lacht dreckig. Dann öffnet er sich langsam und genüsslich die Hose. »Lutsch ihn!«

»Was?«

»Lutsch! Ihn!«, brüllt Jollig, die Waffe weiterhin an die Stirn des KA gepresst. Seine Augen sind zu Schlitzen verengt, aus seiner Miene spricht wilde Entschlossenheit. Er packt mit der linken sein Glied und hält es dem KA vor den Mund. »Wir werden ja sehen, wer hier das Zeug zum Beschützer der Bevölkerung hat, wer die Uniform wert ist. Lutschen hab ich gesagt!«

Langsam öffnet der junge Mann die Lippen.

»Und wehe, du benutzt deine Zähne, du Hurensohn …«

Czorski lässt das Handy sinken, als der Penis im Mund des KA verschwunden ist. Mit zitternden Händen legt er es auf den Tisch. »Was ist das?«

Dani nimmt die Hände von den Ohren und sieht ihn verwundert an. »Jollig und Christian.«

»Welcher Christian?«

Sie blinzelt irritiert. »Christian Schopper, mein Kommilitone.«

»Und das ist kein Rollenspiel, oder so?«

»Es sah nicht so aus …« Dani verstummt. »Ich bin zufällig vorbeigekommen. Ich hatte den Bus verpasst und bin noch mal zurück zur Sporthalle gegangen, weil man da besser sitzen kann. Die haben in diesem Kaff ja nicht mal vernünftige Haltestellen mit Sitzbänken. Sonst war niemand mehr hier – außer den beiden. Sie haben mich nicht bemerkt.«

»Und warum haben Sie das gefilmt?«

»Ich weiß nicht, das war rein intuitiv. Ich wollte es wenigstens dokumentieren, dazwischengehen konnte ich ja schlecht. Der Jollig ist verrückt, der hätte vielleicht wirklich geschossen! Die Idee mit der Erpressung ist mir erst später gekommen.«

Czorski starrt sie an. »Sie haben Jollig also erpresst. Um was?«

»Bessere Noten …« Sie hält inne und schlägt sich mit der flachen Hand vor die Stirn. »Moment, Sie haben gar nichts von dieser Sache gewusst! Keinen Verdacht gehabt …«

»Bessere Noten?«, hakt Czorski nach und klingt erschüttert.

»Ja, in Sport konnte ich die gut gebrauchen, außerdem wollte ich, dass Jollig mich nicht mehr so schikaniert.«

»Und dieser Christian …«

»Schopper«, ergänzt Dani.

»Dieser Schopper. An den haben Sie dabei gar nicht gedacht?«

»Doch, natürlich! Ich hab ihm gegenüber mit keinem Wort erwähnt, dass ich Bescheid weiß. Sonst hätte er sich doch nur geschämt. Ich hab das Video bloß Jollig gezeigt – und der war ja eh dabei.«

»Das meine ich nicht. Sie hätten Anzeige erstatten müssen!«

»Christian hat doch selbst nichts unternommen. Das ist seine Sache. Wenn er sich schämt, sollte niemand anders Anzeige erstatten und ihn dadurch bloßstellen.«

Czorski schüttelt den Kopf. »Falsch, als Polizistin wäre es Ihre Pflicht gewesen, einzugreifen. Daniela Friedrich, ich muss Sie leider verhaften.«

Dani erbleicht sichtlich, und Czorski zückt umgehend sein Handy, um Verstärkung anzufordern. Gut, dass Jollig seinen Anwalt bereits angerufen hat …

Essen.

Als Ortwein sich mit seinem Tablett in der Hand umdreht und nach einem freien Platz Ausschau hält, winkt ihm Doro Kelling zu. Neben ihr ist noch was frei. Ortwein zögert kurz, doch dann setzt er sich zu ihr.

Sie grinst. »Das hätte ich nicht erwartet.«

»Was?«

»Dass du dich tatsächlich in der Kantine neben mich setzt, es ist schließlich noch an anderen Tischen was frei.«

»Nun, es wäre ganz schön unhöflich gewesen, mich woanders hinzusetzen, nachdem du mir so demonstrativ zugewinkt hast.«

Doro lehnt sich zurück und lächelt. »Unhöflich?«

Ortwein hebt kurz die Schultern und nimmt sein Besteck zur Hand. »Klar.«

»Na ja, ich hab dir eigentlich nur zur Begrüßung zugewinkt.«

»Dann hättest du es auch lassen können.«

»Nein, *das* wäre unhöflich gewesen.«

Ortwein mustert sie kauend.

Sie lacht auf. »Schon gut! Willst du was trinken?«

»Kaffee.«

Mit einem Nicken nimmt sie ihr Tablett und geht zur Bestelltheke. Als sie wenig später zurückkommt, ist Ortweins Teller schon halbleer gegessen.

»Schmeckst du überhaupt was, wenn du so schlingst?«, fragt sie und stellt ihm eine Tasse hin.

Ortwein sieht von ihr zum Grünkohl, zuckt wortlos die Schultern und schiebt sich noch eine Gabel in den Mund. Grünkohl schmeckt immer, er ist ein völlig unterschätztes Gericht.

Doro setzt sich mit einem Seufzen. »Wahrscheinlich ist das Schlingen irrelevant, bei der Menge, die du rauchst, sind deine Geschmacksnerven eh tot.« Sie schlägt die Beine übereinander und pustet in ihre Tasse.

»Danke für den Kaffee«, sagt Ortwein und merkt, dass Doro ihn prüfend ansieht. Er kratzt den Teller leer und wartet ab, was gleich kommen wird.

»Solltest du nicht wenigstens ein bisschen besser drauf sein, nachdem das BKA deine Statistik um einen fetten Mord erleichtert hat?«, fragt sie schließlich.

Er schiebt den Teller von sich und trommelt mit den Fingern leicht auf die Untertasse aus weißer Kantinen-Keramik. »Ist ein seltsamer Fall.«

»Ja, das kannst du laut sagen.«

Ortwein hebt eine Augenbraue. »Dich lässt er auch nicht los?«

Doro schüttelt den Kopf und trinkt einen Schluck Kaffee. »Mich lässt nicht los, dass eine Streifenpolizistin sich für mich ausgegeben und so Informationen vom BKA erschlichen hat.«

»Ich hab eine Fachaufsichtsbeschwerde eingereicht.«

»Ich weiß. Aber Theresia Pfeffer ist die Nichte von Karl Illner. Ich hab so das Gefühl, dass eine solche Beschwerde ihr nichts anhaben kann.«

Ortwein zögert, er gibt es nur ungern zu, aber dann sagt er es doch: »Außerdem hat sie einen wichtigen Hinweis gegeben und die Ermittlungen vorangetrieben.«

Doro runzelt die Stirn. »Aber auf welche Art und Weise? Sie hätte zu einem von uns kommen müssen. Klar, will sie nicht zu dir, aber …«

»Hey.«

»Niemand kommt mit irgendwas gern zu dir, Ortwein.«

»Du sprichst jetzt mit mir.«

Sie lacht. »Ja, ich frag mich auch, warum. Jedenfalls hat Pfeffer sich mit Czorski gut verstanden. Sie hätte ihn anrufen und ihm vorschlagen können, die Waffen der Opfer zu untersuchen. Stattdessen spielt sie solche Spielchen. Was soll das?«

»Sie hat deine Glaubwürdigkeit nicht beschädigt. Das wurde geklärt.«

»Darum geht es nicht. Ich frag mich, was für ein krankes Hirn darauf kommt, einfach mal beim BKA anzurufen und vier Hierarchiestufen über sich in einer Sache zu ermitteln, für die es nicht zuständig ist?«

»Alberner Größenwahn«, sagt Ortwein.

»Albern oder gefährlich? Pfeffer ist für die Informationen, die sie geklaut hat, überhaupt nicht ausgebildet. Außerdem ist sie nicht im Ermittlungsteam und hat deshalb kein Recht auf Zugang zu diesen Infos. Was zum Teufel bildet sie sich ein?«

Ortwein trinkt seinen Kaffee aus. »Noch einen?«

Doro nickt abwesend und ballt die Hand, die auf dem Tisch liegt, zur Faust.

Er nimmt die beiden Tassen und geht zur Theke zurück. Während er wartet, sieht er noch einmal zu Doro hinüber. Ihre Haltung hat sich offensichtlich nicht entspannt, und er kann sie verstehen. Pfeffers Anruf beim BKA hat zwar dafür gesorgt, dass die Essener Mordkommission jetzt einigermaßen gut dasteht, doch für das Team ist diese Sache wie ein Schlag ins Gesicht. Eine junge Nachwuchspolizistin, die sie alle in den Schatten stellt. Illner ist natürlich mehr als zufrieden und hat Ortwein sogar gelobt – doch nicht, ohne vor allem von seiner Nichte in den allerhöchsten Tönen zu reden. An ihr könne man sich ein Beispiel nehmen, und so weiter und so fort … Wenn Ortwein länger darüber nachdenkt, verspannt auch er sich. Ja, er kann Doro wirklich sehr gut verstehen.

»Zwei Kaffee«, bestellt Ortwein bei dem Mann mit Haarnetz und zeigt auf die Süßigkeiten neben der Kasse. »Und zwei solche Riegel.«

»Mir ist da etwas klar geworden«, sagt Doro, als er sich wieder zu ihr setzt. »Ich brauche auch einen Onkel ganz oben im Polizeipräsidium.«

Ortwein stellt den Kaffee vor sie hin und legt die Schokoriegel dazu.

»Ich hasse Pfeffer auch«, sagt er.

»Und deshalb kaufst du mir Schokolade?«

»Der eine ist für mich«, brummt er, nimmt einen der Riegel, reißt das Papier ab und beißt genüsslich hinein. »Vergiss das Ganze. Menschen machen halt die seltsamsten Sachen.«

»Ja, aber bitte nicht mit meinem Namen.«

»Ja, besser wär's.« Ortwein schmunzelt. »Kennst du den Fall von Jack Unterweger?«

Sie nickt. »Ein österreichischer Prostituiertenmörder. Wieso?«

»Der war doch Journalist.«

»Kann sein.«

Ortwein hebt eine Augenbraue. »Das weißt du nicht?«

»Ist das denn wichtig?«

»Er war ein verurteilter Mörder und hat im Knast angefangen zu schreiben, hat sogar einen Preis dafür bekommen. Er wurde wegen guter Führung nach sechzehn Jahren freigelassen und etablierte sich als Journalist – und dann hat er weiter gemordet. Er saß bei Pressekonferenzen zu seinen eigenen Taten in der ersten Reihe, stellte Fragen zu den Ermittlungen und schrieb darüber.« Ortwein trinkt einen Schluck Kaffee. »Er war auch in den USA, offiziell zur Recherche. Die Polizei, dein Freund und Helfer, hat den bekannten Journalisten und Reporter auf seiner Rechercheреise unterstützt. Sie haben ihn zu Frauen hingefahren, die dann später zu seinen Opfern wurden.«

»Krass«, sagt Doro. »Aber die kranke Psyche eines Mörders ist dann doch etwas anderes als die Überambitionen einer Streifenpolizistin, die Vorschriften ignoriert.«

»Sicher. Ich weiß auch nicht, warum ich jetzt darauf komme.«

Doro lacht. »Zwei kranke Hirne, jedes auf seine eigene Art, so viel steht fest.«

»Ja«, er lacht ebenfalls kurz auf, »ist ja nicht so, dass Pfeffer gleich eine Mörderin wäre.« Er steht langsam von seinem Platz auf. »So, ich muss jetzt erst mal eine rauchen.«

»Und ich muss noch ein bisschen was einkaufen, bevor meine Schicht beginnt.«

Ortwein nimmt sein Tablett. »Stimmt, du hast ja jetzt wieder Scheißarbeitszeiten.«

Doro geht mit ihrem Geschirr voran zum Küchenwagen und stellt es dort ab. »Richtig, aber ich beschwer mich nicht. Beruf du mich nur nicht wieder in irgendeine Mordkommission. Nie wieder, hörst du?«

»Ich kann nichts versprechen«, erwidert er, lächelt schief und schiebt sein Tablett ebenfalls in den Wagen.

»Bis bald«, sagt Doro und wendet sich ab.

»Ja, bis dann.« Ortwein sucht nach seinen Zigaretten und dem Feuerzeug, dann verlässt auch er die Kantine.

Kaum in seinem Büro angekommen, schaut er sehnsüchtig auf den vollen Aschenbecher; eine Erinnerung an die Zeit, als er noch hier rauchen durfte, und die seit heute Morgen vorbei ist. Bei dem Gedanken will er sofort wieder raus und sich noch eine anzünden.

Stattdessen setzt er sich an seinen Schreibtisch und legt die Füße hoch. Seine Freude darüber, dass Seidel weg ist, hält noch immer vor. Er hat den Raum wieder für sich allein und muss sich nicht ständig durch ihr Chaos kämpfen.

Draußen im Großraumbüro sieht er, wie Czorski telefoniert und dabei mit den Armen fuchtelt. Seit er Jollig als Vergewaltiger enttarnt hat, ist er vollbeschäftigt, dabei sind Sexualdelikte eigentlich Sache des KK Zwölf. Aber Czorski spricht ständig mit denen und wohnt den Zeugenbefragungen bei. Er ist jetzt so was wie ein Experte für Jolligs Fall.

Andauernd werden hier Grenzen aufgeweicht, aber wenigstens hat Ortwein sein Büro wieder. Am letzten Tag, als Seidel hier war, war das Chaos so groß, dass es quasi bis ins Großraumbüro quoll. Sie hat gesagt, anders bekomme sie ihre Unterlagen nicht so sortiert, dass sie transportfähig seien.

Und dann war auch noch Pfeffer hier gewesen, hat auf den Papierstapeln gethront und sich bei Seidel darüber beklagt, dass es dem Polizeinachwuchs oft an Engagement fehle. Ortwein hat das zufällig gehört, als er draußen bei Czorski war, der wieder ewig gebraucht hat, um etwas auszudrucken.

Pfeffer hatte sogar die Nerven, härtere Aufnahmeprüfungen für die Polizeihochschule zu fordern. In seinen Augen verbargen sich in ihr Hass und Verachtung für ihre Kommilitonen. Man könnte beinahe denken, sie hätte Christian Müller am liebsten selbst umgebracht …

Ortwein setzt sich abrupt auf und nimmt die Füße vom Schreibtisch. Ja, Pfeffer hat sich zwar in die Ermittlungen eingemischt und wollte unbedingt Teil der Mordkommission sein, aber alles in allem wirkte sie eher wie jemand, der Müllers Tod im Stillen gutheißt.

Nachdenklich spielt er mit seiner Zigarettenschachtel. Genau betrachtet hat Pfeffer auch ein Motiv: Sie hat ein großes Problem mit dem unterqualifizierten Nachwuchs, mit der ganzen Institution Polizeischule und ihrem eigenen Ego. Sie sucht die Nähe zu den Ermittlern, fragt ständig nach den Fortschritten und spielt seltsame Spielchen mit dem BKA. Das haben schon andere Täter genauso gemacht. Jack Unterweger ist da nur ein perfides Beispiel. Das einzige ist er nicht.

Ortwein hat bereits ein paar Doppel- und einen Serienmörder überführt, in deren Wohnungen man komplette Alben mit Zeitungsausschnitten ihrer Taten gefunden hat. Die meisten Täter, die keine persönliche Bindung zu ihren Opfern haben, geilen sich daran auf, dass die Polizei sich mit ihnen beschäftigt. Und das Beispiel Unterweger zeigt, wie nah man mit der Polizei zusammenarbeiten und gleichzeitig der Täter sein kann.

Ortwein grübelt weiter.

Theresia Pfeffer.

Hat sie eigentlich Alibis für die Tatzeiten?

Er sieht die junge Polizistin vor sich: ihre tadellose Uniform, die Haare sorgfältig zusammengesteckt, die leicht abstehenden Ohren. Sie ist groß, der Zug um ihren Mund streng, ihre ganze Art so forsch, dass man sie kaum mögen kann, selbst wenn man es will.

»Czorski!«, ruft er mit einem Mal.

Der steckt kurz darauf den Kopf zur Tür rein. »Chef?«

»Was wissen wir über Pfeffer?«

»Dass sie ein Problem mit Autoritäten hat und eine Art Gottkomplex?«

»Ja, ich meine was noch: Privatleben, Hobbys, Freunde?«

»Sie scheint eine bemerkenswert gute Schützin zu sein. Das steht in ihrer Akte. Schießausbildung mit Auszeichnung.«

»Verleiht die Polizei so was?«

»Ihr Onkel hat ihr anscheinend mal eine solche Urkunde verliehen.«

»Aha. Weitere Hobbys oder Bekannte in Polizeikreisen?«

»Chef?«, fragt Czorski gedehnt. »Worauf willst du hinaus?«

»Hat Pfeffer eigentlich Alibis für die Taten?«

»Was?«

»Stand in der vergleichenden Analyse nicht irgendwas von geschlechtsspezifischen Machtphantasien als mögliches Motiv?«

»Äh … das war ein Aspekt beim weiblichen Opfer in Mainz … glaub ich.«

»Wo haben wir die Unterlagen dazu?«

Czorski sieht ihn ein wenig verwirrt an und macht einen Schritt zurück zu seinem Schreibtisch. Dann kommt er mit ein paar Papieren in der Hand zurück und reicht sie Ortwein. »Wir haben hier eine Zusammenfassung der Mainzer Fallanalyse bekommen.«

»Und was steht da zu Gender drin?«

Czorski kratzt sich an der Schläfe. »Nun, ich weiß es nicht so genau.« Er macht Anstalten, das Büro zu verlassen. »Und ich muss mich jetzt leider bereithalten. Da müsste jeden Augenblick jemand aus dem KK Zwölf anrufen. Jollig wird angeklagt, und er ist immer noch ein Dozent der Polizeischule. Wir wissen noch nicht so recht, wie wir damit umgehen sollen.«

Ortwein runzelt die Stirn und sieht Czorski an. »Es ist nur eine Vergewaltigung.«

»Nur?«

Ortwein tippt auf die Unterlagen auf seinem Schreibtisch. »Hierbei geht es um Mord.«

Draußen im Großraumbüro klingelt das Telefon. Czorski lächelt entschuldigend und hechtet nach draußen. Das ist auch sehr interessant, ein hechtender Storch.

Ortwein wendet den Blick ab und schlägt die Zusammenfassung der ersten beiden Fallanalysen auf. Er findet einige Stichpunkte zum Verhältnis der Geschlechter bei der Polizei und die Hypothese, dass der Täter weiblich sein könnte.

Natürlich steht in den Unterlagen nichts zum Fall Stuttgart. Kurz nachdem der Mord in Stuttgart passiert ist, hat Essen schon alles ans BKA abgegeben, und jetzt hat Ortwein keinen Zugang mehr zum Stand der Ermittlungen.

Kapitel 11 **Facebook**

Dienstag, 18. September

Wiesbaden.

Skeptisch betrachtet Ortwein seinen Besucherausweis.

»Kommen Sie«, sagt Opell und öffnet die Tür, die aus der Pförtnerloge herausführt. Sie geht vor zum Aufzug, drückt den Knopf und lächelt Ortwein freundlich an.

Er räuspert sich. »Vielen Dank, dass Sie heute Zeit für mich haben.«

»Keine Ursache. Die Stern-Morde sind belastend für jeden Polizisten und Kriminalisten. Der Austausch darüber hilft uns allen.«

Noch so eine Psychologin, denkt Ortwein. Wenn Opell auch ein ganz anderer Typ ist als Seidel. Während Letztere klein, drahtig und passionierte Trägerin zu langer Jeanshosen ist, ist Opell rundlich und gepflegt. Die blondgesträhnten Haare und das blassgelbe Twinset lassen sie eher wie eine Therapeutin wirken.

»Hatten Sie eine gute Fahrt?«, fragt Opell und betritt den Aufzug.

»Ja, kann nicht klagen«, antwortet Ortwein und folgt ihr.

»Wie schön. Ich konnte uns ein kleines Besprechungszimmer reservieren.«

Ortwein nickt und lächelt. Twinset hin oder her, sie ist angenehmer als Seidel. Aber das gilt wahrscheinlich für jeden Menschen auf dieser Erde – außer Pfeffer natürlich.

Oben angekommen folgt Ortwein der Fallanalytikerin über eine Büroetage mit grauem Teppich. Sie passieren einen Kaffeeautomaten und ein Großraumbüro, in dem er Seidels cremefarbenen Schreibtisch sofort ausmachen kann. Natürlich ist sie selbst gerade nicht hier, sondern in Stuttgart oder Mainz, aber die Türme von Papier und die Blätter, die sich um den Schreibtisch herum auf dem Boden verteilen, sind ein eindeutiges Zeichen.

Ortwein presst die Lippen aufeinander und geht weiter.

»Also, was kann ich für Sie tun?«, fragt Opell, als sie sich endlich gegenübersitzen.

»Eine Ihrer Hypothesen besagt, es könnte sich um eine Täterin und keinen Täter handeln.«

»Selbstverständlich. Es wurde ja keine DNA am Tatort gefunden, die auf einen männlichen Täter schließen lässt. Das heißt, ein weiblicher Täter bleibt eine Option. Die Hypothese sollte darauf verweisen.«

»Natürlich, aber in der Zusammenfassung Ihrer Analyse las es sich so, als gäbe es für diese Hypothese einen konkreten Hinweis im Tatortbild.«

»Nun ja, ich fand den Sternzacken zwischen den Beinen des Opfers auffällig. Hannah Born hatte einen Zacken um jede Gliedmaße; Kopf, Arme, Beine – und eben noch einen Zacken zwischen den Beinen.«

»So wie Christian Müller auch.«

»Damit habe ich mich zwar nicht näher beschäftigt, aber bei einem männlichen Opfer umrahmt dieser Zacken mehr oder weniger den Penis. Bei einem weiblichen Opfer hingegen … Nun, da stellt sich zumindest die Frage, ob dies ein Zeichen für Klitorisminderwertigkeit sein könnte.«

Ortwein stutzt bei diesem Begriff. »Und daraus schließen Sie auf einen weiblichen Täter?«

»Nicht direkt, aber es eröffnet ein neues Themengebiet. Wir haben hier eine tote Frau in Uniform, die sich trotz eigener Waffe nicht gewehrt hat, die, wie ich nachträglich erfahren habe, sogar mit ihrer eigenen Waffe erschossen wurde, und einen Zacken, der ein Verweis auf einen ›fehlenden Penis‹ sein könnte.« Sie macht Anführungszeichen in die Luft. »Das alles würde auf das Motiv der Macht hinweisen, vor allem die fehlende Macht einer *weiblichen* KA. Schließlich ist der Polizeiberuf nach wie vor eine Männerdomäne.«

Ortwein wischt mit der Hand durch die Luft. »Ach, Quatsch. Es gibt doch viele Hühnerstreifen.«

Opell lächelt sanftmütig. »Herr Ortwein. Allein die Tatsache, dass Sie einen solchen Begriff verwenden, macht deutlich, dass Sie weiblichen Polizisten nicht das Gleiche zutrauen wie männlichen. Letztere sind die Regel, die ›Hühner‹«, wieder die Anführungszeichen, »sind die Ausnahme. Der Polizist ist normal, die Polizistin nicht. Oder wie viele Polizeipräsidentinnen kennen Sie?«

Ortwein kennt nur Illner, und der reicht ihm, egal ob Mann oder Frau, aber er spart sich die Antwort. »Die Stern-Morde könnten also ein Kommentar zu diesen Verhältnissen im Polizeidienst sein?«

»Der Fall Hannah Born könnte ein solcher Kommentar sein«, verbessert sie. »Mittlere Wahrscheinlichkeit. Zu den anderen beiden Fällen kann ich nichts sagen.«

Ortwein reibt sich das Kinn. »Könnte die ganze Blut-Stern-Inszenierung vielleicht das Werk einer Polizistin sein, die sich für besser hält als die anderen? Von jemandem, der das Ausbildungssystem sowie das Auswahlverfahren für den Polizeinachwuchs hasst?«

»Möglich. Aber ich glaube, die neusten Erkenntnisse des Vergleichs meiner Kollegin Doktor Seidel haben einen gescheiterten KA im Fokus, jemanden, der an der Polizeischule war und geflogen ist.«

»Gibt es schon konkrete Verdächtige?«

»Nicht dass ich wüsste. Dieser Verdacht grenzt lediglich die Ermittlungen ein. Aber natürlich bin ich nicht über alle Details informiert. Ich bin ja kein Teil des Ermittlungsteams.« Sie lächelt ihn auf eine Art an, die deutlich macht, dass sie damit auch kein Problem hat.

»Also könnte es genauso gut eine Polizeikommissarin mit Gottkomplex sein.«

»Wie kommen Sie darauf?«, fragt Opell.

»Sagen wir, ich habe da jemanden im Visier, der mir komisch vorkommt.«

»Die Ihnen komisch vorkommt, meinen Sie?«

Er nickt.

»Haben Sie denn schon von den Schultersternen gehört?«

»Schultersterne?«

»Eine Hypothese besagt, dass die Blut-Sterne die Sterne an den Schulterklappen repräsentieren und dass der Täter sich solche schießt, symbolisch gesehen. Doch das setzt natürlich voraus, dass der Täter in seiner beruflichen Karriere keine Sterne mehr erlangen kann, er die Uniform also abgeben musste.«

»Oder«, wendet Ortwein ein, »die Täterin hält sich selbst für zu gut für Schultersterne, die ihrer Meinung nach jeder Waschlappen früher oder später bekommt. Sie findet, sie hat mehr verdient, holt es sich und beseitigt dabei gleichzeitig ein paar unwürdige KA.«

»Niedrige bis mittlere Wahrscheinlichkeit«, sagt Opell, dann hebt sie abwehrend die Hände. »Aber ich kann wirklich nur für den Mord an Hannah Born sprechen.«

Ortwein bemerkt, wie er ungeduldig mit seinen Fingern auf dem Tisch trommelt und zieht die Hand zurück, er lächelt Opell freundlich an. »Nun, Sie haben mir trotzdem sehr geholfen. Vielen Dank.«

Die Fallanalytikerin beugt sich etwas vor und legt eine Hand auf seinen Arm. »Das ist nicht mehr Ihr Fall, Herr Ortwein.«

»Ich weiß.«

»Vielleicht wird es Zeit loszulassen?«

»Was?«

Sie lächelt wieder dieses Lächeln, das ihn zum ersten Mal denken lässt, dass Seidel vielleicht doch keine so schlechte Wahl ist. Desinteresse kann eben eine Tugend sein.

»Ich kann mir vorstellen, wie hart es für einen ehemals uniformierten Polizeibeamten sein muss, an diesen Ermittlungen beteiligt zu sein«, fährt sie fort. »Sicher haben Sie in den letzten drei Wochen viele Stunden wachgelegen und die Frage gewälzt, wer und was hinter den Stern-Morden steckt.«

»Na ja.« Ortwein räuspert sich und tastet nach seinen Zigaretten, es wird Zeit für frische Luft.

»Sie müssen das nicht leugnen. Sicher war es furchtbar für Sie, als das BKA Ihnen jede Handlungsmacht über diesen spektakulären und bedrohlichen Fall entzogen hat.«

»Ich hab genug Arbeit, die mich ablenkt.«

Opell lehnt sich zurück und lächelt ihn wissend an. »Und dennoch sind Sie hier.«

Dazu fällt ihm leider nichts ein, das kann er ja schlecht leugnen.

»Sie können nicht jeden Mörder fassen, Herr Ortwein. Ihr Berufsethos in allen Ehren, aber vielleicht sollten Sie verinnerlichen, dass das ein Job ist, den Sie erledigen, so gut Sie können, und keine Lebensaufgabe, von der Sie sich auffressen lassen müssen.«

Ortwein räuspert sich wieder, bemüht, ein Lachen zu unterdrücken. »Danke, aber ich ... ähm ... kann mich eigentlich recht gut von meinen Fällen distanzieren.«

»Es geht mir hier vor allem um Ihre emotionale Zuständigkeit.«

Er hebt eine Augenbraue.

»Ich bin sicher, dass Sie alles in Ihrer Macht Stehende für die Stern-Morde getan haben. Es wird nun Zeit, den Staffelstab weiterzureichen.«

Mit einem schmalen Lächeln steht Ortwein auf. »Ja, danke. Ich muss jetzt aber los, sonst komm ich noch in den Berufsverkehr.«

»Natürlich.«

Er schiebt schwungvoll den Stuhl zurück. »Danke, noch mal.«

»Keine Ursache.«

Als Ortwein draußen ist, ist sofort eine Zigarette an. Opell hatte unrecht, er hat nichts für die Stern-Morde getan, in diesem Augenblick wird ihm das bewusst. Er war nie persönlich involviert – bis jetzt.

Mainz.

»Schätzchen, es ist so schön, dich wiederzusehen«, sagt Filond mit seiner säuselnden Stimme, breitet die Arme aus und presst Seidel fest an sich. Er drückt ihr links und rechts ein Küsschen auf die Wange und schiebt sie dann ein Stück von sich weg. »Du siehst scheiße aus.«

Damit wendet er sich ab, setzt sich auf einen Stuhl und schlägt die Beine übereinander. Während er die Hände auf dem Knie verschränkt und mit dem Fuß wippt, starrt Seidel ihn unverwandt an. Auf ihren Wangen brennen noch die Küsse des Rechtsmediziners, die sie so nicht hat kommen sehen.

»Du sahst schon strapaziert aus, als du mich zn Essen im Obduktionsraum besucht hast, aber das …«, er wedelt mit der Hand in ihre Richtung, »ist unter aller Sau! Hast du Rouge dabei? Damit könnten wir das Schlimmste beheben.«

»Nein, danke«, erwidert Seidel trocken und setzt sich wieder vor ihre Unterlagen an den Konferenztisch im Meeting-Raum des Mainzer Kriminalkommissariats, Abteilung Elf. »Gestern Stuttgart, heute Mainz, zwischendurch vergleichende Fallanalysen von drei Morden, ich weiß auch nicht, warum ich nicht entspannt aussehe.«

»Ja, ausgerechnet Mainz. Hätte man die Zentrale der BKA-

Mordkommission nicht in einer Stadt mit etwas weniger Provinzialität einrichten können?«

»Provinzialität?«

Er hebt abwehrend die Hände. »Sag über Essen, was du willst, aber es ist Teil des größten Ballungszentrums Europas. Da steppt der Bär. Außerdem würde sowieso nicht zählen, was du sagst, denn du kennst Essen nicht. Es hat auch schöne Ecken. Alle unterschätzen es.«

»Aha«, sagt Seidel und gähnt. »Hast du was für mich?«

»Ich fürchte nein. Ich hatte alle drei Leichen noch einmal vor mir und habe drei Assistenten zwei Nächte und drei Tage lang beschäftigt. Alles, was ich sagen kann, ist: Der Täter hat gelernt.« Filond beugt sich vor. »Ich meine diese Sauerei mit der Scherbe und dem Kehlschnitt, nur um an Blut zu kommen ... Ich bitte dich, Schätzchen. Was für ein Anfänger!«

»Aber jetzt macht er es besser?«

»Ja. Dem dritten Opfer hat er in einem solchen Winkel in den Kopf geschossen, dass die Austrittswunde fast den ganzen Hinterkopf weggesprengt hat. Dadurch hatte er genug Blut für den Sechsstern.« Filond setzt sich etwas aufrechter hin und lächelt sie erwartungsvoll an. »Hilft dir das?«

»Hast du denn diesmal Spuren gefunden, die auf den Täter verweisen?«

Er runzelt leicht die Stirn. »Nein.«

»Dann hilft es mir nicht.«

Filond verschränkt die Arme vor der Brust und lehnt sich zurück. »Ich hab wirklich getan, was ich konnte.«

Seidel lacht. »Nicht schmollen. Du bist der Beste.«

»Wirklich?«

Sie weiß selbst nicht, warum sie das gesagt hat. Eigentlich ist sie nicht der Typ für verbrüderndes Lob. Das würde ja noch etwas wie eine Freundschaft nach sich ziehen, und Seidel hat keine

Freunde. Aber dieser kurze Satz lässt Filond über das ganze Gesicht strahlen. Faszinierend.

»Mann oder Frau, Rita?«, ertönt in diesem Augenblick plötzlich Karen Bellens sanfte Stimme hinter ihnen.

Filond und Seidel wenden gleichzeitig die Köpfe zur Tür. Gekleidet in enge Jeanshosen und einen lässig weiten Pulli steht dort die BKA-Kriminalhauptkommissarin und reibt sich die Nasenwurzel. »Diese Scheißgruppe bei diesem Scheiß-Facebook hat über tausend Mitglieder«, flucht sie, und sogar Filond scheint irritiert angesichts der Diskrepanz zwischen ihrem zarten Tonfall und den herben Worten. Er starrt sie unverhohlen an.

Karen streicht sich das kinnlange gewellte Haar hinter die Ohren, schließt die Tür und setzt sich zu ihnen. »Meine armen Mitarbeiter müssen inzwischen jeden Einzelnen stalken.«

»Ich hab doch gesagt, ihr sollt euch auf die gescheiterten KA konzentrieren«, sagt Seidel.

Karen schenkt ihr einen sprechenden Blick. »Da sind wir dran. Dennoch würde ein weiterer Parameter uns sehr helfen. Geschlecht, Alter …«

Seidel seufzt. »Das Ende der Ausbildung des Verdächtigen kann lange zurückliegen. Es kann sein, dass er vor zwanzig Jahren von der Polizeischule geflogen ist und seine Rache an der Institution lange geplant hat, vielleicht hat er auf den richtigen Zeitpunkt gewartet.«

»Es kann aber auch jemand sein, der erst letztes Jahr abgebrochen hat?«

»Ja.«

»Oder jemand, der noch immer in der Ausbildung oder im Dienst ist?«

»Niedrige bis mittlere Wahrscheinlichkeit«, sagt Seidel.

»Was ist mit jemandem, der vom Dienst suspendiert wurde?«, fragt Filond.

Seidel nickt. »Auch möglich.« Sie sieht zu Karen. »Überprüft besser auch alle fertig ausgebildeten Kommissare, die suspendiert wurden und Verbindungen zur Gruppe *Police Academy* haben.«

»Na toll. Du sollst die Anzahl der Verdächtigen eingrenzen, Rita.«

»Das hab ich, Karen«, erwidert sie ungeduldig. »Gescheiterte KA.«

»Aber bis jetzt haben die alle ein Alibi für mindestens einen der drei Morde!«

Seidel wendet sich ihrem Laptop zu und fährt mit dem Finger über das Trackpad. Die Facebook-Gruppe erscheint. Sie ist immer noch mit Doktor Florians Account angemeldet und scrollt durch die Liste der Police-Academy-Mitglieder. »Er ist in dieser Gruppe.«

»Ja, und deshalb werden meine gut ausgebildeten Ermittler auch gerade zu onlinesüchtigen Teenies, die Beziehungsgeflechte der anderen Gruppenmitglieder erforschen müssen. ›Xy ist in einer Beziehung, und es ist kompliziert.‹« Sie verdreht die Augen. »Wenn die wüssten. Manche Beziehungen können tödlich enden.«

Seidel fährt zu ihr herum. »Ihr habt die KA doch gewarnt, oder? Ihr habt ihnen gesagt, dass niemand mehr posten darf, dass er den Dienstweg bewaffnet zurücklegt?«

»Natürlich«, antwortet Karen etwas genervt.

»Gut, und ihr habt auch allen KA in Deutschland gesagt, dass sie am besten überhaupt keine Dienstwaffe mehr mit sich führen sollen, außer sie sind im Dienst? Sondergenehmigung hin oder her.«

Die BKA-Hauptkommissarin runzelt die Stirn. »Ja! Wirst du mich das nun täglich fragen?«

»Gut möglich«, erwidert Seidel ungerührt.

»Ich glaube nicht, dass der Mörder schon fertig ist«, hakt Filond ein. »Jetzt, wo er sein Vorgehen optimiert hat ... Ihr hättet Torbergens Austrittswunde mal sehen sollen. Das war beinahe ein Krönleinschuss.«

Seidel sieht ihn fragend an.

Filond wedelt mit der Hand durch die Luft. »Gut, gut, nur fast. Ein Krönleinschuss braucht etwas mehr Energie als eine 9mm freisetzen kann, aber der Effekt spricht für sich: Es wird das komplette Großhirn aus dem Kopf gesprengt. An diesem Punkt ist unser Stern-Mörder selbstverständlich noch nicht. Aber wenn er mal einen Profi fragen würde ...«

Karen räuspert sich.

»Wundballistik«, schwärmt Filond, »ein so spannendes Feld! Ich wünschte, ich könnte einmal mit ballistischer Gelatine arbeiten. Wobei ein anästhesiertes Schwein auch nicht übel wäre. Ich weiß, dass man menschliche Knochen zwar auch mit Kunststoff nachbilden kann, aber das Erforschen endballistischer Verletzungsbilder mit Plastik? Ich bitte euch.«

»Ja, ja«, sagt Karen und lächelt dünn. »Sehr spannend.«

»Sie profitieren auch davon, meine Liebe.«

Seidel beugt sich vor und tätschelt Filonds Hand. »Du musst unbedingt mal meinen Bruder kennenlernen.«

»Ist er gut aussehend?«

Karen lacht. »Der spielt nicht für Ihr Team.«

Er runzelt verärgert die Stirn und stemmt eine Hand in seine füllige Hüfte. »Darauf wollte ich gar nicht hinaus. Mir ging es allein um die Schönheit. Die Welt sollte voll davon sein!«

»Voll von Doktor Florians? Na, ich weiß nicht.«

»Oh, gut«, sagt Seidel. »Dann hast du also nicht mit ihm geschlafen ...«

»Doch«, gibt Karen ungerührt zurück. »Deshalb sag ich das ja.«

Filond klatscht in die Hände. »Wie aufregend! Vielleicht sollte ich mich nach Wiesbaden versetzen lassen.«

»Ich dachte, du magst Essen?«

»Natürlich, aber da sind alle Skandale im Polizeipräsidium schon erzählt.«

»Mein Bruder ist kein Skandal. Er ist ein Idiot.«

»Aber offensichtlich ein gut aussehender, Schätzchen.«

Karen seufzt schwer. »Eigentlich bin ich hierhergekommen, um der hormongetränkten Facebook-Kommunikation meines Teams zu entfliehen.«

»Davor gibt es kein Entkommen, meine Liebe«, klärt er sie auf.

Seidel mustert ihn. »Filond. Du bist sehr anstrengend.«

Er lächelt und beugt sich vor, um diesmal ihr die Hand zu tätscheln. »Nein, Schätzchen. Du bist bloß angestrengt.«

»Kannst du wirklich nicht abschätzen, ob wir hier eher einen männlichen oder einen weiblichen Täter haben?«, fragt Karen und lenkt das Gespräch wieder auf die Morde. »Hast du echt nichts für mich, Rita?«

»Tut mir leid, bis jetzt noch nicht.«

»Verdammt.«

»Hätte eine Frau den ersten Mord nicht besser geplant?«, wirft Filond ein. »Ein weiblicher Täter hätte doch nicht auf eine Glasscheibe zurückgreifen müssen, um an genügend Blut zu kommen, oder?«

Seidel zeigt auf die Papierberge, die sich auf dem Konferenztisch verteilen. »Weil Frauen zwangsläufig organisierter sind als Männer?«

»Du bist vielleicht eine Ausnahme, Rita. Wenn die Opell sich irgendwo hinsetzt, sieht das ganz anders aus«, fügt Karen lachend hinzu.

»Schnauze«, sagt Seidel.

In diesem Moment wird die Tür aufgerissen, und ein Kriminalkommissar steckt seinen braunen Schopf zur Tür herein. Er hat grüne Augen und eine angenehm warme Stimme. »Wir haben ein gefälschtes Profil in der Gruppe Police Academy!«, verkündet er.

»Dominik«, sagt Karen mit leuchtenden Augen. »Das klingt ja fantastisch!«

Seidel schielt zu Filond hinüber, der angesichts des gutaussehenden Kommissars doch hin und weg sein müsste. Aber der pult sich unbeeindruckt unter den Nägeln. Seidel fährt sich kurz durch die Haare.

»Kennt ihr die Person hinter dem Alias?«, fragt Karen.

Der Kommissar nickt. »Wir haben einen Namen, Kilian Uhlen, er wohnt in Frankfurt.«

»Den müssen wir sofort befragen«, erwidert sie und springt auf.

»Ist Uhlen ein gescheiterter KA?«, fragt Seidel.

Dominik sieht zu ihr und lächelt, dann schüttelt er den Kopf. »Nein, er war nie bei der Polizei und hat sich auch nie beworben. Wir wissen noch nicht, warum er in der Gruppe ist, was seine Verbindungen zur Polizei sind oder warum er unter falschem Namen bei Facebook angemeldet ist.«

Seidel lehnt sich zurück und stellt eine Ferse auf die Sitzfläche ihres Stuhls. »Wenn er kein gescheiterter KA ist, war er's nicht.«

»Herrgott«, fährt Karen dazwischen. »Er ist verdächtig, und wir werden ihn befragen, Punkt! Er wohnt in Frankfurt, das ist eine günstige Lage, wenn man in Essen, Mainz und Stuttgart mordet. Deine Eingrenzung hilft uns ja zurzeit nicht weiter.«

Seidel zuckt die Schultern. »Ich sag euch nur, wie's ist. Die Blutsterne sollen Schultersterne ersetzen, das habe ich im Gefühl. Und dafür ist eine verhinderte Polizeikarriere obligatorisch.«

»Dein Gefühl ist aber kein Beweis, den wir vor Gericht vorlegen können«, erwidert Karen brüsk und steht auf. »Bitte geh all deine Unterlagen noch mal durch und verschärf das Täterprofil!« Mit diesen Worten rauscht sie aus dem Konferenzraum.

»Hat mich gefreut«, sagt Dominik noch, lächelt und folgt Karen Bellen durch die Tür.

Seidel betrachtet stirnrunzelnd ihre Papierstapel. »Die stellt sich das so einfach vor. Aber ich bin ganz allein«, murmelt sie tonlos. »Ich habe kein Team, dem ich die unliebsame Facebook-Recherche überlassen kann.«

»Willst du denn ein Team? Eigentlich haben Fallanalytiker ja eins.«

»Ich nicht, und mir gefällt das so, aber ... Karen soll einfach nicht von sich auf andere schließen.«

Filond nickt ernsthaft. »Sie hat keine Ahnung von deiner Arbeit.«

Seidel lacht. »Du doch auch nicht.«

»Aber ich bin auf deiner Seite.«

»Warum?«

»Ich weiß nicht. An deiner Schönheit wird es nicht liegen.«

Sie grinst. »Es wird die Ehrlichkeit sein, du Fettsack. Das verbindet.«

»Ja, ich denke auch. Kaffee?«

»Der ist hier schrecklich.«

»Keine Angst, ich besorge uns was Richtiges aus der Stadt. Ich benutze diese Automaten nicht. Ich hol uns was mit Schaum und Zucker.«

Seidel verzieht das Gesicht.

»Nein, nein. Keine Widerrede! Du wirst es mögen.« Er steht auf, schultert seine Tasche und klatscht in die Hände. »Wozu hab ich denn meine Vespa dabei? So finde ich auch hier eine gute Espressomaschine!«

»Du bist mit der Vespa von Essen nach Mainz gekommen?«

»Nein, ich bin mit dem Pick-up hier, auf dessen Ladefläche die Vespa steht.«

»Aha.«

»Ich nehm dich mit, wenn du magst.«

»Im Pick-up oder auf der Vespa?«

»Ganz wie du willst.« Damit dreht er sich um und trippelt aus dem Raum.

Seidel sieht ihm nachdenklich hinterher. Jetzt hat sie offensichtlich einen Freund – und muss Kaffee mit Milchschaum und Zucker trinken.

Mainz.

Das Restaurant bewirtet heute ausschließlich ihre geschlossene Gesellschaft, das hilft nicht unbedingt gegen die vorherrschende steife Atmosphäre.

Seidel durchstreift den Raum und wünscht sich, es wären noch andere Gäste da als ihre Kollegen. Das BKA-Team zum Fall der Stern-Morde trifft sich hier außerhalb der Kommissionszentrale, um mal den Kopf frei und den Bauch voll zu kriegen.

»Ich hab gar keinen Hunger«, sagt Seidel lustlos und setzt sich an ihren Platz. Die schwere weiße Tischdecke schabt ihr dabei über die Jeanshose. Die Blumen auf dem Tisch sind echt, das kann sogar sie erkennen.

»Das Gefühl kenne ich«, sagt Dominik neben ihr. »Vor lauter Stress gönnt man sich nicht mal Zeit zum Essen, wenn ein Mörder frei herumläuft.«

Sie ringt sich ein dünnes Lächeln ab. »Ich will einfach nicht, dass noch ein Mord passiert.«

Dominik nickt und greift nach einer der Weinflaschen, die auf der langen Tafel aufgestellt sind. »Und deshalb ist es umso wichtiger, dass wir uns stärken. Sonst fehlt uns die notwendige Energie. Weißwein?«

»Klar, warum nicht.«

»Sie hatten übrigens recht.«

»Natürlich.« Seidel trinkt einen Schluck und sieht ihn an. »Womit genau?«

»Kilian Uhlen hat sich bloß für eine Kommissaranwärterin interessiert und einen falschen Namen auf Facebook benutzt, um sie zu stalken. Wasserfeste Alibis. Er ist nicht unser Stern-Mörder.«

»Meine Rede. Nur ein gescheiterter KA kommt in Frage.«

»Wieso sind Sie sich da so sicher?«

»Ich glaube, er kommuniziert mit uns über die Blut-Sterne, und ich verstehe seine Sprache.«

»Sie meinen also, er kommuniziert mit *Ihnen?*«

»Ja, anscheinend bin ich die Einzige, die ihn versteht.« Sie seufzt. »Und das hat auch lang genug gedauert.« Dann schenkt sie ihm ein müdes Lächeln. »Und ich bin übrigens Rita.«

»Dominik.«

Sie stoßen an, Seidel leert ihr Glas und schenkt sich nach, während Dominik weiterspricht. »Also, wir glauben dir ja, wenn du sagst, es ist ein gescheiterter KA aus dieser Facebook-Gruppe. Aber alle, die wir bis jetzt rausfiltern und überprüfen konnten, können es nicht gewesen sein. Die meisten haben Alibis, einer sitzt im Rollstuhl … Wir sind mit der Police Academy fast durch, und es sieht mau aus.«

»Er versteckt sich da irgendwo.«

Dominik lacht. »Ja, das sollte er auch.«

»Und wenn ich er sage«, fügt Seidel an und trinkt noch einen Schluck Wein, »meine ich, dass er auch eine Sie sein kann.«

»Das generische Maskulinum im Gebrauch des Wortes Täter. Ich verstehe.«

Sie nickt. »Genau.«

»Du bist wirklich bemerkenswert«, sagt Dominik und nippt an seinem Wein.

»Ah ja?«

»Du wirst sehen, nach dem gemeinsamen Essen heute Abend, außerhalb des KK Elf, werden morgen alle Ermittler frisch sein und Kraft getankt haben.«

»Ich bestimmt nicht.«

»Du bist ja auch kein Ermittler.«

»Genau, und ich kann auch nichts weiter tun. Ich habe alle Hypothesen gebildet, die sich aus den Daten und Informationen ableiten lassen. Mehr geben die Morde einfach nicht her.«

»Du klingst enttäuscht.«

»Ich weiß selbst, dass uns noch ein Parameter fehlt, um den Täter herauszufiltern. Uns entgeht da etwas, eine Verbindung, ein Hinweis, den wir übersehen …«

Kapitel 12 Grugapark

Mittwoch, 19. September

Essen.

»Wow«, sagt Tobi und lässt seinen Blick langsam über Pfeffer gleiten.

»Wenn das ein Kompliment sein soll, dann wirkt es nicht.« Sie verschränkt trotzig die Arme vor der Brust. »Ich hasse mich in Uniform!«

Er grinst schelmisch, dass seine blauen Augen aufblitzen. »Du hasst die Uniform generell.«

»Nein, das stimmt nicht. Zu manchen Kollegen passt sie sehr gut.« Sie beißt sich auf die Zunge. Sie will das nicht mehr tun, solche Bemerkungen äußern, die abwertend wirken.

Schnell streckt sie die Arme nach Tobi aus und zieht ihn zu sich heran. Sie lehnt mit dem Rücken am Streifenwagen, legt ihm die Hände in den Nacken und küsst ihn. Tobi riecht wie immer gut.

Er lacht und löst die Lippen von ihr.

»Was ist?«, fragt sie.

»Also, das ist jetzt wirklich zu heiß. Ich knutsche mit einer uniformierten Polizistin, presse sie an den blausilbernen Passat …« Dann küsst er sie weiter.

Pfeffer hatte ihm erst vor wenigen Minuten eine SMS geschrieben und ihm gesagt, wo sie ist. Er sollte sie zwar nur mit einem Chat von ihrer Langeweile ablenken, aber nun gut, er war gerade in der Nähe. Sie spürt wie seine Hände über ihre Brüste streifen, und so langsam genießt sie diese verbotene Situation …

Ein Räuspern unterbricht sie, und erschrocken fahren sie auseinander.

Frick steht da, stemmt die Hände in die Hüften und mustert die beiden mit einem wütenden Gesichtsausdruck. »Ich weiß nicht, was ich dazu sagen soll.«

»Ich, ähm ... geh dann mal besser«, sagt Tobi hastig und tritt den Rückzug an. »Treffen wir uns nachher in der Gruga?«

Pfeffer nickt wortlos, stößt sich vom Wagen ab und zupft ihre Uniformbluse zurecht. Als sie wieder aufsieht, ist Tobi schon verschwunden.

»Wo soll ich anfangen?«, schnauzt Frick. »Da gehe ich kurz pinkeln, und du nutzt die Zeit für einen Quickie vorm Streifenwagen? In aller Öffentlichkeit präsentierst du den Bürgern eine stöhnende Polizistin, die mit einem Zivilisten rummacht?«

»Ich hab nicht gestöhnt«, gibt Pfeffer leise zurück.

»Das ist nicht der Punkt!«, brüllt Frick. Aber dann scheint er zu merken, dass er es nun ist, der die Aufmerksamkeit auf sich zieht, und räuspert sich. »Ins Auto«, befiehlt er.

Sie setzt sich hinein und schließt hinter sich die Tür. Frick knallt seine zu und fixiert Pfeffer mit seinem Blick. »Dafür, dass du jemanden wie Christian Müller einen unfähigen Polizisten schimpfst, hast du gerade selbst ein überraschend gutes Exempel dafür abgeliefert, was ein schlechter Polizist wirklich ist!«

Pfeffer lässt den Kopf gegen die Stütze fallen und seufzt. »Du hast ja recht.«

»Das geht so einfach nicht.« Er schaut über das Lenkrad auf die Straße, wo einige Absperrhütchen aufgestellt sind. »Ich weiß ja, dass es stinklangweilig ist, einen offenen Gully zu bewachen, bis die Mitarbeiter von der Stadt da sind. Aber da muss man eben durch.«

»Ich weiß«, murmelt Pfeffer. »Kein Gullydeckel. Ein Loch in der Straße. Eine große Gefahr.«

Er sieht sie scharf von der Seite an. »Ich hoffe, das war keine Ironie, denn genau so ist es! Du willst da nicht mit dem Auto reinfahren, glaub mir.«

»Nein, will ich nicht«, stimmt Pfeffer zu, ganz ohne Ironie. Sie weiß, dass es wichtig ist, eine Gefahrenstelle zu bewachen, und ist nun wütend auf sich selbst.

Frick grunzt noch einmal leise. Dann lacht er plötzlich auf.

»Gut, ich werde nichts sagen, dieses eine Mal nicht«, sagt er und fügt versöhnlich hinzu. »Aber nur, weil meine Verlobte auch schon zwei Mal vorbeigekommen ist und es mit mir auf der Wache treiben wollte. Während ich Uniform trage.« Er grinst schelmisch. »Aber das bleibt unter uns.«

Pfeffer nickt wortlos.

»Wenn du das ausplapperst, verpfeif ich dich auch, also denk ich, dass wir einen Deal haben.«

»Haben wir.«

Tobi streicht über ihre langen offenen Haare. »Es tut mir leid wegen vorhin. Ich dachte, du willst, dass ich vorbeikomme …«

»Ja … ist nur etwas ausgeartet«, erwidert Pfeffer leise.

»Glaubst du, dass du Ärger kriegst?«

Sie schüttelt den Kopf. »Wohl nicht. Frick hatte dann doch Verständnis. Für dieses eine Mal.«

»Siehst du, das kennt doch jeder Polizist: Alle wollen Sex in Uniform.«

»Sieht ganz so aus.«

»Björn hat mir gestern erst erzählt, dass ihn zwei Mädels angegraben haben, als er im Dienst war.«

»Angeber.«

»Fühlst du dich trotzdem noch schlecht?«

»Ja, ist doch peinlich, sich so zu verhalten. Sex im WG-Zimmer reicht mir.«

»Dann sollst du das bekommen.«

Sie lacht kurz und leise.

»Ich werde übrigens deinen Onkel am Samstag kennenlernen«, erzählt Tobi beiläufig.

»Wirklich?«

Er lehnt sich zurück, stützt die Hände hinter sich auf die Decke und blinzelt in die Sonne. Für Mitte September ist es noch sehr warm, und um sie herum toben Kinder durch den gepflegten Grugapark mit seinen bunten Blumenrabatten. »Ich kellnere doch für diesen Luxuscaterer.«

»Der große Empfang, stimmt ja.«

»Gehst du nicht hin?«

Sie verzieht das Gesicht. Natürlich wollte sie eigentlich in die schöne Villa ihres Onkels fahren und in ausgewähltem Outfit ausgewählte Gespräche mit ausgewählten Honoratioren führen. Aber sie hat die Lust darauf verloren. Sie ist überhaupt recht lustlos, seitdem sie die Stern-Morde aufgegeben hat. Was soll sie zwischen lauter wichtigen Polizeibeamten, für die sie doch bloß eine kleine Streifenpolizistin ist?

»Also?«, hakt Tobi nach.

»Ich glaube nicht. Ich muss noch mal mit meinem Onkel sprechen. Das letzte Mal hat er gesagt, dass er Polizeischutz beantragt hat, weil doch ein Mörder frei herumläuft, der es auf die Polizei abgesehen hat. Dort würde ich also ständig an die Arbeit erinnert werden, und ich will wenigstens am Samstagabend mal abschalten.«

»Polizeischutz?« Er pfeift durch die Zähne.

»Ja, die Gäste sollen sich sicher fühlen. Mein Onkel ist ein großer Freund von Sicherheit.« Pfeffer lächelt dünn. »Tief in seinem Herzen ist er halt immer noch Schutzpolizist.«

»Jedem seinen Spleen. Ich freu mich jedenfalls.«

»Ja?«

»Klar, die Villa des Polizeipräsidenten! Die ist doch sicher todschick.«

»Schon.«

»Außerdem hängen da vielleicht ein paar Bilder von dir als Kind ...«

Sie lacht. »Ich werde meiner Tante sagen, dass sie die alle abhängen soll.«

»Nein, bitte nicht.« Seine Lippen streifen ihre Wange und küssen ihr Ohrläppchen. »Die sind bestimmt total süß.«

»Na ja.«

»Hattest du da auch schon so großartige Ohren?«

»Segelohren? Ja. Allerdings wird meine Tante wohl eher Bilder ausgewählt haben, auf denen man das nicht sieht.«

»Was für eine Banausin«, erwidert er und stupst mit der Zungenspitze gegen ihren Hals.

»Das kitzelt.«

»Das soll es auch.«

»Lass das!« Sie lacht.

Tobi führt eine Hand langsam unter ihren Rock. »Was soll ich lassen?«

Sie packt sein Handgelenk und sieht ihn an. »Musst du heute Abend arbeiten?«

Er nickt, angelt das Handy aus seiner Umhängetasche und schaut aufs Display. »In einer Stunde muss ich da sein.«

»Ist dein Mitbewohner eigentlich zu Hause?«

»Nein, heute ist sein langer Unitag.«

»Wollen wir noch mal schnell zu dir?«, fragt sie flüsternd.

Tobi grinst. »Und dann?«

»Find's raus.« Pfeffer zwinkert ihm zu und steht auf.

Sie faltet die Decke zusammen, während Tobi ihre Taschen nimmt. »Deine Handtasche ist aber schwer.«

»Ja, und ich hasse das. Ich weiß gar nicht, was da immer drin ist.

Aber dann guck ich nach und stelle fest, dass ich das alles wirklich brauche.« Sie seufzt und hält sich die gefaltete Decke vor den Bauch.

»Dann werde ich sie für dich tragen«, bietet Tobi überschwänglich an und verbeugt sich tief.

Sie lacht. »Danke. Dann nehme ich einfach nur die Decke.«

Er schultert beide Taschen, legt den Arm um sie und küsst ihre Schläfe.

Pfeffer schüttelt lachend den Kopf und geht weiter. Komisch, jemanden so glücklich zu machen. Komisch, einen Freund zu haben …

Der Gedanke überrascht sie, und Pfeffer spürt, wie ihr Herz einen Takt schneller schlägt. Ist Tobi denn ihr Freund? Muss sie Frick und Claudia auf der Wache jetzt von ihm erzählen? Ihrer Mutter? Ihrem Onkel?

Sie schiebt diese Überlegung rasch beiseite. Erst mal muss sie gar nichts, außer sich entspannen und ein bisschen Sex haben. Sanft legt sie eine Hand auf Tobis Hintern, was dazu führt, dass sie es bei ihm in der Wohnung wieder nicht aus den Klamotten, dafür aber auf den Küchentisch schaffen.

Essen.

Christian Schopper, einundzwanzig Jahre alt, Kommissaranwärter in Selm und Vergewaltigungsopfer, sitzt reglos da und sieht aus dem Fenster des Befragungsraums. Er trägt keine Uniform, sondern Jeans und ein weites T-Shirt, in dem er verloren wirkt.

Czorski beobachtet den jungen Mann durch die Glasscheibe. Er kann sich nicht vorstellen, was Schopper durchgemacht hat, nicht mal annähernd. Die Kollegen vom KK Zwölf haben gesagt, dass er nicht reden will. Vielmehr ist es sein Wunsch, dass die Anzeige gegen Jochen Jollig fallen gelassen wird, aber der Film und Danis Aussage deuten ganz klar auf einen nicht einvernehmlichen Geschlechtsverkehr zwischen ihm und Jollig hin.

Der behauptet natürlich, dass alles einvernehmlich geschehen sei und er nur deshalb geschwiegen habe, weil niemand wissen dürfe, dass er manchmal Gelüste jenseits seiner heterosexuellen Neigung hat. Schwul sei er natürlich nicht – und dieser Eindruck solle auch ja nicht entstehen.

Czorski gibt sich einen Ruck und öffnet die Tür zum Befragungsraum.

»Kann ich jetzt endlich gehen?«, fragt Schopper sofort.

Mit einem Lächeln schüttelt Czorski den Kopf und setzt sich ihm gegenüber.

»Ich hab Ihren Kollegen doch schon alles gesagt!«

»Nein, genau genommen haben Sie nichts gesagt«, entgegnet er in sanftem Tonfall.

»Weil es nichts zu sagen gibt! Ich hab ein bisschen was ausprobiert, nicht der Rede wert. Das war nur ein Rollenspiel. Wenn ich es nicht hätte machen wollen, hätte ich das Codewort gesagt.«

»Was war das Codewort?«

»Das geht Sie nichts an.«

»Sie müssen das nicht tun.«

»Was?«

»Sie müssen Jochen Jollig nicht schützen.«

»Ich schütze ihn nicht, ich sage die Wahrheit.«

»Die Wahrheit scheint Sie aber irgendwie zu bedrücken.«

Schopper schnaubt, der Zug um seinen Mund lässt ihn verbittert aussehen. »Sind Sie jetzt der Psychologe, oder was?«

»Nein, der war doch schon da.«

Schopper ringt die Hände. »Alle waren schon da!«

Czorski lächelt. »Ich bin der Letzte.«

»Toll«, sagt Schopper trocken. »Großartig.«

»Sie sollten Anzeige erstatten und als Zeuge aussagen. Dieser Mann hat Ihnen Gewalt angetan.«

»Und Sie sollten mich in Ruhe lassen. Sie alle!«

Czorski beugt sich vor und stützt die Unterarme auf den grauen quadratischen Tisch. »Ich kann Sie ja verstehen.«

Schopper sieht ihn unbeeindruckt an, doch Czorski nickt. »Hier wird etwas wieder aufgewühlt, das aus und vorbei ist. Sie versuchen, es zu verdrängen, haben das vielleicht schon geschafft, und jetzt kommen wir und wollen alles noch mal ganz genau wissen. Da ist es nachvollziehbar, dass Sie schweigen wollen. Ganz abgesehen von der Scham.«

»Wie gesagt, ich wollte das auch«, presst Schopper zwischen zusammengebissenen Zähnen hervor.

Aber Czorski schüttelt den Kopf. »Wollten Sie nicht.«

»Wenn Sie das so genau wissen, dann erstatten Sie doch Anzeige und machen eine Zeugenaussage!«

»Ersteres habe ich getan, doch für Letzteres brauche ich Sie. Wir alle brauchen Sie. Das Rechtssystem braucht Sie. Wollen Sie denn nicht, dass Jollig bestraft wird für das, was er getan hat?«

»Er hat nichts Unrechtes getan.«

Czorski schluckt trocken und ballt die Faust unter dem Tisch. Bestimmt ist sein Hals jetzt voller roter Flecken. Dann atmet er tief durch. »Ich habe einen Vorschlag, vielmehr eine Bitte.«

Der junge KA sieht ihn abwartend an.

»Bitte schweigen Sie einfach, anstatt ihn zu verteidigen, ja? Wenn Sie ihn wirklich nicht beschuldigen wollen, dann sagen Sie lieber gar nichts. Erzählen Sie bloß nicht, dass Sie den ekelhaften, sonnenbankgebräunten und selbstgefälligen Jochen Jollig verführt haben.«

Schopper lacht kurz auf. »Sie können den ja noch weniger leiden als alle KA in Selm zusammen.«

»Da können Sie drauf wetten.«

Schoppers Lachen erlischt, und er presst wieder die Lippen aufeinander.

Czorski seufzt und beugt sich etwas vor. »Sie sind bald Polizeikommissar, Gerechtigkeit muss Ihnen doch etwas bedeuten. Männer wie Jollig gehören bestraft. Lassen Sie unser Rechtssystem wenigstens tun, was es in solchen Fällen tun kann. Es kommen genug Vergewaltiger ungestraft davon.«

Der KA öffnet den Mund, als wollte er etwas sagen, doch dann klappt er ihn wieder zu.

Czorski lässt nicht locker, er lehnt sich zurück und fährt sich mit den Händen durch sein dünnes aschblondes Haar. »Ich würde mich ja auch schämen. Als Mann in unserer Gesellschaft Opfer eines solchen Verbrechens zu sein …«

»Heldengeschichten fangen anders an …«, unterbricht Schopper ihn leise und sieht dabei aus dem Fenster.

Czorski folgt seinem Blick hinaus ins spätsommerliche Essen. Der Herbst will dieses Jahr einfach nicht kommen. Nachdenklich trommelt er mit den Fingern auf die Tischplatte.

»Und was, wenn das falsch ist?«

»Was?«

»Es ist nicht besonders mutig, zum Beispiel ein Kind zurückzuhalten, damit es nicht vor den Bus läuft. Das kann jeder, er muss nur einmal zur richtigen Zeit am richtigen Ort sein.«

»Trotzdem sind die Zeitungen voll von dem Helden, der das Kind gerettet hat.«

»Natürlich, ist ja auch toll«, stimmt Czorski zu. »Aber nicht wirklich mutig. Als männliches Vergewaltigungsopfer an die Öffentlichkeit zu gehen und seinen Peiniger vor Gericht zu stellen, mit dem Finger auf ihn zu zeigen, *das* erfordert Mut.«

Der KA sieht auf den gelbgrauen Linoleumboden und scheint über diese Worte nachzudenken.

Czorski redet unbeirrt weiter. »Ein Mann in Ihrer Situation und

Position sollte sich nicht verstecken. Außerdem sind Sie nicht der einzige Mann auf der Welt, dem so etwas passiert ist.«

»Ich hab nicht gesagt, dass was passiert ist!«, schnappt Schopper hastig.

»Haben Sie nicht, ich sage das. Und ich bleibe dabei. Sie sind Opfer sexueller Gewalt geworden und nicht allein damit. Die Dunkelziffer bei Gewalt gegen Männer muss erschreckend hoch sein. Scham führt dazu, dass viele Täter unentdeckt bleiben und nie bestraft werden … Und das führt zu weiteren Opfern.« Czorski redet sich nun in Rage. »Unentdeckte Täter üben weiter Gewalt aus, auf Kinder, Frauen, Männer. Aus stummen Opfern werden wiederum manchmal selbst Täter … Und das alles nur, weil man in dieser Gesellschaft nicht einmal sagen darf, dass man ein Mann ist und auch Opfer war!« Er haut mit der Faust auf den Tisch.

»Ein sexuelles Opfer«, ergänzt Schopper. »Das ist noch mal ein Unterschied.«

»Sie müssen ja nicht gleich eine Stiftung mit Ihrem Namen gründen für die Männer-als-Opfer-Lobby, aber das alles tatenlos im Nichts versickern lassen? Jochen Jollig davonkommen lassen? Damit er sich den nächsten KA schnappt und sich von ihm den Schwanz lutschen lässt?«

Czorski verstummt. Er weiß nichts mehr zu sagen, das waren all seine Argumente. Er steht auf und stellt sich ans Fenster. Als er Schopper schon entlassen will, räuspert der sich plötzlich.

»Er hat mich abends zu Extrarunden auf den Sportplatz zitiert«, sagt er leise. »Weil ich ihm den Mittelfinger gezeigt habe. Er hatte mich in der Sportstunde vor allen fertig gemacht …«

Czorski fährt herum und lacht bewundernd. »Mittelfinger für Jollig? Echt? Das trauen sich bestimmt nicht viele.«

Schopper lacht kurz mit und schüttelt den Kopf. »Ich war vom ganzen Rennen zu erschöpft, um mir ’nen coolen Spruch auszudenken. Jedenfalls hieß es dann für mich Extrarunden in Uniform, einsatznahe Bedingungen und so ’n Scheiß. Erst dachte ich, dass er Freitagabend ansetzt, um mich zu ärgern und mir das Wochenende zu vermiesen, aber dann wurde mir schnell klar, dass er mit mir allein auf dem Campus sein wollte.«

»Und dann hat er Sie Runden laufen lassen, bis Sie völlig erschöpft waren?«

»Genau ... den Rest kennen Sie ja.« Er atmet schwer aus, als würde ihm eine Last von der Seele fallen.

Czorski sieht, dass seine Hände zittern. »Wollen Sie das zu Protokoll geben?«

Schopper zögert kurz, doch dann nickt er. »Ja. Ja, machen wir das.«

Essen.

Pfeffer sitzt im Café und sieht hinaus auf die Rüttenscheider Straße, wo diverse Mamis fröhlich Kinderwagen vorbeischieben. Sie seufzt und reibt sich die Schläfen.

»Ist hier noch frei?«, fragt in diesem Moment jemand, und sie hebt den Blick. »Björn!«

»Hi, Theresia.« Er lächelt. Dann zeigt er hinter sich, wo noch weitere Kinderwagen stehen und Mütter in hippen Klamotten vor Kaffee und Kuchen sitzen. »Ich wollte nur schnell einen Espresso trinken, aber es ist alles voller Latte macchiatos.«

Pfeffer lacht und zeigt auf den freien Stuhl neben sich. »Setz dich.« Sie trinkt gerade bereits ihren zweiten Milchkaffee, um sich davon abzuhalten, zu Hause den Rechner einzuschalten und Christian Müller auf Facebook zu stalken. Sie hatte zufällig gesehen, dass sein Profil noch online ist – vielleicht, weil man es ohne seine Zugangsdaten nicht löschen kann, aber vielleicht auch aus ermittlungsstrategischen Gründen. Es hat ihr schrecklich in den

Fingern gejuckt, sich durch die Statusmeldungen und Fotos zu klicken, aber sie ist standhaft geblieben. Das war nicht ihre Baustelle.

Björn hat derweil bestellt und lächelt sie freundlich an. »Es tut mir leid, dass ich auf meiner Party nicht mehr Zeit für dich hatte. Irgendwie hab ich mit jedem meiner Gäste gefühlt nur eine Minute gequatscht, auf die Badewanne mit Bier gezeigt und sie dann nie wieder gesehen.«

»Das macht nichts, ist doch meistens so.«

»Ja, wahrscheinlich. Anders wär es mir aber trotzdem lieber. Ich hoffe, du hattest einen schönen Abend?«

Pfeffer runzelt die Stirn und mustert ihn abwägend. War das eine Anspielung auf Tobi und sie? Tobi wird Björn doch inzwischen sicher erzählt haben, dass sie was miteinander haben und dass alles auf der Party angefangen hat. »Doch, klar, es war sehr schön«, antwortet sie vorsichtig.

Er lehnt sich zurück und lacht. »Das ist doch ein Synonym für langweilig! Aber danke, dass du mir ein gutes Gefühl geben willst.«

»Will ich gar nicht! Ich hatte wirklich Spaß. Es war nett, Tobi wiederzusehen.« Ihr Unterton ist nun lauernd.

»Wen?« Björn nippt an seinem Espresso.

»Tobi.«

Seine Miene bleibt ausdruckslos.

»Tobias Damm?«, ergänzt sie.

Björn pustet nachdenklich in sein kleines Tässchen. »Ist das einer von diesen nervigen KA im ersten Semester? Denen bin ich nämlich aus dem Weg gegangen.«

»Nein, Tobi hat doch mit uns in Selm angefangen und hat nach zwei nicht bestandenen Prüfungen aufgehört.«

»Ach so, der! Ich erinnere mich dunkel. Der war auch da?«

»Äh, ja«, antwortet Pfeffer, nun offenkundig verwirrt. »Ich dachte, ihr seid so was wie befreundet.«

Björn schüttelt den Kopf. »Wie kommst du darauf?«

»Das hat er mir gesagt.«

»Muss eine Verwechslung sein, ich hab mit Tobi seit zwei Jahren nicht mehr gesprochen. Ich wüsste gar nicht mehr genau, wie er aussieht.«

»Schwarze Haare, blaue Augen«, sagt Pfeffer und sieht in ihre leere Tasse. Am Rand kleben Reste von Kaffee und Milchschaum. Ihr Finger fährt über den Henkel und tippt ein paar Mal dagegen. Dann wendet sie sich wieder Björn zu. »Du warst also in den letzten Wochen nicht mit ihm was trinken?«

»Nee.«

»Und hast ihn auch nicht zu deiner Party eingeladen?«

Björn trinkt aus. »Nein.«

»Mhm.«

Er zuckt die Schultern. »Vielleicht wusste er über Facebook davon?«

»Tobi ist nicht bei Facebook«, murmelt sie.

»Also, wenn du seine Nummer willst, kann ich dir leider nicht helfen.«

Ich habe seine Nummer, denkt Pfeffer und runzelt die Stirn. »Darum geht es nicht.«

»Du bist also nicht an ihm interessiert?«

»Was soll die Frage?«, entgegnet sie abwesend, während ihre Gedanken schon um etwas anderes kreisen.

»Na ja, am Wochenende ist doch der Empfang bei deinem Onkel und … also … wenn du noch eine Begleitung suchst …«

Sie lacht. »Dafür, dass ihr mich alle ständig mit meinen angeblich so guten Kontakten und meinem Ehrgeiz aufgezogen habt, bist du jetzt aber ganz schön dreist.«

»*Angeblich* gute Kontakte? Dein Onkel hat wegen dir eine Auszeichnung für den besten Schützen ins Leben gerufen.«

»Die Scheißurkunde hilft mir auch nicht weiter.«

»Ist das ein Nein?«

»Ich geh selbst nicht hin.«

»Echt?«

Pfeffer verdreht die Augen. »Ist das so abwegig?«

»Um ehrlich zu sein, ja. Wir haben dich ja nicht umsonst aufgezogen. Du bist doch süchtig nach Smalltalk mit Honoratioren.«

»Woher willst du das wissen?«

Er grinst bloß schelmisch.

»Scheiße«, sagt sie und schaut sich nach der Bedienung um. »Jetzt geh ich erst recht nicht hin.«

»Oho«, höhnt Björn scherzhaft, »Theresia will jetzt extra keine Karriere machen?«

Sie verengt die Augen zu Schlitzen und spart sich eine Antwort. Sie muss sich weder rechtfertigen noch jedem von ihrem Vater erzählen, dadurch würde sie sein Versagen auch nicht wiedergutmachen.

Die Kellnerin kommt an den Tisch.

»Die Rechnung, bitte«, sagt Pfeffer und ringt sich ein Lächeln ab. Je länger sie über Björns Worte nachdenkt, desto unruhiger wird sie.

Zu Hause angekommen, knallt sie die Haustür hinter sich zu und eilt die Stufen hoch. Tobi hatte gesagt, er sei von Björn überredet worden, zur Party zu kommen. Und außerdem sei er mit ihm letzte Woche etwas trinken gegangen. Das waren Tobis Worte!

Und nun weiß Björn nicht, wer Tobi ist?

Pfeffer hat sicher nichts falsch verstanden. Sie kann sich Namen und Gesichter gut merken und hat einen Sinn für Details. Sie behält sogar Hobbys von Menschen im Gedächtnis, die sie nur einmal getroffen hat.

Also scheint Tobi gelogen zu haben …

Pfeffer setzt sich an den Küchentisch und atmet tief durch. Sie darf jetzt nicht überreagieren. Vielleicht ist der Wunsch in ihr, wenigstens irgendetwas aufzudecken, so groß, dass sie vorschnelle Schlüsse zieht.

Es ist ja nicht völlig ausgeschlossen, dass Tobi doch einen anderen Namen gesagt hat. Sie nimmt ihr Handy und scrollt durch die Kontakte. Als Erstes ruft sie bei Sebastian an. Der klingt überrascht, als Pfeffer anruft, aber wenn er sich Hoffnungen auf Zutritt zum Empfang macht, sagt er es wenigstens nicht.

»Ich hab mich gefragt, wer eigentlich Tobi Damm zu Björns Party mitgebracht hat«, lässt sie im Lauf des Gesprächs fallen.

»Wen?«

Sie lacht. »Schon gut, nicht der Rede wert. Tobi und ich haben eine Wette laufen, wer sich noch an ihn erinnert.«

»Ich nicht. Oder warte, ist der nicht von der Polizeischule geflogen?«

»Ja.«

»Der war auf Björns Party?«

»Genau.«

»Und ausgerechnet du hast mit ihm gesprochen?« Sebastian klingt ehrlich verblüfft. »Wo er doch in den Prüfungen so schlecht war. Nicht, dass seine Talentlosigkeit auf deinen Ruf abfärbt.«

Pfeffer verdreht die Augen. »Was habt ihr denn alle für ein Bild von mir?«

»Ach komm, sei nicht beleidigt. Irgendwie mögen wir das an dir ja auch. Also … einige von uns.«

»Ja, ja, schon gut«, sagt sie abwehrend. »Vielen Dank jedenfalls für deine Auskunft.«

»Kein Ding, ich hoffe, du gewinnst.«

»Was?«

»Die Wette.«

»Ach so, ja«, erwidert Pfeffer schnell. »Das sieht tatsächlich ganz gut aus.«

Sie beendet das Gespräch, verbietet sich, weiter drüber nachzudenken, und ruft gleich den nächsten Kollegen, Matthias, an.

»Wieso wettest du denn mit diesem Tobias?«, fragt der.

»Also erinnerst du dich an ihn?«

»Klar, er war doch auf Björns Party.«

»Kam er mit dir?«

Matthias lacht. »Nee, aber soweit ich weiß, ist er mit dir gegangen.«

»Vielleicht«, sagt Pfeffer ausweichend, »also hast du ihm nicht zufällig von der Party erzählt?«

»Du stellst Fragen. Nee, ich hab den doch bis dato ewig nicht gesehen. Wahrscheinlich wusste er es über Facebook. Police Academy und so.«

Er ist nicht bei Facebook!, denkt sie genervt und sagt stattdessen: »Ja, wahrscheinlich. Danke jedenfalls.«

Danach ruft sie noch zwei weitere ehemalige Kommilitoninnen an, die auch bei Björn gewesen sind, und sie schreibt einem KA aus Christian Müllers Jahrgang über Facebook, der Tobi noch von der Schule kennen könnte.

Aber es führt zu nichts. Niemand hat Tobi von der Party erzählt.

Kapitel 13 **Todesstille**

Freitag, 21. September

Mainz.

Seidel sitzt, wenn das überhaupt möglich ist, noch zusammengesunkener als sonst auf ihrem Stuhl im Konferenzraum und lauscht den Berichten der Ermittler.

Jeden Morgen gibt es hier im KK Elf in Mainz eine Besprechung zu den Stern-Morden und dem Stand der Ermittlungen. Vorne lehnt sich Karen Bellen lässig an einen Tisch, hinter ihr werden Fotos der Leichen und stichpunktartige Zusammenfassungen von Seidels Fallanalyse an die Wand projiziert. Gerade setzt sich eine junge Kollegin wieder, die verkündet hat, dass in der *Police Academy* zwar ein paar falsche Namen und fragwürdige Alias gefunden wurden, aber noch kein Verdächtiger ausgemacht werden konnte.

Seidel starrt nachdenklich nach vorne, bis sie irgendwann merkt, wo genau sie eigentlich hinstarrt. Vor ihr sitzt ein uniformierter Kollege, auf dessen Schultern sich jeweils fünf Sterne quetschen. Also, das sieht schon irgendwie scheiße aus, denkt sie.

Die fünf Sterne sind nicht in einer Reihe, dafür ist die Schulterklappe nicht lang genug. Drei Sterne sind noch schön nebeneinander aufgereiht, doch der vierte und fünfte wurde darunter gequetscht.

Sie kaut an ihren Fingernägeln. Wenn man jetzt höhere ästhetische Ansprüche hat, findet man das doch blöd. Und ein Mörder, der Perfektionist ist, der Sterne aus Blut zeichnet und darauf bedacht ist, sie so schön wie möglich zu machen …

So jemand möchte doch sicher, dass seine hart verdienten »Sterne« perfekt aussehen. Vielleicht erstrebt er keine fünf dicht gedrängten Silbersterne, vielleicht will er lieber goldene haben?

»Vielen Dank«, sagt Karen in diesem Augenblick zu einem älteren Kollegen, der sich wieder auf seinen Platz setzt. Man sieht ihr an, dass sie nicht genau weiß, wofür sie sich gerade bedankt hat. Offenbar hat der Kollege nichts Neues zu erzählen gehabt.

Sie sieht alle der Reihe nach an und seufzt. »Gut, wenn niemand mehr etwas hinzufügen will, beginnen wir mit dem Tagwerk.«

Stühle rutschen schon über den Linoleumboden, als Seidel sich räuspert. »Ich glaube, der Täter ist durch mit den Kommissaranwärtern.«

Das Stühlerücken endet abrupt, Köpfe fahren zu ihr herum, und Karen hebt eine Augenbraue. »Du meinst, er ist doch am Ende seiner Mordserie?«

Seidel schüttelt den Kopf. »Nein, doch ich könnte mir vorstellen, dass er nach drei KA mehr will. Opfer mit höherem Rang oder Dienstgrad. Selbst wenn der Täter ursprünglich nicht geplant hat, nach drei KA eine Zäsur zu setzen, ist es möglich, dass er sich nun nach anderen Opfern umsieht, weil wir alle KA in Deutschland gewarnt …«

»Österreich und der Schweiz«, ergänzt jemand aus einer hinteren Reihe.

»Danke, da auch.« Seidel nickt. »Nun, da wir alle KA gewarnt haben und sich niemand mehr in Uniform außerhalb seines Dienstes sehen lässt, muss der Täter sich eine andere Opfergruppe aussuchen. Vielleicht haben wir ihn dazu gezwungen.«

»Oder er versteckt sich einfach und wartet, bis sich die Wogen geglättet haben und die KA nicht mehr so vorsichtig sind«, sagt Karen.

»Dann könnte es noch Jahre dauern, bis er wieder zuschlägt«, wirft Dominik ein. »Vielleicht Jahrzehnte.«

»Richtig«, stimmt Seidel ihm zu. »Das ist auch eine Hypothese, die ich bedenken muss. Aber manche Täter haben so viel Zeit.«

Karen verschränkt die Arme vor der Brust. »Angenommen er will keine Zeit verstreichen lassen, was tut er dann?«

»Ja, wen will er dann umbringen? Hochrangige Politiker?«

Seidel wendet sich um und sieht in die letzte Reihe, aus der die Frage gekommen ist. »Ich weiß es nicht, niedrige Wahrscheinlichkeit, würde ich sagen. Ich muss diese neuen Hypothesen noch einmal mit dem bestehenden Opferprofil abgleichen. Allerdings glaube ich nach wie vor, dass der Täter in der Polizeiausbildung gescheitert ist und sich vorrangig an der Institution Polizei abarbeitet.«

»Heißt das, wir können mit einem komplett anderen MO rechnen?«, fragt Karen.

Seidel schiebt ihre Brille die Nase hoch. »Ich muss wirklich noch einmal alles durchgehen, bevor ich dazu mehr sagen kann. Besonders, was die Täterhandschrift angeht, bin ich unsicher. Ohne Blut-Sterne geht es wahrscheinlich nicht, denn die will er sich ja ›verdienen‹, vielleicht aber ohne Uniform.«

»Rita«, sagt Karen und sieht sie eindringlich an, »das ist ja alles schön und gut, aber das kreist den Täter nicht enger ein.«

»Nein«, gibt sie zu. »Bis jetzt nicht.«

»Aber vielleicht können wir eine neue Opferwarnung aussprechen«, überlegt Dominik.

»Unbedingt«, sagt Seidel und nickt bekräftigend. »Ich setz mich gleich an die Unterlagen.« Ohne ein weiteres Wort quetscht sie sich an ihren Sitznachbarn vorbei, tritt auf ein, zwei Füße und eilt aus dem einen Konferenzraum, um rasch in dem nächsten zu verschwinden.

Dort kniet sie sich sogleich zwischen die Papierberge und kramt die Opferprofile hervor. Sie legt Hannah Borns Akte auf den runden Tisch, und ein leises Klappern verrät ihr, dass der Kaffeepappbecher, den Filond vorgestern mitgebracht und am Ende selbst getrunken hat, umgefallen ist.

Seidel muss kurz lächeln bei dem Gedanken an sein Strahlen, als sie ihm ihren Kaffeebecher auch noch hingeschoben hatte. Weiße-Schokolade-Sirup … wer will so was schon trinken?

Sie entdeckt Christian Müllers Opferprofil, legt es ebenfalls auf den Tisch und sucht nun nach Frederick Torbergen. Wie immer verspürt sie einen kleinen Stich, wenn sie an diesen Namen denkt oder ihn in den Unterlagen liest.

Es klopft an der Tür, und sie murmelt »Herein«, ohne den Kopf zu heben.

»Wie bist du darauf gekommen?«, fragt Dominik.

Jetzt blickt Seidel doch auf. »Worauf?«

Dominik schließt die Tür und hockt sich ihr gegenüber. »Wie kommst du plötzlich auf die Idee, dass der Mörder sich nicht mehr für KA interessiert?«

»Wegen der Sterne. Es passen eigentlich nur drei auf eine Schulterklappe, ohne dass es scheiße aussieht.«

»Vier gingen auch noch.«

»Ja, vielleicht. Es ist auch nur eine Vermutung. Der Mörder strebt anscheinend nach Perfektion, strebt perfekte Taten an, für die er ›ausgezeichnet‹ wird … Vielleicht denkt er, er habe nun, nach den KA, die nächsthöhere Stufe erreicht.«

Dominik reibt sich das Kinn und mustert sie nachdenklich. »Ich denke, ein vierter KA-Mord wäre möglich, aber unwahrscheinlich, da wir alle potentiellen Opfer gewarnt haben. Kein KA geht zurzeit in Uniform und Waffe außerhalb des Dienstes auf die Straße. Niemand passt noch in seinen MO.«

»Richtig«, antwortet Seidel.

»Wusstest du übrigens, dass die Sondergenehmigung zum Führen der Waffe auf dem Dienstweg gekippt wurde?«

»Was?«

»Ja, ich find das ganz gut so.«

Sie nickt stumm und wendet sich wieder den Unterlagen zu.

Er lächelt. »O.k., ich muss los, Facebook-Jünger befragen.« Seufzend erhebt er sich. »Gut, dass ich mich dort nie angemeldet habe.«

»Mhm, dito«, murmelt Seidel und sieht ihm nach, wie er den Raum verlässt.

Wenn das hier so weitergeht, denkt sie, und alle naselang jemand reinkommt, der Parameter haben will, Kaffee mit Sirup vorbeibringt oder über die Anzahl von Sternen mit ihr plaudern will, wird sie nie fertig. Da konnte sie sich ja sogar in Essen bei Ortwein besser konzentrieren – doch das wird sie ihm natürlich niemals sagen.

Essen.

»Wozu dieser vorwurfsvolle Blick?«, fragt Doktor Florian und lächelt seine Schwester an. Unter dem Kittel trägt er wieder eins seiner teuren Hemden, heute in derselben grünen Farbe wie seine Augen.

Seidel hebt eine Braue und blickt betont langsam von ihm zu der jungen rothaarigen Frau, die gerade durch die Tür verschwindet. Doktor Florian thront auf einem Drehhocker, dreht sich leicht hin und her und lächelt sie dabei immer noch unschuldig an.

»Seit vier Tagen hast du mir nichts Neues mehr mitgeteilt«, sagt sie, schwingt sich zwischen Mikroskop und Computerbildschirm auf den Tisch und lässt die Füße baumeln.

Er dreht sich mit einem Lachen zu ihr herum. »Weil es nichts Neues zu berichten gibt. Die Magazine in den Tatwaffen sind Originalteile, aber nicht die, die ursprünglich in den Pistolen drin waren. Der Täter hat die alten mitgenommen und durch neue ersetzt.

Die Munition in diesen Magazinen kommt irgendwo aus Afrika. Über das Internet und mit einem Trip nach Rumänien kommt man da dran, ohne viele Spuren zu hinterlassen. Das braucht Geduld, aber ein paar Patronen vom Schwarzmarkt zu kaufen ist auch kein Hexenwerk. Die Ermittler haben ein Team drangesetzt, aber bis jetzt konnten sie noch keine Spur generieren.« Er hebt die Schultern. »Wer will denn schon in Rumänien ermitteln?«

»Ich weiß ja, das gestaltet sich schleppend. Und weil ich weiß, dass du mit deiner Weisheit am Ende bist, muss ich vermuten, dass du einfach hier in Essen bleibst, weil es dir gefällt – und weil du hier noch nicht mit allen verfügbaren Frauen unter sechzig geschlafen hast.«

»Sehr richtig.« Er grinst sie an.

»Und deshalb mein vorwurfsvoller Blick von eben.«

»Ach so«, sagt Doktor Florian.

»Hast du nicht auch schon längst Feierabend?«

»Ja, aber ich arbeite so gern.« Er lacht und steht auf. »Andererseits verbringe ich meinen Feierabend auch gern mit meiner Schwester, die zufällig auch gerade in Essen ist. Gehen wir zum Italiener?«

»Ich hab eigentlich keinen Hunger.«

»Mhm, ja. Das war nicht die Frage. Wir gehen entweder zum Griechen oder zum Italiener, auf Japanisch hab ich keine Lust. Du wirst was essen, und danach quartiere ich dich in meinem Hotel ein und buche dir eine Massage.«

Sie schüttelt vehement den Kopf. »Ich muss arbeiten.«

»Nein, du hast schließlich auch nichts Neues herausgefunden.«

»Doch, ich bin gerade am Opferprofil dran.«

»Ja, ja, du bist immer an irgendwas dran, solange der Täter nicht gefasst ist. Außerdem hat deine Zeit auch gereicht, um nach Essen zu kommen«, erwidert er, schaltet den Monitor aus und steuert schon in Richtung Labortür. »Du hast Mainz verlassen, weil du nicht weiterkommst. Ich kenne dich, wenn du in einer Sackgasse sitzt, dann hast du das Bedürfnis, dein Chaos auf andere Orte auszuweiten.«

Seidel räuspert sich. »Italienisch, also?«, fragt sie und schlurft an ihm vorbei in den Flur. »Ich glaube, dass der Stern-Mörder sich eine neue Opfergruppe sucht, und wir müssen wahrscheinlich weitere Personen vor ihm warnen. *Darauf* muss ich mich jetzt konzentrieren«, erklärt sie dann, während sie den Flur entlanglaufen. »Das ist eigentlich keine Sackgasse.«

Er mustert sie kritisch von der Seite. »Nein, aber du musst trotzdem was essen. Danach bist du dem BKA vielleicht wieder eine Hilfe. Wenn du auf Nummer sicher gehen willst, nimmst du noch die Massage, schläfst aus und begleitest mich morgen zu Karl Illner. Der gibt nämlich einen Empfang. Das alles wird dich wieder zu einem Menschen machen, und dann bist du wieder voll leistungsfähig.«

Seidel schüttelt den Kopf. »Nein, ich komm zwar mit essen, aber dann vergrabe ich mich wieder in meinem Vergleich.«

Doktor Florian lächelt. »Wir werden sehen.«

»Glaub, was du willst.«

»Ich glaube, dass du bei deiner eigenen Psyche immer versagst. Aber ich kenne dich: Du steckst mit deiner Arbeit fest und fliehst davor.«

Gemeinsam überqueren sie den Parkplatz und gehen in Richtung Straße.

»Wo geht's denn jetzt zu diesem Restaurant?«, fragt Seidel ungeduldig.

Doktor Florian hält eine Hand in die Luft und schmunzelt ungerührt. »Wir müssen ein Taxi nehmen.«

»Natürlich müssen wir ein Taxi nehmen«, äfft sie ihn nach.

Wenig später wird sie von ihrem Bruder auf den Rücksitz geschoben und in einen anderen Stadtteil kutschiert. »Wo sind wir hier?«

»Rüttenscheid«, antwortet Doktor Florian, bezahlt und gibt der Fahrerin ein fürstliches Trinkgeld. »Das Restaurant hier hat mir eine junge Kriminalkommissarin empfohlen.«

»Und du bist sicher, dass das eine Kommissarin war und du nicht wieder auf eine listige Streifenpolizistin reingefallen bist?«, fragt Seidel und steigt aus.

»Ich bin mir sicher«, erwidert er.

»Apropos«, sagt Seidel plötzlich überrascht. »Das da vorn ist Theresia Pfeffer!«

»Die mit dem engen Rock und den Pumps?«

Seidel nickt, während Pfeffer mit klappernden Absätzen keine hundert Meter entfernt über den Asphalt schreitet.

»Sieht nicht aus wie eine Streifenpolizistin«, stellt Doktor Florian fest.

»Denkt auch nicht wie eine.«

Pfeffer verschwindet in diesem Augenblick in einem Geschäft. Doktor Florian betrachtet noch eine Weile die zugefallene Glastür. »Hübsch«, konstatiert er.

»Ja, ja, ein weiteres Gesicht, das du nie vergessen wirst.«

»Genau«, antwortet er. »Lass uns essen gehen.«

»Da?«, fragt Seidel. »Aber das ist doch nur eine Stehpizzeria.«

»Wolltest du sitzen?«

»Nein, aber du willst immer sitzen. Und dann willst du mit einer Stoffserviette über deinen Schoß wedeln und Rotwein in deinem Mund herumschleudern, als wäre er Mundwasser.«

»Die Pizza hier ist sehr gut.«

Seidel seufzt ergeben. »Na meinetwegen, überzeug mich.«

»Warum bist du eigentlich nach Essen gekommen und nicht einfach nach Wiesbaden gefahren?«, fragt Doktor Florian, während sie die Straße überqueren. »Du hättest doch auch in deiner Wohnung oder im BKA arbeiten können.«

Sie schüttelt den Kopf. »Nein, ich muss noch was rausfinden, und hier hat alles angefangen. Essen ist der richtige Ort, um weiterzukommen.«

Facebook. *Police Academy*. Live-Chat.

Matthias Arndt	O.k., jetzt ist es wirklich still hier.
Bi Anca	Todesstille, quasi.
6 Personen gefällt das.	
Bambi Zamba	Ey, die haben mich so oft nach meinen Facebook-Aktivitäten und dieser Gruppe gefragt ... Ich hab Stunden mit dem Mainzer KK Elf und dann noch mal gefühlte Tage mit dem BKA vor meinem Rechner gesessen. Da hatte ich keinen Bock mehr, hier abzuhängen.
René Schneider	Und irgendwann fühlt man sich so beobachtet, dass man sich nicht mal mehr traut, Katzenbilder zu posten.
13 Personen gefällt das.	
Bi Anca	LOL. Seit wann postest du Katzenbilder, René?
René Schneider	Seit drei meiner Kollegen erschossen wurden und niemand ihren Mörder zu fassen kriegt.
16 Personen gefällt das.	
Björn Grammel	Vielleicht sollten wir diese blöde Gruppe schließen.
Kai The SchuMann	Wer hat die überhaupt gegründet?
Bi Anca	Scroll doch mal runter, du Experte. Dafür muss man jetzt kein Spürhund sein, um das selbst rauszufinden!

Dieser Kommentar ist nicht mehr verfügbar.

Bi Anca	Sorry, bin ein bisschen angespannt. Wollte nicht zickig sein.
René Schneider	Schon o.k. Hier, ein Katzenbild.

Bi Anca gefällt das.

Bambi Zamba	Wie süß. Hannah hätte das auch gemocht.
Kai The SchuMann	Ich wünschte, ich hätte sie gekannt.
Bi Anca	:-(
Matthias Arnd	Ich wünschte, ich hätte alle drei besser gekannt. Inzwischen vermiss ich sogar Christian Müller, wenn ich in Selm bin. Hat doch keiner verdient, so 'n Scheiß!
Sebastian Scheller	Leute! Der Mörder hat seine Opfer über Facebook ausgesucht. Wollt ihr hier wirklich weiter rumjammern? Ausgerechnet hier?!
Bambi Zamba	Das ist nur eine Vermutung ...
Bi Anca	Trotzdem komisch, hier so zu chatten.
Sebastian Scheller	Dann lasst es doch!
Björn Grammel	@Kai: Ich hab die Gruppe gegründet. @Sebastian: Und sobald das BKA mir das o.k. gibt, schließ ich sie auch wieder.

438 Personen gefällt das.

Kapitel 14 **Sternstunde**

Samstag, 22. September

Essen.

Pfeffer fährt sich mit den Fingern durch die Haare, überprüft ihren Lippenstift und will nach ihrer Handtasche greifen, aber es ist die falsche. Sie will in die Innenstadt und sich bei H&M und Co. davon ablenken, dass Tobi ein Lügner ist. Dafür braucht sie auf jeden Fall die größere Tasche. Und außerdem will sie noch einen Schirm mitnehmen, weil der schöne Altweibersommer nun endgültig vorbei zu sein scheint. Das haben sie zumindest heute Morgen im Radio gesagt.

Pfeffer geht in ihr Schlafzimmer. Im Vorbeigehen wirft sie einen Blick auf den Wecker: kurz vor achtzehn Uhr. Obwohl Samstag ist, haben die Geschäfte heute bis zweiundzwanzig Uhr geöffnet, eine tolle Sonderaktion, die Pfeffer dazu verleitet, jetzt noch rauszugehen. Das ist besser, als ständig darüber nachzudenken, ob sie Tobi nicht doch zurückrufen sollte. Er hat schon sieben Mal angerufen und fünf SMS geschrieben. Aber seit sie weiß, dass er sie belogen hat, ignoriert sie ihn.

Sie kniet sich vor den Kleiderschrank und kramt ihre Handtaschen heraus, die alle am Boden des Schranks aufgereiht sind. Aber die eine, die sie sucht, ist nicht dabei.

Ist sie jetzt etwa so gut darin, gewisse Dinge zu verdrängen, dass sie auch Sachen vergisst, die sie gar nicht vergessen wollte? Wo ist ihre verdammte große Tasche?

Mit einem Seufzer steht sie auf, blickt sich suchend um und schüttelt den Kopf über sich selbst, als sie die Tasche auf dem Stuhl hinter dem Bett entdeckt. Dort hatte Pfeffer sie am Mittwoch hingelegt, nachdem sie mit Tobi im Park gewesen war. Genervt greift sie sich die Tasche, stapft zurück in den Flur und wundert sich über das schwere Gewicht. So kann sie unmöglich das Shoppen genießen …

Pfeffer legt die Tasche auf dem Schuhschrank ab und öffnet sie, um nachzusehen, was sie hierlassen kann. Sie greift hinein und fühlt etwas Schweres, Hartes. Langsam zieht sie die Hand hervor und starrt auf einen schwarzen Gegenstand aus Plastik. Sie braucht einen Augenblick, bis sie begreift.

Erschrocken lässt sie den Gegenstand los, der zurück auf ihre Tasche fällt. Pfeffer starrt ihn an. Es ist das Magazin einer Walther P99 Q, und dem Gewicht nach zu urteilen, ist es voll oder fast voll.

Sie besitzt kein Extramagazin für ihre Dienstwaffe. Und Pfeffer führt sie auch nicht privat, denn sie hat noch keinen Tresor, um sie vorschriftsmäßig zu verschließen. Und trotz aller Zerstreutheit in den letzten Tagen, sie hat ganz sicher kein volles Pistolenmagazin in ihre Handtasche getan! Sie hat überhaupt kein Magazin irgendwohin getan.

Rasch öffnet Pfeffer die kleine Schublade ihres Schuhschranks, holt ihre Baumwollhandschuhe zwischen den Wintersachen hervor und streift sie über. Dann nimmt sie das Magazin wieder auf und schaut hinein. Es fehlt eine Patrone. Als wäre schon ein Schuss abgefeuert worden. Ein einziger Schuss, der reicht, um einen Menschen zu töten.

Sie legt das Magazin vorsichtig beiseite und greift noch mal in ihre Handtasche. Erst bekommt sie ein paar Stifte und eine Packung Taschentücher zu fassen – dann noch ein Magazin.

Mit klopfendem Herzen zieht Pfeffer es heraus. Das ist kein Walthermagazin, das sieht sie sofort. Sie dreht es um und fährt mit dem Finger über eine kleine Gravur. HK. Heckler & Koch, gefüllt mit 9mm-Patronen, eine fehlt.

Ihr wird schwindelig. Die Polizei in Baden-Württemberg führt die HK P2000, Frederick Torbergen ist mit einer solchen Waffe erschossen worden.

Vorsichtig stellt Pfeffer das Magazin ab und greift noch einmal in die Tasche hinein. Sie weiß schon, was sie finden wird: noch ein Magazin einer Walther P99 Q. Drei Stern-Morde, drei Tatwaffen, drei ausgetauschte Magazine – und drei fehlende Patronen.

Fassungslos lässt sie sich auf den Boden sinken, sie trägt noch immer ihre cremefarbenen Baumwollhandschuhe und starrt auf die drei Magazine. Die Trophäen eines Serienkillers, denkt Pfeffer und streckt die Hand aus. Sie streift mit den Fingern vorsichtig über eins der Walther-Magazine, als ginge allein davon eine Gefahr aus. Warum gibt der Mörder seine Trophäen aus der Hand? Und wie zum Teufel kommen sie in ihre Handtasche?

Sie springt auf, stürmt ins Bad und reißt den Klodeckel hoch. Keuchend hängt sie über der Schüssel, würgt und kotzt. Keucht und kotzt wieder. Schweißperlen treten ihr auf die Stirn.

Als sie sich später am Waschbecken den Mund ausspült, kann sie sich nicht in die Augen sehen. Sie vermeidet den Blick in den Spiegel – den Blick auf eine Frau, die sich von einem Killer hat verführen lassen.

Essen.

Inzwischen ist es wieder Abend, Doktor Florian ist längst im grau karierten Anzug und mit grüner Fliege auf dem Weg zum Polizeipräsidenten, und Seidel hat immer noch keine Antwort auf die quälende Frage, wie das neue Opferprofil des Stern-Mörders aussehen könnte. Oder ob sich sein MO verändern wird. Vielleicht bleibt die Handschrift ja auch unverändert, und er wird einfach ein paar Jahre warten, bis er sich seinen nächsten Stern schießt?

Ihr Handy klingelt. Es läutet tatsächlich lang genug, dass Seidel unters Bett kriechen und es hervorholen kann. Sie kennt die Nummer nicht und überlegt schon, einfach nicht dranzugehen. Aber es läutet so unnachgiebig.

»Seidel.«

»Frau Doktor Seidel«, kommt es ein wenig übertrieben höflich zurück, »Ludwig Ortwein hier.«

Sie runzelt die Stirn und lässt sich aufs Bett sinken. »Ja?«

Er räuspert sich. »Ich habe eine Theorie«, sagt er dann wieder gewohnt forsch.

»Eine Theorie?«

»Es geht um eine Hypothese.«

Sie lacht. »Na so was. Sie stellen jetzt Hypothesen auf?«

»Nur die eine.«

Sie lässt sich auf den Rücken aufs Bett fallen. »Ich hab eigentlich wirklich keine Zeit.«

»Vielleicht kann ich Ihnen ja Zeit ersparen. Ich vermute, dass Theresia Pfeffer etwas mit den Stern-Morden zu tun hat.«

»Ja, sie hat uns den Waffenhinweis gegeben.«

»Genau, und ich glaube, dass das nur die Spitze des Eisbergs ist.«

»Sie weiß nicht mehr, sonst hätte sie es gesagt und sich damit hervorgetan.«

»Oder sie weiß alles und spielt mit uns.«

Seidel setzt sich abrupt auf. »Worauf wollen Sie hinaus?«

»Manche Mörder suchen die Nähe zu den Ermittlern, die Jagd auf sie machen.«

»Jaaa«, erwidert sie gedehnt, »manchmal ist das so.«

»Pfeffer verurteilt unfähige KA wie Müller, und sie hat auch gesagt, dass Hannah Born nicht geeignet als Polizeinachwuchs war.«

»Und Sie denken, dass das Motive sind?«

»Es *sind* Motive, das hat nichts mit meinen Gedanken zu tun.«

Seidel hört das leise Klicken eines Feuerzugs und wie er tief an einer Zigarette zieht. Sie reibt sich die Nasenwurzel. »Was ist mit Frederick Torbergen? Er war beliebt und talentiert.«

»Vielleicht war er nur die Ausnahme von der Regel, vielleicht der Einzige, der mit Uniform und Waffe zur Verfügung stand, als Pfeffer schon im Rausch ihrer Taten war. Dann hat sie einfach den genommen, der als Nächstes zu haben war.«

»Sie war es nicht!«, sagt Seidel genervt.

»Das wissen Sie nicht hundertprozentig.«

»Dann fragen Sie sie doch nach Alibis.«

»Ich habe nichts in der Hand. Und was, denken Sie, wird mein Chef sagen, wenn ich seine Lieblingsnichte aus dem Blauen heraus als Tatverdächtige in einem Serienmord befrage?«

Seidel grinst. »Er wird Sie suspendieren.«

»Richtig, ich brauche irgendwas, um eine Befragung zu rechtfertigen.«

»Ja, aber ich hab nichts für Sie.«

»Könnten Sie Ihre Daten, Informationen und Analysen nicht noch einmal dahingehend überprüfen, ob Pfeffer ins Täterprofil passt?«

»Sie passt nicht.«

»Sollen operative Fallanalytiker mit ihren albernen Hypothesen nicht offen für alles sein?«, fragt er scharf.

»Der Mörder ist ein gescheiterter KA, keine erfolgreiche junge Streifenpolizistin mit den besten Kontakten nach ganz oben«, gibt Seidel trocken zurück.

»Vielleicht hat sie eine gespaltene Persönlichkeit, und ein Teil von ihr denkt wirklich, dass sie eine großartige Ermittlerin ist.«

»Ihr Unterbewusstsein ermordet also Kommissaranwärter?«

»Ja, und der Rest von ihr freut sich, wenn ihr plötzlich einfällt, dass die Opfer mit der eigenen Waffe umgebracht worden sein könnten.«

»Nun ja«, sagt sie gedehnt.

»Mit Pfeffer stimmt was nicht, Seidel!«

»Das ist doch nur Ihre persönliche Abneigung gegen sie, Ortwein. Sie haben keine Beweise, Sie haben nicht mal eine Spur, sondern nur wilde Hypothesen. Erinnern Sie sich mal daran, was Sie zu Anfang gesagt haben: Sie brauchen Spuren! Und überhaupt, Sie wollten den Fall doch immer abgeben. Wieso arbeiten Sie jetzt weiter daran?«

»Weil ich die Täterin gefunden habe!«, schnauzt Ortwein ins Telefon.

»Einen Scheiß haben Sie«, erwidert Seidel ruppig. »Und ich muss jetzt auflegen und weiter nach dem richtigen Mörder suchen.« Sie beendet das Gespräch und wirft ihr Handy wütend aufs Kissen.

Was zur Hölle war das denn? Pfeffer hält sich für die Ermittlerin der Stern-Morde, Ortwein hält sie für die Täterin. Fehlt nur noch, dass gleich jemand anruft und verkündet, Pfeffer sei hier eigentlich das Opfer.

Das Handy klingelt erneut. Resigniert nimmt Seidel es zur Hand, in Erwartung noch mal Ortweins Nummer zu sehen, doch es ist eine andere unbekannte Rufnummer. Sie seufzt.

»Seidel.«

»Hallo Rita, hier ist Theresia Pfeffer«, hört sie eine tiefe, leicht zitternde Stimme.

»Hey, Theresia. Was kann ich für dich tun?«

»Na ja …«, kommt es zurück. »Ich weiß gar nicht so genau …«

»Alles in Ordnung?«

»Ich fürchte nicht.«

»Wieso? Was ist los?«

»Ich weiß, wer es getan hat.« Ihre Stimme zittert noch immer. »Ich kenne den Mörder.«

Seidel runzelt die Stirn. »Ist er ein gescheiterter KA?«

»Ja. Mit Uniformfetisch und einem seltsamen Verhältnis zu meinem ganzen Abschlussjahrgang – und einem noch seltsameren Verhältnis zu mir«, sie stockt, »fürchte ich.«

Seidel spürt, wie sich die Härchen an ihren Armen aufstellen. »Das musst du etwas genauer erklären.«

»Ich hab so was wie einen Freund, wir sind noch nicht lange zusammen – vielleicht sind wir es auch gar nicht. Egal, er war plötzlich auf einer Party von einem ehemaligen Kommilitonen von mir, hat behauptet, er sei mit diesem noch recht eng befreundet. Aber das war gelogen, niemand hat noch Kontakt zu ihm. Und dann die Magazine, die plötzlich in meiner Handtasche waren …«

»Langsam, welche Magazine?«

»Drei Magazine, zwei für die Walther P99, eins für die HK P2000, Originalmagazine mit jeweils einer fehlenden Patrone. Die waren plötzlich in meiner Handtasche; eine Handtasche, an die eigentlich nur er unbeobachtet rangehen konnte.«

»Wie heißt er?«

»Tobias Damm. Er hat mit mir in Selm angefangen und ist dann irgendwann geflogen.«

»Okay, das klingt wirklich so, als könnte er unser Mann sein! Wir müssen ihn überprüfen lassen.«

»Warum hat er mir die Magazine gegeben?«

»Das sind wahrscheinlich seine Trophäen, die er behält, um sich an die Morde zu erinnern.«

»Ich weiß, das ist es ja gerade! Warum gibt er die her, und warum an mich? Was hab ich denn damit zu tun? Bin ich jetzt etwa seine Komplizin?«

»Scheiße«, flucht Seidel plötzlich. »Scheiße, scheiße!« Sie fährt sich mit der Hand durchs Haar und scannt die Papierberge um sich herum. »Du bist die Nächste!«

»Wie bitte?«, kommt es tonlos zurück.

»Das nächste Opfer«, erklärt Seidel.

»Aber warum? Außerdem bin ich doch keine KA!«

»Ich glaube, das ist auch nicht mehr nötig, sein Opferprofil hat sich verändert. Der Mörder ist ein ehemaliger KA, der die Ausbildung abbrechen musste und darunter leidet. Ich glaube, dass die Sterne aus Blut Schulterklappensterne der Polizeiuniform darstellen, die er sich selbst schießt.«

»Ich bin aber kein beschissener silberner Stern an einer imaginären Uniform!«, unterbricht Pfeffer, nun mit festerer Stimme.

»Stimmt«, sagt Seidel. »Du bist der erste goldene Stern.«

Stille.

Sie hört Pfeffers Atem durch den Hörer; anscheinend muss sie diese Neuigkeit erst mal verdauen.

»Nein«, fährt sie dann plötzlich auf. »Ich werde nicht zu seinem Opfer!«

Seidel lacht freudlos. »Doch, aus seiner Sicht bist du das bereits.«

»So ein Scheißarschloch! Und die ganze Zeit macht er mir schöne Augen, verführt mich …«

»Er mag dich vielleicht wirklich. Mordlust, Irrsinn und Persönlichkeitsstörungen schließen sich leider nicht aus. Aber du musst jetzt ruhig bleiben! Es ist wichtig, dass wir einen kühlen Kopf bewahren und die nächsten Schritte planen.«

»Ich bin doch keine Trophäe«, spricht Pfeffer weiter, als habe sie Seidel gar nicht gehört. »Ich bin keine Auszeichnung für einen Nahschuss, den wirklich jedes Kind hinkriegt! Wobei Tobi kein schlechter Schütze war, das konnte er noch am besten. Wenn es nur ums Schießen ginge, wär er nie von der Schule geflogen.« Sie lacht bitter. »Was für eine Ironie.«

Seidel dreht sich hektisch im Kreis und überfliegt die Notizen und Ausdrucke. »Das klingt wirklich sehr danach, als hätten wir unseren Mörder, aber wir brauchen einen Anknüpfungspunkt. Wieso haben die Ermittler ihn denn nicht auf Facebook gefunden?«

»Was?«, fragt Pfeffer irritiert.

»Ich bin mir sicher, dass der Täter in eurer seltsamen Police Academy ist, nur so konnte er wissen, wer wann bewaffnet auf dem Dienstweg anzutreffen war.«

»Tobias ist aber nicht auf Facebook.«

»Nicht?«

»Nein«, antwortet Pfeffer ungeduldig und wechselt wieder das Thema. »Ich hätte schon hellhörig werden sollen, als er das zweite Mal gesagt hat, wie gern er mich in Uniform sehen würde.«

»Mach dir keine Vorwürfe«, sagt Seidel, während ihre Gedanken rasen. Sie muss dringend in Mainz anrufen. »Die Hauptsache ist, wir tun jetzt mit Ruhe und Distanz alles, damit Tobias Damm überführt werden kann.«

Pfeffer schnaubt. »Wie soll das gehen? Es führt keine Spur direkt zu ihm, er hat nichts hinterlassen. Auf den Magazinen ist ganz sicher auch nichts, was der Erkennungsdienst verwerten kann. Keine Fingerabdrücke außer meinen. Und wir können ihn sicher nicht festnehmen, nur weil er behauptet hat, er sei mit Björn befreundet. Das macht ihn nicht zum Mörder.«

»Nein, wohl nicht. Aber er muss befragt werden, und dann …«

»Er wird einfach alles abstreiten!«, fährt Pfeffer dazwischen. »Und wie kriegen wir ihn dann? Mit einem Indizienprozess? Welche Indizien? Am Ende werde ich noch belangt, weil ich keine Alibis habe, über die Tatwaffen Bescheid wusste und plötzlich drei passende Magazine zur Hand hatte!«

Seidel denkt an Ortweins Verdächtigung und lacht, es klingt selbst in ihren Ohren etwas hysterisch. »Da bist du nicht die Erste, die auf diese Idee kommt.«

»Was?«

»Nicht so wichtig.«

»Die können ihr gesamtes Superteam vom BKA hierherkarren und die vertracktesten Verhörstrategien anwenden, es wird nichts nützen. Warum sollte jemand, der die Disziplin hat, drei Morde an bewaffneten KA zu planen und durchzuführen, etwas gestehen?«, fragt Pfeffer. »Die haben nichts. Du weißt das, ich weiß das, und Tobi weiß das wahrscheinlich auch.«

Seidel lacht freudlos. »Ja, man müsste ihn wahrscheinlich auf frischer Tat ertappen. Das wäre uns eine große Hilfe.«

»Auf frischer Tat …«, wiederholt Pfeffer und verstummt.

»Theresia?«, fragt Seidel, aber es bleibt still. »Pfeffer?!«

»Ich muss jetzt auflegen«, antwortet die, und wenig später tutet es.

Seidel nimmt langsam das Handy vom Ohr. Ihre Hand zittert, als sie auf Rückruf tippt. Aber es bringt nichts, Pfeffer geht nicht mehr ran.

Auf frischer Tat ertappen?

Warum hat sie das nur gesagt?

Scheiße.

Essen.

Der Einsatz der Pistole ist in der Regel ein Nicht-Schießen. Theresia Pfeffer schiebt das volle Magazin in ihre Waffe und presst die Lippen zusammen. Mit leisem Klack fährt der Sicherungsstift im Griff der Pistole hervor, das Magazin sitzt. Nicht-Schießen? Heute nicht, heute Abend wird es wahrscheinlich einen richtigen Waffeneinsatz geben. Wobei natürlich fraglich ist, ob sie diejenige sein wird, die den Abzug drückt.

Sie legt die Waffe im Spind ab, beugt sich vor, hebt den Saum ihrer blauen Uniformhose und schiebt das Klappmesser in ihren schweren schwarzen Stiefel. Es ist ihr eigenes Messer, nicht aus der Waffenkammer, aber es sitzt perfekt.

Im Nicht-Schießen war sie nie so gut, im Schießen ist sie besser. Pfeffer greift nach der Waffe und ballt die linke Hand fest um den Griff. Sie hofft wirklich sehr, dass sie diejenige am Abzug sein wird. Double-Action-Only. Sie zieht den Verschluss zurück, die Walther P99 Q schnalzt, geladen und schussbereit.

»Was machst du denn hier?«

Pfeffer setzt ein freundliches Lächeln auf und dreht sich um. »Hi, Claudia.« Sie nimmt ihre Dienstmütze, klemmt sie sich unter den Arm und schließt den Spind. »Eigentlich hab ich heute frei, aber Frick hat mich angerufen und gefragt, ob ich für ihn einspringe.«

»Er hat dich von seinem Einsatz aus angerufen?«, fragt Claudia. Mit dem Schutz von Illners Villa hat sie im Gegensatz zu Frick nichts zu tun, sie hat heute normalen Dienst.

Pfeffer lacht und hofft sehr, dass es nicht zu nervös oder hysterisch klingt. »Irgendwas mit seiner Verlobten und dem Baby.«

Claudia reißt die Augen auf. »Baby?«

»Verdammt, hab ich mich jetzt verplappert?« Sie schlägt sich in gespieltem Entsetzen die Hand vor den Mund. »Hat er dir das noch gar nicht erzählt?«

Claudia zieht eine kleine Schmolllippe. »Nein.«

»Sag's bitte nicht weiter, ja?«

Sie schüttelt den Kopf und setzt sich auf eine der Holzbänke vor dem Spind. »Und du springst jetzt als Schutzpolizisten für ihn ein? Auf dem Empfang, auf dem du eigentlich als Gast geladen bist?«

»Genau. Das ist kein Problem, ich wollte da eh nicht hin. Diese steifen Empfänge mit den pseudowichtigen Honoratioren …«

»Das klingt aber nicht nach der Pfeffer, mit der ich tagelang über die Stern-Morde diskutiert habe.«

»Ja, ich weiß, ich war vielleicht ein bisschen zu besessen von diesem Fall.«

Claudia lacht auf. »Nur ein bisschen.« Dann hebt sie die Schultern. »Jeder hat am Anfang seinen kleinen Spleen. Solang du deinen überwunden hast …«

»Was?« Pfeffer hat nicht mehr zugehört, sie war zu sehr mit der Hoffnung beschäftigt, dass Fricks Verlobte wirklich schwanger ist und ihre Notlüge vielleicht gar keine war.

»Ich sagte, es ist gut, dass du über die Stern-Morde hinweg bist.«

»Ja, total«, antwortet Pfeffer schnell.

»Ist doch super.«

»Jep, total. Super.« Sie nickt und geht langsam in Richtung Tür. »Ich muss jetzt los. Frick wartet.«

»Klar«, sagt Claudia. »Wissen sie schon, was es wird?«

»Was?«

»Junge oder Mädchen?«

Pfeffer schluckt. »Nein, äh … ich glaube, dafür ist es noch zu früh …« Wenig später ist sie auf dem Gang. Ihr Handy zeigt neun Anrufe in Abwesenheit, alle von Seidel. Aber die kann ihr jetzt nicht mehr helfen. Sie wird Pfeffer bloß überreden wollen, es nicht zu tun, und Tobi würde einfach davonkommen.

Das Herz klopft ihr bis zum Hals, als sie die Essener Innenstadtwache verlässt und sich einer Gruppe Kollegen anschließt, die als Nachschub nach Bredeney zur Villa ihres Onkels fahren. Im Mannschaftswagen ist Licht an, und Pfeffer spiegelt sich in der Fensterscheibe, sieht ihre Polizeimütze und die leicht abstehenden Ohren. Trotzig betrachtet sie ihr uniformiertes Selbst. Zum ersten Mal fühlt es sich an, als sei sie passend gekleidet – passend für diesen Augenblick.

Ortwein wirft die Zigarette weg und tritt aus der dunklen Ecke des Parkplatzes hervor. Dann geht er in die Wache und stellt sich vor den leeren weißen Tresen. Ungeduldig trommelt er mit den Fingern auf der Theke, bis endlich Olli um die Ecke geschlurft kommt. Er runzelt die Stirn. »Ludwig?«

»'n guten Abend.«

Olli stellt seine Tasse mit dem Playmobil-Polizisten ab und setzt sich hinter das Funkgerät, sein schmaler langer Oberkörper ist leicht gekrümmt.

Ortwein zeigt auf die Tasse. »Hast du die etwa immer noch?«

»Ist meine zweite. Als die erste kaputtgegangen ist, hat meine Frau mir die gleiche noch mal gekauft.«

»Wie aufmerksam.« Er lächelt dünn, stützt die Unterarme ab und verschränkt die Hände ineinander. »Sag mal, ist Theresia Pfeffer heute eigentlich zum Dienst eingeteilt?«

Olli hebt fragend eine Augenbraue.

»Sie hat doch den ersten Stern-Mord aufgenommen und kannte Christian Müller. Ich hab da noch ein paar Fragen an sie.«

»Jetzt?« Olli lacht. »Seit wann arbeitest du samstagabends?«

»Seit der Stern-Mörder unter uns ist«, erwidert Ortwein in eindringlichem Ton.

»Hat das BKA nicht übernommen?«

»Ha, offiziell schon«, höhnt Ortwein, »aber die können auch nicht überall sein und brauchen ständig unsere Unterstützung. Letzte Woche musste Czorski nach Selm fahren und für die Verdächtige und Zeugen befragen, jetzt soll ich denen in puncto Tatortbild zur Seite stehen.« Ortwein selbst würde nie von einem Tatortbild sprechen, immer nur vom Tatort, aber dieser Begriff aus der operativen Fallanalyse scheint Olli wie erwartet zu beeindrucken.

»Na ja. BKA hin oder her …«, überlegt der laut. »Wahrscheinlich bist du ganz froh, dem Stern-Mörder noch ein bisschen nachspüren zu dürfen. So was lässt einen ja doch nicht los.«

»Überhaupt nicht«, presst Ortwein zwischen den Zähnen hervor und zwingt sich, nicht schon wieder ungeduldig auf dem Tresen herumzutrommeln.

Aber Olli rollt mit seinem Bürostuhl bereits zum anderen Ende des Schreibtischs und beginnt, auf die Tastatur einzuhämmern. »Hier steht es«, sagt er schließlich. »Pfeffer hat die ganze Woche frei und heute Abend auch keinen Sondereinsatz.« Er sieht zu Ortwein. »Willst du ihre Handynummer?«

Ortwein spürt plötzlich ein Kribbeln in seinen Fingerspitzen. Sie ist also nicht eingeteilt bei Illner, und trotzdem ist sie gerade in Uniform aus der Wache rausspaziert und hat sich zu den anderen in den Mannschaftswagen gesetzt. Das ging doch nicht mit rechten Dingen zu … Er will sich am liebsten sofort umdrehen und zu seinem Opel stürmen.

»Ja oder nein?«, hakt Olli nach.

Ortwein sieht ihn an, als käme er von einem anderen Stern. Dann reißt er sich zusammen und schüttelt lächelnd den Kopf. »Nee, lass mal. Die Nummer haben wir in unseren Unterlagen. Trotzdem danke. Ich werde sie schon noch erreichen.«

»Tut mir leid, dass ich dir nicht helfen konnte. Aber komm doch mal wieder zu uns auf ein Bierchen.«

Ortwein spürt, wie sein Lächeln langsam, aber sicher einfriert. Alles in ihm will raus aus dieser Wache. »Klar«, sagt er und klopft zum Abschied mit der flachen Hand zwei Mal auf den Tresen.

Essen.

Pfeffer lässt die Hände auf der Tastatur ruhen und denkt nach. Ihr Gesicht ist vom Bildschirm leicht erhellt, und sie hofft, dass die Überwachungskameras im Arbeitszimmer nicht direkt auf den alten Eichenschreibtisch ausgerichtet sind. Der Tresor mit den teuren Waffen ist schließlich auf der anderen Seite des Raums. Und die vielen Zimmerpflanzen geben ihr zusätzlich ein wenig Deckung.

Dennoch hat sie nicht viel Zeit. Draußen hört sie Gläser klirren und Gäste, die plaudern und lachen. Sie hat es geschafft, sich in das abgelegene Arbeitszimmer zu schleichen, und betrachtet nun grübelnd den Bildschirm und das Feld *Passwort.*

Was könnte Illners Passwort sein? Pfeffer tippt Moni und Enter. Falsch. Sie seufzt und sieht sich um. Auf dem Schreibtisch steht ein Kinderbild von ihr im Park der Villa. Sie gibt Theresia ein. Wieder nichts, verdammt.

In dem Moment hört sie die Stimme ihres Onkels direkt vor der Tür, und ihr Herzschlag beschleunigt sich. Hoffentlich kommt er jetzt nicht rein! Sie muss unbedingt in das System, um die Kameras auf Standbild zu stellen; schließlich werden die Bilder direkt in das Pförtnerhäuschen übertragen. Und sie muss doch aufnehmen, wie Tobi sich selbst als Täter entlarvt, ohne dabei vom Wachdienst gestört zu werden.

Sie will Tobi ins Arbeitszimmer locken, ihn zu einem Geständnis bringen oder ihn provozieren, damit er sie angreift. Das wäre zugegebenermaßen die radikalere Methode, deshalb auch das Klappmesser in ihrem Stiefel.

Sie sieht noch mal auf das Foto von ihr, mustert die bunte Baseballkappe und die abstehenden Ohren darunter. Sollte es wirklich so leicht sein? Sie wendet sich wieder der Tastatur zu und tippt Segelohren.

Bingo! Und so viel zum Thema, ihr Onkel sei ein Sicherheitsfanatiker.

Essen.

Es gibt nicht viele Menschen, die auf Fotos genauso aussehen wie im wirklichen Leben. Nur wenige haben ein Gesicht, das die Kamera eins zu eins einfängt. Theresia Pfeffer schon.

Doktor Florian nippt an seinem Drink, legt den Kopf schief und betrachtet die lächelnde Frau auf dem Familienbild. Er wusste, dass Pfeffer mit Karl Illner verwandt ist. Deshalb sind die Fotos hier keine Überraschung für ihn.

»Das ist meine Nichte«, sagt da der Gastgeber neben ihm. Er trinkt von seinem Rotwein und sieht auf das Bild. »Unfassbar, wie schnell sie erwachsen geworden ist!«

Doktor Florian lässt den Blick über die Bilderserie an der Wand schweifen, bis er bei einer kleinen Theresia mit Schultüte angelangt ist. Als das Foto aufgenommen wurde, war er selbst gerade mit dem Studium fertig, er sieht es an der Mode. Ja, die Zeit vergeht schnell.

»Sie nehmen es ihr nicht übel, oder?«, fragt Illner und nippt wieder an seinem Glas.

»Was meinen Sie?«

Der Polizeipräsident lacht etwas gekünstelt. »Den Anruf, bei dem sie sich für eine Kollegin ausgegeben hat.«

»Ach das.« Doktor Florian winkt ab. »Ich war nicht gerade begeistert, als ich davon erfahren habe, aber ich bin nicht nachtragend.«

»Die Sache tut ihr nämlich sehr leid.«

Doktor Florian grinst. »Ach ja?«

»Natürlich. Und wenn sie hier wäre, würde sie es Ihnen selbst sagen. Sie hat etwas vorschnell gehandelt und sich unüberlegt über Autoritäten hinweggesetzt. Leider ist sie heute Abend aber nicht da.«

Doktor Florian nickt und trinkt sein Glas leer. Damit ist das Thema für ihn erledigt.

Aber Illner sieht das offenbar anders. »Sie wird mal eine fabelhafte Ermittlerin! Sie hat einen fantastischen Spürsinn, und außerdem hat sie Schneid.« Er wischt mit der Hand durch die Luft. »Natürlich muss sie sich ihre Sporen erst im Streifendienst verdienen, und man muss sie hin und wieder etwas bremsen.

Aber irgendwann ist das vorbei, und dann geht sie durch die Decke.«

»Karl«, ruft da jemand von irgendwoher. »Karli!«

Illner seufzt. »Meine Frau. Sie entschuldigen mich?«

Doktor Florian sieht ihm kurz nach und stellt sein Glas auf einem wandernden Tablett ab. Er zwinkert der jungen Kellnerin zu und nimmt sich einen neuen Drink. »Danke.«

Sie errötet leicht und huscht von dannen.

Er setzt das Glas an die Lippen, trinkt und hält überrascht inne. Gegenüber tritt eine uniformierte Polizistin aus einem Raum, schließt die Tür hinter sich und zieht ihre Dienstmütze tiefer ins Gesicht – ein Gesicht, das Doktor Florian sofort wiedererkennt. Und diese Ohren. Er verschluckt sich und wendet sich hustend ab, während Pfeffer an ihm vorbeihuscht. Ihre schweren Stiefel quietschen auf dem Marmor, und hinten an ihrem Gürtel prangt das Holster mit der Walther P99 Q.

Rasch geht sie zum Terrassenausgang an der Seite und schlüpft so leise hinaus, wie jemand, der nicht gesehen werden will.

Prompt marschiert Doktor Florian zu dem Zimmer hinüber, aus dem sie gekommen ist, öffnet die Tür und späht in ein gewöhnliches Arbeitszimmer, das im Dunkeln liegt. Einen Moment überlegt er schon, ob er sich das Ganze nur eingebildet hat. Illner hat schließlich gesagt, sie sei gar nicht hier … Aber dann schiebt er den Gedanken beiseite und geht zurück ins Wohnzimmer, wo sich die anderen Gäste versammelt haben. Vielleicht wurde Pfeffer ja spontan zum Dienst eingeteilt.

Die Hände in den Hosentaschen schlendert er weiter durch die Villa. Eine Hand ruht auf seinem Handy, und nachdem er ein Gespräch über die Zucht Französischer Bulldoggen überhört hat, zieht er es gelangweilt hervor und ruft Seidel an.

»Florian«, sagt sie, »ich kann jetzt nicht, ich warte auf einen Rückruf vom BKA-Stern-Team …«

»Ich bin doch auch Teil des Teams«, erwidert er fröhlich. »Kann ich dir nicht helfen?«

Sie seufzt. »Nein. Ich muss wirklich auflegen, die Sachlage ist gerade etwas heikel.«

»Wie meinst du das? Ist alles in Ordnung?«

»Nein, Herrgott!«, herrscht sie ihn an. »Und eine Massage kann das zufällig auch gerade nicht richten.«

»Okay«, sagt Doktor Florian langsam. »Aber offensichtlich willst du doch drüber reden, sonst hättest du längst aufgelegt.«

»Was?«

»Rita, muss ich mir Sorgen um dich machen?«

Sie lacht etwas hysterisch auf. »Nein, aber wenn du Pfeffer siehst, dann kannst du anfangen, echte Beunruhigung an den Tag zu legen. Oder wenn du sie *nicht* siehst, vielleicht ist das der Punkt, an dem uns bange werden sollte.«

»Rita«, wiederholt Doktor Florian mahnend. »Du redest Blödsinn. Außerdem hab ich Pfeffer gerade erst gesehen, sie ist hier.«

»Wo?«

»Auf dem Empfang ihres Onkels – was etwas seltsam ist, weil er gesagt hat, sie wäre nicht da. Sie schlich sich unauffällig aus seinem Arbeitszimmer, in voller Montur, Uniform, Waffe und alles. Komisch, nicht wahr?«

Stille.

»Rita?«

»Scheiße«, murmelt seine Schwester kraftlos, dann wird das Gespräch unterbrochen.

»Rita?«, ruft Doktor Florian noch mal. »Hallo?!«

Essen.

»Ludwig Ortwein, Kripo«, sagt er und zeigt seinen Dienstausweis vor.

»Ich weiß, wer du bist«, antwortet der Streifenpolizist, der im Pförtnerhäuschen hinter diversen Monitoren sitzt. »Ich bin Jonas Frick. Gibt es ein Problem?«

Ortwein schüttelt den Kopf. »Der Einsatzleiter hat mich gebeten, mal vorbeizuschauen. Ich soll drinnen kurz Präsenz zeigen und Illner versichern, dass sein hübscher kleiner Empfang hier nicht von Interesse für den Stern-Mörder ist. Du weißt ja, wie ängstlich diese hohen Tiere werden. Je länger ihre Zeit in Uniform zurückliegt, desto mehr Schiss haben sie.«

Frick lacht und zeigt auf sein blaues Hemd und die Dienstmütze, die neben dem Monitor liegt. »Und deshalb behalte ich die hier auch!«

»Hätte ich besser auch mal gemacht«, stimmt Ortwein ihm zu. »Dann hätte ich diesen Stern-Mörder nie am Arsch gehabt.«

Frick schüttelt den Kopf. »Illner soll sich mal nicht so haben. Das Gelände ist von Schutzpolizisten umstellt, und ein Kollege und ich überwachen die Kameras.«

»Er hat Überwachungskameras?«

»Ja, im Garten, beim Kellereingang und in seinem Arbeitszimmer. Was auch immer da drin ist, es muss wertvoll sein.«

Ortwein grinst und beugt sich vor, um auf den Bildschirm zu sehen. »Vor allem sind da wohl Pflanzen drin.«

»Ja, der reinste Dschungel. Die Kameras zeigen nichts Besonderes. Es ist eine ruhige Party.«

»Natürlich ist es das«, sagt Ortwein, klopft Frick kameradschaftlich auf die Schulter und läuft den Kiesweg zur hell erleuchteten Villa hinauf.

Essen.

Ob er gar nicht da ist? Pfeffer steht jetzt seit fünf Minuten auf der kleinen Seitenterrasse vor dem Küchenfester und starrt in die hell erleuchtete Luxusküche mit Marmorarmaturen und einem freistehenden Herd in der Mitte. Sie nimmt ihre Dienstmütze ab und späht weiter ins Innere.

Überall sieht sie Häppchen und wuselnde Kellner in schwarzen T-Shirts mit goldenem Aufdruck des Caterers und weißen oder schwarzen Schürzen; Tabletts mit vollen Champagnergläsern, mit Orangensaft oder kleinen Pellegrino-Fläschchen; zwei Studentinnen ohne Schürzen, die offensichtlich nur für das Geschirr zuständig sind. Aber kein Tobi. Die Spülmaschine nebelt die Küche und Nerd-Brillen der Studenten ein, leere Gläser klirren, und eine Kellnerin nascht vom Fingerfood.

Pfeffer dreht sich mit einem Seufzen um – und prallt zurück. Vor ihr steht Ludwig Ortwein und starrt auf sie hinab. »Interessant«, sagt er.

»Was?«, fragt sie verdattert und blickt um sich. Ortwein ist ganz sicher nicht eingeladen, und selbst wenn er es wäre, hätte sogar er sich was anderes angezogen als seine speckige Lederjacke.

Er tritt näher an sie heran und schaut ihr prüfend in die Augen. »Sie lungern also hier draußen herum, tragen Uniform und sind bewaffnet, obwohl Sie offiziell gar nicht eingeteilt sind. Sie stehen nicht auf dem Dienstplan.«

Pfeffer schluckt trocken und weicht einen Schritt zurück. »Was geht Sie das an?«

»Ich weiß, was Sie vorhaben. Und ich weiß, wer Sie sind!«

»Nun, es ist kein Geheimnis, wer ich bin.«

»Sie verbergen etwas, und das hier heute Abend geht nicht mit rechten Dingen zu.«

Pfeffer tritt noch einen Schritt zurück und weiß nicht, was sie antworten soll. Weiß Ortwein von den drei Magazinen, von den manipulierten Kameras im Arbeitszimmer und von ihrem Plan? Woher könnte er davon wissen?

Er grinst sie herablassend an, seine Miene verrät, dass er sie durchschaut hat. »Kommen Sie doch einfach mit mir auf die Wache, Pfeffer«, schlägt er nun vor. »Dann können wir Schlimmeres noch abwenden …«

Schlimmeres abwenden? Sie schüttelt leicht den Kopf, dann wirbelt sie herum und rennt los, umrundet die Villa und hechtet zum Seiteneingang. Als sie die Tür öffnet, hört sie Ortwein hinter sich. Pfeffer schlüpft ins Haus und hastet zur Kellertür. Er darf sie nicht kriegen, er darf ihren Plan nicht vereiteln! Sie muss Tobi jetzt ins Arbeitszimmer locken, hier vor den Kameras kann er ihr noch auf den Leim gehen. Morgen ist er vielleicht schon untergetaucht …

Mit großen Schritten läuft sie hinunter in den Keller, hier braucht sie kein Licht, denn sie kennt jeden Stein und jede Abzweigung. Schließlich hat sie früher in den dunklen Gängen Verstecken gespielt. Sie hört Ortweins Schritte weiter hinter sich, passiert den Weinkeller und läuft weiter. An der anderen Treppe angekommen, läuft sie nach oben und öffnet die Tür zum Erdgeschoss. Dann betritt sie den Flur und verriegelt die Tür hinter sich … Nun ist Ortwein im Keller eingesperrt und muss wieder zurücklaufen.

Pfeffer steht zwischen der Küche und dem Arbeitszimmer ihres Onkels und schnappt nach Luft, als sich ihr plötzlich eine Hand auf den Mund legt.

»Du hast meine Nachricht also bekommen«, flüstert ihr Tobi leise ins Ohr, und Pfeffers Herz droht zu explodieren.

Er steht direkt hinter ihr.

Auf einmal erscheint es verlockend, sich von Ortwein auf die Wache mitnehmen zu lassen. Doch nur für einen kurzen Augenblick erlaubt sie sich diesen Gedanken. Schließlich war das hier von Anfang an ihr Plan …

Binnen Sekunden greift sich Tobi ihre Pistole. Er klappt die Lasche des Holsters hoch und zieht ihre Walther raus. Pfeffer spürt seine Bewegungen im Rücken, es geht alles blitzschnell. Sie will instinktiv mit dem Ellbogen ausschlagen und ihre Waffe zurückerobern, doch sie zwingt sich nachzugeben. Denn so wäre Tobi nur ein Student, der von einer übereifrigen Streifenpolizistin niedergeschlagen wurde. Nein, sie muss ihn dazu bringen, sein wahres Gesicht zu zeigen – vor den Kameras. Also hält sie still und betet, dass er das nahe gelegene Arbeitszimmer als Rückzugsort wählen wird.

Einen Moment lang glaubt sie, keine Luft zu bekommen. Aber gleichzeitig riecht Tobi wie immer, die Berührung seiner Hand ist seltsam vertraut, und paradoxerweise beruhigt sie das. Sie schließt die Augen, entspannt sich in seinem Griff und atmet ruhig durch die Nase.

Langsam löst er die Hand von ihrem Mund und bohrt ihr dabei den Lauf ihrer eigenen Waffe in den Rücken. »Braves Mädchen.«

»Ich weiß, dass du nicht schießen wirst«, flüstert sie über die Schulter. »Nicht so.«

Er lacht leise. »Willst du es drauf ankommen lassen?«

»Du hast die Waffe, die Frage ist, was *du* willst.«

Er presst sein Gesicht an ihre Wange. Sie spürt seine langen schwarzen Wimpern an ihrer Schläfe und seine Lippen, die ihre Haut streifen, als er spricht. »Du hast drei Wochen gebraucht, um auf mich zu kommen. Drei Wochen und drei Magazine. Tu nicht so, als hättest du irgendwas an mir durchschaut.« Er weicht ein Stück zurück und sieht nach rechts und links. »Umdrehen«, befiehlt er. »Wir gehen da rein.«

Pfeffers Herz rast wieder schneller. Er will ins Arbeitszimmer, so wie sie es geplant hat.

Er drückt ihr die Waffe fest in den Rücken. »Geh schon!«

Sie öffnet die Tür und macht das Licht an. Es wird nicht besonders hell, denn Illner mag es schummrig in dem dunkel getäfelten Raum. Außerdem hat sie vorhin die Vorhänge ein Stück zugezogen, nicht so sehr, dass es vorbereitet aussieht, aber doch so, dass man sich abgeschirmt fühlt.

Tobi schließt die Tür.

Mit einem Ruck dreht sie sich zu ihm. »Warum hast du sie hergegeben?«

Er betrachtet ihre Waffe mit verträumtem Blick, hebt sie an und zielt prüfend auf ihr Herz. »Was meinst du?«

Sie ignoriert die Gänsehaut und dass ihr die Haare zu Berge stehen, als ihre eigene Walther auf sie gerichtet ist. »Die drei Magazine. Warum hast du die Trophäen deiner Morde hergegeben?«

Tobi hebt die Waffe noch ein Stück höher, einen Finger parallel zum Abzug, seine linke Hand unterstützt, der Lauf zeigt nun direkt auf Pfeffers Stirn. »Das habe ich nicht. Ich hab sie dir geschenkt, das ist was anderes.«

Pfeffer lacht kurz und bitter auf, aber das Lachen bleibt ihr im Hals stecken. Sie starrt nun in die Mündung ihrer eigenen Pistole. Ihr ist schlecht, und kalter Schweiß rinnt ihr vom Nacken den Rücken hinunter.

»Lach nicht, ich bewundere dich. Du hattest einen kleinen Hinweis verdient.«

»Du bewunderst mich?«

»Und ich liebe dich.«

»Ja, genau.«

Er nickt langsam. »Es ist wahr. Du solltest nicht von dir auf andere schließen. Nur, weil du mich nicht liebst …«

»Da wären wir vielleicht noch hingekommen. Wenn da nicht diese Kleinigkeit wäre, dass du dich als Serienkiller entpuppt hast.«

»Details.« Er wischt mit der Hand durch die Luft. »Du hättest mich niemals geliebt, ich war nur ein Zeitvertreib für dich. Die Magazine waren das Einzige, womit ich deine Aufmerksamkeit noch fesseln konnte.«

»Ja, das war sehr romantisch«, sagt Pfeffer trocken.

Seine Lippen verziehen sich zu einem Lächeln. »Siehst du, deshalb liebe ich dich und niemanden sonst. Es ist dein Stolz. Du hättest sehen sollen, wie die anderen gezittert haben. Selbst die freche Hannah war ein Nervenbündel, als ich ihre eigene Waffe auf sie gerichtet habe.«

»Wieso hat sie dich überhaupt an ihre Waffe rangelassen?«

Er verdreht die Augen. »Weil ich natürlich noch eine zweite Waffe dabeihatte. Halte mich bitte nicht für einen Idioten. Ich habe sie mit meiner SIG Sauer bedroht und entwaffnet. Ein Kinderspiel.« Dann grinst er noch breiter. »Herauszufinden, wer von den KA eine Sondergenehmigung hat und auf dem Dienstweg uniformiert und bewaffnet sein wird, war schon schwerer. Für Waffen gibt es einen Schwarzmarkt, aber für Infos über Kommissaranwärter leider nicht.«

Pfeffer versucht, an der Mündung der Waffe vorbei in seine blauen Augen zu sehen. Ihr Kiefer tut schon weh vom festen Zusammenbeißen der Zähne. Es ist nicht leicht zu ignorieren, dass man gerade direkt in eine Walther-Mündung hineinschaut. Die Pistole ist geladen und schussbereit.

»Und wie hast du es dann herausgefunden?«

»Facebook.«

»Du bist nicht auf Facebook.«

»Nein, das wäre zu offensichtlich, nicht wahr?« Er lacht kurz auf. »Ich hab mich mit Björns Account angemeldet. Ich hab's auch bei anderen versucht, aber deren Passwörter waren nicht zu erraten. Deins übrigens auch nicht.«

»Wie schön«, spottet sie.

»Ist wahrscheinlich ein Zahlencode, weil du ein kluges Mädchen bist. Jedenfalls hat Björn die Gruppe Police Academy gegründet, und da lag der Name der Hauptfigur dieser Filme irgendwie nah. Mahoney und dann noch Björns Geburtsjahr. Die meisten benutzen ihr Geburtsjahr bei Passwortkombinationen. Ein sehr leichtfertiges Verhalten.«

»Herzlichen Glückwunsch«, erwidert Pfeffer trocken und denkt an die Kameras, die mehr Material brauchen. Sie bemüht sich, den sarkastischen Tonfall beizubehalten, um ihn zu provozieren. »Und dann hast du sie alle drei erschossen.«

»Du sagst das, als sei das keine Kunst.«

»Doch, doch. Irgendwie kunstvoll war das schon. Du kannst stolz auf dich sein.«

»Das bin ich.«

Sie atmet innerlich auf. Das müsste reichen, um ihn zu kompromittieren, es ist noch kein rechtsgültiges Geständnis, aber es reicht für einen handfesten Verdacht.

»Wie auch immer«, sagt Tobi jetzt. »Genug geplaudert. Gib mir deine Acht.«

Pfeffer stutzt. Gehörte das jetzt auch zum Ablauf? Sollte sie sich nicht hinknien müssen?

»Die Handschellen!«, wiederholt er in scharfem Tonfall.

Betont langsam greift sie nach hinten an ihre Koppel, damit er sehen kann, wie ihre Hände zittern. Das muss sie nicht mal spielen, sie zittern wirklich. Und Pfeffer hofft wirklich sehr, dass es dadurch glaubwürdig aussieht, dass ihr die Acht auf den Boden fällt …

»Entschuldigung«, murmelt sie und beugt sich hinunter.

»Ja, ja«, knurrt er.

In der nächsten Sekunde hat sie das Messer aus ihrem Stiefel in der Hand und stürzt sich mit dem Mut der Verzweiflung auf ihn. Tobi taumelt einen Schritt nach hinten, und ihr gelingt es, seinen

Arm mit der Waffe nach unten zu drücken. Sie hält ihm das Messer an die Kehle.

Tobi keucht auf, doch er erholt sich rasch von seiner Überraschung und grinst. »Ich wusste, dass du es spannend machen wirst!« Er presst seinen Arm zurück nach oben. Pfeffer stemmt sich mit ihrem ganzen Körpergewicht gegen ihn und seinen Arm, das Messer ritzt die Haut an seinem Hals etwas auf.

Aber er ist stärker als sie und schleudert sie mit einem Stoß in den Raum hinein. Sie stolpert über den gusseisernen Zeitungsständer, lässt das Messer fallen und landet unsanft in einem Ledersessel. Tobi stürzt sich auf sie, packt sie an den Haaren und will sie hochzerren. Doch Pfeffer schafft es, gegen sein Knie zu treten.

Er schreit auf, stolpert zurück und lässt die Waffe fallen. Sie nutzt den Moment, um sich auf ihn zu werfen, und schlägt ihm mit Fäusten ins Gesicht.

Doch Tobi kann sie abwehren, er packt sie an den Schultern und stößt sie von sich. Pfeffer schlägt mit dem Kopf gegen den Schreibtisch und sieht für einen kurzen Moment Sterne. Schon kniet sich Tobi hastig auf ihre Brust und fixiert ihre Arme mit seinen Knien. Er beugt sich vor und greift nach etwas. Wenig später hat er die Walther wieder in den Händen.

Er grinst und packt die Pistole am Lauf. Dann holt er aus. Wie in Zeitlupe sieht Pfeffer den Griff ihrer Waffe auf sich zurasen, bevor sie einen dumpfen Schlag spürt und alles schwarz wird.

Der Schmerz ist erst da, als sie die Augen wieder öffnet. In ihrem Kopf dröhnt es, und als sie ihn bewegt, wird es noch schlimmer. Es dauert eine Weile, bis Pfeffer weiß, wo sie ist – und bemerkt, dass sie auf dem Boden liegt. Sie will ihre Arme bewegen, doch die wurden von ihrem Kopf weggespreizt und irgendwo festgebunden.

»Was zur …«, will sie sagen, bringt aber nur ein dumpfes Gemurmel zustande. Der Mund wurde ihr zugeklebt, es juckt und kratzt darunter. Pfeffer wendet den Kopf so weit es geht. Ihr linkes Handgelenk steckt in der einen Schelle ihrer Acht, die andere umschließt den Fuß von Illners schwerem Eichenschreibtisch. Ihr rechtes Handgelenk wurde mit Klebeband an dem gusseisernen Zeitungsständer fixiert.

Sie sieht runter zu ihren Füßen, die an den Beinen des Ledersessels festgeklebt wurden, auf dem Tobi sitzt und sie angrinst.

»Ich hatte ja befürchtet, dass dein Onkel kein Paketband hat, weil er sicher niemals selbst etwas für die Post fertig macht, aber«, er nickt anerkennend, »das ist ein wirklich gut ausgestattetes Büro. Wenn ich das Messer nicht hätte, würde ich mit diesem Brieföffner dort liebäugeln, aber«, er lächelt sie dankbar an, »du hast ja an alles gedacht. Und ich habe ein Messer.«

Er steht auf und kniet sich neben sie. Pfeffer will zurückweichen, aber ihr Kopf dröhnt bei jeder Bewegung. Sie reißt an ihren Fesseln, aber sie sitzen fest. Wenn überhaupt, rollt sich das Klebeband nur etwas zusammen und schneidet ihr noch schärfer in die Haut.

Tobi legt die Pistole übertrieben behutsam neben sich ab und betrachtet die matt schimmernde Klinge des Messers. »Ich fühle mich gerade auch nicht wohl, weißt du?« Seine blauen Augen fixieren sie eindringlich.

Sie schluckt und sucht nach der Liebe, von der er vorhin gesprochen hat, nach der Zärtlichkeit, die er ihr schon so oft gezeigt hat. Aber sie sieht nur zwei eisblaue Augen, ein irrer Blick, der sie durchbohrt. Was heißt hier, er fühle sich auch nicht wohl? Sie fühlt sich nicht unwohl. Sie hat Angst. Es ist die nackte Angst um ihr Leben. Ihr Herz rast ihr in der Brust, und der kalte Schweiß fließt ihr die Schläfen hinunter. Niemand weiß, wo sie ist – außer natürlich dem Serienmörder, der mit dem Messer vor ihr kniet.

»Ich hab dich immer begehrt, Theresia«, sagt er ruhig. »Ganz besonders an dem Tag, als du mich ausgelacht hast. Erinnerst du dich? Damals, als ich das erste Mal in meiner Uniform aufgelaufen bin? Aufgeplustert wie ein Pfau … Seitdem habe ich dich nie aus den Augen verloren. Du bist einfach hinreißend! Du und dein Stolz.« Er verzieht die Lippen zu einem boshaften Grinsen und schließt die Faust fester um den Messergriff. Dann rammt er die Klinge mit voller Wucht in ihren linken Unterarm.

Höllischer Schmerz durchzuckt Pfeffer, sie stößt einen erstickten Schrei aus und bäumt sich auf. Schwer atmend starrt sie zu ihrem linken Arm – ihrem Schussarm! –, in dem nun das Messer steckt.

Tobi hat den Griff noch immer fest umklammert und beugt sich ganz nah zu ihr, schiebt sein Gesicht direkt vor sie. »Aber ich muss dennoch kurz hinzufügen, dass du, trotz all meiner Liebe, nicht mein Endziel bist. Ich wollte dich immer, aber du bist nur ein goldener Stern, der erste von vielen.« Seine Stimme hat inzwischen einen entrückten Tonfall angenommen, wenn er nicht vorher schon irre klang, tut er es zumindest jetzt.

»Ich hätte auch nicht nach drei KA Schluss mit den Anwärtern gemacht, wenn das BKA sie nicht gewarnt hätte«, fährt er fort und zieht das Messer mit einem Ruck aus ihrem Arm.

Wieder dieser Schmerz und ein verzweifeltes Aufbäumen. Dicke Blutstropfen fallen auf Illners kostbaren Orientteppich, und Pfeffer ringt nach Luft. Tränen fließen ihr über die Wangen und vermischen sich mit dem Schweiß.

»Aber sie haben mich gezwungen vorzeitig aufzuhören, und jetzt muss ich meine Pläne ändern«, er macht eine Pause und sieht sie eindringlich an, »und meine Vorgehensweise.« Er legt den Kopf schief und betrachtet ihre Wunde nachdenklich. »Natürlich bist du dennoch etwas Besonderes. Weil ich dich liebe und weil ich mit dir etwas ganz Neues ausprobiere.« Er setzt das Messer an die Wunde, und Pfeffer sieht, wie ihr Blut die Klinge hinabläuft, bevor er sie erneut – jetzt langsam – in ihren Arm eindringen lässt.

Sie will schreien, als der Schmerz brennend erst durch ihren Arm und dann den ganzen Körper fährt, aber das Klebeband hält.

»Also, das mit den Sternen ändere ich nicht, wenn du dich das fragst«, erklärt er sanft. »Aber vielleicht bekommt man ja auch vital genug Blut für einen schönen Stern. Was meinst du?«, fragt er und lässt die Klinge nun über ihren Arm streichen.

Pfeffer wirft den Kopf vor Schmerz hin und her, die Tränen strömen ihr nur so über die Wangen, sie kann es nicht verhindern. Vielleicht verliert sie ja bald das Bewusstsein – im Stillen bittet sie fast darum.

Tobi legt das Messer beiseite und taucht einen Finger tief in die klaffende Wunde. Pfeffer bäumt sich erneut auf und keucht, während er lächelnd den Finger hochhält. Rotes Blut läuft daran herunter.

Dann lacht er auf. »Nein, das war natürlich ein Scherz! So kriege ich niemals genug Blut für einen ganzen Stern. Ich habe drei davon gemalt und muss es wissen. Und ich weiß, wie man am besten drankommt. Den Schuss ins Herz musste ich aufgegeben, das war bitter. Aber jetzt weiß ich, wie es geht!«

Er beugt sich über sie, küsst ihre Nasenspitze und leckt Tränen und Schweiß von ihrer Wange. »Ich wollte dir bloß wehtun und dir deine Schusshand versauen. Nicht, weil ich glaube, dass du sie je wieder benutzen wirst. Sondern weil es bei Folter um etwas Bedeutsames gehen sollte, dann sind die Schmerzen einfach köstlicher, intensiver.«

Pfeffer starrt mit aufgerissenen Augen auf die blassen Sommersprossen auf seiner Haut. Der Schmerz lässt inzwischen nach und verwandelt sich in ein dumpfes Pulsieren, sie kann wieder klarer denken, aber sie findet keine Lösung. Sie weiß nicht, wie sie hier rauskommen soll. Eine ganze Weile zerrt sie schon an der rechten Hand, aber außer das Klebeband ein bisschen zu lockern, ist nichts passiert. Ihren linken Arm spürt sie kaum noch.

Tobi sieht zu ihrer rechten, sich windenden Hand und lächelt. »Wie süß, du willst dich befreien.«

Dann nimmt er sich wieder die Pistole und steht auf. Er greift in die Tasche seiner schwarzen Kellnerhose und zieht etwas Längliches hervor. »Natürlich hätte ich nicht zu hoffen gewagt, dass du kommst. Ich konnte ja nicht wissen, wann du die Magazine findest, immerhin besitzt du sehr viele Handtaschen. Aber ich bin trotzdem nicht ganz unvorbereitet.« Pfeffer erkennt den Schalldämpfer in seiner Hand und schließt mit allem ab.

Er schraubt den Schalldämpfer auf den Lauf, betrachtet die Walther ein letztes Mal und visiert ihren Kopf an. Den Zeigefinger parallel zum Abzug, die linke Hand unterstützt. Er streckt den Arm, atmet zu zwei Dritteln aus und lächelt. »Wahrscheinlich wirst du trotzdem für immer mein Lieblingsopfer bleiben.«

»Das ist nicht ihre Waffe!«, ertönt da plötzlich eine Stimme im Raum.

Pfeffer wendet den Kopf ruckartig zur Zimmertür, die halb offensteht und durch die gerade eine schmale Gestalt mit erhobenen Händen hineingeschlüpft kommt.

Rita Seidel? Pfeffer traut ihren Augen kaum. Ist die Fallanalytikerin etwa gekommen, um sie zu retten? Diese schmächtige Frau in den zu langen Jeanshosen?

Seidel mustert Tobi mit ruhigem Blick. »Das ist nicht Pfeffers eigene Waffe«, sagt sie betont langsam. Das helle Flurlicht wirft einen harten Kegel auf den Boden des Arbeitszimmers.

Tobi starrt, ebenfalls überrascht, von der Waffe in seiner Hand zu Seidel und wieder zurück. Pfeffer wagt es, Hoffnung zu schöpfen, und reißt wieder an ihrem rechten Handgelenk.

Eine dröhnende Stille herrscht mit einem Mal, während Seidel einen Schritt in den Raum hineintut.

Seidel schluckt und setzt alles auf eine Karte. Sie kennt das Profil dieses Mörders. Sie weiß, dass er Perfektion anstrebt, dass er sie unbedingt braucht! Gerade bei seinem ersten goldenen Stern.

»Pfeffer weiß alles über dich«, sagt sie nun. »Sie hat dir hier aufgelauert, meinst du nicht, sie hat einkalkuliert, dass es so weit kommt?« Sie macht eine kurze Pause, um den Gedanken sacken zu lassen. »Auch wenn du Pfeffer umbringst, wirst du nicht gewinnen, denn du hast es nicht mit ihrer eigenen Waffe getan.«

Tobi sieht inzwischen verwirrt aus und blickt zu Pfeffer. »Ist das nicht deine Waffe?«

Sie schüttelt heftig den Kopf.

Er nickt langsam und bedächtig, scheint kurz zu überlegen – dann zielt er plötzlich auf Seidel. »Aber du kannst durch jede Waffe sterben«, sagt er tonlos und drückt ab.

Es ist nur ein leises Ploppen, aber ein Schuss ist ein Schuss.

In derselben Sekunde wird die Tür plötzlich weit aufgestoßen – und Ortwein kommt in den Raum gestürzt und reißt Seidel mit sich zu Boden …

Pfeffer blinzelt und kann nicht glauben, was sich da vor ihr abspielt. An Ortwein hatte sie gar nicht mehr gedacht … Sie zerrt weiter an ihren Fesseln, da löst sich das Klebeband an ihrer rechten Hand endlich mit einem Ruck.

Sie schaut zu ihrem freien Arm und dann wieder zu Ortwein und Seidel, die reglos am Boden liegen. Wurde Seidel etwa getroffen? Oder hat Ortwein sie noch rechtzeitig erreicht?

Seidel atmet schwer. Ihr Kopf schmerzt vom Aufprall. Sie versucht sich aufzurichten, aber etwas Schweres liegt auf ihr, sie schiebt es beiseite – und erstarrt. Es ist Ortweins Arm, ein Arm, der zu einem sehr stark blutenden Körper gehört.

Sie setzt sich auf und betrachtet den leblosen Ortwein neben sich. Er kam in den Raum gestürmt und hat sich in die Schussbahn geworfen – einfach so. Seidel schluckt trocken und sieht zu Tobi hinüber. Aber auf ihrer Brille sind Flecken, und sie kann nicht richtig sehen. Was sind das für Flecken?

Tobi starrt ebenfalls auf den Körper am Boden und lässt die Waffe sinken. Dann löst er sich aus seiner Starre, wirbelt herum und steigt über Pfeffer hinweg. Ehe Seidel sichs versieht, ist er bei der Terrassentür und hat sie geöffnet.

Seidel hat das Gefühl, sich nicht bewegen zu können. Doch so starr, wie ihr Körper ist, so schnell rasen ihre Gedanken … Tobi darf nicht entkommen, er ist immer noch bewaffnet! Sie greift instinktiv in die Lederjacke von Ortwein, zu dem Leibriemen neben der blutenden Wunde in seiner Brust. Sie bekommt die Waffe zu fassen und fragt sich noch, wie das mit dem Schießen wohl geht, da hört sie Pfeffer, die mit der rechten Hand hektisch auf den Boden schlägt. Sie murmelt etwas hinter dem Klebeband und hält ihr fordernd die Hand entgegen. Seidel wirft ihr die Waffe zu … und Pfeffer fängt.

Die Pistole schmiegt sich in Pfeffers rechte Hand, passgenau, als wäre sie eigens für sie gemacht. Sie muss nun ihre rechte benutzen, denn aus dem linken Arm ist jedes Gefühl gewichen. Adrenalin strömt durch ihren Körper. Sie zielt auf Tobi, der durch den hell beleuchteten Garten flüchtet.

Sie fixiert ihn. Ein Finger parallel zum Abzug. Sie atmet ein, zu zwei Dritteln aus und schießt. Die Kugel verlässt den Lauf – und Tobi bricht zusammen.

Pfeffer starrt auf die Waffe in ihrer Hand. Sie hat tatsächlich mit rechts getroffen. Das ist ihr letzter Gedanke, bevor gnädige Dunkelheit alles auslöscht.

Kapitel 15 **Teamgeist**

Montag, 1. Oktober

Wiesbaden.

Therapie ist scheiße, liest Seidel auf dem Display ihres Handys und lächelt. Pfeffer scheint es wieder besser zu gehen. Ihren linken Arm wird sie bald wieder benutzen können, und über Tobi redet sie jetzt mit Polizeipsychologen. Sie wird es schon schaffen, da ist sich Seidel sicher.

Ortwein hingegen hat es nicht geschafft. Der Gedanke trifft Seidel schmerzhaft. Sie steckt das Handy in ihre Hosentasche und schluckt trocken.

Eigentlich hat sie alles an Ortwein gehasst, aber das hilft ihr nun auch nicht. Er hat die Kugel abgefangen, die für sie bestimmt war. Er ist für sie gestorben. Dabei konnten er und Seidel sich nicht mal leiden. Sollten Menschen nicht nur für Menschen sterben, die sie auch mögen?

Sie fühlt sich schrecklich, als ihr dieser grausame Gedanke durch den Kopf schießt. Die Sache wird ihr noch lange den Schlaf rauben, dessen ist sie sich sicher.

Beiläufig weicht sie ihrem Angeber-Kollegen Gennings aus, der schon wieder eine Frau klargemacht hat, die ihn für einen Profiler hält – das hat er zumindest jedem erzählt. Seufzend stößt Seidel die Tür zu Ziernows Büro auf. »Sie wollten mich sehen?«

»Unsere Heldin!«, ruft er jovial und breitet die Arme aus.

Sie versteift sich angesichts der drohenden Umarmung, aber Ziernow macht zum Glück keine Anstalten, hinter seinem Schreibtisch hervorzukommen. Also entspannt sie sich wieder und betritt den Raum. »Die Heldin war wohl eher Theresia Pfeffer«, sagt sie.

Er deutet lachend auf den Besucherstuhl und setzt sich. »Bescheiden wie immer, Seidel!«

Mit einem Seufzen lässt sie sich in den Stuhl fallen und lehnt sich zurück.

Ziernow fährt unbeirrt fort. »Ich habe die Bilder der Überwachungskamera zwei Mal gesehen, und Sie haben vorbildlich reagiert und gehandelt. ›Das ist nicht ihre Waffe.‹ Großartig! Da muss man erst mal drauf kommen!«

Seidel nickt nur stumm und denkt an Ortweins Beerdigung. Es waren viele Kollegen da, aber eigentlich haben auch die ihn nicht wirklich gemocht. Man hat es an ihren Gesichtern gesehen, an den schamhaften gegenseitigen Versicherungen, dass er ein so toller Mensch und Polizist gewesen sei. An Familienmitglieder kann sie sich nicht erinnern ... Rasch schüttelt sie den Gedanken ab. »Was kann ich für Sie tun, Ziernow?«

»Ist Ihnen das KKF ein Begriff?«

»Das war in den Neunzigern eine Projektforschungsgruppe des BKA: Kriminalistisch-Kriminologische Fallanalyse. Dort wurden Fälle von Erpressung und erpresserischem Menschenraub analysiert.«

»Sie sind ja gut informiert.«

Seidel runzelt die Stirn. Sie wurde schließlich beim BKA zur Polizeilichen Fallanalytikerin ausgebildet, da lernt man so was. Dann denkt sie an Czorski und muss zugeben, dass Ortwein nicht von allen gehasst wurde. Czorski hat ihn wahrscheinlich wirklich gemocht. Seine Trauer hat jedenfalls echt gewirkt.

Ziernow grinst breit und gönnerhaft. »In den Neunzigern haben wir Erpressungen erforscht und uns damit international verdient gemacht.«

Daran kann sich auch Seidel erinnern. Vorher war die Fallanalyse das Hoheitsgebiet der USA gewesen, aber mit den von der Forschungsgruppe KKF entwickelten Methodentests hat auch das BKA glänzen können. Wenigstens damals in den Neunzigern.

»Aber das ist etwas länger her«, sagt jetzt auch der Abteilungsleiter des KI Dreizehn und räuspert sich. »Wir planen nun ein weiteres Forschungsprojekt, um wieder etwas zur internationalen Verbrechensbekämpfung beizutragen.«

Sie setzt eine möglichst neutrale Miene auf, schiebt ihre Brille die Nase hoch und sieht Ziernow erwartungsvoll an. »Was für ein Forschungsprojekt genau?«

»Es geht um die Kriminalistisch-Kriminologische Fallanalyse zur Untersuchung von rituellem Serienmord.« Er faltet die Hände auf dem Schreibtisch und reckt das Kinn. »Das KKF II.«

»Ausgefallener Name.«

»Gefällt er Ihnen nicht?«

»Ist es wichtig, dass er mir gefällt? Dass er überhaupt jemandem gefällt?«

»Nun ...« Ziernow lehnt sich zurück und trommelt nachdenklich auf die Schreibtischplatte. Dabei sieht er aus dem Fenster.

Seidel folgt seinem Blick, kann aber nur Herbstregen und den Parkplatz des BKA ausmachen.

Dann sieht er sie plötzlich verschmitzt von der Seite an. »Sie können gern auch einen anderen Namen vorschlagen.«

»Ich? Warum?«

»Und Sie kriegen eine Gehaltserhöhung.«

»Oh, oh.« Seidel beugt sich vor, um Ziernow tief in die Augen zu sehen. »Ich verstehe. Alle hochrangigen BKA-Kommissare haben abgesagt.«

»Bitte?«

Sie lässt sich zurückfallen und fährt sich mit den Händen durch ihre Locken. »Ich soll Ihr KKF II leiten.«

»Natürlich«, begehrt er auf. »Aber doch nicht, weil irgendjemand abgesagt hat. Sie sind meine erste Wahl!«

Seidel mustert ihren Chef abwägend. Sie denkt an die vier angefangenen Bewerbungsschreiben auf ihrem Rechner – daran, dass sie bei keinem über die Anrede hinausgekommen ist. Denn wer soll die Frederick Torbergens und Theresia Pfeffers der Zukunft retten, wenn sie die Psychologie Freuds dekonstruiert?

Seit zwei Wochen ist der Stern-Fall nun gelöst, und Tobias Damm steht unter Anklage. Seit zwei Wochen kommt Seidel fast erleichtert zur Arbeit und hält sich an ihrem Schreibtisch fest – wortwörtlich. Doktor Florian hat sie deshalb schon ausgelacht. Danach hat er sich natürlich entschuldigt und sie umarmt. Auch er hat das Video gesehen, die Kugel, die für seine Schwester bestimmt war, und das Blut, das Stunden später noch auf ihrer kleinen runden Lennon-Brille geklebt hat.

Die Vorstellung, an einer Universität zu lehren und zu forschen, ist plötzlich weit weg für sie. Natürlich will sie immer noch lieber publizieren, als Hypothesen über Mörder aufzustellen, aber sie hat Menschen nicht gerettet, die sie hätte retten können. Und diese Schuld ist zu groß, um sie zu vergessen und sich in die Welt der Theorie zu verkriechen.

»Es ist ein *Forschungsprojekt,* Seidel«, sagt Ziernow, wieder in diesem jovialen Tonfall, der ihr langsam auf den Keks geht. »Im Mittelpunkt steht die *Forschung* an Fallanalysen und echten Fällen sowie die *Publikation* Ihrer Ergebnisse.«

»Publikation?«, fragt sie vorsichtig nach. Verdammt, Ziernow drückte wirklich die richtigen Knöpfe.

»Und Sie können sich Ihr Team ganz allein zusammenstellen.«

»Team?« Seidel verzieht das Gesicht. Noch mehr Teamarbeit. Das ist wiederum ein Minuspunkt.

»Suchen Sie sich Leute aus dem unmittelbaren Ermittlungsumfeld aus. Wir legen großen Wert auf den Einfluss von Analytikern mit praktischer Berufserfahrung unterschiedlicher Disziplinen.«

»Praktischer Berufserfahrung?«

Ziernow nickt und reicht ihr eine Mappe. »Sie werden Kriminalkommissare, einen Ballistiker, einen Rechtsmediziner und weitere Sachverständige brauchen.«

Sie nimmt die Mappe zögernd entgegen. »Ich hab noch nicht ja gesagt.«

Er seufzt. »Was wollen Sie denn noch? Sie kriegen von mir wirklich alles.«

»Alles, was ich will?«

»Dienstwagen, eigene Sekretärin, was immer Sie möchten.«

Seidel grinst. »Kann ich eine Streifenpolizistin ins Team holen?«

»Bitte?«

»Sie haben mich schon verstanden.« Sie sieht ihm fest in die Augen. Wenn sie alles haben kann, dann will sie auch eine Partnerin, die genug Zielstrebigkeit und Cleverness für ein ganzes Team hat – und die jedes Ziel mit ihrer Walther trifft, egal unter welchen Umständen.

»Ich will mit Theresia Pfeffer zusammenarbeiten. Sie hat Schneid und ist scharfsinnig.«

»Sie ist lebensmüde.«

Seidel nickt. »Sie ist jung, das wächst sich raus.«

»Außerdem ist sie traumatisiert«, wendet Ziernow ein. »Wahrscheinlich ist jetzt alles noch schlimmer als vor der Gefangennahme des Stern-Mörders.«

»Das wissen Sie nicht. Ich weiß aber, dass ich mit ihr zusammenarbeiten will.«

»Es wäre ein wirklich schöner Dienstwagen drin«, sagt er schmeichelnd.

Seidel steht abrupt auf, dreht sich um und geht zur Tür. »Ich hab einen Wagen, den schönen können Sie Pfeffer geben. Wenn sie mitspielen darf, spiel ich auch mit.«

Ziernow erhebt sich mit gerunzelter Stirn. »Das alles ist kein Spiel, Seidel.«

Sie legt eine Hand auf die Klinke und sieht ihn lange an. »Ich weiß, es geht um Leben und Tod, immer und jeden Tag. Ich kann nur Leute gebrauchen, die das begriffen haben. Melden Sie sich, wenn Sie das mit Pfeffer geklärt haben«, sagt sie und verlässt Ziernows Büro.

Seidel betrachtet eine Weile das Großraumbüro mit dem furchtbaren blauen Teppich und den noch schlimmeren cremefarbenen Schreibtischen. Gennings großspuriges Gehabe tönt schon wieder durch den Raum. Er kommt um die Ecke gelaufen, als gäbe es dazu dynamische Musik und eine Zeitlupenaufnahme seiner Schritte.

Seidel seufzt und öffnet Ziernows Tür wieder. »Und ich will ein Büro.«

Er sieht sie verärgert an. »Für Sie selbst oder für Ihre Streifenpolizistin?«

»Für mein Team«, sagt Seidel und zieht die Tür hinter sich zu.

Epilog

Das Blut quillt aus hunderten kleinen Wunden. Sein Körper kennt das schon, die Stiche der Nadeln, das Blut und den Schmerz. Dennoch ist es diesmal anders. Er ballt die Fäuste, beißt die Zähne zusammen, und das Blut mischt sich mit der Tinte. Aber heute ist die Tinte nicht grau. Sie ist goldgelb, und vermischt mit dem Blut wirkt sie leuchtend orange, wie die Sonne, wenn sie untergeht.

Er hat sich diesen Stern hart verdient. Denn ein Kriminalhauptkommissar zählt auch. Ja, das tut er. Seine Fingernägel bohren sich tief in seine Handballen, seine Arme und Schultern versteifen sich. Er will das hier genießen, das erbarmungslose Stechen der Nadeln, und dass sich nun auch seine jüngste Tat in seinem Körper verewigt. Er will den Schmerz auskosten, das höllische Brennen unter der Haut.

Aber dann sieht er den toten Kommissar und die blutende Pfeffer vor sich, denkt an die richtige Waffe – und das falsche Opfer. Sie lebt noch, sie sollte tot sein, *sie* sollte jetzt auf seinem Körper verewigt werden! Aber sie atmet noch, trägt ihre Uniform und kostet ihren Triumph wahrscheinlich jetzt gerade aus …

Die Hand des anderen trägt diesmal keinen Gummihandschuh, dennoch ist das Wischen mit dem dreckigen Tuch routiniert. Das Spiegelbild über dem Waschbecken verrät ihm, dass das hier trotz des schummrigen Zellenlichts ein kleines Kunstwerk wird. Wenn auch kein perfektes. Pfeffer hätte es sein sollen. Verdammt!

Halt still, ermahnt er sich, beißt die Zähne noch fester zusammen und sagt sich, dass noch nicht aller Tage Abend ist, dass er nicht hier drin sterben wird. Theresia Pfeffer ist immer noch da draußen, und sie wird alles überleben – damit er sie am Ende töten kann.

So wird es sein, es wird für immer sein, und es wird perfekt sein. Ein Stern aus Blut, ein Stern in Gold, und nicht weniger als ein Sinnbild für den Anfang der Ewigkeit: die Liebe.

Die Autorin dankt:

Sabine Biskup, der wunderbaren Lektorin, ohne die es nicht nur Pfeffer und Seidel, sondern auch Alina Falkner nicht geben würde. Murder, we wrote!

Janine Binder, der tatkräftigen Polizistin und Autorin, die ein inspirierendes Buch über das Leben als Streifenpolizistin geschrieben hat und die für alle Nachfragen zur Verfügung stand, selbst für die absurden.

Nele B. und Michael S., die mir mit ihrem Wissen über die Ausbildung an der Polizeihochschule und die Polizeiarbeit sehr geholfen haben.

Außerdem danke ich meinen Erstlesern:

B., Sven und meiner Mutter!

Jetzt anmelden!
VOM
LESER ZUM
SCHRIFTSTELLER!
WEITERE INFORMATIONEN UNTER:
www.bastei-luebbe-academy.de